닫혹기

탈출기

최서해 단편전집 1

애플북스

최서해, 40년 만에 그를 다시 만나다

이 경 혜

1

책장으로 둘러싸인 큰이모네 거실에 열다섯의 내가 있다. 나는 방학이라 이모네 집에 며칠 놀러 가 있다. 하나뿐인 사촌 동생은 너무 어려서 부모가 외출할 때 따라 나갔다. 혼자가 되자마자 나는 주저 없이 책장 앞으로 달려간 것이다. 그 집에서 나를 가장 사로잡은 건 바로 그 책장들이었으니.

책장에는 화려하게 장정된 책들이 가득하다. 그 수많은 책 중에서 나는 '한국단편문학전집'이라고 금박의 한자로 새겨진 한 무더기의 책들 앞에 멈춰 선다. 외롭고 조숙한 문학소녀였던 나는 그때 이미 웬만한 세계명작소설들은 독파했었다. 하지만 내 독서 취향은 오로지 장편소설, 그것도 외국소설에 치중되어 있었

다. 굳이 따지자면 《한중록》 같은 고전이나, 《자고 가는 저 구름
아》류의 역사소설들을 안 읽은 건 아니지만 그것이 한국문학이
라는 인식은 전혀 없었고, 한국 단편소설에 대해서는 아예 관심
조차 없었다. 그러니 '한국단편문학전집' 등판에 황금빛으로 박
혀 있는 작가들 중에는 내가 모르는 이름이 꽤 많았다. 낯선 작가
의 이름을 담고 있는 그 책들은 어떤 미지의 세계보다 신비로워
나를 끌어당겼다. 나는 이 책 저 책 꺼내 보다가 한 권을 골라 소
파로 간다. 어느 작가의 책을 가장 먼저 택했는지는 기억에 없지
만 그 책이 최서해의 책이 아니었다는 것만은 확실하다. '탈출기'
라는 책 제목은 내 마음에 매혹을 일으키지 않았으니까.

책을 들고 소파에 앉자 서서히 내 주변의 모든 것이 사라져 간
다. 문득 눈을 들어보니 어느새 시간이 흘러 어슴푸레한 저녁이
나를 둘러싸고 있다. 그렇게 나는 한국 단편소설의 세계로 스며
들었고, 제법 오랫동안 그 세계에서 빠져나오지 못했다. 그것은
남의 나라말을 옮긴 것이 아닌, 태어난 그대로인 모국어의 세계
였다. 번역 소설만 주로 읽던 내게는 생생하고 낯익은, 살가운 세
계였다. 또한 짧게 끊어지는 다양한 이야기들은 거대한 저택 안
에서 헤매는 것 같은 장편소설과는 달리, 골목길을 지나며 힐끗
힐끗 들여다보는 창문들 속 풍경처럼 다양하고 흥미로웠다. 며칠
뒤 나는 미처 못 읽은 남은 책들을 한가득 빌려 안고 집으로 돌
아간다. 그리고 마침내 그 전집을 다 읽어낸다.

그 저녁의 풍경 한 점이 내 뇌리에 '내 생애 첫 한국문학'의 기
억으로 새겨진다. 지금까지도 한국문학이나 한국 단편소설, 이런
말만 들으면 나는 나도 모르게 그날 그 저녁의 풍경 속으로 순간

이동을 하고 만다. 첫 기억만이 가질 수 있는 무서운 각인.

2

나는 골방 구석에 쌓여 있는 상자들을 뒤지기 시작했다. 중학교 때 썼던 비밀 독서 노트를 찾기 위해서였다. 분명 최서해의 소설에 대해 무언가 써놓았으리라는 기대가 있었다.

드디어 찾았다!

성장한 뒤 수십 번의 이사에도 불구하고 여태껏 간직하고 있는 그것. 노트의 앞장에는 거창한 제목이 붙어있다. '환희 I', 독서는 그때나 지금이나 내게는 환희의 세계였으니 이 제목에 이의는 없다. 하지만 계속 써나갈 생각에 'I'이라는 로마숫자까지 붙여놓았지만 그것은 1권으로 끝나고 말았다.

넘겨보니 최서해에 대한 기록도 있다. 반갑다. 1975년 1월 27일의 기록. 아마도 그 전집의 끄트머리쯤에서 읽었나 보다. 그 사이 해를 넘기고 나는 열여섯 살이 되어 있다.

최서해 〈탈출기〉 현실, 현실, 고달프고, 서글픈. 이해할 것 같다.

〈그믐밤〉 쇼킹한 얘기였다. 온몸에 전율이 흐르도록. 오싹한, 훌륭한 글이었다.

섭섭하게도 겨우 두 줄 뿐이다. 《적과 흑》이나 《테스》에 대해서는 몇 장이나 되는 긴 감상문이 적혀 있는데. 그래도 있다는 것만으로도 어디인가? 정확히 40년 전의 기록, 단 두 줄이지만 그의 작품을 처음 읽었을 때의 전율이 고스란히 떠오른다. 맞아, 그랬지. 그 소설들은 강렬했고 고통스러워서 누군가 나를 막 때리고 짓밟는 것만 같았지.

밥이라곤 굶어본 적 없고, 부모의 보호 아래 안온하게 자라온, 조숙한 척하지만 그래 봤자 열여섯밖에 안 된 어린 내게 그 세계는 소름 끼치도록 참혹했다. 내 주변의 모든 것이 무너져내렸다. 그의 소설은 그때의 내게 카프카의 표현처럼 '내면의 얼음 바다를 깨뜨리는 도끼'였다.

그래서였나, 나는 그 뒤로 다시는 최서해의 소설을 읽지 않았다. 교과서에 실려서 시험을 위해 어쩔 수 없이 봐야 하는 인용문을 읽은 것 외에는. 이상이나 현진건, 염상섭, 채만식은 그 뒤로도 수없이 들춰보았지만 최서해란 이름이 보이면 나는 뻗던 손을 멈추었다. 그렇게 최서해는 재회할 수 없는 존재였다. 지독하게 연애하다 헤어져 두 번 다시 보기 싫은 애인처럼.

3

그랬다. 그랬으니 이 글을 청탁받았을 때 나는 당황했다. 내게 선택권이 있었다면 나는 결코 그를 택하지 않았으리라. 그런데 일을 늦게 맡게 된 탓에 남은 작가는 최서해 단 한 사람이었다. 어쩔 수 없이 나는 다시 그를 만나야 했다. 그렇게 약간 마뜩찮은 심정으로 그의 책을 집어 들었다. 나는 숨을 고르고, 등단작인 〈토혈〉부터 읽기 시작했다. 〈고국〉, 〈십삼 원〉, 〈탈출기〉를 읽어나갔다. 끔찍한 가난의 참상이 다시금 내 심장을 후벼 팠다.

그러나 나는 이번에 저항했다. 어릴 때와는 달리 삐딱한 시선으로 그 소설들을 읽어나갔다. 열여섯 살 때는 곧이곧대로 받아들여 가슴만 아파했던 글들을 이번에는 색안경을 낀 채로 읽었다. 나는 최서해에 대해 알고 있던 얄팍한 지식, '카프 계열의 작가'라는 정보 하나로 그의 작품들을 마구 난도질해나갔다. 나는 그를 '유복한 환경에서 제대로 교육받고 잘 자라서 양심과 사명감으로 비참한 민중의 삶을 그려내는 흔한 작가'로 보았다. 그래서 더 극단적인 가난의 참상을 다루었을 거라고 마음대로 짐작했다. 그렇게 생각하면 그가 그려낸 빈곤의 참상들이 작위적인 허구에 불과하게 되어 그것을 읽는 내 고통을 덜어주기도 했다.

그러다 문득 작가에 대해 알아보자는 생각이 들었다. 사실은 그를 더 매몰차게 공격하고 싶어서였을 것이다. 그런데 결과는 뜻밖이었다. 최서해는 끔찍한 가난을 평생 겪다가 서른한 살의 짧은 생을 마친 비극의 작가였다. 가난한 농부의 외아들로 태어나 보통학교마저 졸업하지 못하고 독학으로 문학을 공부하였으며, 자식들은 못 먹고 병들어 죽고, 결혼할 때마다 아내들도 죽거나 도망가고, 결국 자신도 병고를 겪다 요절한 작가였다. 그의 일생은 그의 작품의 내용과 많은 부분 일치했다. 그의 처참한 소설들은 지식인의 붓끝에서 나온 소설이 아니라 그가 혈액과 체액으로 쓴 소설들이었다.

나는 둔중한 망치로 뒤통수를 얻어맞은 것만 같았다. 나의 비뚤어진 심성이 부끄러웠다. 나는 다시 그의 책을 집어 들었다.

〈박돌의 죽음〉, 〈보석 반지〉, 〈설날 밤〉 등을 계속해서 읽어나갔다. 그것들은 앞에 읽은 작품들과 궤를 같이하는 작품들이었지만 그의 일생을 일별하고 나니 전혀 다르게 다가왔다. 그때까지 내 마음속에 드리워놓았던 편견의 막을 걷자 거침없이 내 핏줄로 스며든 것이다.

작품은 오직 작품으로만 봐야 한다. 맞는 말이다. 그러나 잘못된 선입견을 가지고 작품을 오독하느니 작가의 삶을 조금이라도 더 알고 읽는 쪽이 작품을 깊이 이해하는 데는 차라리 더 낫지 않겠는가. 그의 작품들은 오히려 지나칠 만큼 자신의 경험에서 나온 것들이었다. 어린 딸이 죽는 〈백금〉 같은 소설은 실제 자신의 딸 이름을 제목으로까지 삼은 예이다. 그만큼 그의 현실은 지독해서 완전한 허구로 도망갈 여력조차 없었는지도 모른다. 그는 먼 곳에서 풍경처럼 빈궁을 본 지식인이 아니라 그 자신이 그 늪에서 버둥대던 노동자고 빈민이었다.

읽어갈수록 가슴이 쓰라렸지만, 아무것도 모른 채 충격만 받았던 열여섯 때와는 느낌이 많이 달랐다. 40년을 더 살며 온갖것을 겪어온 나는 이번 독서에서 아픔보다는 분노를 훨씬 강하게 읽었다. 이 빈궁과 고통은 온 인류가 함께 겪는 재해가 아니었다. 이것은 힘을 쥔 자들이 빼앗아가서 누리는 것들 때문에 겪는 참상이었다. 힘이 없어서 그 분노는 마침내 비현실적인 공간까지 진출한다. 귀신의 힘을 빌려서라도 인과응보를 행하고 싶기 때문이다. 그래야 세상의 정의가 살고, 공평함이 살기 때문이다. 그러나 역으로 그것은 현실에서는 이루어낼 수 없는 절망의 다른 표현이기도 하리라. 그래서 어린 시절 쇼킹하게, 오싹하게 읽었던 〈그믐밤〉이 지금의 내게는 가장 쓰라리고 슬픈 이야기로 다가왔다.

4

옛 애인과 재회한 즐거움이란 이미 알았던 매력에 더해 미처 몰랐던 매력까지 알아보는 기쁨이 아닐까?

〈탈출기〉나 〈그믐밤〉처럼 잘 알려진 작품들은 여전한 매력을 지녔지만 내가 알던 모습 그대로였다. 반면에 〈만두〉나 〈팔 개월〉, 〈담요〉 같은 작품들은 완전히 새로운 발견이었다. 얼핏 소품처럼 느껴지는 이 작품들은 수필처럼 담담하게 쓰여 있을 뿐이다. 하지만 예전의 그에게서 볼 수 없었던 어떤 초연함이 독자에게 오히려 더 큰 감동을 주는, 현대적이고 세련된 작품들이었다. 특히 〈만두〉는 짧은 작품으로, 어찌 보면 유머러스한 반전이 전혀 최서해답지 않은데도 다른 진지하고 심각한 작품들보다 울림이 컸다. 그가 더 오래 살았다면 그의 작품 세계는 우리가 생각할 수 없을 만큼 훨씬 더 풍성해졌으리라. 애석하기 짝이 없다.

한 인간이 태어나서 짧다면 짧고, 길다면 긴 인생을 살다 간다. 문학 따위 접하지 않아도 그는 숨 쉬고 소화하고 배설하며 생명을 이어갈 수 있다. 그러나 이 행성에서 함께 살다간 인간들에 대해 우리가 조금이라도 더 알고 이해하는 일은 한 인간의 혼의 넓이를 넓혀주는 일이다. 자라는 중의 인간이라면 더하다. 혼의 넓이가 넓혀진다 해서 더 행복해진다는 보장은 없다. 덜 행복해질 가능성이 오히려 크다. 문학은 어쩌면 다른 존재의 삶에 더듬이를 갖다 댈 수 있게 도와주는 작업일 것이다. 그것은 우리로 하여금 다른 인간들의 속으로 들어갈 수 있게 해준다. 다른 존재의 속으로 들어갔다 나오면 이제 그 존재의 고통이나 기쁨에 반응을 안 할 수 없게 된다. 그런 존재의 수가 많아질수록 그 인간의 혼은 더욱 넓어진다.

최서해는 존재 자체로 독자를 힘들게 하는 작품들을 썼다. 그의 작품을 읽으면 절대 더 행복해질 수 없다. 남의 불행을 보고 저보다는 내가 낫지 하고 위안을 얻는 몰염치한 인간이 아니라면 말이다. 그의 작품을 읽고 나면 사는 일이 더 껄끄러워진다. 지금 이 순간에도 고통스럽게 살고 있는 타인의 존재에 더듬이를 갖다 대는 일이니 어찌 힘들지 않으랴?

다른 존재들에 대해 더듬이 따위는 대지 않고 사는 삶이 아무런 갈등 없이 더 편할지도 모른다. 그러나 인디언식 표현을 빈다면 그의 영혼은 콩 꼬투리처럼 쪼그라들 것이다.

40년 만에 그를 다시 만나고서야 나는 뚜렷하게 깨달았다. 그때 내가 최서해를 만나지 않았더라면 내 혼이 이만큼도 넓어지지 못했으리라는 것을. 그때 그의 소설들을 만남으로써 내 더듬이는 그가 그려낸 존재들에 닿아버렸고, 내 혼은 콩 꼬투리보다는 조금 더 넓어졌다. 세상에는 수없이 많은 소설이 있지만 그런 힘을 지닌 소설은 생각만큼 많지 않다. 좀 덜 행복해지더라도 자신의 혼을 넓히고 싶은 자는 주저 말고 그를 만나라. 혹시 쪼그라든 콩 꼬투리 혼이 마음에 들어 악착같이 지키고 싶은 자가 있다면 절대로 그의 곁에 다가가지 말 일이다.

나는 열여섯의 그 날, 최서해를 만난 것이 고맙다. 40년이 흐른 지금, 그를 다시 만나 그가 내 인생에 무엇을 주었는지를 깨달은 것은 그보다 더 기쁘고 고맙다.

이
경
혜
1992년 〈문화일보〉 동계문예 중편 부문에 〈과거 순례〉 당선. 2001년 《마지막 박쥐 공주 미가야》로 어린이 부문 한국백상출판문화상을, 〈우리 선생님이 최고야〉로 SBS 어린이 미디어 대상 번역 부문 우수상 수상. 지은 책으로는 《어느 날 내가 죽었습니다》 《유명이와 무명이》 《사도사우루스》 《행복한 학교》 등이 있으며, 옮긴 책으로는 《황금 사과》 《파랑이와 노랑이》 《무릎 딱지》 《마법의 가면》 등이 있다.

차례

일러두기

1. 이 책에 수록된 작품은 최서해가 발표한 작품 중 1924년부터 1926년까지 발표한 단편소설을 모은 것으로 작품 배열은 발표 연대순으로 했다.
2. 맞춤법, 띄어쓰기는 현대어 표기로 고쳤으나 작가가 의도적으로 표현한 것은 잘못되었더라도 그대로 두었다. 띄어쓰기와 맞춤법은 국립국어원의 《표준국어대사전》을 기준으로 삼았다.
3. 한글로 표기된 외래어는 외래어맞춤법에 맞게 고쳤으나 시대 상황을 드러내주는 용어는 원문을 그대로 살렸다.
4. 한자는 한글로 표기하고 의미상 필요한 경우에만 한글 옆에 병기하였다.
5. 생소한 어휘는 독자들의 이해를 돕기 위하여 각주로 설명을 달아두었다.
6. 당시에 검열에 의해 삭제된 것으로 짐작되는 부분은 원문대로 '○' 'X' '△' 등의 표시를 그대로 두었다.
7. 대화에서의 속어, 방언 등은 최대한 살렸으나 지문은 현대어로 고쳤다.
8. 대화 표시는 " "로 바꾸었고, 대화가 아닌 혼잣말이나 강조의 경우에는 ' '로 바꾸었다. 또한 말줄임표는 모두 '……'로 통일하였다.

토혈吐血

이월의 북국에는 아직 봄빛이 오지 않았다. 오늘도 눈이 오려는지 회색 구름은 온 하늘에 그득하였다. 워질령을 스쳐오는 바람은 몹시 차다.

벌써 날이 기울었다. 나는 가까스로 가지고 온 나뭇짐을 진 채로 마루 앞에 펄쩍 주저앉았다. 뼈가 저리도록 찬 일기건마는 이마에서 구슬땀이 흐르고 전신은 후끈후끈하다. 이제는 집에 다 왔거니 한즉 나뭇짐 벗을 용기도 나지 않는다.

나는 여태까지 곱게 먹고 곱게 자랐다. 정신상으로는 다소의 고통을 받았다 하더라도 육체의 괴로운 동작은 못 하였다. 그런데 나는 형제도 없고 자매도 없다. 아버지는 내가 아직 강보에 있을 때에 멀리 해외로 가신 것이 우금于今 소식이 없다.

그러니 나는 이때까지 어머니 덕으로 길리었다. 어머니는 내가 외아들이라 하여 쥐면 꺼질까 불면 날을까 하여 금지옥엽같이 귀여워하셨다. 또 어머니는 여장부라 할만치 수완이 민활敏活하여 그리 큰돈은 못 모았어도 생활은 그리 군졸窘拙치 않았다. 그래 한닢 두닢 모아서 맛있는 것과 고운 것으로 나를 입히고 먹였다. 나는 이렇게 평안하게 부자유가 없이 자라났다. 이렇게 나뭇짐 지는 것도 시방 처음이다. 지금 입은 이 남루한 옷은 이전에는 보기만 하였어도 나는 소스라쳤을 것이다.

지금 우리 집 운명은 나에게 달렸다. 여러 식구가 굶고 먹기는 나의 활동에 있다. 어머니는 늙었다. 백발이 성성하시다. 민활하던 그 수완도 따라서 쇠미衰微하였다. 나는 처도 있다. 금년에 세 살 되는 어린 몽주夢周도 있다. 그런데 나의 처는 병석에서 신음한 지가 벌써 한 달이 넘었다.

그러나 나는 이때까지 직업을 얻지 못하였다. 생소한 이곳에서 도와주는 이조차 없다. 내 생활은 곤궁하다. 나를 사랑하여 별별 고생을 다 하시고 길러주신 어머니를 내가 벌게 된 오늘날에 이르러 차디찬 그 조밥이나마 배부르도록 대접치 못한다. 더욱 병석에서 신음하는 나의 처, 냉돌冷突에 홑이불 덮고 누워 있는 그에게 약 한 첩 따뜻이 못 먹였다.

소위 우리 집의 가장이라는 나는—아무 수입 없는 나는—헐벗고 못 먹고 신음하는 어머니와 처자를 볼 때나 생각할 때마다 부끄럽고 쓰려서 차마 머리를 들지 못한다. 그러나 그렇다고 그네들은 조금도 불편한 기색을 보이지 않는다.

내가 마루 앞에 나뭇짐 놓는 소리를 듣고 몽주가 뚫어진 문구멍으로 내다보더니 "아빠" 하고 부른다. 그리고 반가운 듯이 문을 탁탁 친다. 머루알같이 까만 눈—그 귀여운 웃음을 띤 어글어글한 눈이 창구멍으로 보인다. 그 모양을 보는 나는 잠깐 온갖 괴롬과 설움을 다 잊었다. 알지 못할 아름다운 사랑을 느꼈다. 이때에 어머니가 부엌문을 열고 내다보신다. 흐르는 광음을 설명하는 늙은 낯에는 모든 괴롬과 근심의 암운暗雲이 돌았다. 그것을 보는 내 마음은 칼로 쪽쪽 찢는 듯하다.

"인제야 오니……. 배고프겠구나."

어머니는 괴로운 웃음을 지으면서 말씀하신다.

"괜찮아요. 아침을 많이 먹었더니……."

나는 가장 쾌활스럽게 괴롭지 않은 듯이 대답하였다. 그러나 실상인즉 배가 고팠다. 나는 나뭇짐을 벗었다. 땀이 배인 의복에서는 몸을 움직일 때마다 시큿한 땀 냄새가 코를 찌른다.

나는 꽁무니에 질렀던 낫을 뽑으면서 부엌에 들어섰다.

양기陽氣가 잘 들지 않는 방이요. 바깥날이 흐렸고 벽이며 창이 연기에 그을어서 어둑하고 유울幽鬱한 실내의 공기는 십분 불쾌하였다. 나는 서양 소설에서 읽은 비밀 지하실을 상상하였다.

몽주는 방긋방긋 웃으면서 바지를 잡아끈다. 똥똥하던 낯이 가죽만 남아 파랗게 된 처는 부뚜막에 고요히 누웠다가 쌍꺼풀 진 눈을 힘없이 떠서 나를 보더니 다시 스르르 감는다. 미미한 호흡은 괴로운 듯이 급하다. 나는 창 곁에 몽주를 안고 앉았다. 어머니는 병처病妻의 곁에 앉았다. 몽주는 나의 조끼 단추도 만져보고 호주머니에서 종잇조각을 끄집어내었다가는 끄집어내이면서 나를 보고 방긋 웃는다. 죄 없는 그는 늘 웃으나 나는 가슴이 뿌듯하였다. 치마 하나도 없어서 차디찬 냉방에서 온 겨울 아랫도리를 벗고 지낸 어린 몽주를 볼 때마다 나는 눈물이 솟았다. 아아 과연 내가 남의 아비 노릇 할 자격을 가졌는가? 나는 가슴이 답답하였다. 목구멍에서 연기가 핑핑 돈다. 소리를 크게 쳐서 통곡을 하고 싶다. 나는 그만 몽주를 어머니에게 보내고 목침을 베고 누웠다. 눈을 꼭 감았다. 배가 아프다. 나는 수년 되는 복통이 지우금至于今[1] 낫지 않았다. 그러나 나는 아픈 모양을 보이지 않았다. 악독한 마귀가 염염焰焰한 화염을 우리 집으로 향하여 뿜는다. 집은 탄다. 잘 탄다. 우리 식구도 그 속에서 타 죽는다. 나는 몸살을 치며 눈을 번쩍 떴다. 그것은 한 환상이었다. 나는 다시 눈을 감았다. 마음이 진정되지 않는다. 머리맡에 있는 오랜 신문을 집어 들고 읽어보았다. 그러나 그것도 의식 없이 읽었다. 온갖 생각이 뒤숭숭한 머리로는 이해할 수 없었다. 나는 그 신문으로 낯을 가리우고 눈을 감았다. 처의 신음소리가 점점 높아진다. 모두 죽었으면 시원하겠다고 나는 생각하여보았다. 어머니도 죽고, 처도 죽고, 몽주도 죽고……. 만일 그렇다 하면 그 모든 시체를 땅에 넣고 돌아서는 나는 어찌 될까? 모든 짐을 벗었으니 자유롭게 행동할까? 아! 아니다, 아니다.

그네들도 사람이다. 생을 아끼는 인간이다. 그네의 생명도 우주에 관련된 생명이다. 내가 내 생을 위한다 하면 그네들도 나와 같이 생을 석惜할 것이다. 그네들도 인류로서의 권리가 있다. 왜 죽어? 왜? 죽으라 해? 나는 부지불식간에 주먹을 부르쥐었다.

"여보!"

---

1 예로부터 오늘에 이르기까지.

새어 내리는 소리로 처가 부른다.

"왜 그러우…….'

나는 벌떡 일어나면서 낯을 찌푸리고 귀찮은 듯이 대답하였다. 그러나 나는 처가 미워서 그런 것은 아니었다. 내 짜증에 그런 것이다.

처는 나의 거친 대답을 듣고 나의 불평스러운 낯을 물끄러미 보더니 그만 눈을 감는다. 감은 그 눈에서는 소리 없는 눈물이 흐른다. 내 간장은 천 갈피 만 갈래로 찢어지었다. 내가 왜 짜증을 내었나? 병구완도 바로 못 하는 그를 내가 왜 마음이나 편하게 못 해주나! 나는 후회와 측은한 감정이 가슴에 넘치었다.

나는 처의 곁으로 가서 그의 팔을 주물렀다. 그의 사지는 온통 뒤틀리고 줄어 붙는다. 또 풍증이 이는 것이다. 그는 퍽 괴로운 모양이다. 그 이마에서는 진땀이 빠직빠직 돋는다. 호흡은 급하였다. '이제는 죽는구나' 하고 나는 속으로 말하였다. 나는 "여보" 하고 불렀다. 그는 혀가 굳어서 대답은 못 하고 눈을 번쩍 떴다가 다시 감는다. 그 두 눈에는 혈조血潮가 빨갛게 올랐다. 처의 다리를 주무르던 어머니는 흑흑 느껴 우신다.

"너를 죽이는고나! 너를……. 약 한 첩 바로 못 쓰고 너를 죽이는고나…….'

어머니는 한탄하신다. 철없는 몽주는,

"엄마, 엄마."

하면서 젖 먹으려고 인사불성의 어미 가슴에 기어오른다. 나도 그만 눈물이 쏟아졌다. 어쩌면 좋을까?

"얘 의원을 보이고 약이나 좀 써보았으면 원이나 없겠구나!

어디 좀 가서 사정이나 하여보아라."

어머니는 울음 절반으로 말씀하신다. 나는 아무 말도 없이 일어섰다.

날은 벌써 저물었다. 이집 저집에서 나는 석연夕煙이 솟는다. 바람은 점점 차진다.

나는 의원을 불러왔다. 뱃심 좋은 의원을 제발 사정하여 불러왔다. 의원은 처의 맥을 보더니,

"병은 대단히 위중한걸요. 그러나 고치지요."

한다. 나는 마음이 좀 느긋하였다. 어머니도 반가운 듯이,

"그러면 어서 고쳐주시오. 죽지나 않겠소?"

하신다.

"네…… 죽기야 하겠소마는……."

하면서 의원은 주저한다. 그의 안색은 이상하게 빛났다. 나는 또 무슨 일이 있는가 하여,

"그런데 어찌 어려운 일이 있습니까?"

하고 물었다.

"아니 별 어려운 일이 아니라 시방 양반들은 병이 나으면 자기 덕이라는 걸……."

하면서 쓱 돌아앉아 배를 퉁긴다. 어머니는 어느결에 준비한 것인지 그의 앞에 술상을 갖다 놓았다. 벌써 의원의 눈치를 챈 나는 술을 잔에 부어 의원에게 권하면서

"허허 그럴 리야 있겠습니까?"

하였다. 의원은 술을 마시고 수염을 씻으면서,

"그러면 우리 계약합시다."

한다. 나는 공연히 가슴이 울렁울렁하였다.

"계약은 어떻게?"

나는 물었다.

"저 병을 지금 당장에 고칠게 백 원을 주겠소?"

그 소리는 의기양양하게 명령적이었다.

나는 그 말대답하기에 주저하였다. 과연 내가 백 원을 낼 힘이 있는가 의심하였다. 백 원을 못 낸다 하면 처는—나의 사랑하는 처는—나를 위하여 온갖 풍상을 다 겪은 처는 죽는다. 세상이 이리도 야속하냐고 나는 생각하였다. 이때에 어머니는,

"백 원……. 드리지요. 사람만 살려주시오."

하신다.

"정말?"

하고 의원은 다진다.

"참말이지요?"

어머니는 대답하였다.

"자— 우리 그러면 계약서를 씁시다."

"허허 말하면 그만이지요. 계약서 없다고 변하겠습니까? 살려만 주시면 그 은혜는 정말……."

하고 피상적 대답을 하는 나는 도리어 그를 반항하려는 악감이 일어났다. 망할 자식 내 처 병만 고쳐놓으면 백 원은 고사하고 백리도 못 먹으리라 하는 감정이 나의 눈을 붉혔다. 의원은 동침銅鐵으로 병자의 사지를 놓는다. 나는 처의 손을 꼭 잡았다. 침을 다 놓은 의원은 '가미서경탕加味敍經湯'이라는 처방을 써준다. 과연 그 의원의 묘술은 놀랄만하다. 처의 병은 좀 돌렸다. 사지가 노곤하

여겼다. 호흡도 안정하였다. 의원은 가장 큰 승리나 얻은 듯이 만족한 웃음을 지으면서,

"그러면 그렇지……. 아니 나을 리야 있겠소. 그런데 약속이나 잊지 말으시오. 나는 가오."

하면서 일어섰다.

의원이 간 뒤에 나는 약국으로 갔다. 나는 약국 문 앞에서 여러 번 주저거리다가

그만 결심하고 방으로 들어갔다. 약향藥香이 코를 찌른다.

나는 처방을 내어놓았다. 거만스럽게 앉은 약국 주인은 처방을 보더니,

"돈 가지고 왔소."

하고 산판算板을 집어 약가藥價를 놓는다. 나는 그 약국 주인이 하느님같이 높이 보였다. 그러나 아니꼬운 감정도 솟았다.

"돈을 못 가지고 왔습니다. 내일 드리지요."

하고 나는 공손히 대답하였다.

"그러면 못 짓겠소."

하고 처방을 도로 준다.

"병이 급하니 좀 지어주시오."

나는 애원하였다.

"흥 그런 잔소리 쓸 데 있소? 돈만 가지고 오오."

하고 그는 일어나 뒤 울안으로 나갔다. 나는 눈물이 앞을 가리우고 맥이 풀려서 어쩔 줄을 몰랐다. 분하기도 하였다.

나는 집으로 돌아왔다. 날은 이미 황혼이 되었다. 어둑한 방안 공기는 쓸쓸하다. 처는 그저 부뚜막에 누웠다.

"어디 갔다 오시우?"

처는 묻는다. 나는 그저,

"응?"

하였다. 그러나 나는 무슨 의미로 '응' 하였는지 모르겠다. 다만 그 '응' 소리는 비분과 원한의 응결된 소리였다. 나는 그밖에는 무엇이라고 대답할 수가 없었다. 차마 약 지으러 갔다가 빈손으로 돌아왔다고는 말이 나오지 않는다.

"좀 어떠오."

나는 힘없이 물었다.

"좀 관계치 않소."

하면서 그는 몸을 강잉하여² 일어앉았다. 나는 밖에 달아놓은 어유등魚油燈에 불을 켰다.

빤한 불빛은 방 안을 비추었다. 그런데 어머니는 어디로 나가셨는지 아니 계시다. 처더러 물으니,

"글쎄 아까 당신이 가신 후에 곧 나가셨는데 지금까지 들어오시지 않았소."

하고 불안한 듯이 대답한다. 나는 어머니 오시지 않는 것이 공연히 마음에 켕겼다.

뚫어진 창구멍으로 유입하는 야기夜氣는 몹시 차다.

몽주는 어미 곁에서 삭삭 자고 있다. 네 팔자도 기박奇薄하지 왜 내게 태어나서 배를 곯느냐 하고 나는 몽주를 보면서 생각하였다. 참 가슴이 쓰리다. 나는 몽주의 연한 뺨을 만져보았다.

---

2 강잉하다. 억지로 참다. 또는 마지못하여 그대로 하다.

"그 손가락은 왜 동였소?"

처는 나의 왼손 둘째손가락 동인 것을 보고 의심스러운 눈으로 묻는다.

나는 천연스럽게,

"낫에 다쳤어."

말하였다.

그는,

"낫에?"

하고 아무 말도 없다.

나는 "응" 하면서 내 손을 보았다. 내 손일까 망정 나는 새삼스럽게 놀랐다. 분길 같은 이 손이 이렇게 될 줄은 몰랐었다.

이때에 밖에서 나를 찾는 사람이 있다. 따라서 여러 사람의 떠드는 소리가 들린다.

"아 저 저런 끔찍한 일……."

하는 여자의 음성도 들렸다. 나는 눈이 둥글하였다. 웬일인지 가슴이 덜컥 내려앉으면서 어머니 생각부터 난다. 나는 밖으로 뛰어나갔다. 나를 찾던 자는 이웃에 있는 이李였다. 그는 나를 보더니,

"저리 나가보오."

침착스럽게 말한다. 누구인지 희미한 야암중夜闇中으로 무엇을 등에 업고 온다. 나는 그리로 뛰어갔다.

아! 이것이 웬일이냐? 등에 업힌 것은 우리 어머니였다. 나는 어머니의 차디찬 손을 잡고,

"어머니!"

소리를 질렀다. 벌써 정신 잃은 어머니는 아무 소리도 없다. 나는

오장이 짜깃짜깃 무너지는 듯이 바짝바짝 조였다.

"어머니!"

나는 또 불렀다. 그러나 어머니는 여전히 말씀이 없다. 조그마한 보에 무얼 싼 것을 들고 쫓아오던 김은,

"여보, 어서 방에 들여다 누입시다."

말한다.

어머니를 방에다 뉘었다. 작년 가을에 입은―땟물이 까만―그 옷은 검붉은 피에 적시어지었다. 낯이며 다리에서는 피가 흐른다. 나는 어머니의 시린 손을 붙잡고 안았다. 어머니는 그저 정신을 차리지 못하시었다. 호흡은 미미한 대로 좀 있다.

앉기도 하고 서기도 한 여러 사람은 분분히 떠든다.

"대관절 어찐 일이오."

하고 나는 물었다. 김의 대답은 이러하였다.

김이 금석今夕에 수남촌水南村에 갔다가 돌아오는데 큰물 다리 모퉁이 중국집 근처에 이르니 중국 사람의 개가 몹시 짖었다. 그런데 누가

"사람 살려주오!"

외치는 소리가 요란히 짖는 개 소리에 섞여서 들렸다. 김은 뛰어가 본즉 그것은 우리 어머니였다. 어머니는 개에게 물리면서도 무엇인지 보에 싼 것을 꼭 안았다. 그래 그 개를 쫓고 김과 함께 오던 이가 어머니를 업고 김은 그 보에 싼 것을 들고 왔다.

"그 보에 싼 것이 무엇인가?"

이가 묻는다. 김은 보를 풀었다. 불과 이삼 승升[3]의 좁쌀이었다. 어머니는 쌀 얻으러 수남에 간 것이었구나. 저녁 먹을 쌀 얻

으러 자기 머리의 월자月子[4]를 풀어가지고 갔었구나. 처는 운다. 앓던 그는 소리쳐 운다. 떠드는 바람에 자던 몽주도 깨었다. 몽주는 어머니를 와보더니 두 손으로 어머니의 머리를 들면서,

"이—차 이—차."

일어나라는 뜻을 말한다. 그러나 어머니는 잠잠하시다. 몽주는 운다. 누가 어머니를 위하여 물 한술 끓여주는 이가 없다.

나는 눈물도 흐르지 않았다. 울음도 나오지 않았다. 가슴이 답답하고 울화가 일어났다. 닥치는 대로 쳐부수고 막 미쳐 뛰고 싶다. 나는 정신이 갑자기 어찔하면서 숨이 꽉 막힌다. 목구멍으로 나오는 비린 냄새가 코를 찌른다. 호흡이 가쁘다. 가슴이 무너지는 것 같다. 나는 욱욱 하면서 가슴을 주먹으로 두드렸다. 누구인지 등을 쳐준다. 나는 욱 하고 토하였다. 그것은 한 덩이 붉은 피였다. 아, 괴로워…… 처의 울음소리, 몽주의 울음소리…… 귓전에 어렴풋이…….

— 〈동아일보〉, 1924. 1. 23~2. 4.

3 되.
4 다리. 예전에 여자들이 머리숱이 많아 보이라고 덧넣었던 딴머리.

고국

큰 뜻을 품고 고국을 떠났던 운심의 그림자가 다시 조선 땅에 나타난 것은 계해년 삼월 중순이었다. 첨으로 회령에 왔다. 헌 메투리[1]에 초라한 검정 주의[2] 때아닌 북면모를 푹 눌러쓴 아래에 힘없이 끔벅이는 눈 하며, 턱과 코 밑에 거칠거칠한 수염 하며, 그가 오 년 전 예리예리하던 운심이라고는 친한 사람도 몰랐다.

간도에서 조선을 향할 때의 운심의 가슴은 고생에 몰리고 몰리면서도 무슨 기대와 희망에 찼다. 그가 두만강 건너편에서 고국산천을 볼 때 어찌 기쁜지 뛰고 싶었다. 그러나 노수路需[3]가 없어서 노동으로 걸식하면서 온 그는 첫째 경제문제를 생각지 않

1 미투리.
2 두루마기.
3 노자.

을 수 없었다. 다음 그의 가슴을 찌르는 것은 패자라는 부끄러운 느낌이었다.

'아— 나는 패자다. 나날이 진보하는 도회에서 활동하는 모든 사람은 다 그새에 훌륭한 인물이 되었을 것이다. 나는 확실히 패자로구나…….'

생각할 때 그는 그만 발 옮길 용기가 나지 않았다. 고국의 사람은 물론이요 돌이며 나무며 심지어 땅에 기어 다니는 이름 모를 벌레까지도 자기를 모욕하며 비웃으며 배척할 것같이 생각된다. 그러나 이미 편 춤이니 건너갈 수밖에 없다 하였다. 그는 사동탄寺洞灘에서 강을 건넜다. 수직守直[4]이 순사는 어디 거진가 하여 그를 눈도 거들떠보지 않았다. 그러나 그에게는 다행이었다. 운심은 신회령역을 지나 이제야 푸른빛을 띤 물버들이 드문드문한 조그마한 내를 건넜다. 진달래 봉오리 방긋방긋하는 오산을 바른편에 끼고 중국 사람 채마밭을 지나 동문 고개에 올라섰다. 그의 눈에는 넓은 회령 시가가 보였다. 고기비늘 같은 잇닿은 기와지붕이며 사이사이 우뚝우뚝 솟은 양옥이며 거미줄같이 늘어진 전봇줄이며 뚜뚜 하는 자동차, 푸푸푸푸 하는 기차 소리며, 이전에 듣고 본 것이건만 그의 이목을 새롭게 하였다.

운심은 여관을 찾을 생각도 없이 비스듬한 큰길로 터벅터벅 걸었다. 어느새 해가 졌다. 전기가 켜졌다. 아직 그리 어둡지 않은 거리에 드문드문 달린 전등, 이집 저집 유리창으로 흘러나오는 붉은 불빛, 황혼 공기에 음파를 전하여 오는 바이올린 소리,

---

4 건물이나 물건 따위를 맡아서 지킴.

길에 다니는 말쑥한 사람들은 운심에게 딴 세상의 느낌을 주었다. 그의 몸은 솜같이 휘주근하고 등에 붙은 점심 못 먹은 배는 꼴꼴 운다.

"객줏집을 찾기는 찾아야 할 터인데 돈이 있어야지……."

그는 홀로 중얼거리면서 길 한편에 발을 멈추고 섰다.

밤은 점점 어두워간다. 전등 빛은 한층 더 밝다. 짐을 잔뜩 실은 우차가 삐걱삐걱 소리를 내면서 그의 앞을 지나갔다. 그의 머리 위 넓고 푸른 하늘에 무수히 가물거리는 별들은 기구한 제 신세를 엿보는 듯이 그는 생각났다. 어디에선지 흘러오는 누릿한 음식 냄새는 그의 비위를 퍽 상하였다.

운심은 본정통에 나섰다. 손 위로 현등 아래 '회령여관'이라는 간판이 걸렸다. 그는 그 문 앞에 갔다. 전등 아래의 그의 낯빛은 창백하였다.

'들어갈까? 어쩌면 좋을까?'

하고 그는 망설였다. 이때에 안경 쓴 젊은 사람이 정거장에 통한 길로 회령여관 문을 향하여 들어온다. 그 뒤에 갓 쓴 이며 어린애 업은 여자며 보통이 지고 바가지 든 사람들이 따라 들어온다.

"어서 들어가십시오. 여관을 찾습니까?"

그 안경 쓴 자가 조그마한 보따리를 걸머지고 주저거리는 운심이를 보면서 말을 붙인다. 그러나 운심은 대답이 없었다.

"자 갑시다. 방도 덥구 밥값도 싸지요."

운심은 아무 소리 없이 방에 들어갔다. 방은 아래위 양칸이었다. 그리 크지는 않으나 그리 더럽지도 않았다. 양방에다 천장 가운데 전등이 달렸다. 벽에는 산수화가 붙어 있었다. 안경 쓴 자와 함께 오던 사람들도 운심이와 한방에 있게 되었다.

저녁상을 받은 운심은 밥을 먹기는 먹으면서도 밥값 치러줄 걱정에 가슴이 답답하였다. 이를 어쩌노! 밥값을 못 주면 이런 꼴이 어디 있나! 어서 내일부터 날삯이라도 해야지…… 하는 생각에 밥맛도 몰랐다.

바로 삼일운동이 일어나던 해 봄이었다. 그는 서간도로 갔다. 처음 그는 백두산 뒤 흑룡강 가 '청시허'라는 그리 크지 않은 동리에 있었다. 생전에 보지 못하던 험한 산과 울창한 산림과 듣지도 못하던 홍우적(마적) 홍우적 하는 소리에 간담이 서늘하였다.

그러나 하루 지나고 이틀 지나 차차 몇 달 되니 고향 생각도 덜 나고 무서운 마음도 덜하였다. 이리하여 이곳서 지내는 때에 그는 산에나 물에나 들에나 먹을 것에나 입을 것에나 조금의 부자유가 없었다. 그러한 부자유는 없었으되 그의 심정에 닥치는 고민은 나날이 깊었다. 벽장골 같은 이곳에 온 후로 친한 벗의 낯은 고사하고 편지 한 장 신문 한 장도 못 보았다. 이곳 사람들은 그의 벗이 되지 못하였다. 토민들은 운심이가 머리도 깎고 일본 말도 할 줄 아니 탐정꾼이라고 처음에는 퍽 수군덕수군덕하였다. 산에 돌아다니면서 사냥을 일삼는 옛날 의병 찌터러기들도 부러 운심을 보러 온 일까지 있었다. 이곳에 사는 사람은 함경도, 평안도, 황해도 사람이 많다. 거개가 생활 곤란으로 와 있고 혹은 남의 돈 지고 도망한 자, 남의 계집 빼가지고 온 자, 순사 다니다가 횡령한 자, 노름질하다가 쫓긴 자, 살인한 자, 의병 다니던 자, 별

별 흉한 것들이 모여서 군데군데 부락을 이루고 사냥도 하며 목축을 하며 농사도 하며 불한당질도 한다. 그런 까닭에 윤리도 도덕도 교육도 없다. 힘센 자가 으뜸이요 장수며 패왕이다. 중국 관청이 있으나 소위 경찰부장이 아편을 먹으면서 아편 장수를 잡아다 때린다.

운심은 동리 어린아이들을 모아놓고 이야기도 하고 글도 가르쳤다. 그러나 그네들은 운심의 가르침을 이해치 못하였다. 운심이는 늘 슬펐다. 유위有爲[5]한 청춘이 속절없이 스러져가는 신세 되는 것이 그에게는 큰 고통이었다.

운심은 그 고통을 잊기 위하여 양양한 강풍을 쐬면서 고기도 낚고 그림 같은 단풍 그늘에서 명상도 하며 높은 봉에 올라 소리도 쳤으나 속 깊이 잠긴 그 비애는 떠나지 않았다. 산골에 방향을 주는 내 소리와 푸른 그늘에서 흘러나오는 유량한 새의 노래로는 그 마음의 불만을 채우지 못하였다. 도리어 수심을 더하였다. 그는 항상 알지 못할 딴 세상을 동경하였다.

산은 단풍에 붉고, 들은 황곡에 누른 그해 가을에 운심이는 청시허를 떠났다. 땀 냄새가 물씬물씬한 여름옷을 그저 입은 그는 여름 삿갓을 쓴 채 조그마한 보따리를 짊어지고 지팡이 하나를 벗하여 떠났다. 그가 떠날 때에 그곳 사람들은 별로 섭섭하다는 표정이 없었다. 모두 문 안에 서서,

"잘 가슈."

할 뿐이었다. 다만 조석으로 글 가르쳐준 열세 살 난 어린것 하나가,

---

5 능력이 있어 쓸모가 있음.

"선생님, 짐을 벗소. 내 들고 가겠소."

하면서 청시허에서 십 리 되는 '다사허' 고개까지 와서,

"선생님, 평안히 가오. 그리고 빨리 오오."

하면서 운다. 운심이도 울었다. 애끓게 울었다. 어찌하여 울게 되었는지 운심이 자신도 의식치 못하였다. 한참 울다가 주먹으로 눈물을 씻고 돌아서 보니 그 아이는 그저 운다. 운심이는 그 아이의 노루 꼬리만한 머리를 쓰다듬으면서,

"어서 가거라, 내가 빨리 당겨오마."

말을 마치지 못하여 그는 또 울었다. 온 세계의 고독의 비애는 자기 홀로 가진 듯하였다. 운심이는 눈을 문지르는 어린애 손을 꼭 쥐면서,

"박돌아! 어서 가거라, 내달이면 내가 온다."

"나는 아버지가 내 말만 들었으면 선생님과 가겠는데……."

하면서 또 운다. 운심이도 또 울었다.

이 두 청춘의 눈물은 영별의 눈물이었다.

물을 건너고 산을 넘어 허덕허덕 홀로 갈 때에 돌에 부딪히며 길에 끌리는 지팡이 소리만이 고요한 나무 속의 평온한 공기를 울리었다. 그의 발길은 정처가 없었다. 해 지면 자고 해 뜨면 걷고 집이 있으면 얻어먹고 없으면 굶으면서 방랑하였다. 물론 이슬에도 잠잤으며 풀뿌리도 먹었다.

이때는 한창 남북 만주에 독립단이 처처에 벌떼같이 일어나서 그 경계선을 앞뒤로 늘인 때였다. 청백한 사람으로서 정탐꾼이라고 독립군 총에 죽은 사람도 많았거니와 진정 정탐꾼도 죽은 사람이 많았다. 운심이도 그네들 손에 잡힌 바 되어 독립당 감옥에

사흘을 갇혔다가 어떤 아는 독립군의 보증으로 놓였다. 그러나 피 끓는 청춘인 운심이는 그저 있지 않았다. 독립군에 뛰어들었다. 배낭을 지고 총을 메었다. 일시는 엄벙벙한 것이 기뻤다. 그러나 날이 가고 달이 갈수록 그 군인생활이 염증이 났다.

그리고 그는 늘 고원을 바라보고 울었다. 이상을 품고 울었다. 그 이듬해 간도 소요를 겪은 후로 독립당의 명맥이 일시 기운을 펴지 못하게 됨에 군대도 해산되다시피 사방에 흩어졌다. 운심이 있던 군대도 해산되었다. 배낭을 벗고 총을 집어 던진 운심이는 여전히 표랑하였다. 머리는 귀밑을 가리고 검은 낯에 수염이 거칠었다. 두 눈에는 항상 붉은 핏발이 섰다. 어떤 때에 그는 아편에 취하여 중국 사람 골방에 자빠진 적도 있었으며, 비바람을 무릅쓰고 사냥도 하였다. 그러나 이방의 괴로운 생활에 시화詩化되려던 그의 가슴은 가을바람에 머리 숙인 버들가지가 되고 하늘이라도 뚫으려던 그 뜻은 이제 점점 어둑한 천인갱참千仞坑塹[6]에 떨어져 들어가는 줄 모르게 떨어져 들어감을 그는 깨달았다. 그는 신세를 생각하고 울었다. 공연히 소리를 지르면서 뛰어도 다녔다.

이 모양으로 향방 없이 표랑하다가 지금 본국으로 돌아오기는 왔다. 내가 찾아갈 곳도 없고 나를 기다려주는 이도 없건마는 나도 본국으로 돌아왔다. 알 수 없는 무엇이 나를 이리로 이끈 것이었다. 그러나 이로부터 어디로 가랴.

6 천 길이나 되게 깊이 파놓은 구덩이.

운심이가 회령 오던 사흘째 되는 날이다. 회령여관에는 도배
장이 나운심塗精匠 羅雲深이라는 문패가 걸렸다.

— 〈조선문단〉, 1924. 10.

십삼 원

유원이는 자려고 불을 껐다. 유리창으로 흘러드는 훤한 전등
빛에 실내는 달밤 같다.

그는 옷도 벗지 않고 그냥 이불 위에 아무렇게나 누웠다.

그러나 온갖 사념에 머리가 뜨거운 그는 졸음이 오지 않았다.
이리 궁글 저리 궁글하였다. 등에는 진땀이 뿌직뿌직 돋고 속에
서는 번열이 난다.

이때에 건넌방에 있는 H가 편지를 가져왔다.

편지를 받은 유원이는 껐던 전등을 다시 켰다. 피봉을 뜯는 그
의 가슴은 두근두근 울렁거렸다. 무슨 알지 못할 큰 걱정이 장차
앞에 닥쳐오려는 사람의 심리 같았다. 그리 짧지 않은 편지를 잠
잠히 보던 그는 힘없이 편지를 자리 위에 던지고 왼팔을 구부려
손바닥으로 머리를 괴고 또 이불 위에 눕는다.

눈을 고요히 감은 유원이는 무엇을 생각한다. 그의 낯빛은 몹시 질린 사람같이 파랗다. 그리고 힘없이 감은 두 눈가에는 한없이 슬픈 빛이 흐른다.

그 편지는 그의 어머니에게서 온 것이다. 그 편지에는 이러한 구절이 있다.

—생애가 너무 곤란하여 무명을 짜려고 한다. 그러나 솜을 사야 할 터인데 돈이 한푼도 없구나! 넨들 객지에 무슨 돈이 있겠니마는 힘이 자라거든 십삼 원만 부쳐다오—

그런데 처음에는 십사 원이라고 썼다가 그 사 자를 뭉개고 옆에 다시 삼 자를 썼다. 그것이 더욱 유원의 가슴에 못이 되었다.

유원이는 금년 이십이의 청춘이다. 그는 어머니가 있다. 처도 있다. 두 살 나는 어린것도 있다. 그러나 곤궁한 그 생애는 그로 하여금 따뜻한 가정생활을 하지 못하게 하였다. 그는 늘 동표서랑東漂西浪[1]으로 가족을 떠나 있지 않을 수 없는 운명에 지배되었다. 지금도 그 가족은 시방 유원이 있는 곳에서도 백여 리나 더 가서 S라는 산골에 있다. 그리고 유원이는 이곳에서 노동을 하여 다달이 얼마씩 그 가족에게 보낸다.

사세가 이러하니 그의 객지 생활은 넉넉지 못하였다. 친구에게 부치는 서신도 마음대로 못 부친다. 그의 사정이 이런 줄을 그의 어머니는 잘 안다. 유원이가 어디 가서 넉넉히 지내더라도 그 어머니께서 돈 보내라는 편지는 못 받았다.

그 어머니는 항상 빈한에 몰려서 괴로운 생활을 하건만 유원

---

1 동쪽으로 표류하고 서쪽으로 방랑한다는 뜻으로, 이리저리 정처 없이 떠돌아다님을 이르는 말.

에게는 괴롭다는 편지를 보내지 않았다. 그것은 사랑하는 자식인 유원의 마음을 상할까 염려함이다. 그렇던 어머니에게서 이제 돈 보내라는 편지가 왔다.

유원이는 벌떡 일어났다. 그는 다시 그 편지를 집어 들었다. 십삼 원이 쓰여진 구절을 또 읽었다.

'아! 어머니가 여북하시면 돈을 보내랄까? 십사 원을 쓰셨다 가 다시 십삼 원으로 고치실 때 형언 못 할 감정이 넘쳤을 어머 니의 가슴!'

머리를 번쩍 들어 벌건 전등을 바라보고 눈을 감으면서 이렇 게 생각하는 유원의 머릿속에는 행여 돈이 올까 하여 기다리고 있을 그 어머니의 측은한 모양이 떠올랐다. 까맣게 때 묻고 다 떨 어진 치마를 입고 힘없이 베틀에 앉은 처의 형용도 보였다. 젖을 먹으려고 어미의 무릎에 벌레벌레 기어오르는 어린것의 가긍한 꼴도 그의 눈앞에 환영으로 지나간다.

유원이는 조금만 설워도 잘 우는 성질이다. 그러나 지금은 어 쩐지 눈물도 잘 나지 않았다. 모든 의식이 망연하고 가슴이 답답 하여 무어라 해야 할지 몰랐다.

"에라, 어디 K하고나 말할밖에……."

하면서 그는 벌떡 일어섰다. K는 유원이 복역하는 노동조의 회계 이다.

오십 가까운 중늙은이로 조원의 숭경崇敬을 받는 이다. 상당한 재산도 있는 사람이다.

유원이는 뒷마당에 나왔다. 문간에 달아놓은 전등 빛은 밝다. 가을밤에 스치는 바람은 쓸쓸하였다. 하늘은 흐려서 별 하나 보이지 않았다.

유원이는 문간에 잇대어 있는 K의 방으로 들어갔다. K는 있었다. 그 밖에 K의 부인과 같은 조원인 C가 놀러 왔다. 유원이는 K의 곁에 앉았다. 그는 공연히 가슴이 울렁울렁하여 어떻게 말을 끄집어내면 좋을지 몰랐다.

신문을 보던 K는,

"허허, 동경 근처는 말이 아닐세! 이거 참 세상이 다시 개벽할라나? 이렇게 큰 지진은 말도 못 들었지."

하면서 유원이를 쳐다본다. 풍부한 살결에 윤기가 도는—주름이 약간 잡힌 이마 아래 두 눈에는 웃음을 띠었다. K는 언제든지 유원이를 대하면 웃는다.

"글쎄요."

유원이는 대답을 하기는 하였으나 무슨 말에 대답을 하였는지, 무슨 의미로 '글쎄요' 하였는지 그는 그 스스로도 몰랐다. 다만 십삼 원이란 돈 말을 어찌할까 함이 그의 온 감정을 지배하였다.

'이 말을 내었다가 거절을 당하면 어쩌나?'

그의 마음은 떨렸다.

'그러나 그 거절당하는 무참도 한순간이겠지. 내가 말 내기 어려운 말 내는 것도 한 찰나겠지. 영영 이 무참이나 그 괴롬이 있지는 않을 것이다. 이 순간을 어서 흘려야 하겠다.'

생각하니 그는 용기가 좀 났다. 그는 말하려고 입을 머뭇하였다. 그의 가슴은 찌릿하였다. 그의 마음에는 곁에 있는 사람이 거리끼었다. 그 사람들 앞에서 자기의 구구한 사정을 꺼내기는 참으로 괴로웠다. 자기는 세상에 아무 권리도 없는 약하고도 천한 무능력한 자라는 모욕적 감정이 그의 의식을 흔들었다. 그는 그만 "으흠" 하고 말을 내지 않았다.

'조용한 틈을 타서 말하리라.'

하였다. 설마 K가 거절이야 않겠지, 그는 추측하였으나 그것도 말해보아야 판단하리라 하였다.

K는 유원이를 사랑한다. 그의 정직하고 쾌활한 성격을 사랑하며 비상한 재주를 사랑한다. 또한 곤궁으로 헛되이 보내는 유원의 청춘도 아까워한다.

금년 여름이었다. 유원이가 ××강습소에 삼 주일 동안이나 매일 오전마다 다녔다. 그때에 K는 친히 유원의 대신 조에 가서 일한 적도 있었다.

"우리 조 회계가 좀해서는[2] 누구 말을 잘 안 듣는데 유원의 말은 잘 들어!"

"흥, 그러지 않으면 그 사람(유원)이 또 그렇지, 회계의 일이라면 좀 잘 보아주나. 어찌했든 유원이 같은 사람은 쉽잖아."

"암, 그렇구말구. 우리게 비기면 그래도 지식도 있고 하지만 당초에 냄새가 없지."

그 조원 간에는 이러한 회화가 종종 있었다. 신문을 보던 K는 유리 미닫이를 드르륵 열고 가가방[3]으로 나간다.

"아, 벌써 열한 점인가!"

시계를 쳐다보고 혼자 중얼거리면서 유원이는 K를 따라 가가방으로 나갔다. 그는 이제는 은근히 말하리라 하고 K의 옆에 다

2 좀하다. 어지간하고 웬만하다.
3 '가겟방'의 원말.

가셨다. 방의 모든 유리를 스쳐 자기의 행동을 유심히 보는 듯하여 또 기운이 줄었다. 그러나 그는 용기를 내어서,

"또 걱정이 생겼어요."

하는 그 말은 남의 말 하듯 좀 냉정하였다. 그의 가슴은 여전히 두근덕두근덕하였다. 그러나 영맹한[4] 짐승이 들어찬 굴에 들어가는 사람이 굴 어구에 있을 때의 그러한 심리는 아니었다. 이미 굴에 들어서서 맹수에게 화살을 던진 때에, 그 생사여부를 기다리는 때의 심리였다.

"응, 무슨 일로?"

K가 묻는 때에 방에 있던 C가 유리창을 열고 나오면서,

"에— 가서 자야지."

한다. 유원이는 또 말문이 막혔다. K는 이편 유원이쪽으로 머리를 기웃하고 무슨 소리를 기다린다. C는 갔다. K는 도로 방으로 들어왔다.

'아, 내가 왜 말을 칵 하지 못하고 이리도 애를 쓰노.'

하고 유원이는 자기의 맘 약한 것을 뉘우쳤다. 이번은 꼭 말하리라 하고 주인을 따라 방으로 들어왔다.

"저…… 편지가 왔는데."

하고 그는 괴로운 웃음을 지었다.

"응, 어디서?"

K는 입에 문 궐련 연기가 눈에 들어갔는지 눈을 비비면서 유원을 본다.

---

4 영맹하다. 모질고 사납다.

"집에서요."

유원은 편지를 끄집어내려고 호주머니에 손을 넣었다.

"무에라고?"

"이것을 보십시오. 또 돈이올시다."

그는 한편으로는 K에게 편지를 주고 곁눈질하여 K의 부인을 보았다.

부인은 담배만 픅픅 피우고 이쪽에는 귀도 기울이지 않는다. 그의 맘은 좀 편하였다.

"내일 부치오. 아마 집에서 퍽 곤란한 게요. 그러면 벌써 말하지."

K는 태연히 말하였다.

유원이는 무엇이라 해야 할지 너무도 감격하여 말이 나오지 않았다.

동시에 그는 어머니의 십삼 원 받고 기뻐할 것을 상상하였다. 감격에 끓던 그의 가슴은 다시 쓰린 감정이 넘치었다.

"아! 이 십삼 원, 이것으로 무명 원료를 사면 쌀은 어찌할까? 나무는 무엇으로?"

그는 그만 소리 없는 눈물을 떨어뜨렸다.

유원이가 우체국에 가서 어머니에게 십삼 원 부치던 날 밤이었다. S 촌에 있는 유원의 어머니는 이상한 꿈을 꾸었다. 무명을 짜느라고 외상으로 산 솜값 받으려고 솜 장사가 왔다. 그런데 유원에게서는 돈을 못 부친다는 편지가 왔다.

솜 장사는 솜값을 내지 않는다고 베틀에 불을 질렀다. 유원의

어머니는 불붙는 무명틀을 붙잡고 울다가 꿈에서 깨어나니 꿈이
었다.

— 〈조선문단〉, 1925. 2.

탈출기

1

김 군! 수삼 차 편지는 반갑게 받았다. 그러나 나는 한 번도 회답치 못하였다. 물론 군의 충정에는 나도 감사를 드리지만 그 충정을 나는 받을 수 없다.

―박 군! 나는 군의 탈가脫家를 찬성할 수 없다. 음험한 이역에 늙은 어머니와 어린 처자를 버리고 나선 군의 행동을 나는 찬성할 수 없다.

박 군! 돌아가라. 어서 집으로 돌아가라. 군의 부모와 처자가 이역 노두路頭에서 방황하는 것을 나는 눈앞에 보는 듯싶다. 그네들이 의지할 곳은 오직 군의 품밖에 없다. 군은 그네들을 구하여야 할 것이다.

군은 군의 가정에서 동량棟樑[1]이다. 동량이 없는 집이 어디 있으랴? 조그마한 고통으로 집을 버리고 나선다는 것이 의지가 굳다는 박 군으로서는 너무도 박약한 소위이다.

군은 ××단에 몸을 던져 ×선에 섰다는 말을 일전 황 군에게서 듣기는 하였으나 그렇다 하여도 나는 그것을 시인할 수 없다. 가족을 못 살리는 힘으로 어찌 사회를 건지랴.

박 군! 나는 군이 돌아가기를 충정으로 바란다. 군의 가족이 사람들 발아래서 짓밟히는 것을 생각할 때! 군의 가슴인들 어찌 편하랴.

김 군! 군은 이러한 말을 편지마다 썼지? 나는 군의 뜻을 잘 알았다. 내 사랑하는 나의 가족을 위하여 동정하여주는 군에게 내 어찌 감사치 않으랴? 정다운 벗의 충고에 나는 늘 울었다. 그러나 그 충고를 들을 수 없다. 듣지 않는 것이 군에게는 고통이 될는지 분노가 될는지? 나에게 있어서는 행복일지도 알 수 없는 까닭이다.

김 군! 나도 사람이다. 정애情愛가 있는 사람이다. 나의 목숨 같은 내 가족이 유린 받는 것을 내 어찌 생각지 않으랴? 나의 고통을 제삼자로서는 만분의 일이라도 느낄 수 없을 것이다.

나는 이제 나의 탈가한 이유를 군에게 말하고자 한다. 여기에 대하여 동정과 비난은 군의 자유이다. 나는 다만 이러하다는 것을 군에게 알릴 뿐이다. 나는 이것을 군이 아니면 다른 사람에게라도 알리지 않고는 견딜 수 없는 충동을 받는 까닭이다.

---

1 기둥과 들보를 아울러 이르는 말.

그러나 나는 단언한다. 군도 사람이어니 나의 말하는 것을 부인치는 못하리라.

2

김 군! 내가 고향을 떠난 것은 오 년 전이다. 이것은 군도 아는 사실이다. 나는 그때에 어머니와 아내를 데리고 떠났다. 내가 고향을 떠나 간도로 간 것은 너무도 절박한 생활에 시든 몸이, 새 힘을 얻을까 하여 새 희망을 품고 새 세계를 동경하여 떠난 것도 군이 아는 사실이다.

—간도는 천부금탕天府金湯[2]이다. 기름진 땅이 흔하여 어디를 가든지 농사를 지을 수 있고 농사를 잘 지으면 쌀도 흔할 것이다. 삼림이 많으니 나무 걱정도 될 것이 없다.

농사를 지어서 배불리 먹고 뜨뜻이 지내자. 그리고 깨끗한 초가나 지어놓고 글도 읽고 무지한 농민들을 가르쳐서 이상촌을 건설하리라. 이렇게 하면 간도의 황무지를 개척할 수도 있다.

이것이 간도 갈 때의 내 머릿속에 그리었던 이상이었다. 이때에 나는 얼마나 기뻤으랴! 두만강을 건너고 오랑캐 령을 넘어서 망망한 평야와 산천을 바라볼 때 청춘의 내 가슴은 이상의 불길에 탔다. 구수한 내 소리와 헌헌한[3] 내 행동에 어머니와 아내도 기뻐하였다.

2 하늘이 내려주신 황홀하고 아리따운 신선의 세계.
3 헌헌하다. 풍채가 당당하고 빼어나다.

오랑캐 령을 올라서니 서북으로 쏠려오는 봄 세찬 바람이 어떻게 뺨을 갈기는지,

"에그 칩구나! 여기는 아직도 겨울이로구나."

어머니는 수레 위에서 이불을 뒤집어썼다.

"무얼요, 이 바람을 많이 맞아야 성공이 올 것입니다."

나는 가장 씩씩하게 말하였다. 이처럼 나는 기쁘고 활기로웠다.

3

김 군! 그러나 나의 이상은 물거품으로 돌아갔다. 간도에 들어서서 한 달이 못 되어서부터 거친 물결은 우리 세 생령生靈의 앞에 기탄없이 몰려왔다.

나는 농사를 지으려고 밭을 구하였다. 빈 땅은 없었다. 돈을 주고 사기 전에는 한 평의 땅이나마 손에 넣을 수 없었다. 그렇지 않으면 지나인支那人의 밭을 도조[4]나 타조[5]로 얻어야 된다. 일 년 내 중국 사람에게서 양식을 꾸어 먹고 도조나 타조를 지으면 가을 추수는 빚으로 다 들어가고 또 처음 꼴이 된다. 그러나 농사라고 못 지어본 내가 도조나 타조를 얻는대야 일 년 양식 빚도 못 될 것이고 또 나 같은 시로도[6]에게는 밭을 주지 않았다.

생소한 산천이요, 생소한 사람들이니, 어디가 어쩌면 좋을는

---

4 남의 논밭을 빌려서 부치고 논밭을 빌린 대가로 해마다 내는 벼.
5 타조법에 따라 거두어들인 현물.
6 '시로도'의 정확한 발음은 '시로우토(しろうと, 素人)'다. 잘 모르는 사람, 아마추어, 초짜 같은 광범위한 뜻으로 쓰인다.

지? 의논할 사람도 없었다. H라는 촌 거리에 셋방을 얻어가지고 어름어름하는 새에 보름이 지나고 한 달이 넘었다. 그새에 몇 푼 남았던 돈은 다 부러먹고[7] 밭은 고사하고 일자리도 못 얻었다.

나는 팔을 걷고 나섰다. 이리저리 돌아다니면서 구들도 고쳐 주고 가마도 붙여주었다. 이리하여 호구하게 되었다. 이때 H 장에서는 나를 온돌장이(구들 고치는 사람)라고 불렀다. 갈아입을 의복이 없는 나는 늘 숯검정이 꺼멓게 묻은 의복을 벗을 새가 없었다.

H 장은 좁은 곳이다. 구들 고치는 일도 늘 있지 않았다. 그것으로 밥 먹기는 어려웠다. 나는 여름 불볕에 삯김도 매고 꼴도 베어 팔았다. 그리고 어머니와 아내는 삯방아 찧고 강가에 나가서 부스러진 나뭇개비를 주워서 겨우 연명하였다.

김 군! 나는 이때부터 비로소 무서운 인간고人間苦를 느꼈다. 아아, 인생이란 과연 이렇게도 괴로운 것인가? 하는 것을 나는 생각하게 되었다. 나는 나에게 닥치는 풍파 때문에 눈물 흘린 일은 이때까지 없었다. 그러나 어머니가 나무를 줍고 아내가 삯방아를 찧을 때! 나의 피는 끓었으며 나의 눈은 눈물에 흐려졌다.

"에구, 차라리 내가 드러누워 앓고 있지, 네 괴로워하는 꼴은 차마 못 보겠다."

이것은 언제 내가 병들어 신음할 때에 어머니가 울면서 하신 말씀이다. 이것을 무심히 들었던 나는 이때에야 이 말의 참뜻을 느꼈다.

---

7 부러먹다. 돈이나 재물을 헛되이 다 써서 없애다.

"아아, 차라리 나의 고기가 찢어지고 뼈가 부서지는 것은 참을 수 있으나, 내 눈앞에서 사랑하는 늙은 어머니와 아내가 배를 주리고 남의 멸시를 받는 것은 참으로 견디기 어렵구나!"

나는 이렇게 여러 번 가슴을 쳤다. 나는 밤이나 낮이나, 비 오나 바람이 치나 헤아리지 않고 삯김, 삯심부름, 삯나무, 무엇이든지 가리지 않았다.

"오늘도 배고프겠구나, 아침도 변변히 못 먹고…… 나는 너 배 주리잖는 것을 보았으면 죽어도 눈을 감겠다."

내가 삯일을 하다가 늦게 돌아오면 어머니는 우실 듯이 말씀하셨다. 그러나 나는 흔연하게,

"배는 무슨 배가 고파요."

대답하였다.

내 아내는 늘 별말이 없었다. 무슨 일이든지 시키는 대로 소곳하고 아무 소리 없이 순종하였다. 나는 그것이 더욱 불쌍하게 생각되었다. 나는 어머니보다는 아내 보기가 퍽 부끄러웠다.

"경제의 자립도 못 되는 내가 왜 장가를 들었누?"

이것이 부모의 한 일이지만 나는 이렇게도 탄식하였다. 그럴수록 아내에게 대하여 황공하였고 존경하였다.

어떻게 하면 살 수 있을까? ……이러한 생각은 이때 내 머리를 몹시 때렸다. 이때 나에게는 부지런한 자에게 복이 온다 하는 말이 거짓말로 생각되었다. 그 말을 지상의 격언으로 굳게 믿어 온 나는 그 말에 도리어 일종의 의심을 품게 되었고 나중은 부인까지 하게 되었다.

부지런하다면 이때 우리처럼 부지런함이 어디 있으며 정직하

다면 이때 우리 식구같이 정직함이 어디 있으랴? 그러나 빈곤은 날로 심하였다. 이틀 사흘 굶은 적도 한두 번이 아니었다. 한번은 이틀이나 굶고 일자리를 찾다가 집으로 들어가니 부엌 앞에 앉았던 아내가(아내는 이때 아이를 배어서 배가 남산만 하였다) 무엇을 먹다가 깜짝 놀란다. 그리고 손에 쥐었던 것을 얼른 아궁이에 집어넣는다. 이때 불쾌한 감정이 내 가슴에 떠올랐다.

'……무얼 먹을까? 어디서 무엇을 얻었을까? 무엇이길래 어머니와 나 몰래 먹누? 아! 여편네란 그런 것이로구나! 아니 그러나 설마…… 그래도 무엇을 먹던데…….'

나는 이렇게 아내를 의심도 하고 원망도 하고 밉게도 생각하였다. 아내는 아무 말 없이 어색하게 머리를 숙이고 앉아서 씩씩하다가 밖으로 나간다. 그 얼굴은 좀 붉었다.

아내가 나간 뒤에 나는 아내가 먹다가 던진 것을 찾으려고 아궁지[8]를 뒤지었다. 싸늘하게 식은 재를 막대기에 뒤져내니 벌건 것이 눈에 띄었다. 나는 그것을 집었다. 그것은 귤껍질이다. 거기엔 베먹은 잇자국이 났다. 귤껍질을 쥔 나의 손은 떨리고 잇자국을 보는 내 눈에는 눈물이 괴었다.

김 군! 이때 나의 감정을 어떻게 표현하면 적당할까?

─오죽 먹고 싶었으면 오죽 배고팠으면, 길바닥에 내던진 귤껍질을 주워 먹을까! 더욱 몸 비잖은[9] 그가! 아아, 나는 사람이 아니다. 그러한 아내를 나는 의심하였구나! 이놈이 어찌하여 그러한 아내에게 불평을 품었는가? 나 같은 간악한 놈이 어디 있으

8 아궁이.
9 몸 비잖다. 아이를 배다.

랴. 내가 양심이 부끄러워서 무슨 면목으로 아내를 볼까?

이렇게 생각하면서 나는 느껴가며 눈물을 흘렸다. 귤껍질을 쥔 채로 이를 악물고 울었다.

"야, 어째 우느냐? 일어나거라. 우리도 살 때 있겠지, 늘 이렇겠느냐."

하면서 누가 어깨를 친다. 나는 그것이 어머니인 것을 알았다. 나는,

"아이구 어머니, 나는 불효외다."

하면서 어머니의 발을 안고 자꾸자꾸 울고 싶었다. 그러나 나는 아무 소리 없이 가슴을 부둥켜안고 밖으로 나왔다.

'내가 왜 우누? 울기만 하면 무엇하나? 살자! 살자! 어떻게든지 살아보자! 내 어머니와 내 아내도 살아야 하겠다. 이 목숨이 있는 때까지는 벌어보자!'

나는 이를 갈고 주먹을 쥐었다. 그러나 눈물은 여전히 흘렀다. 아내는 말없이 울고 섰는 내 곁에 와서 손으로 치마끈을 만지작거리며 눈물을 떨어뜨린다. 농삿집에서 길러 난 아내는 지금도 어찌 수줍은지 내가 울면 같이 울기는 하여도 어떻게 말로 위로할 줄은 모른다.

4

김 군! 세월은 우리를 위하여 여름을 항상 주지 않았다.

서풍이 불고 서리가 내리기 시작하였다. 찬 기운은 헐벗은 우

리를 위협하였다.

가을부터 나는 대구어 장사를 하였다. 삼 원을 주고 대구 열마리를 사서 등에 지고 산골로 다니면서 콩과 바꾸었다. 그러나 대구 열 마리는 등에 질 수 있었으나, 대구 열 마리를 주고받은 콩 열 말은 질 수 없었다. 나는 하는 수 없이 삼사십 리나 되는 곳에서 두 말씩 두 말씩 사흘 동안이나 져왔다. 우리는 열 말 되는 콩을 자본 삼아 두부 장사를 시작하였다.

아내와 나는 진종일 맷돌질을 하였다. 무거운 맷돌을 돌리고 나면 팔이 뚝 떨어지는 듯하였다. 내가 이렇게 괴로울 적에 해산한 지 며칠 안 되는 아내의 괴롬이야 어떠하였으랴? 그는 늘 낯이 부석부석하였다. 그래도 나는 무슨 불평이 있는 때면 아내를 욕하였다. 그러나 욕한 뒤에는 곧 후회하였다.

콧구멍만한 부엌방에 가마를 걸고 맷돌을 놓고 나무를 들이고 의복가지를 걸고 하면 사람은 겨우 비비고 들어앉게 된다. 뜬 김에 문창은 떨어지고 벽은 눅눅하다. 모든 것이 후줄근하여 의복을 입은 채 미지근한 물속에 들어앉은 듯하였다. 어떤 때는 애써 갈아놓은 비지가 이 뜬 김 속에서 쉬어버렸다. 두붓물이 가마에서 몹시 끓어 번질 때에 우윳빛 같은 두붓물 위에 빠다 빛 같은 노란 기름이 엉기면(그것은 두부가 잘될 징조다) 우리는 안심한다. 그러나 두붓물이 희멀끔해지고 기름기가 돌지 않으면 거기에만 시선을 쏘고 있는 아내의 낯빛부터 글러가기 시작한다. 초를 쳐보아서 두붓발이 서지 않고 매캐지근하게 풀려질 때에는 우리의 가슴은 덜컥한다.

"또 쉰 게로구나! 저를 어찌누?"

젖을 달라고 빽빽 우는 어린아이를 안고 서서 두붓물만 들여다보시던 어머니는 목메인 말씀을 하시면서 우신다. 이렇게 되면 온 집안은 신산하여 말할 수 없는 울음, 비통, 처참, 소조한 분위기에 싸인다.

"너 고생한 게 애닯구나! 팔이 부러지게 갈아서…… 그거(두부) 팔아서 장을 보려고 태산같이 바랐더니…….''

어머니는 그저 가슴을 뜯으면서 운다. 아내도 울듯 울듯이 머리를 숙인다. 그 두부를 판대야 큰돈은 못 된다. 기껏 남는대야 이십 전이나 삼십 전이다. 그것으로 우리는 호구를 한다. 이십 전이나 삼십 전에 어머니는 운다. 아내도 기운이 준다. 나까지 가슴이 바짝바짝 조인다.

그날은 하는 수 없이 쉰 두붓물로 때를 에우고[10] 지낸다. 아이는 젖을 달라고 밤새껏 빽빽거린다. 우리의 살림에는 어린것도 귀찮았다.

5

울면서 겨자 먹기로 괴로운 대로 또 두부를 하지 않으면 안 된다. 그러나 이번에는 땔나무가 없다. 나는 낫을 들고 떠난다. 내가 낫을 들고 떠나면 산후 여독으로 신음하는 아내도 낫을 들고 말없이 나를 따라 나선다. 어머니와 나는 굳이 만류하나 아내는

---

10 에우다. 다른 음식으로 끼니를 때우다.

듣지 않는다.

내 손으로 하는 나무이건만 마음 놓고는 못 한다. 산 임자에게 들키면 여간한 경을 치지 않는다. 그러므로 우리는 황혼이면 산에 가서 도적나무를 하여 지고 밤이 깊어서 돌아온다. 아내는 이고 나는 지고 캄캄한 밤에 산비탈로 내려오다가 발이 미끄러지거나 돌에 채면 곤두박질을 하여 나뭇짐 속에 든다. 아내는 소리 없이 이었던 나무를 내려놓고 나뭇짐에 눌려서 버둥거리는 나를 겨우 끄집어 일으킨다. 그러나 내가 나뭇짐을 지고 일어나면 아내는 혼자 나뭇짐을 이지 못한다. 또 내가 나뭇짐을 벗고 아내에게 이어주면 나는 추어주는 이 없이는 나뭇짐을 질 수 없다. 하는 수 없이 나는 어떤 높은 바위에 벗어놓고(후에 지기 편하도록) 아내에게 이어준다. 이리하여 산비탈을 내려오면, 언제 왔는지 어머니는 애를 업고 우들우들 떨면서 산 아래서 기다리시다가도,

"인제 오니? 나는 너 또 붙들리지나 않는가 하여 혼이 났다."

하신다. 이때마다 내 가슴은 저렸다. 나는 이렇게 나무 도적질을 하다가 중국 경찰서에까지 잡혀가서 여러 번 맞았다.

이때 이웃에서는 우리를 조소하고 경찰에서는 우리를 의심하였다.

—흥, 신수가 멀쩡한 연놈들이 그 꼴이야, 어디 가 일자리도 구하지 않구. 그 눈이 누래서 두부 장사 하는 꼬락서니는 참 더러워서 못 보겠네. 불알을 달고 나서 그렇게야 살리?

이것은 이웃 남녀가 비웃는 소리였다. 그리고 어떤 산 임자가 나무 잃은 고발을 하면 경찰서에서는 불문곡직하고 우리 집부터

수색하고 질문하면서 나를 때린다. 그러나 나는 호소할 곳이 없었다.

6

김 군! 이러구러 겨울은 점점 깊어가고 기한飢寒은 점점 박두하였다.[11] 일자리는 없고…… 그렇다고 손을 털고 앉았을 수는 없었다. 모든 식구가 퍼러퍼래서 굶고 앉은 꼴을 나는 그저 볼 수 없었다. 시퍼런 칼이라도 들고 하루라도 괴로운 생을 모면하도록 그네들을 쿡쿡 찔러 없애고 나까지 없어지든지, 그렇지 않으면 칼을 들고 나서서 강도질이라도 하여서 기한을 면하든지 하는 수밖에는 더 도리가 없게 절박하였다. 나는 일이 없으면 없느니만치, 고통이 닥치면 닥치느니만치 내 번민은 컸다. 나는 어떤 날은 거의 얼빠진 사람처럼 눈을 감고 깊은 생각에 잠긴 일이 있었다.

이때 내 머릿속에서는 머리를 움실움실 드는 사상이 있었다(오늘날에 생각하면 그것은 나의 전 운명을 결정할 사상이었다). 그 생각은 누구의 가르침에 일어난 것도 아니려니와 일부러 일으키려고 애써서 일어난 것도 아니다. 봄 풀싹같이 내 머릿속에서 점점 머리를 들었다.

―나는 여태까지 세상에 대하여 충실하였다. 어디까지든지 충

11 박두하다. 기일이나 시기가 가까이 닥쳐오다.

56

실하려고 하였다. 내 어머니, 내 아내까지도 뼈가 부서지고 고기가 찢기더라도 충실한 노력으로 살려고 하였다. 그러나 세상은 우리를 속였다. 우리의 충실을 받지 않았다. 도리어 충실한 우리를 모욕하고 멸시하고 학대하였다. 우리는 여태까지 속아 살았다. 포악하고 허위스럽고 요사한 무리를 용납하고 옹호하는 세상인 것을 참으로 몰랐다. 우리뿐 아니라 세상의 모든 사람들도 그것을 의식치 못하였을 것이다. 그네들은 그러한 세상의 분위기에 취하였었다. 나도 이때까지 취하였었다. 우리는 우리로서 살아온 것이 아니라 어떤 험악한 제도의 희생자로서 살아왔었다.

김 군! 나는 사람들을 원망치 않는다. 그러나 마주魔酒에 취하여 자기의 피를 짜 바치면서도 깨지 못하는 사람을 그저 볼 수 없다. 허위와 요사와 표독과 게으른 자를 옹호하고 용납하는 이 제도는 더욱 그저 둘 수 없다.

—이 분위기 속에서는 아무리 노력하여도, 충실하여도, 우리는 우리의 생의 만족을 느낄 날이 없을 것이다. 어찌하여 겨우 연명을 한다 하더라도 죽지 못하는 삶이 될 것이요, 그 영향은 자식에게까지 미칠 것이다. 나는 어미 품속에서 빽빽 하는 어린것의 장래를 생각할 때면 애잡짤한[12] 감정과 분함을 금할 수 없다. 내가 늘 이 상태면(그것은 거의 정한 이치다) 그에게는 상당한 교양은 고사하고, 다리 밑이나 남의 집 문간에 버리게 될 터이니, 아! 삶을 받은 한 생령을 죄없이 찌그러지게 하는 것이 어찌 애닲잖으며 분치 않으랴? 그렇다 하면 그것을 나의 죄라 할까?

---

12 애잡짤하다. 가슴이 미어지듯 안타깝다.

김 군! 나는 더 참을 수 없었다. 나는 나부터 살리려고 한다. 이때까지는 최면술에 걸린 송장이었다. 제가 죽은 송장으로 남(식구들)을 어찌 살리랴? 그러려면 나는 나에게 최면술을 걸려는 무리를, 험악한 이 공기의 원류를 쳐부수려고 하는 것이다.

나는 이것을 인간의 생의 충동이며 확충이라고 본다. 나는 여기서 무상의 법열法悅을 느끼려고 한다. 아니 벌써부터 느껴진다. 이 사상이 드디어 나로 하여금 집을 탈출케 하였으며, ××단에 가입하게 하였으며, 비바람 밤낮을 헤아리지 않고 벼랑 끝보다 더 험한 ×선에 서게 한 것이다.

김 군! 거듭 말한다. 나도 사람이다. 양심을 가진 사람이다. 애정을 가진 사람이다. 내가 떠나는 날부터 식구들은 더욱 곤경에 들 줄도 나는 알았다. 자칫하면 눈 속이나 어느 구렁에서 죽는 줄도 모르게 굶어 죽을 줄도 나는 잘 안다. 그러므로 나는 이곳에서도 남의 집 행랑어멈이나 아범이며, 노두에 방황하는 거지를 무심히 보지 않는다. 아! 나의 식구도 그럴 것을 생각할 때면 자연히 흐르는 눈물과 뿌직뿌직 찢기는 가슴을 덮쳐 잡는다.

그러나 나는 이를 갈고 주먹을 쥔다. 눈물을 아니 흘리려고 하며 비애에 상하지 않으려고 한다. 울기에는 너무도 때가 늦었으며 비애에 상하는 것은 우리의 박약을 너무도 표시하는 듯싶다. 어떠한 고통이든지 참고 분투하려고 한다.

김 군! 이것이 나의 탈가한 이유를 대략 적은 것이다. 나는 나의 목적을 이루기 전에는 내 식구에게 편지도 하지 않으려고 한다. 그네가 죽어도, 내가 또 죽어도…….

나는 이러다가 성공 없이 죽는다 하더라도 원한이 없겠다. 이

시대, 이 민중의 의무를 이행한 까닭이다.

아아, 김 군아! 말을 다하였으나 정은 그저 가슴에 넘치누나!

— 〈조선문단〉, 1925. 3.

향수鄕愁

먼 산은 푸른 안개에 윤곽이 아른하고 담 밑에 저녁연기가 솔솔자자 흐를 때였다. 축은한 땅 위에 부드럽게 내리는 이른 봄 궂은비는 고독한 나그네의 수심을 한껏 돋운다.

전등도 켜지 않은 방 미닫이를 반쯤 열어놓고 컴컴한 황혼 속에 내리는 빗소리를 듣는 나의 몸과 마음은 농후한 자줏빛 안갯속으로 점점 스러져 들어가는 듯하였다. 나는 눈을 감고 머리를 숙였다. 기름을 붓는 듯이 매끄럽게 들리는 빗소리, 삼라만상을 소리 없이 싸고도는 으슥한 빛, 모든 것은 끝없는 솜같이 부드러운 설움을 휩싸서 여지없는 듯하다. 그 설움은 내 옷을 축은히 적시고 온 모공으로 살금살금 기어들어서 혈관을 뚫고 붉은 피를 푸르게 물들여서 내 온몸을 안팎 할 것 없이 속속이 싸고도는 듯이 안타깝고 아쉽고 그리워 무어라 형용할 수 없는 애수를 가슴에 부어 넣는다.

아아 감개무량한 날이요, 감개무량한 황혼이다. 나는 이 봄을 당할 때마다 칠 년 전 옛 봄을 생각한다. 한 번 간 후로 소식이 묘연한 김 군을 생각지 않을 수 없게 된다.

때는 일구일구년 삼월 이십오일이었다.

나는 나의 가장 사랑하는 친구 김우영 군께서 그가 고국을 떠난다는 마지막 편지를 받은 날이다. 그것은 내가 그에게 써 보낸 편지의 회답이었다.

김우영의 회답

군의 편지는 어저께 받았다. 나는 가슴이 미어지는 듯하여 무어라 하면 좋을지 모른다. 꿈 같기도 하고 거짓 같기도 하다. 그러나 또렷한 군의 필적이거니 이제 무엇을 다시 의심하랴? 나는 밤새껏 가슴을 쥐어뜯으면서 울었다. 울기는 벌써 때가 지난 줄 내 모르는 것이 아니건만 나오는 눈물을 어찌하랴? 집 떠난 지 오 년 사이에 내 사랑하던 어머니가 돌아가시고 어린것이 죽고 이제 남았던 아내까지 죽었으니 아아 무슨 바람과 무슨 면목으로 이제 다시 고향을 밟으랴?

올해는 어떨까 내년에는 어떨까 하여 해가 갈 때마다 집으로 돌아가기를 맹세하고 바랐으나 몸은 점점 괴로울 뿐이고 모든 것은 뜻같이 되지 않아서 고향으로 못 돌아갔다. 이리하여 세월도 나를 속였거니와 나도 세월을 속였으며 내 사랑하던 식구까지 속였구나.

작년 가을에 이곳으로 온 것은 이역상설에 너무도 고향이 그리워서 고국 땅이라도 밟아서 한걸음이라도 고향 가까이 있어 보려는 진정으로 온 것이다. 그러나 이곳에 와서도 노동자의 무리에서 비지땀을 짜게 되매 역시 낭탁囊橐[1]이 비었다. 가난에 우는 처자를 버리고 떠나서 한푼 없이 어찌 돌아가랴. 그네들은 죽는 때에 눈을 못 감았으리라. 아아 이 무정한 나를 얼마나 바라고 기다렸으랴. 나도 목석이 아니거니 어찌 그것을 모르랴. 생각할수록 가슴이 터지는 듯하다.

나는 가련다. 저즘[2]께 차버렸던 만주나 서백리아로 가련다. 그러나 나는 고국에 많은 애착을 두고 간다. 이 몸이 떠나는 때 그 자국자국에 괴일 눈물의 뜻을 군은 알 것이다.

죽어서 만약 영혼이 있다 하면 나는 고향으로 가련다. 부모 처자의 영혼을 따라 고향 가서 이 가슴의 설움을 끝까지 아뢰고자 한다.

잘 있거라. 그러나 군의 목숨이 붙어 있는 때까지 이 세상에는 김우영이라는 친구가 있었더라는 것을 잊지 말아다오.

삼월 이십삼일 김우영 씀.

이우춘 군.

그날도 이렇게 비가 뿌렸다. 사랑하는 벗의 쓰라린 편지를 고즈넉한 봄비 속에 서 읽을 때 나는 무어라고 형언할 수 없는 감

1 주머니와 전대를 아울러 이르는 말.
2 접때.

개의 가슴을 만졌다.

김우영 군이 고향 있을 때 일이다. 하루는 그리 몹시 불던 바람이 자더니 곧 검은 구름이 하늘을 가리었다. 우중충한 날이 반나절이나 계속되다가 해 넘어갈 때부터 함박꽃 같은 눈이 펄펄 내렸다. 눈은 밤새껏 퍼부어서 온 거리에 솜같이 쌓인 위로 새벽부터 바람이 건너기 시작하였다.

해 오를 임박에는 바람 형세가 맹렬하였다. 노한 바닷소리같이 우— 하고 서북으로부터 쏠려 내려올 때면 지진 난 것처럼 집까지 흔들흔들하는 듯하였다. 눈가루가 창문을 치는 때면 모래를 뿌리는 듯이 쏴— 하며 뚫어진 구멍으로 막 뿌려들었다. 울타리 말장[3]이 부러지는지 뉘 집 지붕이 떠나가는지 우직끈 뚝딱 덩그렁 철썩 하는 소리는 온 생령으로 하여금 점점 몸을 옹송그리게 한다.

식전부터 순사들은 돌아다니면서 눈을 치우라고 야단이다. 그러나 쓸어놓으면 또 뿌려오고 낯을 들면 눈이 뿌려서 옴짝할 수 없었다. 그러나 경관들은 칼 소리를 내고 돌아다니면서 못 견디게 굴었다.

나는 화로를 끼고 앉았다가 하는 수 없이 밖에 나섰다. 천지는 뿌어서 눈안개 속에 잠기고 칼 같은 바람은 뺨을 후린다. 나는 바로 우리 집 앞에 있는 우영 군 집으로 갔다. 둘이 협력하여서 눈을 치워보려고 생각한 까닭이다. 우영 군 집 마당에 들어서니 그

3 가늘게 다듬어 깎아서 무슨 표가 되도록 박은 나무 말뚝.

집 온 식구들은 벌써 밖에 나왔다. 우영 군의 아내는 맨발에 떨어진 짚세기를 끌고 낯이 파랗게 질려서 흙마루에 뿌린 눈을 쓸고 있다. 그리고 우영 군은 차디찬 눈 뿌린 툇마루를 짚고 앉아서 흑흑 느껴가면서 눈물을 떨어뜨린다. 나는 웬일인가 하여 눈이 둥그레서,

"자네 왜 우나? 응?"

하고 물었다. 그러나 우영 군은 아무 대답이 없고 마루 밑에 떨어진 짚세기를 찾고 있던 그의 늙은 어머니가 머리를 돌려 나를 보면서,

"자네 왔나?"

하고 어색한 소리로 말한다.

"네! 안녕히 주무셨습니까? 그런데 우영 군이 왜 저러고 앉았어요?"

"응 그 급살을 맞을 놈들이 그 애를 때렸네! 에구 그 언 뺨을 그놈들이 사정없이도 때리데."

"누가 때려요?"

"순사 놈들이 때리지 누가 때리겠나!"

"순사가 왜 때려요?"

"눈치라 얼른 나오잖는다구 그 구둣발로 차고 그것도 부족해서 뺨까지 때렸다네! 에구 망할 놈의 세상두……."

그 어머니는 눈물이 글썽글썽해서 우영 군을 본다. 나도 보았다. 팔뚝이 빠진 헌 양복저고리를 입고 울던 우영 군은,

"내가 아무 때든지 이 설치⁴를 해야지."

하며 마루를 꽝 때린다.

"이 사람아! 울 것 있나?"

"너무도 억울해서 그러네! 이놈의 사회가 언제까지 이 모양으로 갈는지?"

우영 군과 나는 들채에다 눈을 담아서는 앞 개울로 내다 버렸다. 그런데 우영 군은 우리 노동자 가운데서는 꽤 든든한 편인데 이날 아침에는 숨이 차서 헐떡헐떡하며 이마에 땀이 내 돋아서 서리가 뿌―옇다. 그리고 몇 걸음 걷다가는 휭 하고 자빠지거나 비틀비틀하고 잘 걷지도 못한다.

"이 사람이 오늘 아침에는 왜 이리 자빠지나? 허허!"

나는 농담을 하면서 들채를 들다가 쓰러지는 그를 보고서 웃었다.

"에구! 벌써 세 끼나 굶었으니 무슨 기운이 나겠나!"

마루에 서서 우리를 보던 우영 군의 어머니는 탄식처럼 뇌인다. 그 소리를 들은 나는 그만 맥이 풀렸다. 나는 겨죽이나마 배불리 먹고 굶은 그네들 앞에 선 것이 죄송스럽기도 하고 고생을 죽도록 해도 근근이 생명을 이어가는 우리네 팔자가 너무도 억울하였다.

그 후 며칠을 지났었다. 하루는 우영 군이 나를 찾아와서,

"나는 떠나려네!"

"응, 어디로?"

4 설욕.

"간도나 해삼위로 가려네!"

"거기는 가서?"

"암만해도 이 상태로는 늘 이 꼴이 되겠으니 어느 금광이나 탄광에 가서 좀 벌어보겠네."

"이 사람아, 식구들은 어찌할 작정인가?"

"어쩌다니? 방책이 없지!"

"괜히 고생만 더 하게 되기 쉬우니 잘 생각하게나!"

"자네 아직도 못 깨달았나? 우리가 여기서 고생을 더 하면 얼마나 더 하겠나! 나는 내 일생에 고생을 피하거나 벗으려고 하지 않네. 글쎄 그러면 그것은 마음만 상하지 쓸 데 있나. 나는 어떤 고통이든지 지긋지긋 밟고 나가서 그것을 이기려고 하네. 어쨌든지 살아보려고 하네. 내가 떠나는 것은 좀 웬만하면 식구들을 배나 주리지 않게 할까 함일세. 내가 굶은들 상관 있나마는 식구들 굶는 꼴은 참 못 보겠네. 어디 가보아서 좋으면 몇 달에 얼마씩이라도 보내게 될 터이지."

"글쎄 그렇다면 모르거니와 참 딱하네."

그 후로 그는 서백리아로 북만주로 찬비와 쓰린 눈을 무릅쓰고 돌아다녔다. 그러나 집에는 돈 한푼 못 보내었다. 그의 식구는 열흘이면 엿새는 굶었다. 그 후 오 년 만에 우영 군은 경흥 웅기에 왔다는 편지가 있었다. 그 편지를 받던 후로 그의 식구들은 그의 오기를 더욱 기다렸다. 그 어머니는 늘 이런 편지를 그에게 부쳤다.

그러자 그 이듬해 봄에 독감이 유행하여 그의 식구들은 하나 남지 않고 죽었다.

"우리 우영이는 어째 안 오는가? 응! 우영이 왔나?"

그 어머니는 죽을 때에 곁에 앉은 나를 보고 여러 번 물었다.

이 식구들의 죽은 소식을 들은 김우영 군은 마지막 편지를 나에게 주고 웅기를 떠나서 또 해외로 갔다. 그것이 벌써 칠 년 전 옛일이다.

김우영 군은 지금 어디에 있는지? 나도 그 후로 고향을 떠나서 타관에 유리표박流離漂泊하게 되면서부터 다년 생활에 몰려서 어떤 때면 그를 잊다시피 생각지 않는다. 그러나 이 봄을 만나고 더욱 궂은 봄비 뿌리는 때면 그가 그립고 고향이 그립다. 작년인가 풍편에 들으니 김우영 군은 모스크 ××회에서 활동한다 하나 자세한 소식은 못 된다.

내가 살아 있는 것처럼 그도 살아 있다 하면 내가 그를 생각하는 이만치 그도 나를 생각할 것이며 내가 고향을 그리는 것처럼 그도 고향을 그릴 것이다. 천리에 방랑하는 두 혼의 가슴에 타는 애수는 언제나 언제나 스러질까? 인생이 있는 동안에는 이 설움은 늘 있을 것이다. 창 앞에 빗소리는 그저 그치지 않았다.

— 〈동아일보〉, 1925. 4. 6~13.

박돌의 죽음

1

밤은 자정이 훨씬 넘었다.

이웃의 닭소리는 검푸른 새벽빛 속에 맑게 흐른다. 높고 푸른 하늘에 야광주夜光珠를 뿌려놓은 듯이 반짝이는 별들은 고요한 대지를 향하여 무슨 묵시黙示를 주고 있다. 나뭇잎에서는 이슬 듣는 소리가 고요하다. 여름밤이건만 새벽녘이 되니 부드럽고도 쌀쌀한 기운이 추근하게[1] 만상萬象을 소리 없이 싸고돈다.

남자인지 여자인지, 어둠 속에 잘 분간할 수 없는 히슥한[2] 그림자가 동계사무소洞契事務所 앞 좁은 골목으로 허둥허둥 뛰어나온다.

---

1 추근하다. 물기가 조금 있어 축축하다.
2 히슥하다. 색깔이 조금 허옇다는 뜻의 북한어.

고요한 새벽이슬에 추근한 땅을 울리면서 나오는 발자취는 퍽 산란하다. 쿵쿵 하는 음향은 여러 집 울타리를 넘고 지붕을 건너서 어둠 속으로 규칙 없이 퍼져나갔다.

어느 집 개가 몹시 짖는다. 또 다른 집 개도 컹컹 짖는다. 캥캥 한 발바리 소리도 난다.

뛰어나오는 그림자는 정직상점正直商店 뒷골목으로 휙 돌아서 내려간다. 쿵쿵쿵…….

서너 집 내려와서 어둠 속에 잿빛같이 보이는 커다란 대문 앞에 딱 섰다. 헐떡이는 숨소리는 고요한 공기를 미미히 울린다. 그 그림자는 대문에 탁 실린다. 빗장과 대문이 맞찍혀서 삐걱 하고는 열리지 않았다.

"문으 좀 벗겨주오!"

무엇에 쫓긴 듯이 황겁한 소리는 대문 안마당의 어둠을 뚫고 저편 푸른 하늘 아래 용마루선이 죽 그인 기와집에 부딪혔다.

"문으 좀 열어주오!"

이번에는 대문을 두드리고 밀면서 고함을 친다. 소리는 퍽 황 겁하나 가늘고 쟁쟁한 것이 여자다 하는 것을 직각케 한다.

"에구 어찌겠는구? 이 집에서 자음메? 문으 빨리 벗겨주오!"

절망한 듯이 애처로운 소리를 치면서 문을 쿵쿵 치다가는 삐 걱삐걱 밀기도 하고, 땅에다가 배를 붙이고 대문 밑으로 기어들어가려고도 애를 쓴다. 대문 울리는 소리는 주위의 공기를 흔들었다.

이웃집 개들은 그저 몹시 짖는다.

닭은 홰를 치고 꼬끼요― 한다.

"그게 뉘기요?"

안에서 선잠 깬 여편네 소리가 들린다.

"에구 깼구먼!"

엎드려서 배밀이하던 여인은 벌떡 일어나면서,

"내요, 문으 좀 벗겨주오!"

한다. 그 소리는 아까보다 좀 나직하다.

"내라는 게 뉘기요? 어째 왔소?"

안에서는 문을 벌컥 열었다. 열린 문이 벽에 부딪히는 소리가 탁 하고 울타리에 반향하였다.

"초시 있소? 급한 병이 있어 그럽메."

컴컴하던 집 안에 성냥 불빛이 가물가물하다가 힘없이 스러지는 것이 대문 틈으로 보였다. 다시 성냥 불빛이 번득하더니 당그랑 짤랑 하는 램프 유리의 부딪치는 소리와 같이 환한 불빛이 문으로 흘러나와 검은 땅을 스쳐 대문에 비치었다. "에헴" 하는 사내의 기침 소리가 들렸다. 칙칙거리는 어린애 울음소리가 난다. 불빛이 번뜩하면서 문으로 여인이 선잠 깬 하품 소리를 "으앙" 하며 맨발로 저벅저벅 나와서 대문 빗장을 뽑았다.

"뉘기요?"

들어오는 사람을 기웃이 본다.

"내요."

밖에 섰던 여인은 대문 안으로 들어섰다.

"나는 또 뉘기라구? 어째서 남 자는 밤에 이 야단이오?"

안에서 나온 여인은 입을 씰룩하였다.

"에구 박돌朴乭이 앓아서 그럽메! 초시 있소?"

밖에서 들어온 여인은 떨리는 목소리로 아첨 비슷하게, 불빛에 오른쪽 볼이 붉은 주인 여편네를 건너다본다.

"있기는 있소."

주인 여편네는 휙 돌아서서 안으로 들어가더니,

"저두에 파충댁이로구마! 의원이구 약국이구 걷어치우오! 잠두 못 자게 하구!"

소리를 지른다. 캥캥한 소리는 몹시 쌀쌀하였다. 지금 온 여인은 툇마루 아래에 서서 머리를 숙였다 들면서 한숨을 휴— 쉬었다.

정주鼎廚에서 한참 동안이나 부시럭부시럭 하는 소리가 나더니 사잇문 소리가 덜컥 하면서 툇마루 놓인 방문 창에 불빛이 가득 찼다.

"에헴, 들오!"

다 쉬어빠진 호박통을 두드리는 듯한 사내의 소리가 들린다. 밖에 섰던 여인은 툇마루에 올라섰다. 문을 열었다. 방에서 흘러나오는 불빛은 마루에 떨어졌다. 약 냄새는 코를 쿡 찌른다.

2

"하, 그거 안됐군. 그러나 나는 갈 수 없는데……."

몸집이 뚱뚱하고 얼굴에 기름이 번질번질한 의사(김 초시)는 창문 정면에 놓인 약장에 기대앉았다.

"에구 초시사, 그래 쓰겠소? 어서 가봐 주오."

문 앞에 황공스럽게 쭈그리고 앉은 여인의 사들사들한 낯에는 어색한 웃음이 떠올랐다.

"글쎄 웬만하문사 그럴 리 있겠소마는, 어제부터 아파서 출입이라군 못 하고 있소. 에헴, 에헴, 악……."

의사는 입에 물었던 담뱃대를 뽑아들더니 안 나오는 기침을 억지로 끄집어내어 가래를 타구에 뱉는다.

"그게(박돌) 애비 없이 불쌍히 자란 게 죽어서 쓰겠소? 거저 초시께 목숨이 달렸으니 살려주오."

의사는 땟국이 꾀죄한 여인을 힐끗 보더니,

"별말을 다 하오. 내 염라대왕이니 목숨을 쥐고 있겠소. 글쎄 하늘이 무너진대도 못 가겠소."

하며 담배 연기를 획 내뿜고 이마를 찡기면서 천장을 쳐다본다. 흰 연기는 구름발같이 휘휘 돌아서 까맣게 그을은 약봉지를 데룽데룽 달아놓은 천장으로 기어올라서는 다시 죽 퍼져서 방 안에 찼다. 오줌 냄새, 약 냄새에 여지없는 방 안의 공기는 캐—한 연기와 어울려서 코가 저리도록 불쾌하였다.

"제발 살려줍시오, 네? 그 은혜는 뼈를 갈아서라도 갚아드리오리! 네? 어서 가봐 주오."

"글쎄 못 가겠는 거 어찌겠소? 이제 바람을 쏘이고 걷고 나면 죽게 앓겠으니, 남을 살리자다가 제 죽겠소."

"가기는 어디로 간단 말이오? 어제해르, 그래, 또 밤새끈 알쿠서리."

의사의 말 뒤를 이어 정주에서 주인 여편네가 캥캥거린다.

여인은 머리를 푹 숙이고 앉았더니,

"그러문 약이라도 멧 첩 지어주오."

한다.

"약종이 부족해서 약을 못 짓는데."

의사는 몸을 비틀면서 유들유들한 목을 천천히 돌려서 약장을 슬그머니 돌아본다.

"약값 염려는 조금도 말고 좀 지어주오."

"아, 글쎄 약종이 없는 것을 어떻게 짓는단 말이오? 자, 이거 보오!"

하더니 빈 약 서랍 하나를 뽑아서 땅바닥에 덜컥 놓는다.

"집에 돼지 새끼 하나 있으니 그거 모레 장에 팔아드릴게 좀 지어주오."

"하, 이 앞집 김 주사도 어제 약 지러 왔다가 못 지어갔소."

의사는 어이없다는 듯이 입을 벌린다.

"그래 못 지어주겠소?"

푹 꺼진 여인의 눈은 이상스럽게 의사의 낯을 쏘았다.

의사는,

"글쎄 어떻게 짓겠소?"

하면서 여인이 보내는 시선을 피하려는 듯이 미닫이 두껍집에 붙인 산수화를 본다.

"에구, 내 박돌이는 죽는구나! 한심한 세상두 있는게?"

여인의 소리는 애참하게[3] 울음에 젖었다. 때가 지덕지덕한 뺨을 스쳐 흐르는 눈물은 누더기 같은 치마에 떨어졌다.

"에, 곤하군. 아─함, 어서 가보오."

3 애참하다. 슬프고 비참하다.

의사는 하품과 기지개를 치면서 일어섰다. 여인은 눈물을 쑥쑥 씻더니 벌떡 일어섰다.

"너무 한심하구먼! 돈이 없다구 너무 업시비 보지 마오. 죽는 사람을 살려주문 어떠오? 혼자 잘사오."

여인의 눈에는 이상한 불빛이 섬뜩하였다. 그 목소리는 싹 에는 듯이 아츠럽게[4] 들렸다. 의사는 가슴이 꿈틀하였다.

3

여인은 갔다.

한 집 건너 두 집 건너 닭 우는 소리가 요란하다. 이웃에서 개 짖는 소리도 들렸다.

포플러 잎에서는 이슬 듣는 소리가 은은하다.

"별게 다 와서 성화를 시키네!"

여인이 간 뒤에 의사는 대문을 채우고 안으로 들어오면서 중얼거렸다.

"그까짓 거렁뱅들께 약을 주구 언제 돈을 받겠소? 아예 주지 마오."

주인 여편네는 뽀로통해서 양양거린다.

"흥, 그리게 뉘기 주나!"

의사는 방문을 닫으면서 승리나 한 듯이 콧소리를 친다.

---

4 아츠럽다. 소리가 신경을 몹시 자극하여 듣기 싫고 날카롭다.

"약만 주어보오? 그놈의 약장, 도끼로 바사놓게."

의사의 내외는 다시 불을 끄고 자리에 누웠으나 두루 뒤숭숭
하여 졸음이 오지 않았다.

4

"에구, 제마(어머니)! 에구 배야!"

박돌이는 이를 갈고 두 손으로 배를 웅크려 잡으면서 몸을 비
비 틀기도 하고 벌떡 일어났다가는 다시 눕고, 누웠다가는 엎
드리고 하며 몸 거접할 곳을 모른다.

"에구, 내 죽겠소! 왝, 왝."

시큼하고 넌들넌들한 검푸른 액을 코와 입으로 토한다. 토할
때마다 그는 소름을 치고 가슴을 뜯는다. 뱃속에서는 꾸르르꿀
꾸르르꿀 하는 물소리가 쉬일 새 없다. 물소리가 몹시 나다가 좀
멎는다 할 때면 쏴― 뿌드득 뿌드득 쏴― 하고 설사를 한다. 마
대 조각으로 되는대로 기워서 입은 누덕바지는 벌써 똥물에 죽
이 되었다.

"에구, 어찌겠니? 이원 놈도 안 봐주니…… 글쎄 이게 무슨 갑
작병인구?"

어머니는 토하는 박돌의 이마를 잡고 등을 친다.

"에구, 이거 어찌겠는구? 배 아프냐?"

어머니는 핏발이 울울한 박돌의 눈을 들여다보았다. 눈이 휘
둥그레서 급한 호흡을 치는 박돌이는 턱 드러누우면서 머리만

끄덕인다. 어머니는 박돌의 배를 이리저리 누르면서,

"여기냐? 어디 여기는 아니 아프냐? 응, 여기두 아프냐?"

두서없이 거듭거듭 묻는다.

"골은 아니 아프냐? 골두 아프지?"

그는 빤한 기름불 속에 열이 끓어서 검붉게 보이는 박돌의 이마를 짚었다. 박돌이는 으흐 으흐 하면서 머리를 꼬드기려다가 또 왝 하면서 모로 누웠다. 입과 코에서는 넌들넌들한 건물[5]이 울컥 주르륵 흘렀다.

"에구! 제마! 에구 내 죽겠소! 헤구!"

박돌이는 또 쏜다. 그의 바지는 벗겼다. 꺼끌꺼끌한 거적자리 위에 누운 그의 배는 등에 착 달라붙었다. 그는 가슴을 치고 쥐어뜯고, 목을 늘였다 쪼그리면서 신음한다.

"니 죽겠구나, 응! 박돌아, 박돌아! 야, 정신을 차려라. 에구, 약 한 첩 못 써보고 마는구나! 침이래도 맞혀봤으면 좋겠구나!"

박돌이는 낯빛이 검푸르면서 도끼눈을 떴다. 목에서는 담 끓는 소리가 퍽 괴롭게 들렸다.

"에구, 뒷집 생원(서방님)은 어째 아니 오는지, 박돌아!"

박돌이는 눈을 떴다. 호흡은 급하고 높았다.

"제마! 주[6]를 먹었으문!"

"줄으? 에구, 줄이 어디 있니?"

어머니는 한숨을 쉬면서 등불을 쳐다본다. 그 눈에는 눈물이 괴었다.

---

5 몸이 허약하거나 병이 들어서 공연히 나오는 정액精液.
6 귤.

"그러문 냉쉬를 좀 주오!"

"에구, 찬물을 자꾸 먹구 어찌겠니?"

"애고고고……."

박돌이는 외마디소리를 치더니 도끼눈을 뜨면서 이를 빡 간다.

뒷집에 있는 젊은 주인이 나왔다. 어둑충충한 등불 속에서 무겁게 흐르는 께저분한[7] 공기는 새로 들어온 사람에게 몰려들었다. 젊은 주인은 부엌에 선 대로 구들을 올려다보면서 이마를 찡그렸다.

찢기고 뚫어지고 흙투성이 된 거적자리 위에서 신음하는 박돌이 모자의 그림자는 혼탁한 공기와 빤한 불빛 속에 유령같이 보였다.

"어째 이원은 아니 보입메?"

젊은 주인은 책망 비슷하게 내뿜었다.

"김 초시더러 봐달라니 안 옵데. 돈 없는 사람이라구 봐주겠소? 약두 아니 져주던데!"

박돌 어미의 소리는 소박을 맞아 가는 젊은 여자의 한탄같이 무엇을 저주하는 듯 떨렸다.

"뜸이나 떠보지비?"

"그래볼까? 어디를 어떻게 뜨믄 좋은지? 생원이 좀 떠주겠소? 떠주오. 쑥은 얻어올게."

"아, 그것두 뜰 줄 모릅네? 슷구녕에 쑥을 비벼놓고 불을 달믄 되지! 그런 것두 모르구 어떻게 사오?"

---

7 께저분하다. 너절하고 지저분하다. '계저분하다'보다 센 느낌을 준다.

"떠봤을세 알지, 내 어떻게 알겠소!"

박돌 어미는 어색한 웃음을 지으면서 젊은 주인을 쳐다보았다.

"체하잖았소?"

"글쎄 어쨌는둥?"

박돌 어미는 박돌이를 본다.

"어젯밤에 무스거 먹었소?"

"갱게(감자)를 삶아 먹구…… 그리구 너무두 먹구 싶어 하기에 뒷집에서 버린 고등어 대가리를 삶아 먹구서는 먹은 게 없는데."

"응, 그게루군. 문[8] 고등어 대가리를 먹으문 죽는대두! 그거는 무에라구 축축스럽게 줏어먹소?"

젊은 주인은 입을 실룩하였다.

"에구, 그게(고등어) 그런가? 나는 몰랐지! 에구, 너무두 먹구 싶어서 먹었더니 그렇구마. 그래서 나도 골과 배가 아팠던 게로군! 그러나 나는 이내 겨워버렸더니 일없구면."

박돌 어미는 매를 든 노한 상전 앞에 선 어린 종같이 젊은 주인을 쳐다본다.

"우리 집에 쑥이 있으니 갖다 뜸이나 떠주오. 에익, 축축하게 썩은 고기 대가리를 먹다니?"

젊은 주인은 뒤도 안 돌아보고 나가버린다.

"에구, 한심한 세상도 있는 게! 이원만 그런 줄 알았더니 모두 그렇구나!"

박돌 어미의 눈에는 또 눈물이 괴었다. 가슴은 빠지지하다. 어

---

8 상한.

쩌면 좋을지 앞뒤가 캄캄할 뿐이다. 온 세상의 불행은 혼자 안고 옴짝달싹할 수 없이 밑도 끝도 없는 어둑한 함정으로 점점 밀려 들어가는 듯하였다.

쫑그리고 무릎 위에 손을 꽂고 불을 빤히 쳐다보는 그의 눈은 유리를 박은 듯이 까딱하지 않는다. 때가 까만 코 아래 파랗게 질린 입술은 뜨거운 불기운을 받은 가지[茄子]처럼 초들초들하다. 그의 눈에는 등불이 큰 물항아리같이 보였다가는 작은 술잔같이도 보이고 두셋이나 되었다가는 햇발같이 아래위 좌우로 씰룩씰룩 퍼지기도 한다.

"응, 내 이게 잊었구나! ……쑥을 가져와야지."

박돌의 괴로운 고함 소리에 비로소 자기를 의식한 박돌 어미는 번쩍 일어섰다.

5

이웃집 닭은 세 홰나 운 지 이슥하다. 먼지와 그을음에 거뭇한 창문은 푸름하더니 훤하여졌다. 벽에 걸어놓은 등 불빛은 있는가 없는가 하리만치 희미하여지고, 새벽빛이 어둑하던 방 안을 점점 점령한다.

박돌의 호흡은 점점 미미하여진다. 느른하던 수족은 점점 꼿꼿하며 차다. 피부를 들먹거리던 맥박은 식어가는 열과 같이 점점 사라져버렸다. 이제는 구토도 멎고 설사도 멎었다. 몹시 붉던 낯은 창백하여졌다.

"으응 끽!"

숫구멍에 놓은 뜸 쑥이 타들어서 머리카락과 살 타는 소리가 뿌지직뿌지직 할 때마다 꼼짝 않고 늘어졌던 박돌이는 힘없이 감았던 눈을 떠서 애원스럽게 어머니를 쳐다보면서 괴로운 신음 소리를 친다. 그때마다 목에서 몹시 끓던 담 소리는 잠깐 그쳤다가 다시 그르렁그르렁 한다.

박돌의 호흡은 각일각 미미하다. 따라서 목에서 끓는 담 소리도 점점 가늘어진다.

"껙."

박돌이는 폐기閉氣[9] 한 번을 하였다. 따라서 목에서 뚝 하는 소리가 났다. 박돌이는 소리 없이 눈을 휙 흡떴다. 두 눈의 검은자위는 곤줄을 서고 흰자위만 보였다. 그의 낯빛은 핼끔하고 푸르다.

"바 바…… 박돌아! 야— 박돌아! 에구, 박돌아!"

어머니는 박돌의 낯을 들여다보면서 싸늘한 박돌의 가슴을 흔들었다.

"야 박돌아, 박돌아, 박돌아! 이게 어쩐 일이냐, 으응? 흑흑, 껙껙."

박돌 어미는 울면서 박돌의 가슴에 쓰러졌다.

밖에서 가고 오는 사람의 자취가 들린다. 개 짖는 소리, 닭 우는 소리, 새의 지절거리는 소리가 요란하다.

9 딸꾹질.

6

붉은 아침볕은 뚫어지고 찢기고 그을은 창문에 따뜻이 비치었다.

서까래가 보이는 천장에는 까맣게 그을은 거미줄이 얼키설키 서리고 넌들넌들 달렸다. 떨어지고, 오리고, 손가락 자리, 빈대 피에 장식된 벽에는 누더기가 힘없이 축 걸렸다. 앵앵 하는 파리떼는 그 누더기에 몰려들어서 무엇을 부지런히 빨고 있다. 문으로 들어서서 바로 보이는 벽에는 노끈으로 얽어 달아 매 놓은 시렁이 있다. 시렁 위에는 금간 사기 사발과 이 빠진 질대접 몇 개가 놓였다. 거기도 파리떼가 웅성거린다. 부엌에는 마른 쇠똥, 짚 부스러기, 흙구덩이에서 주워온 듯한 나뭇가지가 지저분하다.

뚜껑 없는 솥에는 국인지 죽인지 글어서 누릿한 위에 파리떼가 어찌 욱실거리는지 물 담아놓은 파리통 같다.

먼지가 풀썩풀썩 이는 구들, 거적자리 위에 박돌이는 고요히 누웠다. 쥐마당같이 때가 지덕지덕한 그 낯은 무쇠빛같이 검푸르다. 감은 두 눈은 푹 꺼졌다. 삐쭉하게 벌어진 입술 속에 꼭 아문 누릿한 이빨이 보인다. 그의 몸에는 누더기가 걸치었다. 곁에 앉은 그 어머니는 가슴을 치면서 큰 소리 없이 꺽꺽 흑흑 느껴 울다가도 박돌의 낯에 뺨을 대고는 울고, 가슴에 손을 넣어보고 한다. 그러나 박돌이는 고요히 누워 있다.

"흑흑 바…… 바…… 박돌아! 에고 내 박돌아! 너는 죽었구나! 약 한 첩 침 한 대 못 맞아보고 너는 죽었구나! 에구 하누님도 무정하지. 원통해서…… 꺽꺽 흑흑…… 글쎄 무슨 명이 그리

두 짜르냐? 에구!"

그는 박돌의 가슴에 푹 엎드렸다. 박돌의 몸과 그의 머리에 모여 앉았던 파리떼는 우아 하고 날아가다가 다시 모여 앉는다.

"애비 없이 온갖 설움을 다 맡아가지고 자라다가 열두 살이나 먹구서…… 에구!"

머리를 들고 박돌의 푸른 낯을 들여다보며,

"박돌아, 야 박돌아!"

부르다가 다시 쓰러지면서,

"먹고 싶은 것도 못 먹고 입고 싶은 것도 못 입고 항상 배를 곯다가…… 좋은 세상 못 보고 죽다니? 휴! 제마! 제마! 나도 핵교를 갔으문 하는 것도 이놈의 입이 원쉬 돼서 못 보내고! 흑흑."

그는 벌떡 일어앉았다.

"에구 하누님도 무정하지! 내 박돌이를, 내 외독자를 왜 벌써 잡아갔누? 나는 남에게 못할 짓 한 일도 없건마는."

그는 또 박돌이를 본다.

"박돌아! 에구 줄을 먹었으면 하는 것도 못 멕였구나. 이렇게 될 줄 알았으면 돼지 새끼 하나 있는 거라도 주고 먹고 싶다는 거나 갖다 줄걸. 공연히 부들부들 떨었구나! 애비 어미를 잘못 만나서 그렇게 됐구나!"

어제까지 눈앞에 서물거리던 아들이 죽다니! 거짓말 같기도 하고 꿈속 같기도 하다. "제마!" 부르면서 툭툭 털고 일어나는 듯 하다. 그는 기다리던 사람의 발자취를 들은 듯이 머리를 번쩍 들었다. 그러나 그 눈앞에는 아무도 없고 다만 애석히 죽어 누운 박돌이가 보일 뿐이다.

"박돌아!"

그는 자는 애를 부르듯이 소리쳤다. 박돌이는 고요하다. 아아 참말이다. 죽었다. 저것을 흙 속에 넣어? —이렇게 다시 생각할 때 또 눈물이 쏟아지고 천지가 아득하였다. 자기가 발붙이고 잡았던 모든 희망의 줄은 툭 끊어졌다. 더 바랄 것 없다 하였다.

그는 박돌의 뺨에 뺨을 비비면서 박돌의 가슴을 안고 쓰러졌다. 그의 가슴에는 엉클엉클한 연덩어리[10]가 꾹꾹 쑤심질하는 듯하고 목구멍에서는 곁불내가 팽팽 돈다. 소리를 버럭버럭 가슴이 툭 터지도록 지르면서 물이든지 불이든지 헤아리지 않고 엄벙덤벙 날뛰었으면 속이 시원할 것 같다. 목구멍을 먼지가 풀썩풀썩하는 흙덩어리로 콱콱 틀어막아서 숨 쉴 틈 없는 통 속에다가 온몸을 집어넣고 꽉 누르는 듯이 안타깝고 갑갑하여 울려야 소리가 나지 않는다.

가슴이 뭉클하고 뿌지지하더니 목구멍에서 비린 냄새가 왈칵 코를 찌를 때, 그는 왝 하면서 어깨를 으쓱하였다. 그의 입에서는 검붉은 선지피가 울컥 나왔다. 그는 쇠말뚝을 꽉 겯는 듯한 가슴을 부둥키고 까무라쳤다.

문구멍으로 흘러드는 붉은 볕은 두 사람의 몸 위에 동그란 인을 쳤다. 뿌연 먼지가 누런 햇발 속에 서리서리 떠오른다. 파리떼는 더욱 웅성거린다.

10 '납덩이'의 북한어.

7

"제마! 애고— 아야! 내 제마!"

하는 소리에 박돌 어머니는 머리를 번쩍 들었다. 문을 내다보는 그의 두 눈은 유난히 번득였다.

이때 그의 눈 속에는 보이는 것이 있었다.

낮인가? 밤인가? 밤 같기는 한데 어둡지는 않고 낮 같기는 한데 볕이 없는 음침한 곳이다. 바람은 분다 하나 나뭇가지는 떨리지 않고 비는 온다 하나 빗소리는커녕 빗발도 보이지 않는 흐리머리한 빗속이다. 살이 피둥피둥하고 얼굴이 검붉은 자가 박돌의 목을 매어 끌고 험한 가시밭 속으로 달아난다.

"애고! 애고— 제······ 제마! 제마!"

박돌의 몸은 돌에 부딪히고 가시에 찢겨서 온몸이 피투성이 되었다. 피투성이 속으로 울려 나오는 박돌의 신음 소리는 째릿째릿하게 들렸다.

"으응."

박돌 어미는 몸을 부르르 떨었다. 그는 머리를 번쩍 들었다. 모들뜬[11] 두 눈에서는 이상스러운 빛이 창문을 냅다 쏜다. 그는 돼지를 보고 으르는 개처럼 이를 악물고 번쩍 일어서더니 창문을 냅다 차고 밖으로 뛰어나갔다.

먼지가 뿌연 그의 머리카락은 터부룩하여 머리를 흔드는 대로 산산이 흩날린다. 입과 코에는 피 흘린 흔적이 임리하고[12] 저고리

---

11 모들뜨다. 두 눈동자를 안쪽으로 몰아 뜨다.
12 임리하다. 피, 땀, 물 따위의 액체가 흘러 흥건하다.

와 치마 앞은 피투성이가 되었다.

"야 이놈아, 내 박돌이를 내놔라! 에구 박돌아! 박돌아! 야 이
느므 새끼야, 우리 박돌이를 내놔라!"

그는 무엇을 뚫어지도록 눈이 퀭해 보면서 허둥지둥 뛰어간다.

"야 이놈아! 저놈이 저기를 가는구나!"

그는 동계사무소 앞 골목으로 내뛰더니 바른편으로 획 돌아
정직상점 뒷골목으로 내리뛰면서 손뼉을 짝짝 친다. 산산한 머리
카락은 휘휘 날린다.

"에구 저게 웬일이야?"

"박돌 어미가 미쳤네!"

"저게 웬 에미넨구!"

길에 있던 사람들은 눈이 둥그레 피하면서 한마디씩 뇌인다.
웬 개 한 마리는 짖으면서 박돌 어미 뒤를 쫓아간다.

"이놈아! 저놈이 내 박돌이를 끌고 어디를 가니? 응, 이놈아!"

뛰어가는 박돌 어미는 소리를 치면서 이를 간다. 도끼눈을 뜨
는 두 눈에는 이상스런 빛이 허공을 쏘았다. 그 모양을 보는 사람
은 누구나 소름을 치고 물러선다.

"이놈아! 이놈아! 거기 놔라! 저놈이 내 박돌이를 불 속에 집
어넣네…… 에구구…… 끔찍도 해라. 에구 박돌아!"

"응 박돌아, 그 돌을 줴라! 꼭 붙들어라!"

박돌 어미는 이를 빡빡 갈면서 서너 집 지나 내려오다가 커단
대문 단 기와집으로 쑥 들이뛴다. 그 대문에는 김병원 진찰소金丙
元診察所라는 팔분八分[13]으로 쓴 간판이 붙었다.

"저놈이…… 저 방으로 들어가지? 이놈! 네 죽어봐라, 가문 어

디로 가겠니! 이놈아, 내 박돌이를 어쨌니? 내놔라! 내 박돌이를 내놔라! 글쎄 내 박돌이를 어쨌니?"

두 눈에 불이 휑한 박돌 어미는 툇마루 놓인 방 미닫이를 차고 뛰어들어가서 그 집 주인 김 초시의 멱살을 잡았다.

멱살을 잡힌 김 초시는 눈이 둥그레서,

"이…… 이…… 이게…… 무슨 일이야?"

하며 황겁하여 윗방으로 들이뛰려고 한다.

"이놈아! 네가 시방 우리 박돌이를 끌어다가 불 속에 넣었지? 박돌이를 내놔라! 박돌아!"

날카롭고 처량한 그 소리에 주위의 공기는 싹싹 에어지는 듯하였다.

"아…… 아…… 박돌이를 내 가졌느냐? 웬일이냐?"

박돌이란 소리에 김 초시 가슴은 뜨끔하였다. 김 초시는 벌벌 떨면서 박돌 어미 손에서 몸을 빼려고 애를 쓴다. 두 몸은 이리 밀리며 저리 쓰러져서 서투른 씨름꾼의 씨름 같다.

약장은 넘어지고 요강은 엎질러졌다. 우시시한 초약과 넌들넌들한 가래며 오줌이 한데 범벅이 되어서 돗자리에 흩어졌다.

"야 이년아! 이 더러운 년아! 남의 집에 왜 와서 이 야단이냐?"

얼굴에 독살이 잔뜩 나서 박돌 어미에게로 달려들던 주인 여편네는 피 흔적이 임리한 박돌 어미의 입과 퀭한 그 눈을 보더니,

"에구, 저 에미네 미쳤는가?"

하면서 뒤로 주춤한다.

---

13 십체의 하나. 예서隷書 이분二分과 전서篆書 팔분을 섞어서 장식적인 효과를 낸 서체로 중국 한나라 채옹이 만들었다고 한다.

김 초시의 멱살을 잔뜩 부여잡은 박돌 어미는 이를 야금야금 하면서 주인 여편네를 노려본다.

주인 여편네는 뛰어다니면서 구원을 청하였다.

김 초시 집 마당에는 어린애 어른 할 것 없이 모여들었다. 그러나 모두 박돌 어미의 꼴을 보고는 얼른 대들지 못한다.

"옹 이놈아!"

박돌 어미는 김 초시의 상투를 휘어잡으며 그의 낯에 입을 대었다.

"에구! 사람이 죽소!"

방바닥에 덜컥 자빠지면서 부르짖는 김 초시의 소리는 처량히 울렸다.

사내 몇 사람은 방으로 뛰어들어간다.

"이놈아! 내 박돌이를 불에 넣었으니 네 고기를 내가 씹겠다."

박돌 어미는 김 초시의 가슴을 타고 앉아서 그의 낯을 물어뜯는다. 코, 입, 귀…… 검붉은 피는 두 사람의 온몸에 발리었다.

"어째 저럽메?"

"모르겠소!"

밖에 선 사람들은 서로 의아해서 묻는다. 모든 사람은 일종 엷은 공포에 떨었다.

"그까짓 놈(김 초시), 죽어도 싸지! 못할 짓도 하더니……."

이렇게 혼잣말처럼 뇌는 사람도 있다.

— 〈조선문단〉, 1925. 5.

기아飢餓와 살육殺戮

1

경수는 묶은 나뭇짐을 걸머졌다.

힘에야 부치거나 말거나 가다가 거꾸러지더라도 일기가 사납지 않으면 좀 더하려고 하였으나 속이 비고 등이 시려서 견딜 수 없었다.

키 넘는 나뭇짐을 가까스로 진 경수는 끙끙거리면서 험한 비탈길로 엉금엉금 걸었다. 짐바[1]가 두 어깨를 꼭 죄어서 가슴은 뻐그러지는 듯하고 다리는 부들부들 떨려서 까딱하면 뒤로 자빠지거나 앞으로 곤두박질할 것 같다. 짐에 괴로운 그는,

---

1 짐을 묶거나 매는 데에 쓰는 줄.

"이놈, 남의 나무를 왜 도적질해 가니?"

하고 산 임자가 뒷덜미를 집는 것 같아서 마음까지 괴로웠다. 벗어버리고 싶은 마음이 여러 번 나다가도 식구의 덜덜 떠는 꼴을 생각할 때면 다시 이를 갈고 기운을 가다듬었다.

서북으로 쏠려오는 차디찬 바람은 그의 가슴을 창살같이 쏜다. 하늘은 담뿍 흐려서 사면은 어둑충충하다.

오 리가 가까운 집까지 왔을 때, 경수의 전신은 땀에 후줄근하였다. 몸을 움직일 때마다 의복 속으로 퀴지근한 땀 냄새가 물씬물씬 난다. 그는 부엌방 문 앞에 이르러서 나뭇짐을 진 채로 펑덩 주저앉았다.

'인제는 다 왔구나.'

하고 생각할 때, 긴장되었던 그의 신경은 줄 끊어진 활등같이 흐뭇하여져서 손가락 하나 꼼짝할 용기도 나지 않았다.

"해해, 아빠 왔다. 아빠! 해해."

뚫어진 문구멍으로 경수를 내다보면서 문을 탁탁 치는 것은 금년에 세 살 나는 학실이었다. 꿈같은 피곤에 싸였던 경수는 문구멍으로 내다보는 그 딸의 방긋 웃는 머루알 같은 눈을 보고 연한 소리를 들을 제 극히 정결하고 순화하고 부드럽고 따뜻한— 무어라 형용키 어려운 감정이 그 가슴에 넘쳤다. 그는 문이라도 부수고 들어가서 학실이를 꼭 껴안고 그 연한 입술을 쪽쪽 빨고 싶었다.

"으응, 학실이냐?"

그는 빙그레 웃으면서 바와 낫을 뽑아들었다. 이때 부엌문이 덜컥 열렸다.

"이제 오니? 네 오늘 치웠겠구나! 배두 고프겠는데 어찌겠는구?"

하면서 내다보는 늙은 부인은 억색臆塞[2]해한다.

"어머니는 별걱정을 다 합메! 일없소."

여러 해 동안 겪은 풍상고초를 상징하는 그 어머니의 주름 잡힌 낯을 볼 때마다 경수의 가슴은 전기를 받는 듯이 찌르르하였다.

2

경수는 부엌에 들어섰다(북도는 부엌과 구들이, 사이에 벽 없이 한 데 이어 있다).

벽에는 서리가 들이 돋고 구들에는 먼지가 풀썩풀썩 일어나는 이 어둑한 실내를 볼 때, 그는 새삼스럽게 서양 소설에 나타나는 비밀 지하실을 상상하였다. 경수는,

"아빠, 아빠!"

하고 달룽달룽 쫓아와서 오금에 매어달리는 학실이를 안고 문 앞에 앉아서 부뚜막을 또 물끄러미 보았다. 산후풍이 다시 일어서 벌써 열흘 넘어 신음하는 경수의 아내는 때가 지덕지덕한 포대기와 의복에 싸여서 부뚜막에 고요히 누워 있다. 힘없이 감은 두 눈은 쑥 들어가고 그리 풍부치 못하던 살은 쪽 빠져서 관골이 툭 나왔다.

---

2 억울하거나 원통하여 가슴이 답답함.

"내 간 연에 더하지는 않았소?"

"더하지는 않았다마는 사람은 점점 그른다."

창문을 멍하니 보던 그 어머니는 머리를 돌려서 곁에 누운 며느리를 힘없이 본다.

문구멍으로 흘러드는 바람은 몹시 쌀쌀하다. 여러 날 불 끈 후 구들은 얼음장같이 뼈가 제릿제릿하다.

누덕치마 하나도 못 얻어 입고 입술이 파래서 겨울을 지내는 학실이는 방긋방긋 웃으면서 경수의 무릎에 올라앉았다가는 내려서 등에 가 업히고, 업혔다가는 무릎에 와 안기면서 알아 못 들을 어눌한 소리로 무어라고 지껄이기도 한다.

"안채에서는 아까두 또 나와서 야단을 치구……."

그 어머니는 차마 못 할 소리를 하듯이 혀끝을 흐리머리해버린다.

"미친놈들 같으니라구, 누가 집세를 떼먹나! 또 좀 떼우면 어때?"

경수는 억결[3]에 내쏘았다.

"야 듣겠다. 안 그렇겠니? 받을 거 워쩌 안 받자구 하겠니? 안 주는 우리가 긇지……."

하는 어머니의 소리는 처참한 처지를 다시금 저주하는 듯했다.

"긇기는? 우리가 두고 안 준답디까? 에그, 그 게트림하는 꼴들을 보지 말구 살았으면……."

경수는 홧김에 이렇게 쏘았으나 그 가슴에는 천사만념千思萬念

---

3 근거 없이 추측하여 결정함.

이 우물거린다.

어머니의 시대에는 남부럽잖게 지내다가 어머니가 늙은 오늘날, 즉 자기가 주인이 된 이때에 와서 어머니와 처와 자식을 뼈저린 냉방에서 주리게 하는 것을 생각하는 때면 자기가 이십여 년간 밟아온 모든 것이 한푼 가치가 없는 것 같고, 차마 내가 주인이라고 식구들 앞에 낯을 드러내놓기가 부끄러웠다.

'학교? 홍 그까짓 중학은 다녔대야 무얼 한 게 있누? 학비 때문에 오막살이까지 팔아가면서 중학을 마쳤으나 무엇이 한 것이 있나? 공연히 식구만 못살게 굴었지!'

그는 이렇게 하루에도 몇 번씩 자기의 소행을 후회하고 저주하였다. 그러다가도,

'아니다, 아니다.'

머리를 흔들면서,

'내가 그른가? 공부도 있는 놈만 해야 하나? 식구가 빌어먹게 집까지 팔면서 공부하게 한 죄가 뉘게 있니? 내게 있을까? 과연 내게 있을까? 아아, 세상은 그렇게 알 터이지. 홍! 공부를 하고도 먹을 수 없어서 더 궁항窮巷[4]에 들게 되니, 이것도 내 허물인가? 일을 하잖는다구? 일! 무슨 일? 농촌으로 돌아든대야 내게 밭이 있나, 도회로 나간대야 내게 자본이 있나? 교사 노릇이나 사무원 노릇을 한대야 좀 뾰로통한 말을 하면 단박 집어 세이고…… 그러면 나는 죽어야 옳은가? 왜 죽어? 시퍼렇게 산 놈이 왜 그저 죽어? 살 구멍을 뚫다가 죽어두 죽지! 왜 거저 죽어? 세상에 먹

---

4 궁한 처지를 비유적으로 이르는 말.

92

을 것이 없나, 입을 것이 없나? 입을 것 먹을 것이 수두룩하지! 몇 놈이 혼자 가졌으니 그렇지! 있는 놈은 너무 있어서 걱정하는데 한편에서는 없어서 죽으니 이놈의 세상을 그저 두나?'

경수는 이렇게 돋쳐 생각할 때면 전신의 피가 막 끓어올라서 소리를 지르고 뛰어나가면서 지구 덩어리까지라도 부숴놓고 싶었다. 그러나 미약한 자기의 힘을 돌아보고 자기 한 몸이 없어진 뒤의 식구(자기에게 목숨을 의탁한)의 정상이 눈앞에 선히 보이는 듯할 때면 '더 참자!' 하는 의지가 끓는 감정을 눌렀다.

그는 어디서든지 처지가 절박한 사람을 보면 가슴이 찌르르하면서도, 그 무리를 짓밟는 흉악한 그림자가 눈앞에 뵈는 듯해서 퍽 불쾌하였다.

'아아, 내가 왜 주저를 하나? 모두 다 집어치워라. 어머니, 처, 자식—그 조그마한 데 끌릴 것 없다. 내 식구만 불쌍하나? 세상에는 내 식구보담도 백배나 주리는 사람이 있다. 이것저것 다 돌볼 것 없이 모든 인류가 다 같이 살아갈 운동에 몸을 바치자!'

그는 속으로 이렇게 결심도 하고 분개도 하였으나 아직 그렇게 나서기에는 용기가 부족하였다. 아니 용기가 부족이라는 것보담 식구에게 대한 애착이 너무 컸다.

지금도 어수선한 광경에 자극을 받은 경수는 무릎을 끌어안은 두 손 엄지가락을 맞이어 배배 돌리면서 소리 없는 아내의 꼴을 골똘히 보고 있다.

철없는 학실이는 그저 몸에 와서 지근지근 한다. 아까는 귀엽던 학실이도 이제는 귀찮았다. 그는 학실이를 보고,

"내가 자겠다. 할머니 있는 데로 가거라."

하면서 부엌에서 불을 때는 어머니를 가리켰다. 그리고 그는 그냥 드러누웠다. 그는 이 생각 저 생각 끝에, 모두 죽어라! 하고 온 식구를 저주했다. 모두 다 죽어주었으면 큰 짐이나 벗어놓은 듯이 시원할 것 같다.

'아니다. 그네도 사람이다! 산 사람이다. 내가, 내 삶을 아낀다 하면 그네도 그네의 삶을 아낄 것이다. 왜 죽으라고 해! 그네들을 이 땅에 묻어? 내가 데리고 이 북만주에 와서 그네들은 여기다 묻어놓고 내 혼자 잘 살아가? 아아, 만일 그렇다 해보자! 무덤을 등지고 나가는 내 자국자국에 붉은 피가, 저주의 피가 콜짝콜짝 고일 테니 낸들 무엇이 바로 되랴? 응! 내가 왜 죽으려고 했을까! 살자! 뼈가 부서져도 같이 살자! 죽으면 같이 죽고!'

그는 무서운 꿈이나 본 듯이 눈을 번쩍 떴다가 다시 감으면서 돌아누웠다.

3

경수는 돌아누운 대로 꼼짝하지 않고 또 깊은 생각에 잠겼다.

"여보!"

잠잠하던 아내는 경수를 부른다. 그 소리는 가까스로 입 밖에 흘러나오는 듯이 미미하다.

"또 어째 그러오?"

경수는 낯을 찡그리고 휙 일어나면서 역증 나게 대답했다. 그러나 그것은 아내의 부르는 것이 역증이 나거나 귀찮아서 그런 것이 아니었다. 가슴에 알지 못할 불쾌한 감정이 울근불근할 제 제 분에 못 겨워서 그렇게 대답한 것이다.

그 아내는 벌떡 일어나는 경수를 보더니 아무 소리 없이 눈을 스르르 감는다. 감은 그 두 눈으로부터 굵은 눈물이 뚤뚤 흘러 해쓱한 뺨을 스치고 거적자리에 떨어진다. 그것을 볼 때 경수의 가슴은 몹시 쓰렸다. 일없이 퉁명스럽게 대답한 것이 후회스러웠다. 자기를 따라 수천 리 타국에 와서 주리고 헐벗다가 병나 드러누운 아내에게 의약을 못 써주는 자기가 말로라도 왜 다정히 못해주었을까? 하는 생각이 치밀 때, 그는 죄송스럽고 애절하고 통탄스러웠다. 이때 그 아내가 일어나서 도끼로 경수의 목을 자른다 하더라도 그는 순종하였을 것이다. 그는 아내를 얼싸안고 자기의 잘못을 백번 사례하고 싶었다.

"여보! 어디 몹시 아프우?"

경수는 다정스럽게 물으면서 곁으로 갔다.

"야 이거 또 풍이 이는 게다."

불을 때고 올라와서 학실이를 재우던 어머니는 며느리의 낯을 보더니 겁난 목소리로 부르짖는다.

이를 꼭 악문 병인의 이마에는 진땀이 좁쌀같이 빠직빠직 돋았다. 사들사들한 두 입술은 시우쇠⁵ 빛같이 파랗다. 콧등에도 땀방울이 뽀직뽀직 흐른다. 그의 호흡은 몹시 급하다. 여러 날 경험에 병세를 짐작하는 경수의 모자는 포대기를 들고 병인의 팔과 다리를 보았다. 열 발가락, 열 손가락은 꼭꼭 곱아들었고 팔다리

---

5 무쇠를 불에 달구어 단단하게 만든 쇠붙이의 하나.

의 관절관절은 말끔 줄어 붙어서 소디손 나무통에다가 집어넣은 사람같이 되었다.

어머니와 경수는 이전처럼 그 팔다리를 주물러 펴려고 애썼으나 점점 줄어 붙어서 쳣덩어리같이 굳어만 지고 병인은 더욱 괴로워한다.

"여보, 속은 어떠오?"

경수는 물 퍼붓듯 하는 아내의 이마의 땀을 씻으면서 물었다. 아내는 무슨 말을 하려고 입술을 너분적거리나[6] 혀가 굳어서 하지 못하고 눈만 번쩍 떠서 경수를 보더니 다시 감는다. 그 두 눈에는 핏발이 새빨갛게 섰다. 경수는 가슴이 찌르르하고 머리가 띵할 뿐이었다.

"야, 학실 어멈아! 니 이게 오늘은 웬일이냐? 말두 못 하니? 에구― 워쩐 땀을 저리두 흘리니?"

어머니는 부들부들 떨면서 병인의 팔다리를 주무른다. 병인은 호흡이 점점 높아가고 전신에서 흐르는 땀은 의복 거죽까지 내배어서 포대기를 들썩거릴 때마다 김이 물씬물씬 오른다.

"에구 네가 죽는구나! 에구 어찌겠는구! 너를 뜨뜻한 죽 한술 못 멕이고 쥑이는구나! 하―야 학실 아비야! 가봐라! 응? 또 가봐라, 가서 사정해라! 의원두 목석이 아니문 이번에야 오겠지! 좀 가봐라. 침이라두 맞혀보고 쥑여야 원통찮지!"

경수는 벌떡 일어섰다. 무슨 결심이나 한 듯이 그의 눈에는 엄연한 빛이 돈다.

---

6 너분적거리다. 매우 가볍고 큰 동작으로 사이가 조금 뜨게 자꾸 움직이다.

4

네 번이나 사절하고 응하지 않던 최 의사는 어찌 생각하였는
지 오늘은 경수를 따라왔다.

맥을 짚어본 의사는 병을 고칠 테니 의채 오십 원을 주겠다는
계약을 쓰라 한다.

경수 모자는 한참 묵묵하였다.

병인의 고통은 점점 심해간다.

경수는 몸이 부르르 떨렸다. 최 의사를 단박 때려서 죽여버리
고 싶었다. 그러나 일각이 시급한 아내를 살려야 하겠다 생각하
면 그의 머리는 숙여지지 않을 수 없었다. 그러나 이를 어찌하
랴? 그러라 하면 오십 원을 내놓아야 하겠으니 오십 원은커녕 오
전이나 있나? 못 하겠소 하면 아내는 죽는다.

'아아, 그래 나의 아내는 죽이는가?'

생각할 때 그의 오장은 칼에 푹푹 찢기는 듯하였다.

"시방 돈이 없드래도 일없소. 연기를 했다가 일후에 주어도 좋
지. 계약서만 써놓으면……."

의사는 벌써 눈치채었다는 수작이다.

경수는 벼루를 집어다가 계약서를 써주었다. 그 계약서는 이
렇게 썼다.

'의채 일금 오십 원을 한 달 안으로 보급하되 만일 위약하는
때면 경수가 최 의사 집에 가서 머슴 일 년 동안 살 일.'

의사는 경수 아내의 팔다리를 동침으로 쏙쏙 지르고 나서 약
화제 한 장을 써주면서,

"이것을 가지고 박 주사 약국에 가보오. 내 약국에는 인삼이 없어서 못 짓겠으니."

하고는 돌아다도 보지 않고 가버렸다.

병인의 사지는 점점 풀리면서 순하여진다.

경수는 차마 발길이 떨어지지 않았다. 그 약국 문 앞에 이르러서 픽 주저거리다가 할 수 없이 방에 들어섰다.

약 냄새는 코를 쿡 찌른다. 그는 주저거리다가 겨우 입을 열었다.

"약을 좀 지어주시오."

약국 주인은 아무 말 없이 화제를 집어서 보다가 수판을 자각자각 놓더니,

"돈 가지고 왔소?"

하면서 경수를 본다. 경수의 낯은 화끈하였다.

"돈은 낼 드릴 테니 좀 지어주시오."

경수의 목소리는 간수 앞에서 면회를 청하는 죄수의 소리 같다.

약국 주인은 아무 말도 없이 이마를 찡그리면서 저편 방으로 들어간다. 경수는 모든 설움이 복받쳐서 눈물에 앞이 캄캄하였다. 일종의 분노도 없지 않았다. 세상은 너무도 자기를 학대하는 것 같았다. 그것이 새삼스럽게 슬프고 쓰리고 원통하였다. 방 안에 걸어놓은 약봉지까지 자기를 비웃고 가라고 쫓는 것 같았다. 그는 소리 없는 눈물을 주먹으로 씻으면서 약국 문을 나섰다. 약국을 나선 경수는 감옥에서나 벗어난 듯이 시원하지만 빈손으로 집에 들어갈 일을 생각하면 또 부끄럽고 구슬펐다.

5

경수는 집으로 돌아왔다.

집 안은 황혼빛에 어둑하여 모두 희미하게 보인다. 그는 아내의 곁에 가 앉았다.

"좀 어떻소? 어머니는 어디루 갔소?"

"어마님은 그집(당신)에서 나간 담에 이내 나가서 시방 안 들어왔소. 약 지어왔소?"

아내의 소리는 퍽 부드러웠다. 경수는 무어라 대답하면 좋을지 몰랐다. 어서 괴로운 병을 벗어나서, 한 찰나라도 건전한 생을 얻으려는 그 아내에게―그가 먹어야만 될 약을 못 지어왔소 하기는 남편 되는 자기의 입으로는 차마 말할 수 없었다.

"지금 지어요. 나는 당신이 더하지 않은가 해서 또 왔소. 이제 또 가지러 가겠소."

경수는 아무쪼록 아내의 마음을 위로하려고 이렇게 말하였다. 그러나 그것이 경수에게는 더욱 고통이 되었다. 내가 왜 진실히 말 안 했누? 생각할 때, 그 순박한 아내를 속인 것이 무어라 할 수 없이 가슴이 아팠다. 아내는 그 약을 기다릴 것이다. 그 약에 의하여 괴로운 순간을 벗으려고 애써 기다릴 것이다. 이렇게 생각하면서도 그것이 거짓말이라고 고백할 수도 없었다.

"돈 없다구 약국쟁이가 무시기라구 안 합데?"

"흥!"

경수는 그 소리에 가슴이 꽉 막혔다. 그 무슨 의미로 흥! 했는지 자기도 몰랐다. 그는 아무 소리 없이 손가락만 비비고 앉았다.

어머니가 얼른 오시잖는 것이 퍽 조마조마하였다. 그는 불만 멍하니 쳐다보았다. 빤한 기름불은 실룩실룩하여 무슨 괴화[7]같이 보이더니 인제는 윤곽만 희미하여 무리를 하는 햇빛 같다. 모든 빛은 흐리멍덩하다. 자기 몸은 꺼먼 구름에 싸여서 밑없고 끝없는 나라로 흥덩거려 들어가는 것 같다.

꺼지고 거무레한 그의 눈 가장자리가 실룩실룩하더니 누른빛을 띤 흰자위에 꾹 박힌 두 검은자위가 점점 한곳으로 모여서 모들떴다. 그의 낯빛은 점점 검푸르러가며 두 뺨과 입술은 경련적으로 떨린다.

그는 모들뜬 눈을 점점 똑바로 떠서 부뚜막을 노려보고 있다. 그의 눈에는 새로 보이는 괴물이 있다. 그 괴물들은 탐욕의 붉은 빛이 어리어리한 눈을 날카롭게 번쩍거리면서 철관鐵管으로 경수 아내의 심장을 꾹 질러놓고는 검붉은 피를 쭉쭉 빨아먹는다. 병인은 낯이 새까맣게 질려서 버둥거리며 신음한다. 그렇게 괴로워할 때마다 두 남녀는 피에 물든 새빨간 혀를 내두르면서 "하하하" 웃고 손뼉을 친다.

경수는 주먹을 부르쥐면서 소름을 쳤다. 그는 뼈가 짜릿짜릿하고 염통이 쏙쏙 �찔렸다. 그는 자기 옆에도 무엇이 있는 것을 보았다. 눈깔이 벌건 자들이 검붉은 손으로 자기의 팔다리를 꼭 잡고 철관으로 자기의 염통 피를 빨면서 홍소哄笑를 친다. 수염이 많이 나고 낯이 시뻘건 자는 학실이를 집어서 바작바작 깨물어 먹는다. 경수는 악 소리를 치면서 벌떡 일어섰다. 그것은 한 환상

---

7 까닭을 모르게 일어난 불.

이었다. 그는 무서운 사실을 금방 겪은 듯이 눈을 비비면서 다시 방 안을 돌아보았다. 불빛이 어스름한 방 안은 여전하다.

그의 어머니는 그저 오지 않았다. 오늘은 어머니가 어떻게 기다려지는지 마음이 퍽 졸였다. 너무도 괴로워서 뉘 집 우물에 가서 빠져 죽은 것 같기도 하고 어느 나뭇가지에 가서 목이라도 맨 것같이도 생각났다. 그럴 때면 기구한 어머니의 시체가 눈에 보이는 듯하였다. 그는 뒷간에도 가보고 슬그머니 앞집 우물에도 가보았다. 그 어머니는 없었다. 그럴 리가 없겠지? 하고 자기의 무서운 상상을 부인할 때마다 그러한 생각을 하는 자기가 고약스럽고 악착스러웠다.

이렇게 마음을 졸이는 경수는 잠든 아내의 곁에 앉았다. 학실이도 그저 깨지 않고 잘 잔다. 뼈저리게 차던 구들이 뜨뜻하니 수마睡魔가 모든 사람을 침범한 것이다. 경수도 몸이 노곤하면서 졸음이 왔다.

"경수 있나?"

밖에서 부르는 소리에 경수는 깜짝 놀라 일어섰다. 이때 그의 심령은 그에게 무슨 불길을 가르치는 듯하였다.

경수는 문밖에 나섰다.

쌀쌀한 어둠 속에서 사람들이 수수거린다. 그는 공연히 가슴이 덜컥하고 두근두근하였다. 그는 앞뒤를 얼결에 돌아보았다. 누군지 히슥한 것을 등에 업고 경수의 앞에 나타났다.

"아이구 어머니!"

그 사람의 등에 업힌 것을 들여다보던 경수는 이렇게 소리를 지르면서 축 늘어져서 정신없는 어머니에게 매달렸다.

6

경수의 어머니를 방에 들여다 눕혔다. 다리와 팔에서는 검붉은 피가 그저 줄줄 흘러서 걸레 같은 치마저고리에 피 흔적이 임리하다. 낮에 고기도 척척 떨어졌다. 그는 정신없이 축 늘어졌다. 사지는 냉랭하고 가슴만 팔딱팔딱한다.

경수는 갑갑하여 울음도 나지 않고 말도 나오지 않았다.

"이게 어쩐 일이오?"

죽, 모여 선 사람 가운데서 누가 묻는다. 입을 쩍쩍 다시고 앉았던 김 참봉은 말을 내었다.

"하, 내가 지금 최 도감하구 '물남'에 갔다 오는데 요 물 건너 되놈[支那人]의 집 있는 데루 가까이 오니 그늠으 집 개가 어떻게 짖는지! 워낙 그늠으 개가 사나운 개니까 미리 알아채리느라구 돌쩨기(돌멩이)를 찾느라고 엎대서 낑낑 하는데 '사람 살리오!' 하는 소리가 개 소리 가운데 모깃소리만치 들린단 말이야! 그래 최 도감하구 둘이 달려가 보니까 웬 사람을 그늠으 개들이 물어 뜯겠지! 그래 소리를 쳐서 주인을 부른다, 개를 쫓는다 하구 보니 아 이 늙은이겠지."

하며 김 참봉은 경수 어머니를 가리킨다.

"에구 그놈의 개가 상년[8]에두 사람을 물어 죽였지."

누가 말한다.

"그래 님자는 가만히 있나?"

8 지난해.

또 누가 묻는다.

"그 되놈덜, 개를 클아배(할아버지)보담 더 모시는데! 사람을 문다구, 누군지 그 개를 때렸다가 혼이 났는데두!"

"이놈(지나인)의 땅에 사는 우리가 불쌍하지!"

이 사람 저 사람의 소리에 말을 끊었던 김 참봉은 또 입을 열었다.

"그래 몸을 잡아 일으키니 벌써 정신을 잃었겠지요. 그런데두 무시긴지 저거는 옆구리에 꼭 껴안고 있어."

하면서 방바닥에 놓은 조그마한 보퉁이를 가리킨다.

"그게 무시기요?"

하면서 누가 그것을 풀었다. 거기서는 한 되도 못 되는 누런 좁쌀이 우시시 나타났다. 경수 어머니는 앓는 며느리를 먹이려고 자기 머리에 다리[月子]를 풀어가지고 물남에 쌀 팔러 갔었던 것이다.

자던 학실이는 언제 깨었는지 터벅터벅 기어와서 할머니를 쥐어 흔든다.

"한머니, 이러나라, 이차! 이—차."

학실이는 항상 하는 것같이 잠든 할머니를 깨우는 모양으로 할머니의 머리를 들어 일으키려고 한다. 경수의 아내는 흑흑 운다. 너무도 무서운 광경에 놀랐는지 그는 또 풍증이 일어났다. 철없는 학실이는 할머니가 일어나지 않고 대답도 없으니 어미 있는 데 가서 젖을 달라고 가슴에 매어달린다. 괴로워하는 그 어미의 호흡은 점점 커졌다.

모였던 사람은 하나둘씩 흩어진다. 누가 뜨뜻한 물 한술 갖다

주는 이가 없다.

경수는 머리가 띵하였다. 그는 사지가 경련되는 것을 느꼈다. 그의 가슴에서는 연덩어리가 쑤심질하는 듯도 하고 캐한 연기가 팽팽 도는 듯도 하고 오장을 바늘로 쏙쏙 찌르는 듯도 해서 무어라 형언할 수 없었다. 갑자기 하늘은 시커멓게 흐리고 땅은 쿵쿵 꺼져 들어간다. 어둑한 구석구석으로부터는 몸서리치도록 무서운 악마들이 뛰어나와서 세상을 깡그리 태워버리려는 듯이 뻘건 불길을 활활 내뿜는다. 그 불은 집을 불사르고 어머니를, 아내를, 학실이를, 자기까지 태워버리려고 확확 몰켜온다.

뻘건 불 속에서는 시퍼런 칼을 든 악마들이 불끈불끈 나타나서 온 식구들을 쿡쿡 찌른다. 피를 흘리면서 혀를 가로 물고 쓰러져가는 식구들의 괴로운 신음 소리는 차마 들을 수 없이 뼈까지 저민다. 그 괴로워하는 삶을 어서 면케 하고 싶었다. 이러한 환상이 그의 눈앞에 활동사진같이 나타날 때,

"아아, 부숴라! 모두 부숴라!"

소리를 지르면서 그는 벌떡 일어섰다. 그의 손에는 식칼이 쥐어졌다. 그는 으악 — 소리를 치면서 칼을 들어서 내리찍었다. 아내, 학실이, 어머니 할 것 없이 내리찍었다. 칼에 찍힌 세 생령은 부르르 떨며, 방 안에는 피비린내가 탁 터졌다.

"모두 죽여라! 이놈의 세상을 부수자! 복마전 같은 이놈의 세상을 부수자! 모두 죽여라!"

밖으로 뛰어나오면서 외치는 그 소리는 침침한 어둠 속에 쌀쌀한 바람과 같이 처량히 울렸다. 그는 쓸쓸한 거리에 나섰다. 좌우에 고요히 늘어 있는 몇 개의 상점은 빈지⁹를 반은 닫고 반은

열어놓았다.

경수의 눈앞에는 아무 거리낄 것, 아무 주저할 것이 없었다. 그는 허둥지둥 올라가면서 닥치는 대로 부순다. 상점이 보이면 상점을 짓모으고 사람이 보이면 사람을 찔렀다.

"흉으적(도적놈)이야!"

"저 미친놈 봐라!"

고요하던 거리에는 사람의 소리가 요란하다.

"내가 미쳐? 내가 도적놈이야? 이 악마 같은 놈덜 다 죽인다!"

경수는 어느새 웃장거리 중국 경찰서 앞까지 이르렀다. 그는 경찰서 앞에서 파수 보는 순사를 콱 찔러 누이고 안으로 뛰어들어갔다. 창문을 부순다. 보이는 사람대로 찌른다.

"꽝…… 꽝…… 꽝꽝."

경찰서 안에서는 총소리가 연방 났다. 벽력같이 울리는 총소리는 쌀쌀한 바람과 함께 거리에 처량히 울렸다.

모든 누리는 공포의 침묵에 잠겼다.

— 〈조선문단〉, 1925. 6

9 널빈지. 한 짝씩 끼웠다 떼었다 할 수 있게 만든 문.

보석 반지

좋든지 그르든지 또는 크든지 작든지 간에 한번 젊은 가슴을 애틋이 끓게 한 사실은 좀처럼 스러지지 않는다.

나는 그 눈을 몹시 쏘던 보석 반지와 그 반지의 주인공인 혜경이를 내 기억에 있는 동안에는 잊을 것 같지 않다.

내가 지금 몸을 붙여 있는 이 최 목사 집에 가정교사로 들어온 지 벌써 삼 삭이나 되었다.

철없는 어린 것들을 가르치는 것은 그리 괴로울 것이 없으나 남의 지배하에서 기계적으로 움직인다는 것이 젊은 나로서는 여간한 고통이 아니다. 그러나 이미 있는 바요 또 어떠한 고통이든지 견디어나가지 않을 수 없는 것을 잘 깨달은 나는 모든 감정을 꿀쩍꿀쩍 참고 최 목사의 명령대로 하여왔다.

최 목사는 금년 서른한 살 되는 사람이다. 그는 일찍 자기의 아우가 어떤 여학생과 연애를 했다가 하느님의 뜻에 어그러지는 의사간意思姦이라 하여 쫓아버린 일까지 있는 이다. 그는 교회에서라도 젊은 남녀가 마주 서서 소곤거리는 것만 보면 곧 하느님의 명령이라고 책망을 내린다.

동네 사람들이 전하는 말을 들으면, 최 목사는 칠 년 전엔가 그 본처하고 이혼하고 그 후 이태 만에 독실한 신자요 독신 생활을 표방하기로 유명하던 김마리아와 결혼하였다. 지금 부인은 김마리아다.

내가 최 목사 집에 가정교사로 온 지 한 이십 일 넘었다.

하루는 노곤한 봄잠을 깨니 어느새 금빛 태양이 동창에 다정하게 비추었다. 아침잠이 많은 나는 최 목사 집에 온 후로 애써 일찍 일어나지만 그래도 해뜨기 전에 일어나 본 적이 없었다.

나는 맨 샤쓰 바람에 뜰로 나갔다.

뒷산 송림을 스쳐 내리는 아침 바람은 부드럽고 시원하였다.

이슬에 촉촉이 젖은 화단의 개나리 봉오리는 어린 애기 입술 같다.

나는 산뜻하게 찬 고무신을 끌고 뒷간으로 나갔다. 화단을 왼편으로 끼고 돌아 뒷간 앞에 이르렀을 때였다. 뒷간 문이 펄쩍 열리더니 웬 여자가 급히 나온다. 나는 주춤하면서 그를 쳐다보았다. 그도 나를 언뜻 쳐다본다. 시선과 시선이 마주칠 때 나는 놀라지 않을 수 없었다.

그는 머리를 숙이고 걸음을 빨리하여 마루간에 이은 건넌방으로 들어간다.

벌써 일 삭 남아 두고, 내 머릿속에서 대룩대룩하던 그 눈, 이 코에 남은 그 부드러운 향기를 다시 맡는 나는 가슴이 떵하였다.

'저 여자가 왜 여기 왔나? 어데 있는 여잘까?'

뒷간에 들어앉은 내 머리에는 한 달 전 기억이 지새는 안갯속에 나타나는 산봉우리같이 점점 밝게 떠오른다.

내가 그 여자를 처음 본 것은 지나간 이른 봄이었다.

그때 나는 안국동 어떤 학생 여관에서 내 고향 학생과 같이 있으면서 호구糊口할 도를 생각하였다. 무릎이 다 나간 양복을 입고 어둑한 방에서 머리를 끙끙 썩이다가 형용할 수 없는 갑갑증에 나도 모르게 밖으로 뛰어나왔다.

궂은 비 뒤의 둔한 햇빛은 마치 늦은 가을 같았다.

나는 여관 문을 나서기는 하였으나 어디를 가면 좋을는지 한참이나 망설였다. 워낙 서울에 온 지가 얼마 되지 않고 또 낯이 넓지 못한 나는 그리 알뜰살뜰하게 갈 곳도 없었다.

'엑 나온 바자에 순옥이나 찾아볼까?'

나는 어청어청 자국을 띄었다. 순옥이는 내게 먼 조카가 되는 계집애다. 나는 그때 고등 여학교 이년급에 다녔다. 나는 간혹 아무 의미 없이 다만 이상어른이라는 체면으로 그를 찾아보곤 하였다.

나는 질척한 별궁 뒷골목을 헤어나와 안동 네거리를 지나 간동을 향하고 힘없이 걸었다. 간동 순옥의 여관에 간 나는 서슴지 않고 순옥의 방문 앞에 갔다. 마루에는 여자 구두가 둘이 놓여 있다. 뒤가 삐뚤어지고 코가 벗어진 노랑 구두는 눈에 익은 것이나, 진 땅을 곱게 골라 디디어서 바닥가로 돌아가면서 진흙이 살짝 묻힌 반득반득한 까만 아미앙에는 이 문 앞에서 처음 보는 것이다.

나는 유난스럽게 빛나는 그 구두를 볼 때 내 상상은 미닫이 종이 한 겹을 통하여 화려하게 단장한 그 구두의 임자를 보았다. 나는 이때에 나로도 알 수 없는 어떠한 부드러운 미감美感을 느끼는 동시에 가물에 선 능장대같이 시들시들한 내 그림자를 생각하고 일종 부끄러운 생각과 같이 불쾌한 기분에 쌓였다.

'들어갈까? 돌아갈까?'

그 자리에서 돌아가기는 너무도 무인격하고 비겁하고 그 구두에 밟히는 것 같아서 차마 발이 돌아서지 않았다. 그러나 이 꼴을 해가지고 그 구두의 주인공 앞에 앉기는 순옥이에게도 미안하려니와 내 인격이 너무도 값이 없을 듯이 생각났다.

'원 별소리를 다 하지! 이러면 어때! 내가 연애를 하겠으니 걱정인가? 못 입은 놈은 사람이 아닌가?'

나는 이렇게 억지로 나를 위로하면서 가장 대담스럽게 기침을 '칵' 하였다.

미닫이가 팔짝 열리더니 새까만 순옥의 눈이 반짝한다.

"에구 아저씨 오셨네."

순옥이는 어리광 비슷하게 만족히 웃으면서 마루에 나섰다. 그때 순옥이와 미닫이 사이의 틈으로 방바닥에 앉은 어떤 여자의 무릎과 무릎 위에 걸어놓은 흰 손이 보였다.

나는 순옥이를 보면서

"요새 어떠냐?"

하였다. 그 말은 혀가 굳은 것처럼 어색하게 나왔다.

"늘 그래요, 들어오셔요!"

순옥이는 방긋 웃고 한쪽으로 피해 서서 길을 낸다.

"가겠다."

나는 주춤거렸다.

"괜찮아요, 우리 언니예요."

영리한 순옥이는 내가 그 여자를 꺼리는 것을 눈치채었는지 우스운 변명을 한다.

나는 방에 들어섰다. 방에 앉았던 여자는 어느새 일어났다. 그는 손바닥을 마주 비비면서 몸을 반쯤 돌려 윗벽에 걸어놓은 성모마리아의 그림을 보고 있다. 갸웃드름한 까만 머리 뒤에는 붉고 푸르고 흰 수정을 박은 빗이 박히고 한편으로는 아롱아롱한 긴자시가 질렸다. 곤세루 치마 옥양목 저고리에 수수한 뒷모양이 내가 상상하던 성장은 아니나 그만하면 어디 가서 빠질 차림은 아니다.

"언니 왜 섰소?"

나를 따라 들어온 순옥이는 미닫이를 살금히 닫으면서 그 여자의 반면半面을 웃음 띤 눈으로 본다.

"인제는 가겠다."

하면서 그 여자는 획 돌아서더니 다시 몸을 돌려서 저편 이불 위에 놓인 푸른 숄을 집어 든다. 그 돌아서는 때에 순옥이를 보고 쌩긋 웃는 까풀이 약간 진 눈이며 가볍게 허리를 구부려 숄을 집는 옴팍옴팍한 손이며 불그레하게 보이는 뺨은 퍽 다정스럽게 보였다.

"왜 언니 가세요? 저이는 우리 아저씨예요. 괜찮아요. 더 놀아요. 응?"

순옥이는 그가 가는 것이 아까운지 서운해한다. 나는 공연히 왔다 하는 후회도 없지 않았다.

"얘 벌써 네시가 지났다. 밥종 칠 때가 고대될 텐데 가야지!"

하면서 또 쌩긋 웃는다. 밥종이라는 소리에 '오오 그러며는 기숙사 생활을 하는구나?' 하는 것을 나는 직각했다.

그 여자는 마루에 서서 방 안을 들여다보면서 머리를 가볍고 다정스럽게 숙였다. 나도 숙였다. 그 여자가 간 뒤에 순옥이와 나 사이에는 별 이야기가 없었다. 그 여자에 관한 말은 물론 없었다. 나는 묻고는 싶었으나 순옥이가 어떠하게 여기지나 않을까 해서 입 밖에 내지 못했다. 순옥이도 흥이 풀어졌는지 가만히 있었다.

순옥의 여관을 나선 내 머리에는 생각지 않으려고 했으나 그 여자의 자태가 떠올랐다. 안국동 네거리에 나서서 파출소 앞을 지날 때였다. 거뭇한 파출소 유리창에 희미하게 비추이는 내 옷 맵시를 볼 때 나는 어깨가 축 처지는 것이 불쾌하였다. 암만해도 거지 같은 나와 귀부인 같은 그 여자의 사이에는 커단 창 벽이 가로질려서 피차에 접촉치 못할 암시나 주는 듯이 생각났다. 그러나 그 후로 그 여자의 그 어글어글한 눈이 잊히지 않았다.

나는 이제 그 여자를 꿈에도 생각지 않던 곳에서 만났다. 푸근한 봄 꿈에 잔잔한 물결같이 되었던 내 가슴은 재릿재릿한 슬픔과 간질간질한 기쁨에 울렁거렸다.

'저 여자가 왜 여기 왔을까? 어데서 예배보러 왔나. 아니 오늘이 화요일인데! 몸차림을 봐서는 오기는 어제 와서 여기서 잔 듯한데?'

나는 궁금하기 짝이 없었다. 함께 있는 창수더러 묻고도 싶지만 어둔 밤에 홍두깨격으로 식전 댓바람에 여자 이야기를 꺼내기는 나의 자존심이 허락지 않았다. 이날 아침 나는 늘 보는 신문이며 책도 보지 않고 그것만 골똘히 생각하였다.

"선생님 어디 아프셔요?"

창수는 나의 낯빛을 보면서 묻는다. 나의 낯빛은 그렇게 이상스럽도록 되었던 게다.

'흥 내가 미쳤나! 다 집어 세여라. 나의 밟을 길이나 튼튼히 밟자!'

나는 이렇게 속으로 코웃음을 쳤다. 이 세상에 나온 날부터 따뜻한 부모의 사랑을 못 받고 자라 청춘의 반 생애를 부평같이 보낸 나는 어떠한 행복을 생각할 때면 그것이 나에게는 무의미하다는 것보다 와질 것같이 믿어지지 않는다.

그러면서도 아직 스물셋이나 되는 청춘이라 이성의 뜨거운 사랑이 그립지 않은 것은 아니었다. 그러나 내가 이때까지 사랑을 그린 것은 미적지근하였다. 마치 물 못 본 기러기가 물 그리듯 하였다.

멀리 총독부 굴뚝 끝에 남았던 석양빛은 어느새 스러졌다. 으스름한 황혼빛은 그물에 한 연기와 같이 만호장안萬戶長安을 흐리었다. 수없는 전등불은 반짝 하고 눈을 떴다. 나는 저녁 후에도 볼일이 있어서 어린애들을 가르치지 못하고 서대문정 김 전도사를 찾아갔다 갓 열시가 넘어서 돌아왔다. 야학 갔던 창수도 벌써 돌아와 있었다.

이날 밤에 창수와 나는 열한시가 넘어서 자리에 들었다. 흐린 안개를 뚫고 흘러나리는 으스름 달빛에 창밖은 번— 하였다. 사면은 인적이 끊겼다.

마루방에 걸어놓은 시계 소리가 어쩌면 들릴 듯하다. 창수와 나는 눈이 말똥말똥해서 천정에 빛나는 전깃불을 쳐다보았다.

이때 내 귀에 들리는 소리가 있었다. 나는 그 소리 나는 곳으로 귀를 기울였다. 그것은 저편 건넌방으로 흘러나오는 찬송가 소리였다.

자비하신 예수여
제가 사람 가운데
의지할 이 없으니
슬픈 자가 됩니다. ……

고운 목청으로 가만히 부르는 그 소리의 높고 낮고 길고 짧은 리듬은 고요한 봄밤 공기에 조화되어서 유리창 틈으로 흘러든다. 눈을 살곰히 감은 나는 자줏빛 안갯속에 싸이는 듯이 저릿하고도 달짝지근한 감정에 싸여서 그 소리의 여음까지라도 놓치지 말고 잡으려고 하였다.

"선생님 벌써 주무시우? 선생님 왜 웃으셔요?"

내 낯에는 나도 모르게 미소가 흘렀든지? 사근사근하고 해롱거리기 좋아하는 창수는 그것을 보았던 모양이다. 나는 달콤한 꿈을 깨치는 것이 좀 섭섭하였다.

"응 잠 좀 들었어! 왜 지금도 안 자나?"

하고 선하품을 하면서 그를 보았다.

"히히 선생님 주무셨어요? 선생님 웃으시던데!"

창수도 그 찬송가 소리에 흔들렸는지 무슨 말을 픽 하고 싶어
한다.

"저게 누군가?"

"왜요 못 보셨어요? 히히."

그는 의미 있는 듯이 웃는다. 나는 내 가슴속에 품은 무엇을
창수에게 들키지나 않을까 하는 염려도 없지 않았다.

"응 못 봤어."

"이～ 왜 아까 낮에 선생님이 목사하고 말씀하실 때 마당에서
무엇을 빨고 있는 것을―."

"응 저게 근가?"

나는 벌써 그라는 것을 직감하였지만 짐짓 모르는 체하였다.

"그런데 그게 누구야?"

"목사님 누이예요!"

"목사님 누이?"

나는 무의식중에 이렇게 도로 물었다. 이때 아아 최 목사에게
저런 누이가 있나 하는 생각이 기적같이 내 가슴에 울렸다.

"네. 목사님 누이가 둘인데 하나는 시집가고 저 혜경이는 금년
에 졸업했어요."

이 말에서 나는 그가 혜경인 것을 아는 동시에 지나간 이른 봄
순옥의 집에서 "밥종 칠 때가 가까웠다" 하던 그의 소리를 생각
하고 오오 그래서는 고등학교에서 기숙사 생활을 한 게다 하는

생각을 하지 않을 수 없었다. 그러나 나는 모두 모르는 체하고,

"그래 지금까지 어데 있었노?"

하매,

"고등 여학교 기숙사에 있었어요."

창수는 대답한다.

"지금 몇 살인데?"

"열여덟이라나? 히히 왜 선생님 그건 물으셔요?"

창수는 또 해롱해롱 한다. 창수는 그것이 무심히 하는 소리겠지만 나는 무심히 들려지지 않았다.

"하 이 사람 좀 물으면 어떤가? 흥."

나는 창수를 보고 픽 웃었다.

"아니 글쎄 그러나 글렀수다. 벌써 정가표定價表를 붙였답니다. 흥."

정가! 그래서는 벌써 결혼하였구나! 나는 정가라는 그 소리를 이렇게 해석할 때 시험 방목을 찾아보던 낙제생 모양으로 가슴이 덜컥하고 사지에 풀이 죽었다.

"누구하고 결혼했나?"

나의 목소리는 최후의 부르짖음같이 내 귀에 울렸다.

"우리 고향(사리원) 사람인데 예수를 아주 진실히 믿어요. 그리고 시방 장사를 하는데 돈도 많고 또 와세다 대학 경제과 출신입니다. 그런데 나이가 많아요."

창수는 묻지 않는 말을 줄줄 꺼낸다.

"지금 마흔하난지 둘인지 됐어요! 그래서 처음에는 혜경이가 울었대요. 히히."

"그래 지금은 괜찮은가?"

"지금은 둘이 사진까지 박구 잘 지내요. 그런데 처음에는 어찌 우는지! 그러다가 결혼만 하면 미국으로 유학을 보내준다고 하는 바람에 정이 든 모양이에요. 최 목사가 그저께도 말하는데 혜경이는 금년 가을에 미국으로 간대요. 그리고 최 목사도 그 사람(혜경이와 결혼한 남자)이 돈을 대서 작년에 일본까지 갔다 왔어요. 나도 어데서 그런 자리나 하나 얻었으면……."

창수는 자기의 기구한 처지가 다시금 구슬픈 듯이 말끝에 애조를 띠었다.

나는 그 모든 소리를 들을 때에 꽃다운 혜경의 장래에 대한 동정심과 아울러 최 목사와 그 남자의 추행에 대한 의분과 질투에 끓었다.

"혼례식은 언제 하나?"

"이제 앞으로 한 달 반쯤 남았어요. 오월 열이튿날이라니까……. 그래서 그 준비 때문에 졸업식 전에 먼저 나왔대요."

나는 무어라고 형언할 수 없는 기분에 싸였다. 혜경이와 아무 관계도 없건마는 그가 불원간 떠나게 된다는 것이 내게는 말할 수 없이 쓸쓸하였다. 어째서 쓸쓸한지 나로도 알 수 없었다.

'단념! 단념! 모든 것을 단념! 하자! 내가 왜 이럴까?'

나는 그와 같은 아내를 가질 자격도 없거니와 더구나 그는 결혼한 여자다……. 그러나 다만 누이로라도 사랑한다면. 나는 얼토당토않은 이런 생각으로 밤잠을 못 이루었다.

이튿날부터 나는 혜경이를 자주 보게 되었다. 나는 그와 마주칠 때마다 부드러운 느낌을 받으면서도 수줍고 부끄러워서 그의 낯을 똑똑히 바라보지 못하였다. 나뿐이 아니라 혜경이도 나를 똑바로 처다보지 않았다. 혹 내가 마당에서 거닐거나 무엇을 할 때에 그의 방문이 열렸거나 그가 마당에 나섰거나 하면 나는 그를 등지고 돌아보지 않았다. 그리고 내 등 뒤에 선 그가 무슨 발광체 같기도 하고 나의 일동일정을 감시나 하는 듯해서 보고 싶으면서도 차마 머리를 돌리지 못하였다. 그러면서도 나는 눈이 삐뚤어지도록 은근히 돌려서 애교가 흐르는 그의 얼굴을 도적해 보았다. 도적해 보다가 생각하던 바에 뒤져서 그가 나를 주의해 보지 않는 것을 발견할 때면 나는 마음이 좀 편하면서도 섭섭하였다. 혜경이도 어찌 되어 나를 등지고 내 앞에 서는 때면 그의 일동일정이 부자연스럽게 보였다. 그도 내 모양으로 머리를 돌려서 내 편을 못 보았다. 그러나 간간이 그의 머리가 극히 고요한 동작으로 돌아지면서 하—얀 귀, 불그레한 뺨의 반면이 내 쪽으로 향할 듯하다가도 그만 못 돌리는 것은 곁눈질하는 것임을 나는 알았다. 그렇게 생각하면 생각할수록 내 마음은 끓었다. 거치른 환경에서 거치른 바람에 꽉꽉 응결되어서 인간의 달콤한 정열을 못 느낀 내 마음은 공교롭게 만난 이성의 냄새와 빛에 봄눈같이 풀렸다. 동시에 기구한 내 신세가 더욱 슬펐다.

하루 이틀 지나 십여 일이 넘는 새에 혜경이와 내 사이에는 말 없는 속에서 말 없는 친분이 얼크러졌다. 나는 어디 갔다 돌아오더라도 혜경의 그림자가 보이지 않으면 어디 나간 어머니를 기다리는 어린애 맘같이 허수하였다. 또 내가 어디 갔다 오면 그는 말없이 마당에 나와서는 뒷간으로 가거나 혹은 빨래 같은 것을 만지기도 하였다. 그때 내 생각에는 그 모든 것이 나에게 보이기 위해서 하는 것 같았다.

혹시 내가 할멈을 불러도 할멈이 대답이 없으면 그가

"할멈 저 방에서 부르셔……."

하고 대신 불러주기도 하고 또 할멈이 없는 때에 물을 청하면 그가 떠다가 마루에 놓아주기도 하였다. 그러나 최 목사의 내외가 듣거나 보는 눈치만 있으면 혜경이는 내 동작에 대해서 추호 반점도 관념치 않는 처음 보는 사람 같았다. 나도 자연히 신경이 긴장되었다. 주위의 경계선이 엄밀할수록 대상의 태도가 부드러울수록 나의 번민은 컸다.

어느 주일날이었다. 할멈더러 세숫물을 놓아라 하고 책을 읽고 있는데 당그랑 하고 세숫대야를 마루에 놓는 소리가 들린다. 나는 수건을 집어 들고 미닫이를 열었다. 나는 의외 일에 놀라지 않을 수 없었다. 문 앞에는 혜경이가 섰다. 그는 세숫대야를 살그머니 툇마루에 올려놓으면서 비눗갑을 살짝 열어놓더니 나를 힐끗 쳐다본다. 이때 부딪치는 두 시선은 무슨 비밀과 비밀을 암시하는 듯이 내 머리는 떵하고 가슴이 뭉클하면서도 일종의 만족을 느꼈다. 혜경이는 머리를 숙이고 제비같이 날쌔게 저편 안마룻간으로 갔다. 나는 어떻게 유쾌한지 알 수 없었다.

동서에 유리표박하여 친절한 대우를 못 받아본 나는 이날 아침 혜경의 일이 어떻게 고마웁고 유쾌한지 무어라 형언할 수 없었다. 나는 오랜 여로에 섰다가 사랑하는 내 집에 돌아와서 자고 난 듯하였다.

'아아 사람들은 이 때문에 사랑을 구하고 가정을 동경하는

구나!'

나는 이때까지 그렇게 애착을 가지고 생각해본 적이 없는 단란한 부부생활을 눈앞에 그려보았다.

나는 이날 낮에 예배당에 갔으나 목사의 설교가 귀에 들리지 않았다. 원래 종교의 신앙을 못 가진 나는 그렇지 않아도 설교가 귀찮은데 이날은 더욱 몸 괴로왔다. 나중에는 누가 뭐라는지? 마음속에는 혜경이라는 일념뿐이었다.

'그도 나를 생각할까? 흥 내가 부질없이 이러지.'

나는 이렇게 자문자답하였다. 그리고 그가 내게 대한 태도가 그리 저어하지 않은 것을 생각할 때 그도 나처럼 나를 생각하고 마음을 쓰는 듯해서 기쁘고 든든하였다. 나는 그러기를 원하였다. 그러나 사리원에 있다는 그의 남편의 약력과 현재를 생각하고 나의 지금 처지를 볼 때 암만해도 나를 생각하리라는 추측이 믿어지지 않아서 나는 슬프고도 세상이 원망스러웠다. 예배가 끝난 뒤에 나는 바로 집으로 향하였다. 오늘은 할멈까지 예배당에 왔으니 집에 가면 혜경이가 대문을 열 줄(최 목사 집은 밤낮 없이 대문을 잠근다) 안 까닭이다.

"혜경 씨!"

나는 가슴을 찌르르 울리고 나오는 떨리는 소리로 불렀다. 문을 열고 돌아서던 혜경이는 말없이 주춤 선다.

"혜경 씨! 혜경 씨!"

내 소리는 내 호흡과 같이 급하고 떨렸다.

"네!"

혜경이는 나를 살짝 쳐다보더니 폭 숙이는 그 머리 한편에 부드럽고 흰 귀밑이 불그레하다.

"혜경 씨 나는 당신을 사랑합니다. 나는 당신이 결혼한 여자인 줄 알면서도 나는 사랑합니다. 그러나 나는 당신의 사랑을 받으려고 하지 않습니다. 당신의 사랑을 못 받더라도 당신 집에 몸을 붙인 김경호라는 기구한 청춘이 당신을 그리고 생각했다는 것만 당신 기억에 박아주신다면 나는 기쁘겠습니다. 나는 혜경 씨에게 이 위에 더 요구가 없습니다. 아~ 혜경 씨 들어주셔요? 네? 제 요구를 들어주셔요? 당신도 청춘이지요. 아! 혜경 씨!"

나는 팔을 벌렸다. 그를 껴안고 그의 허리가 끊어지도록 포옹하면서 기껏 울었으면 가슴이 확 풀릴 것 같다. 나는 혜경의 앞으로 뛰어갔다. 이때에 무엇이 내 이마를 작끈 박는다. 나는 두 눈에서 불이 번쩍하면서 정신이 아찔하였다. 최 목사의 시뻘건 눈이 머릿속에 언뜻 한다. 나는 어떤 벽에 기대어 서서 겨우 정신을 차렸다.

아― 나는 예배당 문밖을 나서면서부터 환상에 취했다. 환상에 열중한 나는 집 앞을 지나서도 한참이나 가서 앞집 담에 가서 이마가 부딪치는 것도 깨닫지 못했다. 정신이 든 나는 스스로 무참하고 비열한 감정이 가슴에 치받혀서 누가 보지나 안 했나 하여 사면을 돌아보면서 집으로 바삐 갔다. 벌써 최 목사며 여러 식구들은 돌아와 있었다.

"자네 예배당에 안 갈라나?"

"머리가 어찌 아픈지 오늘 밤은 쉬겠습니다."

나는 최 목사에게 이렇게 대답했다. 실상인즉 머리도 아팠다.

"웬만하면 가지?"

최 목사는 못 미덥다는 눈초리로 나를 본다.

"글쎄 어찌 아픈지 휑한 게 걸을 것 같지 않아요."

"정 그렇다면 하는 수 없지!"

최 목사는 이맛살 찌푸리고 돌아서면서

"할멈! 할멈은 오늘 밤에 집에 있게. 쟤(혜경)가 혼자서 적적하겠으니…….."

나는 벌써 최 목사의 뱃속을 들여다보듯이 알았다. 젊은 남녀를 혼자 두기가 의심스럽다는 것을 나는 그의 표정에서 알아챘다.

최 목사 내외와 애들까지 예배당으로 가고 나니 집 안은 사람의 자취가 끊어진 듯이 고요하다. 할멈은 수나 난 듯이 제 방으로 들어가더니 코를 드르릉드르릉 곤다. 나는 환한 전등을 쳐다보면서 누웠다 앉았다 번민이 컸다. 어떠한 기회를 얻어서든지 이 가슴의 정열을 붓으로나 입으로 혜경에게 설토하기 전에는 그 번민이 없어지지 않을 것 같았다.

워낙 저쪽이야 듣거나 말거나 내 쪽에서 설토치 않고는 가슴이 막 터질 것 같다. 아홉시가 친 뒤였다. 나는 나로도 걷잡을 수 없는 충동에 밖으로 나갔다.

초생달 빛이 엿보는 담 안은 무거운 침묵에 싸였다. 내 귀에 들리는 내 혈관의 피 뛰는 소리는 할멈의 코 고는 소리와 같이 주위의 공기를 울리는 듯하다. 나는 좀 떨리는 다리를 옮겨놨다가는 멈추고 멈췄다가는 옮겨놓으면서 수묵을 찍어놓은 듯한 화단을 지나 불빛이 환한 혜경의 방문 앞에 이르렀다.

……의지할 이 없으니, 슬픈 자가 됩니다. ……

그 방 안에서 흘러나오는 찬송가 소리에 내 마음은 더욱 고조되었다. 전신의 피가 막 끓어오르는 듯이 머리가 떵하고 얼굴이 화끈하였다. 목구멍은 속속이 들이마르고 침은 고추 먹은 뒤같이 극도로 걸어진다. 나는 부들부들 떨리는 다리를 겨우 지탱하고 툇마루 아래 섰다. 떨리는 호흡은 뛰노는 가슴과 같이 높았다……. 방 안에서 흘러나오던 찬미 소리가 뚝 그치더니 혜경의 그림자가 붉은 창문에 언뜻하자 창이 드륵 열렸다. 방에서 흘러나오는 전등 빛은 마루 아래에 떨고 선 나의 상반체를 거뭇하게 비추었다. 나는 가슴 속에 붙은 불이 단번에 폭발되어 나의 온몸을 깡그리 살라버리고 마는 듯하였다. 나는 머리를 번쩍 들어보았으나 뜨거운 불길에 흐린 내 눈에는 무엇이 똑똑히 비추이지 않았다.

문을 드륵 열던 혜경이는 미닫이에 손댄 채 꼼짝하지 않는다. 청춘인 그의 가슴은 어떠한 감상에 끓었는지? 나는 무슨 큰 죄나 지으려다가 들킨 듯이 말도 나오지 않고 무참하기도 짝이 없었다.

바로 이때다.

"문 열어라!"

하는 최 목사의 소리는 내게는 죄수에게 내리는 사형 선고같이 들렸다. 나는 무의식중에 뒷간으로 뛰어갔다. 할멈이 문을 열었는지 예배당에 갔던 온 식구들은 저벅저벅 하고 들어오더니 마루를 구르는 소리 문 여는 소리에 한참은 분주하였다. 나는 그네가 내 동정을 살핀 듯한 자곡지심自曲之心에 주저주저하다가 고요할 때 뒷간을 나서서 내 방으로 갔다. 혜경의 방 미닫이는 방긋이 열려 있었다.

나는 밤중부터 일어난 두통이 아침에도 그치지 않아서 아침도 못 먹고 그냥 드러누워 있었다. 눈을 가만히 감고 드러누운 내 몸은 끝없는 끝없는 함정으로 휘휘 떨어지는 듯하였다.

나는 모든 것을 잊으려고 하였다.

나는 다시 혜경의 낯을 볼 것 같지 못하였다. 그는 나를 야비하고 축축하고 가증스럽게나 보지 않았는가 생각한 까닭이다. 그리고 온 집안 식구에게 그것이 알려진 듯해서 마음이 조마조마하였다.

오후에 마당에서 유치원 갔던 어린애들이 노래를 한다.

─지난 엿새 동안에는 힘을 다해서 일을 하고 오는 일요일 또 대하니 즐겁기 한량없네…….

하는 세 아이의 소리와 같이 혜경의 청아한 소리도 들렸다. 그러다가 노래가 뚝 그치더니,

"얘 요한(목사의 큰아들)아 선생님한테 왜 문병 안 가니?"

하는 나직한 소리는 혜경의 목소리였다.

"응 어떻게?"

"선생님 어디가 편찮으셔요? 그러지 홍."

"선생님 어디가 편찮으셔요?"

요한의 목소리는 바로 내 창 앞에서 들렸다.

"이─ 문을 열고 해야지!"

알 수 없는 유쾌를 느낀 나는 미닫이를 방긋이 열면서

"네! 요한 군이요!"

하였다.

이때 저편에 선 혜경이와 나의 시선은 언뜻 부딪쳤다. 두 눈에

는 말 없는 웃음이 흘렀다. 그의 얼굴은 불그레하였다.

창경원 사쿠라가 한창이던 사월 그믐께였다. 하루는 어디를 갔다가 늦게 들어와서 저녁을 먹는데 창수가 곁에서 빙그레 웃는다.

"자네 왜 웃나?"

"히히 선생님 우필운이 왔어요! 히히."

"우필운이 누군가?"

"혜경의 남편…… 지금 혜경의 방에 있어요. 히히 아영."

내 눈앞에는 돼지 목덜미같이 살이 피둥피둥한 어떤 부호가 언뜻 지나자 전등불이 환한 아래서 두 년놈이 얼싸안고 키스하는 환상이 너무도 천연하게 보였다. 내 가슴에는 나로도 억제할 수 없는 질투가 일어났다.

검붉은 탐욕 덩어리에 눌리는 혜경이의 불쌍한 형상이 보이는 듯도 하였다. 신자라는 거짓 탈을 쓰고 갖은 음흉을 다 부리는 최 목사까지 미웠다. 나는 단번에 그 무리들을 쳐부수고 싶었다.

"아! 경호 씨! 저를 살려주셔요. 저는 이 못된 놈들 힘에 못 견디어서 이 몸을 더럽힙니다."

하는 혜경의 모습이 보이는 듯하였다.

"선생님 무얼 생각하시우."

먹던 밥을 입에 문 채 숟가락으로 상을 짚고 멍하니 창문을 보면서 생각에 골몰하였던 나는 창수의 말에 비로소 내 정신이 들었다.

"응 배가 아파서 그러네!"

나는 이렇게 대답하고 다시 밥을 먹었다.

이날 밤에 내 번민은 컸다. 나중에는 부질없는 내 생각을 스스로 픽 웃어도 보았다. 우필운이는 최 목사와 같이 자고 이튿날 새벽차로 사리원으로 갔다. 내가 세숫물을 화분에 주는데 정거장에 우필운의 전송을 나갔던 최 목사와 혜경이가 들어왔다. 왜사 저고리에 옥색 모시 치마를 산뜻하게 입은 혜경이는 나를 보더니 낯이 불그레해서 머리를 수긋하고 남빛 양산을 휘휘 저으면서 제 방으로 강등 뛰어들어간다. 이때 내 눈을 톡 쏘는 것이 있었다. 그것은 그의 왼손 무명지에 낀 홍보석 반지다.

나는 아침볕에 반짝하는 반지를 볼 때 가슴이 서늘하였다.

"아아! 혼인 반지로구나!"

나는 무의식중에 부르짖었다. 이 세상에서 가장 힘 있는 영예, 지위, 부귀 이 모든 것에 빛과 소리와 냄새가 그 노란 금반지에 꼭 물린 붉은 보석에 엉키고 맺혀서 아무나 가까이할 수 없는 무서운 빛을 발사하는 듯하다. 그 허영의 바탕 위에 교만의 빛을 지어놓은 빛을 볼 때 나의 온 인격은 알 수 없는 멸시와 모욕을 받는 듯해서 견딜 수 없었다.

'아아 너도 그 힘에는 끌리는구나!'

하고 생각할 때, 그 매력을 주던 혜경이가 여우같이 서하여 퍽 불쾌하였다.

'흥 내가 미쳤지. 왜 내가 그(혜경)를 미워할까? 그가 나를 사랑하다가 버렸단 말이냐? 설사 사랑하다가 버렸다 치더라도 내가 그를 원망할 권리가 있을까? 흥! 그가 이미 결혼한 여성인 줄 뻔히 알면서 러브한 내가 미쳤지!'

나는 이렇게 마음을 돌리기도 하였다. 그러나 그 보석 반지를 생각하면 또 불쾌하였다.

나는 방에 들어와서 거무튀튀한 내 낯과 땟국이 꾀죄죄하게 흐르는 내 의복을 거울에 슬그머니 비추어볼 때 두 어깨가 축 처지고 이 세상에서는 아무 권리도 없는 듯해서 퍽 불쾌하였다.

'내가 왜 이러나? 응 글쎄. 내가 어서 공부나 열심히 하자! 어떠한 고통이든지 이기고 나가서 민중적 큰일을 해보자. 그까짓 조그마한 계집애 때문에 번민하다니…….'

나는 애써 단념하려고 하였으나 쉽게 스러지지 않았다.

오월 열하룻날 밤차로 혜경이는 최 목사와 같이 사리원으로 갔다. 나는 이날 밤 방에 가만히 들어박혀서 혜경이가 떠나느라고 분주히 구는 소리를 들을 때 무어라 형언할 수 없는 기분에 눌렸다. 내 눈에는 여러 사람의 부러운 부르짖음 속에 선 신랑 신부의 화려한 모양이 보였다.

나는 책도 갈 대로 가거라 하고 벽에 기대어서 눈을 꾹 감고 번민에 골똘하였다. 밤 열시가 넘어서 정거장에 나갔던 창수가 들어왔다. 창수는 빙글빙글 웃으면서

"선생님!"

은근히 부른다.

"왜 그러나?"

나는 모든 것이 귀찮다는 듯이 대답했다.

"미스 H가요 부탁합디다."

─라는 소리에 나는 솔깃하였다. 그는 혜경이를 H라고도 불렀다.

"무어라고?"

나는 가장 태연하게 물었다.

"한집에 오래 있으면서도 이목이 번다해서 인사치도 못하고 더구나 떠날 때에도 뵈옵지 못했으니 용서하시라구요."

"용서?"

"네 용서하라 하고 그리고 저더러 이 말을 가만히 여쭈라고 해요. 선생님은 좋겠습니다."

"좋기는 무에 좋아! 한집에 오래 있었으니 그 말도 하겠지!"

나는 나의 내적 생활을 창수에게 보이지 않으려고 이렇게 말했으나 나로도 알 수 없는 충동을 받지 않을 수 없었다. 그 소리를 듣고 보니 그가 더욱 그립고 그와 말 한번 못 한 것이 어찌 안타까운지 견딜 수 없었다. 그러나 그 보석 반지를 다시 생각할 때면 나는 무거운 기분에 눌렸다.

혜경에게 대한 부드럽고 아름다운 느낌은 다 스러져버린다.

그 후로 나는 애써 모든 것을 잊으려 하는 동시에 이전처럼 공부에도 차츰 애착이 붙었다.

그러나 젊은 가슴에 한번 끓어 넘은 사실은 그렇게 용이히 스러지지 않았다. 날이 가고 달이 갈수록 혜경이와 보석 반지는 내 가슴속에서 서로 얼크러져 싸우는 때가 많았다.

—《혈혼》, 1925. 7.

기아 棄兒

1

"여보!"

서재에서 인의론仁議論을 쓰던 최순호는 그 아내 경희의 부르는 소리에 붓을 멈추었다.

"여보세요. 거기 계세요."

남편의 대답이 늦으니까 재차 부르는 소리가 들린다.

으스름한 초승달 빛이 소리 없이 흐르는 뜰을 지나 순호의 서 잿방으로 울려 들어오는 그 소리는 몹시 거칠다. 그러자 뒤따라,

"으아 엄마—."

하는 어린애 울음소리가 처량히 들린다.

"왜 그러우."

순호는 아내의 소리에 맞장구를 치면서 교의에서 일어섰다.

"이리 좀 나와요. 누가 애를 버리고 갔어요."

그 소리는 날카롭게 순호의 신경을 찌르르 울렸다. 그러나 순호는 아주 진중한 태도로 천천히 걸어서 밖으로 나간다.

"한멈."

경희는 악스럽게 할멈을 부르더니,

"이 뒷집 언니 좀 오시래! 큰일 났네."

퍽 황급해 한다.

순호는 마루 아래 내려섰다. 서늘한 초가을의 으스름 달빛은 퍽 처량히 뜰을 엿보고 있다. 뜰에는 어느새 여자의 그림자가 대여섯이나 어른거린다.

"애, 너 웬 애냐? 응. 울지 말고 이리 오너라."

순호는 천천히 대문간으로 걸어나간다.

어득시리한 대문 그림자 속에 유령같이 어른거리는 조그마한 그림자는,

"어잉 엄마― 잉잉 흑흑."

구슬피 부르짖으면서 밖으로 엉금엉금 나간다.

"아이 어서 붙잡아요. 어디로 가리다."

아까부터 마루에 선 채 뼈를 에는 듯이 톡톡 쏘는 경희의 소리는 무슨 불의의 위급한 경우를 당한 듯이 퍽 황급해 한다.

"애, 울지 마라! 너 웬 애냐? 응. 저리 가자."

순호는 어린것을 안듯이 문간 바닥에서 넌짓넌짓 흰 포대기를 집어 들고 들어온다.

어린것은 목을 놓아 악을 쓰고 운다. 붉은 몸뚱이에 찬물을 받

은 사람같이 흑흑 느껴가면서 엄마를 부르는 그 소리는 차고도 혹독한 세상을 저주하는 듯이 마디마디 설움이 괴어서 오장이 스러지는 듯하다.

"그건 뭐라구 거기 놔요. 괜히 더치리다. 우리 집에 애가 없는 줄 알고 길러줄까 해서 버린 게지."

어린것을 안아다가 마루에 놓으려는 순호를 보면서 그 아내 경희는 발악하듯이 소리를 지른다. 이때 경희의 머리에는 불쌍한 사람을 구호하라! 하고 오늘 아침 그 친구들께 권고하던 일이 언뜻 떠올라서 양심이 좀 부끄러웠다.

"그러면 어떡하나?"

열렬한 인도주의자 순호는 어쩔 줄 모르고 주저거린다.

이때 웬 여자의 그림자가 문간에 급히 나타나더니,

"이게 웬일이야."

하면서 마룻간으로 간다. 그 여인은 유명한 전도 부인이다. 서재 유리창으로 흘러오는 전등 불빛은 뜰 화단을 거쳐서 건너편 마루의 한 귀퉁이를 붉게 비추었다.

"아이 아니에요. 누가 문간에 애를 버리고 갔어요. 저를 어떡해요?"

경희는 큰 짐이나 진 듯이 걱정이 자심하다.[1]

"아이 끔찍해라! 그래 누가 봤나?"

그 여자의 소리는 물에 빠진 사람 같다.

"지금 금방 한멈이 보고 이르기에 뛰어나오니 참말이겠지?"

---

1 더욱 심하다.

"그래 한멈, 버리고 가는 사람을 못 보았나?"

휙 돌아서서 할멈인지 어둑한 처마 그늘 속에 서 있는 그림자를 보는 그 여자의 낮은 불빛을 받아서 불그레할 뿐 아무 흥분된 기색이 없다.

"아 지금 막 나가려는데 문밖에서 울음소리가 나갔지요. 그래 뛰어가 보니 웬 애가 포대기 속에 꾸무럭꾸무럭 하면서……. 어찌 무서운지, 누가 두고 갔는지…… 에구 끔찍두……."

할멈은 기가 막힌 듯이 서두 없는 말을 늘어놓는다.

"엑 망할 연놈들 같으니라구, 제 자식을 버리다니."

그 여인은 혼잣소리같이 뇌인다.

"그런데 이를 어쩌나? 울기만 하니."

순호는 마루에 놓고 걱정한다.

"글쎄 저것을 마루에 놓면 어쩐단 말이오?"

경희는 발을 동동 구른다.

"울지 마라!"

언니란 여자는 애를 향해서 표독히 소리를 지른다. 어린것은 회피키 어려운 권력 아래서 행여나 구호자를 바라듯이 두리번두리번하면서 폭포같이 쏟쳐 나오던 울음을 흑흑 꺽꺽 그친다.

"얘, 네가 이름이 뭐냐, 응?"

최순호는 어린것을 보면서 물었다. 그의 낯빛은 평시같이 천연하다. 어린애는 무섭다는 듯이 머리를 돌리면서 또 울음을 낸다.

"아앙 엄마— 흑흑."

"울지 마라, 귀 아프다."

어린것을 둘러싼 무리는 위협과 조소와 모욕과 멸시로 그의 울음을— 그가 기껏 울 수 있는 자유를 가진 울음까지 구속한다.

"한멈, 애를 업어다가 종로 경찰서로 가져가게, 응!"

할멈은 꼴을 찡기면서 어린 것을 업고 나간다.

"엑 도척 같은 놈들! 자식을 버리다니!"

최순호는 혼잣말처럼 뇌이면서 업혀나가는 어린것을 바라본다.

수수하던 마당 안은 잠깐 새에 무거운 침묵에 지배되었다. 달은 어느새 서산에 걸려서 서쪽 집 그림자가 마당을 흐리었다. 마당에 고요히 서서 잠깐 새에 꼼짝하지 않은 사람의 그림자들은 송장을 받치어 세워논 듯하다.

차고도 혹독한 세상을 마디마디 저주하듯이 할멈에게 업혀가면서 지르는 그 쥐어짜 내는 듯한 어린애 울음소리는 점점 멀리 들리다가 스러졌다. 그러나 여러 사람의 눈과 귀에는 그 어린것의 참혹한 현상과 애처로운 소리가 그저 남아 있었다.

2

"엄마, 밥 주, 흐흥 흥!"

금년에 네 살 나는 학범이는 또 조르기 시작한다. 벌써 세 끼나 굶은 학범 어미는 배가 고프다 고프다 못 해서 이제는 배만 허부러 쥐고 걸으려면 다리가 부들부들한다.

"밥 흥, 밥이 웬 밥이냐?"

학범 어미도 처음에는 그 아들의 입술이 마르고 배가 등에 붙은 것을 보든지 그 남편이 빈 지게를 걸머지고 어두워서 추들추

132

들히 들어오는 것을 보면 가긍스럽기도 하고 안타깝기도 하여 소리 없는 설움에 흐르는 줄 모르게 눈물이 때 묻은 옷깃을 적시더니, 그것도 너무 여러 번이니 이제는 시들하다. 시들하다는 것보다 극도의 빈궁으로 일어나는 약이 머리끝까지 바싹 올라서 만사에 화만 무럭무럭 나고 아무것도 귀찮았다.

"으응흥! 엄마— 밥 주어 응, 엄마—."

그 소리는 억지로 짜내는 소리 같다.

"퍽은 못 견디게 군다. 네 아비더러 달라려므나! 나도 인제는 모르겠다."

마대 조각을 깔아놓은 움 속에 드러누웠던 학범 어미는 귀찮은 듯이 소리를 지르면서 벌떡 일어앉았다. 속이 허영허영하고 머리가 어질어질하면서 눈앞이 갑자기 까매졌다.

그는 머리를 붙들고 그 자리에 쓰러졌다.

"앙— 아아 흥 밥을 주어, 흥흥 잉—."

학범이는 아무 응종[2] 없이 쓰러져 있는 어미를 보더니 더욱 갑갑한지 쥐어짜 내는 소리를 더 크게 지르면서 발버둥을 친다.

콧구멍만한 드나들 거적문 하나를 달아놓은 움 속은 저물어가는 황혼빛 속 같다. 모두 빛을 잃어서 그 속에서 움직거리는 사람조차 유령 같은 느낌을 준다.

이슥하더니 학범 어미는 슬그머니 일어난다. 그는 얼빠진 사람처럼 판한 거적문을 내다본다.

학범은 엄마 곁으로 앉은걸음 해가면서,

---

2 명령이나 요구 따위에 응하여 그대로 따름.

"엄마 배고파 응, 엄마 밥 주어!"

"이 자식이 왜 이리 성화냐? 응."

그는 무릎에 올라앉는 어린것을 사정없이 획 밀쳤다. 어린것은 뒤로 나가자빠져서 머리를 땅바닥에 팅 부딪쳤다.

"으아! 엄마—."

"뼈를 갈아 먹어라. 네 아비 죄지 내 죄냐."

그는 이렇게 혼자 푸닥거리를 놓았다. 그러나 땅바닥에 머리를 내치고 우는 학범이를 볼 때 알 수 없이 가슴이 짜르르 전기를 받는 듯하였다. 그는 잠깐 새에 자기의 배고픈 것까지 잊었다. 그 아들의 주린 울음이 뼈에 짜깃짜깃 사무쳐서 견딜 수 없었다. 피라도 쭉쭉 뽑아서 그 아들의 배를 채워주고 싶었다. 그러나 그도 저도 할 수 없는 것을 생각할 때 저주와 분원만 가슴에 바싹바싹 치밀어서 이꼴 저꼴 다 안 보도록 깡그리 없애버리고 싶은 지극히 혹독한 심사가 또 치밀었다.

아침에 나간 남편이 해가 저물도록 들어 안 올 적에야 수가 뜨이지 않아서 벌벌 매노라고 그런 줄을 번연히 알면서도 남편이 원망스럽고 밉살스러웠다.

3

김철호는 오늘도 새벽에 빈 지게를 등에 붙이고 문안에 들어왔다. 광희문 밖 움집으로 온 후로 이것이 그의 매일 하는 일과이다. 그는 뱃가죽이 착 달라붙은 등에 지게를 얹고 정거장으로, 큼직한 객줏집으로, 종로로 짐을 얻을까 해서 싸대었다. 자기는 애달아서 다니건만 한 사람도 알은 척하지 않는다.

굶는 데는 단골이 박이다시피 된 철호였지마는 세 끼나 굶고 싸대일라니 땀만 부직부직 흐르고 등이 구부러져 걸음이 나지 않았다.

"이렇게도 신수가 궁할까! 호떡값이라두 얻어야 할 텐데!"

야글거리는 가을볕이 서쪽 산 위에 기울어지니 그의 마음은 더욱 초조하였다. 젖도 못 먹는 어린것과 그 에미가 칼칼히 마르는 형상이 눈앞에 선해서 애가 끊는 듯하다.

어느새 장안에는 전등이 눈을 떴다. 종로에는 파란 불빛 아래 야시장꾼이 버글버글 끓는다. 철호는 하는 수 없이 아침에 나오던 그 꼴로 집으로 돌아갔다. 그는 버글버글 끓는 야시를 힘없이 헤어간다. 모든 것이 꿈속 같다. 인력거에 실려서 지나가는 기생이나 단장을 휘두르면서 배를 내밀고 있는 신사나 요란히 외치는 '싸구려' 소리나 좌우 전방에 늘어놓은 화려한 물품이나 모두 어째서 그런지 알 수 없었다. 그의 눈앞에 비치는 야시는 아무 의미의 빛 없이 보였다.

어디까지 왔는지 그는 힘없이 터벅터벅 내려오다가 보니 바른편 말간 불빛 아래 윤기가 번지르르한 밀국수가 그득 놓였다. 그는 갑자기 식욕이 치밀었다. 그에게는 아무것도 보이지 않고 전부가 밀국수만 보였다. 그는 수난 듯이 팔을 벌리고 허둥허둥 달려들어서 그 국수를 집었다.

"엑 미쳤나?"

누가 소리를 치면서 두 눈에서 불이 번쩍 나게 뺨을 치는 바람에 그는 정신을 차렸다.

"이놈아, 그 더러운 손으로 이게 뭐야?"

눈을 똑바로 뜨고 달라붙는 그자의 서슬에 정신 차린 철호는 그만 어청어청 들고 뛰었다.

그는 광화문 밖 움집으로 왔다.

짚 부스러기 양철 조각 떨어진 거적으로 예인 움집은 황혼빛 속에 오랜 무덤 같다.

철호는 기침도 못 짓고 문밖에서 지게를 슬그머니 내려놓았다. 호떡 하나 못 사 들고 서너 끼나 굶은 식구 보기는 참말로 쓰린 일이다.

"날 잡아먹어라. 밥이 무슨 밥이냐?"

"흥! 으응…….."

안에서 울려 나오는 소리에 철호는 귀를 기울였다.

"응 밥 주, 응 엄마—."

"이 자식아, 왜 이 성화냐? 응. 이 망할 자식 같으니라구."

여편네는 악을 빡 쓰면서 어린 것을 툭탁 쥐어박는 소리가 들렸다.

"아야 아— 에고고…….."

지르는 학범이 소리는 숨이 끊어지는 듯하다. 철호는 땅이 꺼지도록 한숨을 쉬었다.

"이 자식아, 귀 아프다. 울음을 안 그칠 테냐?"

또 탁탁 치는 소리가 들린다.

"애고고…… 엄마! 으응아 아."

철호의 가슴에는 알 수 없는 분노가 떠올랐다. 아니 분노라는 것보다는 저주였다. 그는 거적문을 탁 지르고 안으로 뛰어들어 갔다.

"이년! 오라를 질 년 같으니라구."

그는 두 눈에 불이 행해서 어둑한 속에서 구물거리는 여편네의 머리채를 휘어잡았다.

"왜 남의 머리는 쥐어 응! 왜 남을 못살게 굴어!"

여편네의 소리는 날카로운 줄로 쇠를 끊는 듯이 어둔 공기에 파문을 일으켰다.

"이년아, 철없는 것을 달래지는 않고 웬 발악이냐 응, 발악이 웬 발악이냐?"

그는 한 손으로 머리채를 감아 들고 한 손으로는 여편네의 등을 사정없이 쾅쾅 때린다.

"애고고 사람 살리우! 절로 못 죽어 하는 것을 어디 실컷 때려라. 야 이놈아, 그러지 말고 뼈를 갈아 먹어라. 응응 흑흑."

여편네는 발악을 하면서 목을 놓아 통곡을 친다.

"야 이년아, 이 소리를 못 그칠 테냐?"

이번에는 발길로 차고 주먹으로 모은다.

"응 끽!"

발길에 가슴을 채인 여편네는 외마디 소리를 치고는 그만 거꾸러져서 잠잠하다.

"망할 년 같으니라구."

철호는 숨이 차서 어깨를 들썩들썩하면서 쓰러진 여편네를 노려본다. 이제는 집 안이 캄캄하여 잘 보이지도 않았다.

"이 자식, 왜 이리 우니?"

어미 아비 싸움에 놀라서 더욱 소리를 지르고 우는 학범이는 그저 어둔 구석에서 쿨쩍쿨쩍 응응 한다.

"못 그칠 테냐, 이 자식, 저리 가라, 왜 뒈지지 못하니?"

철호는 울음 나는 구석을 향하여 발길을 내었다. 발길에 채인 학범이는 또,

"애고고······."

하면서 운다.

철호의 가슴은 뭉클하였다. 굶주린 처자를 멋없이 때린 것이 후회스러웠다. 전신의 피가 다 말라서 백골이 갈리는 소리 같은 학범이 소리는 더욱 들을 수 없다. 차라리 그 소리를 피하여 이꼴 저꼴 보지 말고 어디라 없이 가거나 그렇지 않으면 여편네고 자식이고 어느 굶지 않을 데 보내고도 싶었다. 그러나 이것저것 다 할 수 없이 된 자기 신세를 생각하니 앞이 캄캄하였다. 그 자리에서 알 수 없는 커단 검은 그림자에 눌리는 듯하였다.

그는 머리를 숙이고, 한참 앉아서 무얼 생각하더니,

"학범아, 내가 업자. 호떡 사주마."

하고 어둑한 구석을 엿보듯이 본다. 그 소리는 부르르 떨리는 절망자의 소리 같았다.

학범이는 울음을 뚝 끊더니 부시럭부시럭 일어나서 아비 등에 업힌다.

철호는 너저분한 포대기에 싸 업고 집을 나섰다. 그의 가슴은 무슨 큰 불상사를 예기하듯이 울렁거렸다.

4

철호는 무덤같이 늘어진 움집 사이로 힘없이 걸어나갔다. 쓸쓸한 밤공기 속을 흘러내리는 파란 초승달 빛은 깨저분한 냄새가 흐르는 땅에 소리 없이 떨어졌다. 바람결에 문 안으로 스쳐오는 분주잡답한 소리는 꿈속같이 들렸다.

철호는 집을 돌아보고는 한참씩 서서 주저거렸다. 그의 가슴을 뿌지지 하면서 울렁거렸다. 천 길이나 되듯이 까맣게 높은 한강 철교가 안갯속에 잠긴 듯이 그의 눈앞에 얼프름히 나타났다. 따라서 졸음이 올 듯이 그물그물 고요히 흐르는 강물도 보였다. 커단 집 대문간도 그의 머리에 언뜻 떠올랐다.

"아이구 학범아!"

더품³을 꾸직꾸직 물고 발악을 쓰면서 날뛰는 아내의 그림자도 보이는 듯하더니 뒤따라,

"엉엉 엄마 애애."

하면서 개골창에서 헤매는 학범의 꼴도 뵈는 듯하였다. 철호는 몸을 부르르 떨었다. 그는 무의식 가운데 등에 업힌 학범이를 만지면서 넘어다보았다. 학범이는 등에 뺨을 붙이고 고요히 엎드렸다.

"아아, 참말 못할 노릇이다."

그는 여러 번 발을 돌쳤다가는 걷고 걷다가는 돌쳐서서 주저거렸다. 망설이던 그는 다시 굳센 결심을 하고 종로에 나서서 빨리빨리 걸었다. 사람들이 버글거리는 사이를 휘저어 올라오다가

---

3 '거품'의 옛말.

경운동 골목으로 들어서서 한참 올라간다. 한참 올라가다가 창덕궁 나가는 길로 돌아서서 다시 계동 골목으로 올라간다. 대여섯 집을 더 가더니 왼편으로 획 돌아져서 들어가다가 막다른 골목에 이르러서 떡 섰다. 그의 앞에는 커단 대문이 호기롭게 서 있다.

철호는 이리 기웃 저리 기웃거리다가 슬그머니 문간에 들어섰다. 들어서는 바람에 팔을 닿쳐서 문소리가 삐걱할 때 그의 가슴은 덜컥하였다. 그는 무서운 동굴에 들어선 사람처럼 가만히 서서 엿들었다. 안으로 들어서는 청랑한 여자들 웃음이 흘러나온다. 그는 한숨을 화아 쉬면서 학범이를 싸 업은 포대기 끈을 끌렀다. 그는 무엇을 해가지고 뛰는 도적놈 모양으로 자는 학범이를 포대기째 문간에 내려놓고 문밖에 뛰어나왔다. 무엇이 두 발을 꽉 잡는 것 같아서 자빠질 듯하였다. 문 위의 환한 전등은 노염이 그득한 눈을 부릅뜨고 꾸중을 내리는 듯하였다.

철호는 허둥지둥 계동 골목을 빠져나왔다.

"아바―."

피 터지게 부르는 학범의 소리가 귀에 들리고 낯이 파랗게 질린 학범의 꼴이 뵈는 듯해서 그는 앞이 캄캄하였다.

더구나,

"아이구 내 학범아! 학범아! 에구 하느님 맙시사! 내 학범이를 내놔라."

하고 미쳐 뛰는 아내의 그림자를 상상할 때 온몸의 피가 막 끓어오르고 오장이 빠직빠직 끊겨서 그 발을 차마 집을 향하고 걸어가 지지 않았다.

처음 학범을 업고 집을 나설 때에는 학범을 한강에 집어넣으려고 하였다. 기구한 자기 앞에 굶주리는 것보다 어서 없어져서 후생에나 잘살게 되면 하는 마음으로 그리었으나 어린 그 목숨을 끊기는 철호의 양심이 아직두 허락지 않았다.

"응 됐다. 어느 잘살고 애 없는 집에다가 버렸으면 거둬주겠지."

돌이켜 생각하고 그는 계동으로 온 것이다. 그 집은 열렬한 인도주의자로 유명한 최순호의 집이다. 철호는 이 집 짐을 여러 번 져서 그 집에 애 없는 것을 잘 알았다.

그러나 네 살이 다 먹도록 기른 자식을 버리고 나오게 되니, 디디는 자국자국이 학범이 원한의 눈물이 괴는 듯해서 차마 발이 떨어지지 않았다.

"이놈, 짐승도 자식을 사랑하는데……. 이 도적 같은 놈아."

머리 위에서 무엇이 꾸짖으면서 벼락을 내리는 듯할 때, 그는 알 수 없이 부르르 떨면서 발을 돌렸다. 그러나 학범을 찾아가자니 또 발이 떨어지지 않는다. 호떡을 사주마 하고 업고 온 학범을 다시 그 무덤 속 같은데 데리고 가서 굶길 일을 생각하니 진저리가 난다. 벌고 벌고 뼈가 빠지도록 고생하여도 열흘이면 절반을 더 굶는 자기 앞에서 굶겨 죽이는 것보다 나으리라고 믿었다. 점잖은 집이요 자식 없는 집이니 길러줄 줄 믿었다. 철호는 재동 파출소 앞을 나오다가 파출소에 달아놓은 빨간 전등을 볼 때 가슴이 섬뜩하여서 발을 돌려 창덕궁을 향하고 걸었다.

아까까지 철호의 화려하고 부럽게 보이는 만호장안이 갑자기 변하여 복마전같이 보였다. 철호는 눈을 들어 모든 것을 두리번두리번 보았다. 크고 작은 건물들은 녹슨 백골을 저장한 마굴 같다. 총총한 전등은 유령의 험한 눈초리 같다. 들리는 소리 보이는 빛이 모두 도깨비판 같다. 그는 우뚝 서서 눈을 딱 감고 모든 것을 보지 않으려고 하였다.

5

일주일 뒤였다.

줄줄 내리는 가을비는 황혼에도 멎지 않았다. 땅은 질척질척하다. 수정알을 이어논 듯한 빗발 속에 꿈같이 보이는 전등불은 물 괸 땅에 어른히 비치었다. 종로에는 야시꾼이 없어서 고요한데 벌건 전차의 내왕하는 소리만 처량하다.

밤은 깊었다.

무겁게 나직이 드리운 잿빛 구름은 그저 비를 쏟고 있다.

전등은 의연히 편히 눈을 뜨고 있다.

이때 사람의 자취가 끊긴 어둑한 계동골로 들어가는 그림자가 있다. 줄줄 내리는 빗속을 우비도 없이 걸어가는 그림자는 쓰러질 듯 흥떵흥떵하다가는 겨우 무거운 몸을 지탱해가지고 비틀비틀 걸어간다.

"으응 액."

그 그림자는 대여섯 집 올라가서 왼편으로 돌아지더니 막다른 골목으로 기울어져서 커다란 대문 앞에 우뚝 서서 흔들흔들하면서도 문 위에 달아놓은 전등불을 물끄러미 본다. 낯빛은 벌겋게 되고 두 눈에서는 술이 줄줄 흘러나오도록 취하였다. 불빛을 받은 전신은 비에 후줄근히 젖어서 물에 빠진 쥐같이 되었다. 어깨며 궁둥이에는 꺼먼 흙이 철썩철썩 묻었다.

"어어, 저놈이 나를 봐?"

그는 전등을 뚝 부릅뜨고 보면서 혀가 굽은 소리로 중얼거린다.

"이놈아, 보면 어쩔 테야? 엑 에헤헤헤."

그는 어깨를 으쓱하고 머리를 숙이면서 흥글벙글하다가 대문에 가서 탁 쓰러지면서,

"학범아, 어! 학범아."

고함을 친다. 그 소리는 송아지 부르는 암소 소리같이 흐리고 애처로웠다.

"어, 이놈의 문이 정 이 모양이야?"

그는 어정어정 문을 잡고 일어서서는 쿵쿵 때리면서,

"학범아! 내가 왔다. 너가 보구퍼 내가…… 으응."

말끝은 울음에 젖었다.

"이거 누가 이 야단이오?"

안으로 톡 쏘는 듯한 여자의 음성이 들려 나왔다.

"무…… 무…… 문 좀…… 좀 열어주. 이잉 흑흑, 학범이 보러 왔소."

안에는 얼른 열지 못하고 방문 소리 발자국 소리 기침 소리가 분주히 나더니,

"누구요?"

노숙한 사내의 목소리가 나면서 문을 덜컥 열었다. 문에 기대어 있던 그자는 문 열리는 바람에 문턱에 다리를 걸고 안으로 쓰러졌다. 문간 전등불 아래 몸집이 뚱뚱하고 수염이 너슬너슬한 주인 최순호의 그림자가 언뜻하다가 그자의 쓰러지는 바람에 다시

주춤 문간에 들어선다.

"이거 누구요?"

"네— 어…… 나리 마님…… 나…… 나리 마님, 학범이 보러 왔어요. 후우 네편네도 달아나구……."

그자는 엉금엉금 일어나더니 합장하고 허리가 부러지게 절을 한다.

"누구에요?"

안으로서 쩡쩡한 여성의 말소리가 들렸다.

"웬 거진지 미치광인지 알 수 없소."

최순호는 대답하며 그를 물끄러미 보고 이마를 찡긴다.

"나리 마님…… 이제는 네편네까지……. 죽어두 안고 죽을 것을 제 제 제가 못된 놈이 돼서 자식을 버 버려 버리……고 그래서 네편네까지 도망치고, 아이구 으응응 흑흑 끽끽."

그자는 주먹으로 가슴을 치면서 엉엉 운다.

"허허허, 이거 왜 이래, 어서 가— 허허허."

최순호는 벙긋벙긋 웃으면서 가라고 호령을 친다.

"나나…… 나리 마님…… 제발 한 번만 보여줍쇼. 에구 내 학범을 제발 한 번만……."

그자는 또 합장을 하고 허리가 부러지게 절한다.

"보여주긴 무얼 보여주어! 어서 가."

"그건 무얼 그러고 있어요. 밀어내지 않구……."

안으로서 종알종알 지껄이는 여자는 화가 나는지 안대문을 달각 열고 방긋이 내다본다.

"밀어내요. 한멈, 이리 오게……."

최순호와 할멈은 그 주정꾼을 끌어내 질척한 대문 밖에 내놓고는 덜컥 문을 잠근다.

"에구, 내 학범아, 네 엄마는 갔다. 어구구, 휘 나리 마님 학범을 한 번만 보게 해주세요. 엉엉."

전신에 흙투성이가 된 그자는 또 벌컥 일어나더니 대문을 탁 밀친다.

"에그머니!"

잠그려는 대문이 탁 열리는 바람에 안에 섰던 여자는 주춤한다.

"하 학범아! 내가 왔다. 학범이 좀 보여주어! 응 내 학범이!"

그자는 주인 내외와 할멈이 쥐어박고 내밀치는 것도 상관치 않고 안으로 뛰어들어간다.

"에그, 저를 어째?"

"웬 주정꾼이 저 야단이야!"

마당으로 뛰어들어가는 그자의 억센 팔에 밀치어서 뒤로 물러서는 주인 내외는 난리나 만난 듯이 몸을 부르르 떨었다.

비는 그저 줄줄 쏟아졌다. 사방은 고요하다.

— 〈여명〉, 1925. 9.

큰물 진 뒤

1

닭은 두 해째 울었다. 모진 비바람 속에 울려오는 그 소리는
별다른 세상의 소리 같았다.

비는 그저 몹시 퍼붓는다. 급하여가는 빗소리와 같이 천장에
서 새어 내리는 빗방울은 뚝뚝, 뚝뚝 먼지 구덩이 된 자리 위에
떨어진다. 그을음과 빈대 피에 얼룩덜룩한 벽은 새어 내리는 비
에 젖어서 어스름한 하늘에 피어오르는 구름발 같다. 우우 하고
불어오는 바람에 몰리는 빗발은 간간이 쏴― 하고 서창을 들이
쳤다.

"아이구 배야! 익힝 응 아구 나 죽겠소!"

윤호의 아내는 몸부림을 치면서 이를 빡빡 갈았다. 닭 울 때부

터 신음하는 그의 고통은 점점 심하여졌다. 두 손으로 아랫배를 누르고 비비다가도 그만 엎드러져 깔아놓은 짚과 삿자리[1]를 박박 긁고 뜯는다. 그의 손가락 끝은 터져서 새빨간 피가 삿자리에 수를 놓았다.

"애고고! 내 엄마! 응응, 하이구 여보!"

그는 몸을 벌꺽 일어서 윤호의 허리를 껴안았다. 윤호는 두 무릎으로 아내의 가슴을 받치고 두 팔에 힘을 주어서 아내의 겨드랑이를 추켜 안았다. 윤호에게는 이것이 첫 경험이었다. 어머니며 늙은 부인들께서 말로는 들은 법하나 첨으로 당하는 윤호의 가슴은 알 수 없는 두려움이 두근두근하였다. 그에게는 과거도, 미래도 없었다. 침통과, 우울과, 참담과, 공포가 있을 뿐이었다. 미구에 새 생명을 얻으리라는 기쁨은 이 찰나에 싹도 볼 수 없었다.

"여보! 내가 가서 귀둥녀 할미를 데려오리다, 응."

"아니 여보! 아이구!"

아내는 윤호의 허리가 끊어지도록 안았다. 그의 낯은 새파랗게 질렸다. 아내의 괴로움만큼 윤호도 괴로웠다. 아내가 악을 쓸 때면 윤호도 따라 힘을 썼다. 아내가 몸부림을 하고 자기의 허리를 꽉 껴안을 때면 윤호도 꽉 껴안았다.

윤호는 누울 때 지나서부터 몹시 괴로워하는 아내를 보고 옛적 산파로 경험이 많은 귀둥녀 할미를 불러오려고 하였다. 그러나 아내의 고통은 각일각 괴로워 가는데 보아줄 사람은 하나도 없고, 게다가 비바람이 어떻게 뿌리는지 촌보를 나아갈 수 없어

1 갈대를 엮어서 만든 자리.

서 주저거렸다. 윤호는 아내의 생명이 끊기고야 말 것같이 생각되었다. 어수선한 짚자리 위에서 뻐둑뻐둑하다가 어린 목숨을 낳다 말고 두 어미 새끼가 돼지는 환상이 보였다. 따라서 해산으로 죽은 여러 사람의 기억이 떠올랐다. 그는 몸을 부르르 떨면서 아내를 더욱 꽉 껴안았다. 마음대로 하는 수 있다면 아내의 고통을 나누고 싶었다. 괴로운 신음 소리와 같이 몸부림을 탕탕 하는 것은 자기의 뼈와 고기를 싹싹 에어내는 듯해서 차마 볼 수 없었다.

"끽! 옹! 으응! 윽! 아이구! 억억."

아내는 더 소리를 못 지른다. 모들뜬² 두 눈은 무엇을 노려보는 듯이 똥그랗게 되었다. 숨도 못 내쉬고 이를 꼭 깨물고 힘을 썼다.

"으악!"

퀴지근한 비린 냄새가 흐르는 누런 불빛 속에 울리는 새 생명의 소리! 어둔 밤 비바람 소리 속의 그 소리! 윤호는 뵈지 않는 큰 물결에 싸이는 듯하였다.

"무에요!"

신음 소리를 그치고 짚자리 위에 누웠던 아내는 머리를 갸우드름하여 사내를 쳐다보았다. 새빨간 핏방울을 번질번질 쏟친 볏짚 위에 떨어진 어린 생명은 꼼지락꼼지락 하면서 빽빽 소리를 질렀다. 윤호는 전에 들어두었던 기억대로 푸른 헝겊으로 탯줄을 싸서 물어 끊었다.

"옹! 자지가 있네! 히히히."

---

2 모들뜨다. 두 눈동자를 안쪽으로 몰아 뜨다.

윤호는 때 오른 적삼에 어린것을 싸면서 웃었다.

"흥, 호호!"

아내는 웃으면서 허리를 구부정하여 어린것을 보았다. 이 찰나, 침통과 우울과 공포가 흐르던 이 방 안에는 평화와 침묵이 흘렀다. 윤호는 무엇을 끓이려고 부엌으로 내려갔다.

우우 쏴아― 빗발은 서창을 쳤다. 젖은 벽에서는 흙점이 철썩철썩 떨어진다. 어디서 급한 물소리와 같이 수수거리는 소리가 들렸다. 그 소리는 봄비 속에 개구리 소리같이 점점 높이 들렸다. 윤호는 눈을 둥그렇게 뜨면서 귀를 기울였다.

"윤호! 윤호! 방강³이 터지니 어서 나오!"

그 소리는 윤호에게 청천의 벽력이었다. 그는 튀어나갔다. 이 순간 그의 눈앞에는 퍼런 논판이 떠올랐다. 그 밖에 아무것도 생각나지 않았다. 그는 마당 앞으로 몰려 지나가는 무리에 뛰어들었다. 어디가 하늘! 어디가 땅! 창살같이 들이는 비! 몰려오는 바람! 발을 잠그는 진창! 그 속에서 고함을 치고 어물거리는 으슥한 그림자는 수천만의 도깨비가 횡행하는 것 같다.

2

모든 사람들은 침침 어둔 빗속을 헤저어서 마을 뒤 방축으로 나아갔다. 더듬더듬 방축으로 기어올랐다. 물은 보이지 않았다.

---

3 제방. 물가에 흙이나 돌, 콘크리트 따위로 쌓은 둑.

손과 발로 물 형세를 짐작할 뿐이었다. 꽐꽐 철썩 출렁 꽐꽐 하는 물소리는 태산을 삼키고 대지를 깨칠 듯하다.

"이거 큰일 났구나!"

"암만해두 넘겠는데!"

이 입 저 입으로 흘러나왔다. 그 소리는 위대한 자연의 힘 앞에 인력의 박약을 탄식하는 듯하였다.

"자! 이러구만 있겠소? 그 버들을 찍어라! 찍어서 여기다가 눕히자!"

우렁찬 소리가 들렸다.

"가만있자! 한짝에는 섬[叺]⁴에다가 돌을 넣어다가 여기다가 막읍시다."

"떠들지 말구 빨리합시다."

탁—탁 나무 찍는 도끼 소리가 났다. 한편에서는 섬을 메어 올렸다. 윤호는 찍은 나무를 끌어다가 가장 위태로운 곳에 뉘었다.

빗소리, 물소리, 바람 소리, 어둠 속에서 흥분된 모든 사람들은 죽기로써 힘을 썼다.

이 방축에 이 마을 운명이 달렸다. 이 방축 안에 있는 논과 밭으로 이백이 넘는 이 마을 집이 견디어간다. 그런 까닭에 해마다 가을봄으로 이 마을 사람들은 이 방축에 품을 들여서 천만 년 가도 허물어지지 않게 애를 써왔다. 그뿐만 아니라 이리로 바로 쏠리던 물길을 방축 건너편 산 아래로 돌리기까지 하였다.

이렇게 쌓은 공이 하루아침에 무너졌다. 작년 봄에 이 마을 밖

---

4 곡식 따위를 담기 위하여 짚으로 엮어 만든 그릇.

으로 철도가 되었다. 철도는 이 마을 뒷내를 건너게 되어서 그 내에 철교를 놓았다. 그 때문에 저편 산 아래로 돌려놓은 물은 철교를 지나서 이 마을 뒤 방축을 향하고 바로 흐르게 되었다. 이 때문에 촌민들은 군청, 도청, 철도국에 방축을 더 굳게 쌓아주든지, 철교를 좀 비스듬히 놓아서 물길이 돌게 하여달라고 진정서를 여러 번이나 들였으나 조금의 효과도 얻지 못하였다. 작년 여름 물에 이 방축이 좀 터졌으나 호소할 곳이 없었다. 그 뒤로 비만 내리면 촌민들은 잠을 못 자고 방축을 지켰다.

"이— 이 이게, 어쩐 일이냐? 응!"

"터지는구나! 이키 여기는 벌써 터졌네!"

"힘을 써라! 힘을 써라! 이게 터지면 우리는 죽는다. 못 산다!"

초초분분 불어가는 물은 콸콸 소리를 치면서 방축을 넘었다. 바람이 우우 몰려왔다. 비는 여러 사람의 낯을 쳤다. 모두 흑흑 느끼면서 낯을 가리고 물을 뿜었다.

쏴— 꽐꽐꽐.

"여기도 또 터졌구나!"

모두 그리로 몰렸다. 아래를 막으면 위가 터지고 위를 막으면 아래가 터진다. 터지는 것보다 넘치는 물이 더 무서웠다.

"이키, 여기 벌써 물이 길[丈]이나 섰구나."

거무칙칙하여 보이지 않는 논판에서 누가 부르짖었다.

이제는 누구나 물을 막으려는 사람은 없다. 어둠 속에 히슥한 그림자들은 창살 같은 빗발을 받고 가만히 서 있다. 모진 바람이 한바탕 지나갔다. 모든 사람들은 굳센 물결이 무릎을 잠그고 궁둥이를 잠글 때 부르르 떨었다.

윤호도 방축을 넘는 물속에 박은 듯이 서 있었다. 꺼먼 그의 눈앞에는 물속에 들어가는 논이 보였다. 떠내려가는 집들이 보였다. 아우성치는 사람이 보였다―이 환상을 볼 때 그는 으응 부르짖으면서 방축에서 내려뛰었다. 방축 아래 내려서니 살같이 흐르는 물이 겨드랑이를 잠근다. 그는 돌인지 물인지 길인지 밭인지 빠지고 거꾸러지면서 집 마을을 향하고 뛰었다. 이 모퉁이 저 모퉁이에서 물을 헤저어 나가는 아우성 소리가 빗소리와 같이 요란하건만 그에게는 들리지 않았다. 그의 눈앞에는 물 한 모금 못 먹고 짚자리 위에 쓰러진 두 생령의 환상이 보일 뿐이다. 그는 환상을 보고 떨 뿐이다. 그 환상은 누런 진흙 물속에 쓰러진 집에 치어서 킥킥 버둥질치는 형상으로도 나타났다. 그는 주먹을 부르쥐고 이를 악물었다. 윤호는 자기 집 마당에 다다랐다.

불빛이 희미한 창 속에서 어린애 울음이 들렸다. 창에 비친 불빛에 누릿한 물은 흙마루를 지나 문턱을 넘었다.

윤호는 방으로 뛰어들어갔다. 방에는 물이 흥건히 들었다. 아내는 물속에서 애를 안고 어쩔 줄을 몰라 한다. 물은 방 안에 점점 들어온다. 어디서 쏴― 소리가 들렸다. 돌아보니 뒷벽이 뚫어져서 물이 디미는 소리였다. 윤호는 아내를 둘러업고 아기를 안았다. 이때 초인간적 군센 힘이 그를 지배하였다. 그는 문을 차고 밖으로 뛰어나왔다. 어느새 물은 허리에 잠겼다. 물살이 어떻게 센지 소 같은 장사라도 견디기 어려울 지경이다. 그는 쓰러졌다가는 일어서고 일어섰다가는 쓰러지면서 물속을 헤저어 나갔다. 팔에 안은 것이 무엇이며 등에 업은 것이 누구라는 것까지 이 찰나에 의식치 못하였다. 의식적으로 업고 안은 것이 이제는 기계적으로 놓지 않게 되었다.

3

동이 텄다. 사방은 차츰 훤하여졌다. 거무칙칙하던 구름이 풀리면서 퍼붓는 듯하던 비가 실비로 변하더니 이제는 안개비가 되었다. 바람도 잤다.

마을 사람들은 거지반 마을 앞 조그마한 산에 몰렸다. 밝아가는 새벽빛 속에 최최해서[5] 어물거리는 사람들은 갈 바를 몰라한다. 누구를 부르는 소리, 울음소리, 신음하는 소리에 수라장[6]을 이루었다.

윤호는 후줄근한 풀 위에 아내를 뉘었다. 어린것도 내려놓았다. 참담한 속에서 고고성을 지른 붉은 생령은 참담한 속에서 소리 없이 목숨이 끊겼다. 찬비와 억센 물에 쥐어짠 듯이 된 윤호 아내는 싸늘한 어린것을 안고 흑흑 느낀다. 윤호는 아무 소리 없이 붙안고 우는 어미 새끼를 물끄러미 보았다. 그의 가슴은 저리다 못하여 무엇이 뭉킷 누르는 듯하고, 머리는 땅한 것이 눈물도 나지 않고 말도 나오지 않았다.

날은 다 밝았다. 눈앞에 뵈는 것은 우뚝우뚝한 산을 남겨놓고는 망망한 물판이다. 어디가 논? 어디가 밭? 어디가 집? 어디가 내? 누런 물이 세력을 자랑하는 듯이 좔—좔— 흐른다. 널쪽, 궤

5 최최하다. 몹시 초라하다.
6 아수라장.

짝, 짚가리, 나뭇단, 널따란 초가지붕―온갖 것이 둥둥 물결을 따라 흘러내린다. 저편 버드나무 속으로 흘러나오는 집 위에는 계집 같기도 하고 사내 같기도 한 사람 서넛이 이편을 보고 고함을 치는지 손을 내두르고 발을 구른다. 갠지 돼지인지 자맥질 쳐서 이리로 나온다. 사람 실은 지붕은 슬슬 내리다가 물 위에 머리만 봉긋이 내놓은 버드나무에 닿자마자 그만 물속에 쑥 들어가더니 다시 떠오를 때에는 여러 조각이 났다. 그 위에 사람의 그림자는 다시 볼 수 없었다. 그 저편에서도 무엇이나 탄 지붕인지 짚가리인지 흘러갔다. 그러나 누구 하나 그것을 건지려는 사람은 없다. 윤호의 곁에 있는 한 오십 되어 뵈는 늙은 부인은,

"에구 끔찍해라! 에구 내 돌쇠야! 흑흑."

하면서 가슴을 치고 땅을 친다. 어떤 젊은 부인은 어린것을 업고 흑흑 울기만 한다. 사내들도 통곡하는 사람이 있다. 밥 달라고 우는 어린것들도 있다. 어떤 사람은 멍하니 서서 질펀한 풀판을 얼없이 보기도 하고, 어떤 사람은 지르르한 풀판에 앉아서 담배만 풀썩풀썩 피우기도 한다. 풀렸다가는 엉키고 엉켰다가는 풀리는 구름 사이로 푸른 하늘이 보이면서 둔탁한 굵은 볕발이 누른 무지개 모양으로 비치었다. 안개비도 개었다.

"여보! 울면 뭘 하우, 그까짓 죽은 것 생각할 게 있소? 자― 울지 마오, 산 사람은 살아야 안 쓰겠소?"

이렇게 아내를 위로하나 그도 슬펐다. 물 한 모금 못 먹인 아내를 생각하든지 제 명에 못 죽은 아들! 현재도 현재려니와 이제 어디를 가랴? 일 년 내 피와 땀을 짜 바쳐서 지은 밭이 하룻밤 물에 형적조차 남기지 않았으니 이 앞일을 어찌하랴? 그는 생각하

면 생각할수록 슬펐다. 슬픔에 슬픔을 쌓은 그 슬픔은 겉으로 눈물을 보내지 않고 속으로 피를 짰다. 그는 어린 주검을 소나무 아래 갖다 놓고 솔잎으로 덮어놓았다. 그 주검을 뒤 두고 나오니 알수 없이 발이 무거웠다.

이른 아침때가 되어서부터 윤호의 아내는,

"아이구 배야! 배야!"

하고 구른다. 어물어물하는 사람은 많건만 모두 제 설움에 겨워서 남의 괴로움을 돌볼 새가 없다.

"허허, 이것 안되었군! 산후에 찬물을 건네구 사람이 살 수 있겠소! 별수 없으니 어서 업구서 너멋 마을로 가보."

웬 늙은이가 곁에 와서 구르는 아내를 붙잡아주면서 걱정한다.

윤호는 아내를 업었다. 새벽에는 아내를 업고 애를 안고 그 모진 물속을 헤저어 나왔건만, 인제는 일 마장도 갈 것 같지 못하다. 더구나,

"아이구 배야!"

하면서 두 어깨를 꽉 끌어당기면서 몸을 비비 틀면 허리가 휘천휘천하고 다리가 휘우뚱거려서 어쩔 수 없다. 그는 땀을 흘리면서 조그마한 고개를 넘어왔다. 거기는 십여 호나 되는 조그마한 동리가 있다. 벌써 물에 쫓긴 사람들은 집집이 몰려들었다. 윤호는 어느 집 방을 겨우 얻어서 아내를 뉘어놓았다. 누가 미음을 쑤어다 주는 것을 먹였으나 아내는 한 모금 못 먹고 그저 신음한다. 의원을 데려다가 침, 뜸, 약— 힘자라는 데까지 손을 써보았으나 소용이 없었다.

낮부터 비는 또 쏴—르륵 내렸다.

4

괴로운 사흘은 지나갔다.

집을 잃고 밭을 잃고 부모를 잃고 처자를 잃은 무리들은 거기서 삼십 리나 되는 읍으로 나갔다. 윤호도 그중의 한 사람이었다. 그네들은 읍에 나가서 정거장의 노동자, 물지게꾼, 흙질꾼, 구들 고치는 사람— 이렇게 그날그날을 보내었다. 어떤 자는 이집 저집으로 돌아다니면서 밥을 빌어먹었다. 윤호는 집 짓는 데 돌아다니면서 흙을 져 날랐다. 그의 아내의 병은 나날이 심하였다. 바싹 말랐던 사람이 통통 부어서 멀겋게 되었다. 그런 우중 눅눅한 풀막 속에서 변변히 먹지도 못하고 간병하는 손도 없으니 그 병의 회복을 어찌 속히 바라랴!

윤호가 하루는 아내의 병구완으로 한잠도 못 자고 밤새껏 애쓰다가 아침을 굶고 일터로 나갔다. 하루 오십 전을 받는 일이건만 해뜨기 전에 나와서 어두워야 돌아간다. 그날 아침에는 흙을 파서 담는데 지겟다리가 부러져서 그 때문에 한 시간 동안이나 흙을 못 날랐다. 그새에 다른 사람은 세 짐이나 더 지었다.

"이놈은 눈깔이 판득판득해서 꾀만 부리는구나!"

양복 입은 감독은 늦게 온 윤호를 보고 눈을 굴렸다. 윤호는 아무 대답 없이 흙을 부어놓고 돌아서 나왔다. 나오려고 하는데 감독이 쫓아오더니 앞을 딱 막아서면서,

"왜 늦게 댕겨!"

하고 꺼드럭꺼드럭하는 서울말로 툭 쏘았다.

"네, 지겟다리가 부러져서 그거 고치느라구 늦었습니다."

그는 괴로운 웃음을 지었다.

"뭘 어쩌구 어째? 남은 세 지게나 졌는데 어디 가 낮잠을 잤어……? 그놈 핑계는 바투!"

"정말이외다. 다른 날 언제 늦게 옵네까? 늘 남 먼저 오잖었소……."

"이놈아, 대답은 웬 말대답이냐? 응 다른 날은 다른 날이고 오늘은 오늘이지! 돈이 흔해서 너 같은 놈을 주는 줄 아니?"

하더니 윤호의 여윈 뺨을 갈겼다. 윤호는 뺨을 붙잡고 가만히 서 있었다.

"이놈아, 너 같은 놈은 일없다. 가거라!"

하더니 주먹으로 윤호의 미간을 박으면서 발을 들어 배를 찼다.

"아이구! 으응응 흑흑."

윤호는 울면서 지게 진 채 땅에 거꾸러졌다. 그의 코에서는 시뻘건 선지피가 콸콸 흘렀다. 일꾼들은 모두 이편을 보았다. 같은 지게꾼들은 모두 이편을 보았다. 같은 지게꾼들은 무슨 승수勝數나 난 듯이 더 분주하게 져 나른다.

"이놈아, 가! 가거라!"

감독은 독살이 잔뜩 엉긴 눈으로 윤호를 보더니 사방을 돌아보면서,

"뭘 봐? 어서 일들 해! 도모 죠센징와 다메다! 쓰루쿠테 다메다!"[7]

하는 바람에 일꾼들은 조심조심히 일에 손을 대었다.

---

7 정말 조선인은 안 돼! 뺀들거려서 안 돼!

눅눅한 검은 땅을 붉고 뜨거운 코피로 물들인 윤호는 일어섰다. 코에서는 걸디건 피가 그저 뚝뚝 흘렀다. 그의 흙투성이 된 옷섶은 피투성이가 되었다. 그는 머리를 숙이고 한참이나 서서 무엇을 생각하더니 빈 지게를 지고 어청어청 아내가 누웠는 풀막으로 돌아갔다.

윤호는 지게를 벗어서 팔매를 치고 막 안으로 들어갔다. 어둑한 막 안에서 신음하던 아내는 눈을 비죽이 떠서 윤호를 보더니 목구멍을 겨우,

"여보, 어째 그러오? 그게 어쩐 피요?"

묻는다. 윤호는 아무 대답 없이 아내의 곁에 드러누웠다. 모두 귀찮았다. 세상만사가 다 귀찮았다. 세상 밖에 나와서 비로소 가장 사랑하던 아내까지도 귀찮았다. 죽는다 해도 꿈만 하였다.

"네? 어째 그러오?"

그러나 재쳐 묻는 부드러운 아내의 소리에 대답 안 할 수가 없었다.

"응, 넘어져서 피가 터졌소!"

윤호의 소리가 그치자 아내는 훌쩍훌쩍 운다. 윤호의 가슴은 칼로다 빡빡 찢는 듯하였다. 그는 알 수 없는 커단 것에 눌리는 듯하였다. 무엇이 코와 입을 꽉 막는 듯이 호흡조차 가빴다. 그는 온몸에 급히 힘을 주면서 눈을 번쩍 떴다. 아무것도 없었다. 그저 으스름한 속에 넌들넌들 드리운 풀포기가 있을 뿐이다. 그는 눈을 다시 감았다. 모든 지나온 일이 눈앞과 머릿속에 방울이 져서 떠올라서는 툭 터져버리고, 터져버리곤 한다. 자기는 이때까지 남에게 애틋한 일, 포악한 일을 한 적이 없었다. 싸움이면 남에게

졌고, 일이면 남보다 더 많이 하였다. 자기가 어려서 아버지 돌아갈 때에 밭뙈기나 있는 것을 삼촌더러 잘 관리하였다가 자기가 크거든 주라고 한 것을 삼촌은 그대로 빼앗고 말았다. 그러나 자기는 가만히 있었다. 동리 심부름이라는 심부름은 자기와 아내가 도맡아 하여왔다. 그래도 잘못한 일이 있으면 자기와 아내가 홀로 책망과 욕을 들었다. 선한 일을 하면 복을 받는다, 부지런하면 부자가 된다, 남이 욕하든지 때리든지 가만히 있어라―이러한 것을 자기는 조금도 어기지 않고 지켜왔다. 그러나 오늘날 이때까지 자기에게 남은 것은 풀막―그것도 제 손으로 지은 것―병, 굶주림, 모욕밖에 남은 것이 없다. 집을 바치고 밭을 바치고 힘을 바치고 귀중한 피까지 바치면서도 가만히 순종하였건만 누구 하나 이렇다 하는 이가 없었다. 오히려 이때까지 자기가 본 경험으로 말하면 욕심 많고, 우락부락하고, 못된 짓 잘하는 무리들은 잘 입고, 잘 먹고, 잘 쓴다. 자기에게 남은 것은 이제 실낱같은 목숨뿐이다. 아내뿐이다. 그러나 그것도 이렇게 되고서는 몇 달을 보증하랴! 까딱하면 목숨까지 버릴 것이다. 목숨까지 바쳐? 이 목숨― 예까지 생각하고 그는 몸을 부르르 떨면서 주먹을 쥐었다.

"웅! 그는 못 해!"

그는 혼잣소리같이 뇌면서 머리를 흔들었다. 사실이다. 목숨까지 바치기는 너무도 억울하다. 자기가 왜 고생을 했나? 목숨이다! 이 목숨을 아껴서 무슨 고생이든지 하였다. 목숨을 바치면 죽는 것이다. 죽고도 무엇을 구할까? 그러나 그저 이대로 있어서는 살 수 없다. 병으로 살 수 없고 배고파 살 수 없고―결국 목숨을 바치게 된다. 이때 그의 머리에는 떠오르는 것이 있었다. 눈앞에 보이는 환상이 있었다. 그의 해쓱한 낯에는 엄연한 빛이 어리고 다정스럽던 두 눈에는 독기가 돌았다. 그는 다시 입술을 깨물고 주먹을 쥐었다.

5

초승달이 재를 넘은 지 벌써 오래되었다. 훤히 갠 하늘에 별빛은 푸근히 보였다. 사면은 고요하다. 이슬에 눅눅한 대지 위에 우뚝이 솟은 건물들은 잠잠한 물 위에 뜬 듯이 고요하다. 멀리 뭉긋이 보이는 산날[8]이 하늘 아래 굵은 곡선을 그었다.

세상이 모두 잠자는 이때, 집 마을에서 좀 떠나 으슥한 수수밭 머리에 풀포기를 모아 얽어놓은 조그만 막 속에서 나오는 그림자가 있다. 그 그림자는 막 앞에 나서서 한참 주저거리더니 수수밭 머리에 훤히 누워 있는 큰길을 건너서 조와 콩이 우거진 밭 속으로 몸을 감추었다.

사면은 다시 쥐 하나 어른거리지 않는다. 스르륵 스르륵 서로 부닥치는 좃대 소리는 귀담아듣는 이나 들을 것이다. 먼 데서 울려오는 개 짖는 소리는 딴 세상의 소리 같다.

한참 만에 집 마을 가까운 조밭 속으로 아까 숨던 그림자가 다시 나타났다. 그 그림자는 으슥한 집집 울타리 그림자 속으로 살근살근—그러나 민활하게 이집 저집, 이 골목 저 골목으로 지나

---

8 산등성이.

간다. 가다가는 한참이나 서서 주저거리다가도 또 간다. 기단 골목의 여러 집을 지나서 나오는 그림자는 현등이 드문드문 걸린 거리에 이르더니 썩 나서지 못하고 어떤 집 옆에 서서 앞뒤를 보고 아래위를 본다. 거리는 고요하다. 집집이 문을 채웠다.

저 아래편에 아득히 보이는 파출소까지 잠잠하였다. 한참 주저거리던 그림자는 얼른얼른 뛰어 건너서 맞은편 어둑한 골목으로 들어섰다. 그를 본 사람은 하나도 없었다. 그러나 거리의 말없는 현등만은 그가 누군 것을 알았다. 그는 윤호였다.

윤호는 몇 걸음 걷다가는 헝겊에 뚤뚤 감아서 허리 밑에 지른 것을 만져보았다. 만질 때마다 반짝 서릿발 같은 그 빛을 생각하고 몸을 떨면서 발을 멈추었다. 뒤따라 새빨간 피, 째각째각 칼 소리를 치고 모여드는 붉은 눈! 잔뜩 얽히는 자기 몸을 생각지 않을 수 없었다. 그보다도 칼 밑에 구슬피 부르짖고 쓰러지는 생령을 생각하면 가슴이 뭉킷하고 온 신경이 째릿째릿하였다.

"아, 못 할 일이다! 참말 못 할 일이다! 내가 살자고 남을 죽여?"

그는 입 안으로 중얼거리면서 발끝을 돌렸다. 그러다가도 자기의 절박한 처지라거나 자기가 목표 삼고 나가는 대상들의 하는 것들을 생각할 때면 그 생각이 뒤집혔다.

'아니다. 남을 안 죽이면 나는 죽는다. 아내는 죽는다. 응, 소용없다. 선한 일! 죽어서 천당보다 악한 짓이라도 해야 살아서 잘 먹지! 그놈들도 다 못된 짓하고 모은 것이다. 예까지 왔다가 가다니?'

이렇게 생각하면 풀렸던 사지가 다시 긴장되었다. 그는 다시 앞으로 걸었다. 집에서 떠나면서부터 이리하여 주저한 것이 오륙 차나 되었다.

윤호는 커다란 숫을대문 앞에 다다랐다. 그는 급한 숨을 죽여 가면서 대문을 뒤두고 저편 높다란 싸리 울타리 밑으로 갔다. 그 의 가슴은 두근두근하고 사지는 떨렸다. 귀밑 맥이 툭탁툭탁하면 서 이가 덜덜 솟긴다.

"에라 그만둬라. 사람으로서 차마!"

그는 가슴을 누르고 한참 앉았다. 한참 만에 그는 우뚝 일어섰 다. 두 팔을 쭉 폈다. 몸을 부쩍 솟는 때에 싸리가 부서지는 소리, 우쩍 하자 그의 몸은 울타리 위에 올라갔다.

마루 아래서 으응— 하고 으릉대는 개가 울타리 안에 그림자 가 어른하는 것을 보더니 으르렁 엉 웡웡 하면서 내닫는다.

"으흥! 이 개!"

방에서 우렁한 사내 소리가 들렸다. 윤호는 얼른 고기를 꿰어 가지고 온 낚시를 집어 던졌다. 개는 집어 먹었다. 낚시에 걸린 개는 낚싯줄을 잡아당기는 대로 꼼짝 소리를 못 지르고 느른히 쫓아다닌다. 낚싯줄을 울타리 말뚝에 잡아맨 윤호는 살금살금 마 루로 갔다. 그리 몹시 두근거리던 그의 가슴은 끓고 난 뒤의 물같 이 잠잠하였다. 두 눈에서 흐르는 이상한 빛은 어둠 속에서 번쩍 하였다. 그는 마루 아래 앉더니 허리끈에 지른 것을 빼어서 슬근 슬근 풀었다. 널쩍한 헝겊이 다 풀리자 환한 별빛 아래 번쩍하는 것이 그의 무릎에 놓였다. 그는 그 헝겊으로 눈만 내놓고는 머리, 이마, 귀, 입, 코 할 것 없이 싸고 무릎에 놓인 것을 잡더니 마루 위에 살짝 올라섰다. 이때 방 안에서,

"무어는 무어야? 개가 그러는 게지?"

사내의 소리가 나더니 삭스르럭 성냥 긋는 소리가 들렸다. 윤호는 주춤하다가 다시 빳빳이 섰다.

6

낮이면 돈을 만지고 밤이면 계집을 어르는 것으로 한없는 쾌락을 삼는 이 주사는 어쩐지 오늘 밤 따라 마음이 뒤숭숭하여 졸음이 오지 않았다. 끼고 누웠던 진주집을 깨워서 술을 데워 서너 잔이나 마시었으나 역시 잠들 수 없었다. 눈을 감으면 무엇이 와 덮치는 것 같기도 하고 눈을 뜨면 마루에서 무슨 소리가 들리는 듯도 하였다. 머리맡에 켜놓은 촛불의 거물거물하는 것까지 무슨 시뻘건 눈깔이 노려보는 듯해서 꺼버렸다.

"여보, 잡시다. 왜 잠 못 드우?"

"글쎄, 왜 졸음이 안 오는구려."

이 주사는 진주집 말에 대답은 하였으나 자기 입으로— 자기 넋으로 나오는 소리 같지 않았다. 그는 눈 감았다 뜰 때에 벽에 해쓱한 그림자가 서 있는 것을 보고 여러 번 가슴이 꿈틀꿈틀하였다. 그러다가도 그 그림자가 의복이라고 생각하면 좀 맘이 패였다. 그렇게 생각하고 그 그림자에 여러 번 속았다. 그는 여러 번 베개 너머로 손을 자리 밑에 넣었다. 큼직한 것이 손에 만지우면 그는 큰 숨을 화— 쉬었다. 그는 이렇게 애쓰다가 삼경이 지나서 겨우 잠이 소르르 들자마자 무슨 소리에 놀라 깨었다. 진주

집도 이 주사가 와뜰 놀라는 바람에 깨었다. 그 소리는 마루 아래 개가 으르릉 웡! 짖는 소리였다. 이 주사는 가슴에서 널장[9]이 뚝 떨어졌다.

"으흥! 이 개!"

그는 겁결에 소리를 쳤으나 뛰노는 가슴을 진정할 수 없었다. 더욱 왈칵 내닫는 개가 깜짝 소리 없는 것이 의심스러웠다. 그러나 마루가 우찍 하는 것이 무에 단박 들이미는 것 같았다.

"마루에서 무엔구!"

진주집은 초에다가 불을 켰다.

"무에는 무에야 개가 그리는 게지."

이 주사의 소리는 떨렸다. 그는 얼른 자리 밑에 넣었던 뭉치를 끄집어내어서 꼭 쥐었다.

"어디 내가 내다보구!"

진주집은 미닫이를 열더니 덧문을 덜컥 벗겨서 열었다.

문 열던 진주집! 뒤에서 내다보던 이 주사! 벌거벗은 두 남녀는 "으악" 들이긋는 소리와 같이 그만 푹 주저앉았다. 열린 문으로는 낮을 가린 뻣뻣한 장정이 서리 같은 칼을 들고 나타났다. 장정은 미닫이를 천천히 닫더니,

"목숨을 아끼거든 꼼짝 마라!"

명령을 내렸다. 그 소리는 그리 높지 않으나 시멘트 판에 쇳덩어리를 굴리는 듯하였다. 벌거벗은 남녀는 거들거리는 촛불 속에 수굿이 앉았다. 두 사람의 낮은 새파랗게 질렸으나 아름다운 살

---

9 낱장의 널빤지.

빛! 예쁜 곡선은 여윈 사람에게서는 도저히 볼 수 없는 것이었다.

"이근춘이, 네 들어라. 얼마든지 있는 대로 내놔야지 그렇잖으면 네 혼백은 이 칼끝에 달아날 것이다."

장정은 칼끝으로 이 주사를 견주며 노려보았다. 평화와, 안락과, 춘정이 무르녹았던 방에는 긴장한 공포의 침묵이 흘렀다.

"왜 말이 없니?"

"네, 모다 저금하고 집에는 한푼도 어, 없습니다. 일후에 오시면……."

이 주사는 꿇어앉아서 부들부들 떤다.

장정은 이 주사를 한참 노려보더니 허허허 웃으면서,

"이놈이 무에 어쩌구 어째? 일후에 오라구? 고사를 지내봐라, 일후에 오나! 어서 내라…… 이놈이 칼맛을 보아야 하겠군!"

하더니 유들유들한 이 주사의 목을 잡아끌었다. 이 주사는 끌리면서도 꼭 모은 두 다리는 펴지 않았다.

"이놈아, 그래 못 줄 테냐?"

서리 같은 칼끝은 이 주사의 목에 닿았다.

"끽끽! 칙칙!"

여자는 낯을 가리고 부들부들 떨면서 속으로 운다.

"아…… 아 안 그리…… 제발 살려줍시오."

이 주사는 두 다리 새에 끼었던 커단 뭉치를 끄집어내면서,

"모두 여기 있습니다…… 제발 살려줍쇼!"

하고 말도 바로 못 한다.

장정은 이 주사의 목을 놓고 그 뭉치를 받더니 싼 것을 벗기고 속을 보았다.

"인제는 갈 테니 네 손으로 대문 벗겨라!"

장정은 명령을 내렸다. 이 주사는 부들부들 떨면서 대문을 벗겼다. 대문 밖에 나선 장정은 홱 돌아서서 이 주사를 보더니,

"흥! 낸들 이 노릇이 좋아서 하는 줄 아니? 나도 양심이 있다. 양심이 아픈 줄 알면서도 이 짓을 한다. 이래야 주니까 말이다. 잘 있거라!"

하고 장정은 어둠 속에 그림자를 감추었다. 대문턱에 벌거벗고 선 이 주사는 오지도 가지도 않고 멀거니 섰다가 몸을 부르르 떨면서 눅눅한 땅에 거꾸러졌다.

사면은 고요하였다. 높고 넓은 하늘에 총총한 별만이 하계의 모든 것을 때룩때룩 엿보았다.

— 〈개벽〉, 1925. 12.

폭군 暴君

1

구들이 차다는 트집으로 아내를 실컷 때리고 나선 춘삼이는 낮 전에 술이 흙같이 취하였다. 흥글멍글하고 남의 집 대문 앞에 서서 오줌을 쉬쉬 쏟다가 그 집 늙은 부인한테 욕을 톡톡히 먹었 건만 그래도 빙글빙글 웃고 골목길을 걸었다. 길을 걷는지, 춤을 추는지 뼈가 빠진 동물같이 이리 흥글 저리 멍글, 이리 비틀 저리 주춤 내려오다가 조그마한 쪽대문에 들어서서 정지¹ 문을 펄떡 열 었다.

"아즈망이! 술 한잔 주오?"

1 부엌방.

그는 신 신은 채 정지 아랫목에 쓰러졌다. 바당[2]에서 불을 때던 늙수그레한 부인은,

"어디서 저리 처질렀누! 엑 개장시."

하고 입속으로 뇌이면서 혀를 툭 채었다.

"아하 그래 술을 안 준단 말이오!"

총 맞은 사람같이 아랫목에 쓰러져서 씨근덕씨근덕하던 춘삼이는 벌떡 일어나 앉았다. 두 팔로 앞을 버티고 앉은 그는 금시 쓰러질 듯이 흥떵멍떵한다.

"에구 취했구나! 생원이 집에 가서 자구 오오! 그러문 내 국을 끓여두오리!"

억지로 웃음을 뵈는 노파의 이맛살은 펴지지 못하였다.

"에— 무 무시기라오?"

그는 술이 줄줄 흐를 듯이 거불거불한 눈으로 노파를 치어다 보았다.

"그 그 그래 수 술을 안 준단 말이오? 내게 돈이 없나? 내가 술값을 잘가먹었나? 어쨌단 말이우? 자 여기 여 여 여기 돈! 돈이……."

하면서 그는 두루막 앞섶을 헤치고 조끼 호주머니에 손을 넣는다. 어이없다는 눈으로 물끄러미 그 꼴을 보던 주인 노파는 허허 웃으면서 주정꾼 앞으로 오더니,

"생원이사 내 속을 뻔히 알지? 내 어디 그럽데? 돈이? 생원으게 돈이 어찌 없겠소? 돈이 없어두 줄 처진데, 돈이 있다는데 주

---

2 부엌. 북도는 부엌과 안방 사이에 벽 없이 한데 통하였다. 바당이란 것은 부엌이고 정지는 부엌에 있는 안방이다.

기 싫여서 안 주겠소? 시방 취했으니 이따가 잡수!"

하고 노파는 풀어진 춘삼의 옷고름을 바로 매주었다.

"내가 술값을 잘가먹을 것 같소? 에튀 흐흐흐."

그는 어깨를 으쓱하고 머리를 흔들흔들하면서 코웃음을 쳤다.

"글쎄 뉘가 잘가먹는담에? 또 잘니면 어때서 내 그만 꺼 생원에게 잘렸다구 송사를 하겠슴메? 하하 어서 좀 가 자오!

노파는 얼렁얼렁하면서 춘삼의 허리를 안아 일켰다.

"이게 무슨 짓이오? 이 이 이것 놋소! 뉘가 늙은 거 좋다구 하오? 흥."

춘삼이는 몸을 틀면서 노파를 두 손으로 꽉 밀쳤다. 그는 머슥이 밀려 서 있는 노파를 보면서,

"하하하 그래 술 안 주겠소? 한 잔만 딱 먹겠소!"

하면서 궁뎅이를 질질 끌고 부뚜막에 들앉았다. 얼었던 신발이 뜨뜻한 방 안에 들어오니 녹아서 흙물이 번지르르 자리에 그림을 그렸다.

"그래 꼭 한 잔만 줄께 먹구 가겠소?"

노파는 '네 참말로 한 잔만 먹고 그만둘 테냐?' 하는 눈초리로 춘삼을 보았다. 춘삼이는 빙긋 웃으면서 혀 굽은 소리로—

"가구말구 한 잔만 주우!

주인 노파는 한숨을 휴 쉬고 웃간으로 가더니 공상[3]에 놓인 조그마한 단지에서 술을 대접에 반만큼 떠다가 푸접[4]없이 쓱 내밀

---

3 정지 윗목에 벽을 의지하여 삼 층으로 시렁을 매는데, 맨 밑층은 공상이라 하여 쌀독같이 크고 무거운 것을 놓고, 가운데 층은 조왕이라 하여 사발, 공기같이 가벼운 것을 얹고, 마지막 층은 덕대라 하여 밥상을 얹는다.

4 남에게 인정이나 붙임성, 푸융성 따위를 가지고 대함.

었다. 춘삼이는 받았다. 그는 흥글흥글하고 술대접을 한참 보더니,

"흐흐 이 술을 주면서 속으로야 욕을 좀 하리?"

하고 목을 점점 뒤로 제키면서 소 물켜듯 꿀꺽꿀꺽 마신다. 주인 노파는 점점 들리는 턱 아래 분주히 오르내리는 목뼈를 흘겨보면서 혀를 툭 채었다.

"으윽 왝!"

춘삼은 입에서 술대접을 땐 듯 만 듯하여 어깨를 으쓱하고 아가리를 씰룩하면서 머리를 앞으로 숙였다. 코와 입으로 시티한 걸디 건 물이 폭포같이 쏟아졌다.

"엑 개장시야! 엑 추접아!"

주인 노파는 벌떡 일어서면서 춘삼이를 흘겨보았다.

"무시게 어쩌구 어째?"

춘삼이는 두루막 소매로 입을 씻으면서 노파를 노려보았다. 단박 서리 같은 호령이나 내릴 것 같다. 노파는 몸을 벌벌 떨면서,

"그러문 개장시 아니고 무시기야?"

악스럽게 한마디 쏘았다.

"무어 개장시라니? 이 쌍놈으 노친 같으니!"

춘삼이는 앞에 놓은 술대접을 머리 위에 번쩍 집어 들었다. 노파는 웃간으로 피해 서면서,

"좋다? 그 새끼 미쳤는 게다. 술으 먹었지 똥물으 먹었는갭네!"

하는 소리가 떨어진 둥 만 둥하여,

"으응! 이놈으 년 같으니.

하는 춘삼의 우렁찬 소리와 같이 그 손에 잡혔던 대접은 쏜살같이 조왕에 던져졌다. 자끈, 쌔그륵— 대접이 떨어지는 곳에 보

기 좋게 쌓아놓았던 그릇들은 산산이 부서지고 들들 굴러떨어진다. 공상에 놓았던 독들도 떨어지는 그릇에 부딪쳐서 탁 깨졌다. 주인 노파는 몸을 부르르 떨고 이를 빡 갈았다.

"이놈아 기장은 왜 치니? 응 죽여라! 죽여라! 나까지 잡아먹어라!"

주인 노파는 악을 쓰고 덤벼들었다. 춘삼의 의복은 찢겼다. 그의 뺨은 노파의 손톱에 긁혀서 피가 흘렀다.

"이 미친놈아! 늙은 년이 푼푼이 모아서 일워놓은 그릇을 무슨 턱으로 부시단 말이냐? 내게 무슨 죄냐? 내 술값을 내라! 생원님, 생원님 하니 침때나 놓는 체한다구! 이놈아 내 술값을 육십여 냥이나 지구두……. 그래도 나는 흔연히 가티 지냈다. 이 가슴이 터지는 것두 꾹꾹 참아왔다."

노파는 죽을 둥 살 둥 모르고 덤빈다. 춘삼이는 노파의 머리채를 휘어잡았다.

"애고고! 이놈이 사람을 죽이는구나!

춘삼의 억센 발은 노파의 허리에 닿았다.

바당문은 열렸다. 정지문도 열렸다. 사람들은 모여들었다.

"이게 어쩐 일이오?"

한 사람이 우우 달려들어서 춘삼의 손을 잡았다.

"이놈아 이것을 못 놀 테냐?"

오그그 모여든 속에서 한 사람이 소리를 치면서 내닫더니 춘삼의 귓벽을 철석 갈겼다. 춘삼이는 쓰러졌다.

"야 이놈아 이 호로새끼야! 네 에미 같은 사람의 머리를 끌어!"

노파는 앙드그륵 악물고 두 눈에 불이 횃해서 춘삼에게 달려

들었다.

"어마니 그만 참소!"

"아즈머니 그만두시우! 엑 미친놈!"

앞뒤에서는 일변 노파를 말리고 일변 춘삼을 차고 욕한다.

"에구! 가슴이 터져라!"

노파는 목이 메어 울지 못하고 가슴을 쾅쾅 치더니 차츰 울음 소리가 커졌다.

"그 아니꼬운 꼴을 웃고 보면서 모아놓은 것을…… 흑! 흑!……. 자식두 없는 것이 그것으로 낙을 삼는 것을! 어엉. 흑흑! 어엉!"

노파는 울음을 뚝 그치고 머리를 틀어 얹더니,

"응 이놈 보자! 네놈의 집을 가서 기동뿌리를 빼 오겠다."

하고 문으로 내달았다. 그 두 눈에는 굳센 광채가 서리었다. 낯빛은 검으락푸르락 하였다. 문 앞에 모여 섰던 군중은 뒷걸음을 쳤다.

2

으스스한 겨울날은 어느새 저녁때가 가까웠다. 새벽 나간 사내가 돌아오지 않는 것이 퍽 마음이 켕겼다. 보통 때에도 나갔다 들어오면 트집을 툭툭 부리는 사람이 오늘은 새벽 트집을 쓰고 아침도 먹지 않고 나갔으니 반드시 어디 가서 술을 먹거나, 그렇지 않으면 대문 어귀에서부터 부풀은 소리를 치고 들어올 것이다. —이렇게 생각하는 학범 어미의 가슴은 수술실로 들어가는 병자의 가슴같이 두근두근하여 진정할 수 없다. 시집살이 이십여 년에 맑은 하늘이라곤 보지 못하였다. 근본이 양반이요, 사람이 똑똑하고 돈냥도 넉넉하다 하여 아버지가 춘삼에게 허락한 것이다. 그리하여 학범 어미는 열다섯에 시집을 왔다. 어머니는,

"아직 나가 어린 것을 어디로 보내겠소!"

하고 애석해 하는 것을 아버지가,

"나가 어리긴? 계집이 나가 열다섯이면 자식을 나렀겠는데!"

이렇게 우겼다. 그때 아버지는 딸 혼수전으로 오백 냥을 받았다. 그가 시집와서 사 년 만에 시어머니 돌아가고, 그해 가을에 친정아버지가 돌아가셨다. 그리고 시어머니 돌아가신 지 오 년 만에 시아버지가 돌아가셨다. 그때 학범의 나이 네 살이었다.

춘삼이는 아버지가 돌아가신 날부터 전방 문을 닫아 채워버렸다. 그 뒤로 그의 입은 술, 계집, 골패, 투전, 싸움이었다. 나중은 술게걸이라는 별명까지 받았다. 밭고랑이나 있던 것은 어느 틈에 다 날아가 버리고 집 문권까지 남의 손에 가버렸다. 그리고는 학범 어미가 닭도 치고, 도야지도 기르고, 삯바느질도 하여 푼푼이 모은 것까지 술값, 투전채로 쪽쪽 훑었다. 그것도 부족하여 생트집을 툭툭 부리고 여편네를 때린다, 세간을 모은다, 야단을 쳤다. 나중은 처갓집까지 팔아 없어서 친정어머니는 딸을 따라와서 같이 있으면서 사위의 갖은 학대와 괄시를 받다가 작년 겨울에 돌아가셨다. 그는 죽을 때에 학범이와 딸의 손목을 잡고 섧게 섧게 울다가 눈 못 감고 죽었다.

"학범 엄마! 사람의 한뉘[一生]라는 게 쓰리니라. 학범 아버지가 후회할 날이 있겠으니 너는 일절 골을 내지 말고 공대를 하고 순종해라. 마음을 잘 쓰면 다 그 값은 받느니라. 학범이 잘 자라도

그게 복 받는 게 아니냐? 휴유! 어쨌든 네 아비가 못된 것이너니라. 에구 참 불쌍도 하지 우리 학범 어미는!"
하고 점점 틀려가는 눈에서 소리 없는 눈물이 방울방울 흘렀다. 때는 학범의 나이 여덟이었다.

어머니 돌아가신 뒤로 학범 어미는 더욱 고적하였다. 그는 사내의 횡포가 심하면 심할수록 순종하였다. 의복은 이틀 건너 사흘 건너 빨았고, 밥상에는 반찬이 떨어지지 않도록 애썼다. 그는 한 줄의 희망을 학범에서 붙였다. 어떤 때는 슬그머니 죽어버리고도 싶었으나 이때까지 참아오면서 모시던 사내에게 더러운 허물이나 가지 않을까, 나날이 커가는 학범이가 의지가지없이 길거리에 헤매일 것을 생각하는 때면 삶의 줄이 죽음의 줄보다 더 굳세게 그를 끌었다. 그는 어떤 고생이든지 참아가면서라도 학범이를 공부시키고 장가들인 뒤에 죽기를 은근히 빌었다.

이날 아침에도 사내가 나간 뒤에 그는 울렁거리는 가슴을 진정해가면서 앞뒤 뜰을 말끔히 쓸어놓고 아침을 지어서 사내 상은 따로 차려놓고, 어머니 영좌靈座에 상식하고, 학범이도 먹여서 학교에 보내었다. 그리고 다듬이, 바느질로 진종일을 보내었다. 밖에서 발자취만 들려도 사내가 오는 듯해서 가슴이 두근두근하고 어디서 어린애 울음소리만 들려도 학범이가 울지 않는가 하여 뛰어나가 보았다.

저녁 준비를 하려고, 하던 일감을 주섬주섬 거두는데 와— 하는 소리와 함께 급한 자취 소리가 나더니 정지문이 펄쩍 열렸다. 학범 어미는 별안간 찬물을 등에 받은 사람같이 "흑엑" 놀라 일어섰다. 문으로 들이뛰는 것은 머리를 산산이 풀어헤친 늙은 노파였다. 이런 것을 한두 번 당하지 않은 학범 어미는 그 노파를 볼 때 학범 어미는 가슴이 뜨끔하였다. 온 혈관에 얼음이 부쩍 차는 듯하였다. 두 뺨은 해쓱하고 뜨르르한 큰 눈이 힘이 빠졌다.

"어마? 에! 어째 이러오? 우리집(남편)에서 또 무슨 일을 저즐너 논 게로구마!"

학범 어미는 노파의 팔목을 잡았다. 노파는 다짜고짜 조왕 쪽으로 몸을 주면서,

"이놈 같으니! 응 네놈의 집은 내가 그저 둘 줄 아니? 내 이놈의 집 가맷도랭이를 빼고야 말 테다. 이거 놔라! 이거 놔!"

소리를 고래고래 지른다. 학범 어미는 괴로운 웃음을 지으면서 노파의 허리를 안았다.

"어마니! 참으시우. 내 말을 듣소! 네…… 우리집에서 술을 잡숫고 어마니 괄세를 한 게로구마!"

"야 이년아! 이거 놔라! 너 서방이 우리 집 가정 도립을 하였다. 내 너— 집 가메솟도랭이를 빼고야 말겠다."

가정 도립! 세간을 모두 짓모았다는 말에 학범 어미 가슴은 쿵 하였다. 하나는 앞으로 하나는 뒤로— 힘과 힘은 서로 얽히어서 학범 어미와 노파는 안고 굴렀다.

사람들은 모여들었다.

"이년 놔라!"

노파는 학범 어미의 머리채를 끌었다.

"어마 에! 내 낯을 보구 그만두오! 내 모두 물어놋소리!"

학범 어미의 소리는 위대한 권력 아래 꿇앉은 약한 무리의 부르짖음같이 힘없고 구슬펐다. 사람들은 남녀를 물론하고 모여들

어서 싸움을 말렸다.

"에구 못된 놈이야! 스나(남편)를 못 만나서 부처님 같은 저 에미니(여편네)까지 못살게 구는구나!"

"에미네(여편네)는 참말 학범 어미 같은 게 없어! 그놈이 저런 처를 박대를 하고서 무시게 잘 되겠소?"

여러 사람들이 말리는 바람에 노파는 주저앉았다. 학범 어미는 땅을 땅 땅 치고 통곡하는 노파의 앞에 앉아서,

"내 모두 갚아놋소리! 돼지 하나 멕이는 게 있구 베 짠 삼도 있으니 그거 팔아서 갚을께 어마니 내 낯을 보고 참소!"

노파는 갔다. 모였던 사람들도 갔다. 줄줄 울고 있던 학범이는 가마목⁵에 누워서 잔다. 집 안은 행뎅그렁한 것이 초상난 집 같다. 학범 어미는 무릎을 쫑그리고 앉아서 창문을 뻥히 보았다. 모든 것이 한바탕 꿈속 같다. 그러나 그것은 꿈이 아니다. 서리를 맞아 고꾸라지는 꽃 같은 자기의 그림자가 눈앞에 떠올랐다. 그 신세 가 한껏 외롭고 한껏 가엾이 생각났다. 설움이 북받쳐 올랐다. 돌 아가신 어머니 생각이 간절하였다. 그는 학범의 뺨에 뜨거운 눈 물을 소리 없이 떨어뜨렸다. 남편이 너무도 야속스럽고 원망스러 웠다. 어머니 제사에 쓰려고 추위와 더위를 무릅쓰고 길렀던 도 야지까지 팔아 없앨 생각을 하니 가슴이 미어지는 것 같다. 그러 다가 그는 눈물을 씻고 모든 것을 생각지 않으려고 하였다. 남편 을 원망하고 눈물을 쭉쭉 흘리는 것이 무슨 불길한 징조 같아서 그만 참았다.

5 가마솥이 걸려 있는 부뚜막이나 그 둘레.

학범 어미는 저녁 상식 때에 또 울었다. 어머니 영좌 앞에 엎디어서 굽이굽이 맺힌 설움을 하소하듯[6] 느껴 울었다. 줄줄이 흘러내리는 뜨거운 눈물은 자기 몸을 싸고 흐르는 검은 그림자를 속속들이 씻어주는 듯하였다. 어머니의 품이 안아주고 어머니의 부드러운 말씀이 들리는 듯이 마음이 든든하고 가슴이 풀렸다.

"제마(어머니)! 어째 움매? 외큰아매(외할머니) 보구 싶어 우오! 응."

밥 먹던 학범이는 어머니 곁에 와서 섰다. 그는 얼른 눈물을 거두었다. 어린 학범이에게 우는 낯을 보이지 않으려고 함이다.

"응…… 외큰아매 보구 싶어서 운다. 너는 외큰아매 보구 싶지 않으냐? 흥윽."

"나두 외큰아매 보구 싶네! 하―."

치어다보고 내려다보는 두 모자의 눈에는 따뜻한 웃음이 괴었다. 학범 어미는 자기로도 알 수 없는 충동에 학범이를 껴안았다. 뜨거운 모자의 뺨은 비비었다.

저물어가는 황혼빛은 방 안으로 기어든다. 사방은 고요한 침묵에 싸였다.

3

밤은 이경이 넘었다.

6 하소하다. 하소연하다.

춘삼이는 그저 돌아오지 않았다. 학범 어미는 학범이를 데리고 갔을 만한 집에는 다 찾아보았으나 없었다. 술에 취하여 길에 나 눕지 않았나 해서 험한 골목 조용한 골목은 다 찾아보았으나 역시 보이지 않았다.

하는 수 없이 돌아와서 학범이를 재워놓고 등불 앞에 앉아서 바느질을 시작하였다.

밤은 점점 깊어간다. 사면은 고요하다. 싸— 하는 기름불은 이따금 불씨가 앉아서 뿌지직뿌지직 소리를 치면서 거불거불한다. 그때마다 학범 어미는 바느질 손을 멈추고 쇠꼬챙이로 등찌를 껐다. 솔솔 사방으로 흘러드는 싸늘한 기운은 얇은 옷을 뚫고 살 속으로 스며든다. 그는 곁에 누운 학범의 이불을 다시 눌러놓으면서 한숨을 길게 쉬었다.

"스르륵 빠드득 빠드득."

하는 소리에 그는 창문을 언뜻 쳐다보면서 귀를 기울였다. 가슴이 쿵 하고 후두두 떨렸다. 스륵스륵 빠드득—.

그것은 뒷방에서 쥐들이 설치는 소리였다. 그는 비로소 안심한 듯이 일손에 눈을 주었다. 가슴은 그저 떨린다. 밖에서 바람 소리만 들려도 신 끄는 소리 같아서 가슴이 두근거리고 마음이 죄었다. 저녁편 난리판에 태아가 놀랐는지 배까지 슬슬 아파서 일이 손에 잡히지 않았다. 그는 배를 그러쥐고 등불을 보았다. 등불은 점점 둘 셋 넷 되어 보이더니 나중은 수없는 불방울이 사방으로 둥둥 흩어져서는 사라지고 사라지고는 흩어진다. 크고 작은 붉고 푸른 그 불방울은 남편의 취한 눈알 같다. 그는 보지 않으려고 눈을 꼭 감았다. 등 뒤에는 커단 그림자가 서서 자기의 목을 슬그머니 잡는다. 그는 눈을 번쩍 뜨고 머리를 돌렸다. 아무것도 없었다. 그는 몸살을 오싹 치면서 사방을 돌아보았다. 어둑한 구석구석에서는 무엇이 말똥말똥한 눈길로 자기를 노려보는 것 같다. 그는 마음을 단단히 먹었다. 모든 것을 잊으려고 하였다. 다시 바느질을 시작하였다. 그러나 생각지 않으려고 하면 할수록 구석구석에 숨은 눈깔은 더욱 자기를 노리고 등 뒤에는 그 그림자가 섰는 듯해서 머리를 돌리지 않을 수 없었다. 그러나 머리를 바로 가지면 그것이 또 서 있는 듯해서 그저 있기도 어렵고 돌리기도 어려웠다. 그는 가운데 방문을 열어놓았다. 그 방에는 어머니 영좌가 있다. 그것을 열어놓으면 어머니가 지켜주는 듯해서 마음이 좀 훈훈하였다.

삐걱 삐걱— 사립문 소리가 들렸다. 뒤따라 오장이 미어지게 가래침 뱉는 소리, 어지러운 신 소리가 들렸다. 그는 가슴이 쿵하고 두근두근하였다. 얼른 일어서서 밖에 나섰다.

싸늘한 공기는 그의 몸을 쌌다. 그는 오싹 몸서리를 쳤다. 파란 하늘에는 별이 총총하다. 이웃집 지붕이며 울타리 밑에 쌓인 눈은 어둠 속에 빨래 더미 같다. 흥글멍글 정신없이 뜰에 나타난 것은 분명한 춘삼이 그림자다. 계집은 아무 소리 없이 축대 아래 내려섰다. 비틀비틀 들오던 사내는 떡 서서 흥땅흥땅 계집을 본다.

"으흐! 그래 스나(사내) 녀석은 아츰도 안 멕이구 그래 에미네(여편네) 년덜만 먹구! 흐흐 집안이어! 흐엑튀!"

계집은 쓰러질 듯한 사내의 팔을 붙잡았다.

"날내(어서) 들어가기오! 들어가서 좀 눕소!"

"뭐야! 그래 밥은 안 줄 텐가? 에튀! 저덜만 뱃뚱눈이 터지게 처

먹구…… 으응…… 이렇게 늦게 들어와도 차자도 안 댕겨! 어참!"

사내는 계집이 잡은 팔을 뿌리쳤다. 계집은 뒤로 쓰러질 듯이 비틀거리다가 겨우 바로 서서 사내를 마루로 끌어올렸다.

"에구! 저거 보! 흐…… 아께 학범이하구 둘이서 암만 찾아 댕겨도 없던데!"

나직한 그 소리는 부드러웠다.

"무시기 어째? 그래 계집년이 사내를 찾아 댕게스문 좋겠다. 아무게네 계집은 사내를 찾아 댕긴다고 소문이 잘 나겠다! 흥!"

춘삼이는 정지 아랫목에 들앉았다. 계집은 신을 끄르고 두루막을 벗겼다. 모자는 어디 두었는지 뿌연 민머리 바람이다. 춘삼의 몸은 맹자 읽는 선비같이 흔들흔들한다.

"그래 밥으 안 주어?"

"지금 채려요!"

부뚜막에 놓았던 밥그릇, 화로에 놓았던 찌개, 이렇게 밥상을 차렸다. 춘삼이는 젓갈로 밥을 쑥쑥 쑤시더니,

"이게 이저는 조밥을 멕이는가?"

하면서 계집을 노려보았다. 황공스럽게 상머리에 앉았는 계집은,

"에구! 아니오 우리 먹거라구 한쪽에 얹었던 좁쌀이 조금 섞였는 게오."

하는 말은 온순하였다. 그는 사내의 일동 일정을 주의하였다.

"그런데 이것 왜 반찬은 이 모양인가!"

"오늘 돈이 없어서 괴기를 못 샀소!"

"저 바깥에 걸어놓았든 명태는 어쨌누?"

사내는 눈을 부릅떴다. 계집은 한참 있다가,

"그거는 어마니 제사에 쓸 게오."

하는 그 소리는 겨우 입 밖에 나왔다.

"무시기 어찌구 어째? 제산지 난쟁인지 그늠으 거는 다 뭐야?"

계집은 코를 들이마셨다. 흑흑 느꼈다. 치맛자락으로 눈을 가렸다.

"이 쌍년아, 울기는 왜 떡하면 우니? 무슨 방정이냐?"

소리와 같이 왈각— 밥상은 계집의 머리에 씌이었다. 계집은 번쩍 일어섰다.

"그 쌍놈의 상문[靈筵]인지 개다린지 바사버려야지."

사내는 방으로 들이뛰더니 쾅쾅 영좌를 부순다. 아! 어머니는 돌아가셔도 평안치 못하신가 생각하니 계집의 가슴은 짤짤 녹아 내리는 듯하였다. 그는 더 두려울 것이 없었다. 방으로 들어가 버렸다. 학범이는 울면서 따라 들어갔다.

"죽이겠으면 나를 죽이오?"

계집은 사내 앞에 서서 손을 벌려 영좌를 막았다. 사내는 계집의 팔을 잡아채어서 방바닥에 뉘어놓고 밟다가 불 밝은 정지로 끌고 나왔다. 학범이는 엉엉 울면서 발을 동동 구른다. 이웃집 사람들이 우우 몰려왔다.

"이 사람 또 술이 취했나!

한 사람은 춘삼의 허리를 안았다. 또 한 사람은 춘삼의 손에서 계집의 머리채를 뽑으면서,

"이 사람 아서 놓라니!"

큰 소리를 쳤다.

"가만 이년음 내가 직일 테야!"

춘삼의 억센 주먹은 말리는 사람들 사이로 계집의 가슴에 떨어졌다.

"애고고! 어엉 흙이!"

"이거 이 사람이 미쳤나?"

"에구 끔찍두 해라!

이웃집 여편네들은 몸을 떨었다.

여러 사람이 붙잡고 말리는 바람에 학범 어미는 겨우 몸을 빼었다. 춘삼이는 주저앉아서 씨근씨근한다. 말리던 사람들은 잠잠히 서서 서로 쳐다보고는 춘삼이와 학범 어미를 보았다. 학범이는 아버지 곁에 서서 그저 엉엉 운다.

"야 이놈아! 시끄럽다!"

홍두깨 같은 춘삼의 주먹에 쓰러지는 학범이는,

"애고곡 제—마!"

하고 숨이 끊어지게 부르짖었다.

몸을 빼려고 뒷문 앞까지 갔던 학범 어미는 홱 돌아서서 사내를 보면서

"미쳤는 게다. 어린것이 무슨 죄오!"

하고 톡 쏘았다. 두 눈에는 핏줄이 발갛게 섰다.

"이년!"

춘삼이는 벽력같이 소리를 지르면서 벌떡 일어섰다. 두 손에는 그의 뒷구석에 놓였던 방치돌이 들렸다.

"빠져라 뒷문으로 빠지거라!"

"저 돌으 아삿삐(빼앗어)다!"

여러 사람의 소리가 끝나기 전에 응 하는 소리와 함께 방치돌

은 뒷문을 향하여 날았다.

"애고…… 으응……."

광— 열리는 뒷문과 같이 학범 어미는 쓰러졌다. 모든 사람들이,

"아악!"

"에구!"

"에구 에저!"

하는 소리가 집을 부술 듯이 일어났다. 모두 몸을 부르르 떨었다. 춘삼이는 누구에게 맞았는지 코피를 흘리며 쓰러졌다.

모두 뒤로 몰렸다. 소 길마에 뉘인 물먹은 죽엘같이 학범 어미는 허리는 문턱에 걸쳐 놓였다. 방치돌은 허리와 궁둥이를 짓눌렀다. 바짓가랑이에서는 불그레한 피가 줄줄 흐른다. 쓰러지는 때에 낙산까지 된 것이다.

여러 사람은 학범 어미의 머리와 다리를 들었다. 허리가 부러져서 땅에 끌린다. 어떤 늙은 부인이 허리를 받들었다.

"학범아! 익잉 에구 학범 아버지! 꺽…… 에!"

방에 뉘인 학범 어미는 간신히 입속말로 부르고 고요히 운명하였다.

"어엉 제마(엄마)! 에구 내 제마! 어엉!"

학범이는 어미의 목을 끌어안고 섧게 섧게 운다. 뼈를 에이고 가슴을 쪼개는 어린이의 울음에 모든 사람의 눈은 스르르 젖었다.

"아하…… 죽어서나 좋은 곳으로 가거라!"

어떤 부인인지 한숨 섞인 소리로 뇌었다.

4

"네…… 제발 한 번만 보게……."

술이 깨었는지 춘삼의 소리는 똑똑하다. 그의 앞은 코피가 흘러서 벌겋다.

"이놈이 웬 잔소리야. 어서 걸어!"

포승을 잡은 순사는 눈을 딱 부릅떴다.

"그저 제가 죽을 때라 그랬으니……. 나리! 한 번만 학범 어미의 낯을 한 번만 보게……, 으흐흑."

그는 목메인 소리를 하면서 모여선 사람을 밀치고 웃목으로 가려고 한다. 순사는 춘삼의 뺨을 불이 번쩍 나게 갈기면서,

"이 자식이 그래두 법 무서운 줄 모르나? 어서 걸어, 잔말 말고."

하고 밖으로 내 끌었다.

"어엉 어엉 흑…… 죽여주드라도……. 에구…… 학범 어미를 한 번…… 한 번만 보……보……."

그는 꺽꺽 목메어 운다.

엷은 애수와 공포에 싸인 군중은 물을 뿌려논 듯이 고요하다.

"하하 잘 됐구나! 이 몹쓸 춘삼아!"

하는 처량한 부르짖음과 같이 손뼉 소리가 뜰에서 나더니 바당문으로 툭 튀어 들어오는 것은 술집 노파다.

"하하 네 이놈 춘삼아! 이 늙은 가슴에 못을 박고 성인 같은 네 계집을 잡아먹구두 네 무슨 잘 되겠니?…… 벼락을 맞아라! 벼락을……."

노파의 두 눈에는 불이 환하다.

"쉬! 순검이 왔소!"

누군지 노파에게 주의를 시켰다.

"네…… 나리…… 에구……."

춘삼이는 눈물을 방울방울 떨어뜨렸다.

"어서 걸어!"

"빠가야로!"

"에쿠!"

곁에 섰던 일본 순사의 구둣발에 채어서 끌려나가던 춘삼이는 축대 아래 찬 땅에 거꾸러졌다.

"어엉…… 흑흑…… 제…… 제—마— 에이고 내 제마(엄마)! 으응!"

학범이는 그저 웃목에서 어미의 뺨에 낯 비비면서 구슬피 통곡을 친다.

알 수 없는 두려움에 싸인 군중은 눈물을 씻었다.

—〈개벽〉, 1926. 1.

설날 밤

　누구든지 동대문 밖에 나서서 청량리 쪽으로 내려가노라면 안감내 정류장을 못 미쳐서 바로 바른편 길옆 기단 담에 세워져 있는 커다란 조선식 건물을 볼 것이다. 이 건물은 지금 동방신문 사장이요 청구 은행장으로 명망과 위세와 재산으로 유명한 한남 윤씨의 주택이다. 씨는 본래 문안 필운동 막바지 삼 층 양옥에서 살았다. 그런 것이 이태 전부터 씨 스스로도 어디가 어떻게 아프다고 꼭 지적할 수 없는 병에 붙잡혀서 나날이 여위어갔다. 삼 년 이른 봄에 어떤 유명한 의사에게 진찰을 받았다.

　"이 병은 오래되면 폐와 신경에 큰 관계가 되는 것이니 조용하고 공기가 좋은 데 가서 오래 요양하는 것이 대단 좋겠습니다."

　이렇게 온공하고도 황공스러운 의사의 말을 들은 한남 윤씨는 곧 병 요양에 적당한 곳을 찾았다. 동래 온천이나 부여 같은 데로 갔으면 물론 좋겠지만 자기의 생명같이 아끼는 황금을 많이많이 펴놓은 서울을 멀리 두고서는 그 걱정에 도리어 병이 될 것이다. 그래 여러 사람과 의논도 하고 많이 생각한 끝에 서울도 가깝고 비교적 공기도 좋고 들도 넓고 조용한 동대문 밖으로 옮기게 되었다. 요양지를 가린 후에 건축 도안을 꾸미는 데도 문제가 컸다. 양식이 좋다는 이도 있었고 조선식이 좋다는 사람도 있었다. 그러나 결국 씨의 의견을 좇아 조선식으로 지었다.

씨가 이리로 옮겨서 넉 달 만에 을축년을 맞았다. 새집에서 새 봄을 맞는 씨는 만찬회를 열고 여러 사원들을 불렀다.

이 아래 이야기는 금년 음력 정월 초하룻날 밤 이 명예와 권세가 등등한 재산가 한남 윤씨의 만찬회 뒤끝에 일어난 활극이다. 나는 조금의 거짓과 꾸밈없이 그 활극을 적는다.

기쁜 이에게 새로운 기쁨을 주고 슬픈 이에게 새로운 슬픔을 주고, 바라는 이에게 새 희망을 주는 설날은 어느새 저물었다.

언 땅 위에 흐르는 차디찬 공기를 데우던 햇발은 점점 장안 만호의 지붕에서 스러지고 남은 빛이 쌀쌀한 먼 하늘에 불그레 물들이게 되면서는 삼각산 쪽으로 슬슬 내리는 바람은 귀를 에이는 듯하다.

먼 하늘 끝에 남은 열 붉은 빛은 쌀쌀한 자줏빛으로 변했다가 그거나마 흔적 없이 사라지면서는 한두 개의 별이 반짝반짝 눈을 떴다. 별들이 하나, 둘, 셋…… 열, 이렇게 늘어갈 때 어디로부터 오는 줄 모르게 슬근슬근 닥쳐오는 황혼빛은 문 안, 문 밖에의 집, 산, 들, 숲 할 것 없이 흐려버렸다. 솔솔 내리던 바람은 쏼쏼

소리를 친다.

음력 설. 서울 거리는 고요하다. 종로의 전등은 의구히 켜졌으나 사람의 자취는 드물다. 서로 가지런히 마주 서서 건너다보고, 쳐다보고, 내려다보는 전등들은 바야흐로 닥쳐오는 저리고, 쓰리고, 차디찬 어둠 속에서 스러져 간 낮 자취를 그리는 듯하다. 꿈같은 그 빛 속으로 간간이 지나가는 것은 미인 태운 인력거, 뚜— 뚜 하는 자동차, 술에 정신이 어리어서 다리를 바로 못 놀리는 패, 진창에서 금방 빠져나온 돼지같이 허디헌 푸대 조각으로 몸을 싼 거지들이다.

밤이 깊어감을 따라 사면은 더욱 고요하였다. 간간이 즈르렁 즈르렁 가고 오는 전차 소리가 고요한 공기에 요란한 파문을 일으켰다. 그리고 극히 조용한 때— 바람 소리까지 멀리 스러져 간 때면 어느 술집에선지 흘러나오는 노랫가락은 처량한 정조를 한껏 돋우었다.

밤은 한시가 넘었다.

바람 형세는 깊어가는 밤빛과 같이 더욱 맹렬하였다. 우우하고[1] 고기 비늘같이 잇다은 지붕들을 스쳐서 거리를 지날 때면 누구누구 할 것 없이 허리를 굽히거나, 머리를 돌리거나, 손으로 코와 입을 가리거나, 흑 느끼고야 만다. 전간목에 기대어 서기도 하고, 어느 점방 현등 아래 가서 서기도 하고, 주정꾼들 뒤를 엉금엉금 따라가면서,

"나리 돈 한푼 줍쇼! 으응흥—."

1 우우하다. 매우 외롭다.

하는 거지들도 모진 바람이 그 몸을 치는 때면, 땅바닥에 엎드리거나, 어느 집 벽에 가서 붙어 선다.

이때였다.

어두워서 낯은 자세히 보이지 않으나 흰 두루막 입은 키 큰 사내 하나가 양사골 어두운 골을 헤저어서 종로에 나섰다. 그는 종로에 나서서 동대문 정류장을 끼웃끼웃 보더니 동대문을 향하고 걷다가 동대문 파출소 건너편에 있는 자동 전화실로 들어갔다. 그는 수화기를 귀에다 대고 한참 무어라 무어라 하더니 부랴부랴 나와서 지금 막 떠나려고 종을 땅땅 우리는 청량리 전차에 뛰어올랐다.

사람들은 앉고 서고 하여 한 차가 꽉 찼다. 웃음, 이야기, 술 냄새에 차 안은 와글와글하는 선술집 같다. 그네의 이야기와 행동을 보아서는 술집, 기생집, 신마찌, 연극장을 찾아서 문안왔던 사람이 많고 막차로 원산 가는 사람도 있다.

이 모든 사람을 실은 전차는 어둑하고 고요한 레르 위로 기세 좋게 닫는다. 뚤뚤 구르는 바퀴 소리, 즈르릉 갈리는 트롤러 소리는 서로 어울려서 먼 하늘에서 우는 우뢰 소리 같다. 이따금 바퀴와 트롤러 끝에서 일어나는 푸른 불빛에 주위는 언득언득 엿보였다.

자동 전화실에서 나와서 전차에 오르던 키 큰 사나이는 맨 뒷문 어구에 뻣뻣이 서서 바깥만 내다보고 있다. 수목 두루막을 덤썩이 지어 입고 푹 눌러 쓴 방한모 아래에 세모진 두 눈 하며, 쑥 내민 관골 아래 좀 들어간 두 볼 하며 두툼한 입술 위에 까츳까츳한 수염은 평범한 운명의 소유자로 보이지 않았다.

전차가 안감 내 정류장에 못 미쳐서였다. 그자는 차 문을 슥 열더니 차장에게 표를 주고 쏜살같이 닫는 차에서 태연자약하게 뛰어내렸다. 저편 전간목에 달아놓은 전등 빛에 흐미히 보이는 길바닥에 내린 그는 한참 서서 아래위를 휘휘 둘러보더니 저편 길 건너 기단 돌담 쌓은 집을 향하고 발을 옮겨놓았다.

영도사 뒷산 송림을 스쳐서 안감 내 앞 넓은 벌판을 지나가는 바람은 우와 쑤우 쏴― 하는 것이 큰 폭풍우가 지나는 소리 같기도 하고, 모진 물결이 들이치는 소리 같기도 하다. 길바닥은 꽁꽁 얼어서 구두 소리는 한껏 높이 울린다. 높은 하늘에 총총한 별조차 대지에 흐르는 찬 기운을 돕는 듯이 쌀쌀하다.

이 바람 속에― 한 옛날, 혼돈이 터지기 전, 빙산이 터져나가는 듯한 이 처참한 포호 소리 속에 무엇이 어른거리랴? 사면은 고요하다. 바람이 한번 지나간 뒤면 한껏 고요하다. 이 처참한 빛과 소리 속 어느 구석에선지 자세히 기억할 수는 없으나 전신에 넌짓넌짓한 푸대 조각을 걸친 그림자가 어청어청 나타나더니 전차에서 내린 그 키 큰 자의 뒤를 따라가면서,

"엉 어엉 나리 마님 돈 한푼만 줍쇼! 흥 나리 마님!"

금방 죽어져 들어가는 고함을 친다. 그러나 그자는 뒤도 돌아보지 않고 그저 뚜벅뚜벅 걸었다.

"네! 엉어엉 나리 마님! 배고프니 보시를 하십쇼 네! 나리 마님 엉엉!"

그 거지는 그자의 곁에 가서 그자에게 몸을 주면서 울듯이 애걸한다.

"저리 가! 없어!"

그자는 거지를 보고 뱉듯이 던졌다.

"엉엉 나리! 그러지 맙쇼. 한푼만 줍쇼! 네!"

거지는 기어코 따라가서 이번에는 그자의 앞을 막아섰다.

"나리 마님 한푼만 줍쇼."

"없다는데 웬 잔소리야! 저리 가!"

그 소리는 그리 높지는 않으나 엿 덩어리같이 엉키고 무겁게 울렸다.

"어엉! 흥! 그러지 맙쇼. 나리 마님! 한푼만. 네! 돈 한푼만 줍쇼. 으응 흥!"

"이놈아 죽어라. 이 더러운 놈아!"

그자의 억센 주먹과 발길은 거지의 머리와 배에 내렸다

"아이구! 이잉 사람 쥑인다! 으응 흑흑."

거지는 자빠져서 버둑버둑한다.

또 우우 쑤 쏴! 모진 바람이 지나갔다. 컴컴한 길 위, 무서운 바람 속에 어물거리면서 웅얼웅얼하는 두 사람의 그림자는 유령 같다.

"이놈이 아직도 설 죽었나?"

그자의 두 발은 자빠진 거지의 배, 가슴, 낯, 다리 할 것 없이 막 밟았다.

"으응! 끽!"

마지막으로 두어 마디 남긴 거지는 죽었는가 살았는가?

"이 더러운 놈들아! 응 이러구 살아서 뭘 하니? 응, 얘이 (배를 꽉 밟으면서) 못생긴 밍충이들아! 이 꼴이 되고도 두려운 것이 있니? 응? 네 힘이 이뿐이냐? 죽구두 볼 것 있니? 그까짓 한 푼

두 푼 받아서 뭘 하니? 글쎄 이 (이를 악물고 가슴을 탁 차면서) 밍충아! 차라리 ××밥을 가서 먹고 있지, 그 밥 먹을 줄도 모르더냐? 너희 같은 놈들은 죽어라! 어서 죽어라! 너 따윗 놈들 때문에 한가한 놈들이 더 늘어간다. 응! 한심하지!"

그자는 제풀에 웅얼웅얼하면서 찬 길바닥에 늘어진 거지를 이리 짓고, 저리 짓밟고, 이리 쥐어지르고, 저리 차고 하다가 갑자기 무슨 생각이 났던지 머리를 번쩍 들더니 뒤도 안 돌아보고 뚜벅뚜벅 걸어간다.

그자는 긴 담으로 두른 집 대문간 앞에 가서 딱 섰다. 높다란 대문 위에 달린 전등 빛에 그 근방은 환하였다. 대문 위턱에는 자개로 아로새긴 '한남 윤'이란 문패가 붙었다. 그자는 온몸에 전등 빛을 받고 서서 그 문패를 쳐다보고 흥 코웃음을 치더니 담을 옆에 끼고 아래위로 가고 오고 두어 번이나 무엇을 살핀 뒤에 가만히 서서 머리를 기웃하였다. 잠깐 만에 무슨 결심이나 한 듯이 대문을 삐걱 밀면서,

"일오나라!"

불렀다. 대문은 잠가서 열리지 않고, 바람 소리에 들리지 않았는지 안에서도 잠잠하다.

"일오나라!"

이번에는 대문을 꽝 치면서 불렀다.

안대문 열리는 소리가 달각하더니 큰 대문이 삐걱 열렸다. 언제 깎았는지 더부룩한 대가리가 어둑한 문간으로서 쑥 내밀었다.

"댁 영감 계시냐?"

"네 어서 오셨는지요?"

"지금 전화 건 어른이 오셨다고 여쭈어라."

그 소리는 거만스럽고 위엄 있이 들렸다.

만찬회는 일곱시 십분에 열렸다. 정각보다 사십분이나 늦었
다. 이 회에는 없지 못할 동방신문사 이 편집부장과 김 사회부장
이 오분 전에야 참석하게 된 까닭이었다. 그 두 분이 와서 담배
한 대를 채 태우지 못하여 일동은 주인 아씨의 인도로 식당에 들
어갔다.

훈훈하고 구수한 공기가 흐르는 식당의 천정에는 가스 넣은
전등 두 개가 간격이 알맞게 고요히 달렸다. 그 아래 방 한복판에
설백색 고운 보에 덮인 교자상이 길게 이어 놓였다. 교자상 아래
위와 양옆으로는 아청선을 두른 붉은 비단 보료가 반듯하게 깔
렸다. 마루 방문으로 들어서면서 바로 보이는 저편 벽과 이편 벽
에는 화환에 싸인 기다란 체경이 걸렸다. 밖으로 통한 남창 좌우
미닫이 두껍집에는 지나 사람의 산수화가 붙었고 창 위에는 김
해강의 육필현액이 달렸다. 북창은 유리창인데 아롱아롱한 회색
문장이 가렸고 그 위에 서양화가 걸렸다. 그 창 아래에 피아노가
놓이고 그 위에 두어 권의 보표책과 국화 화분이 놓였다.

일동은 비단 보료 위에 규칙 있게 앉았다.

방 안의 모든 것은 한껏 빛났다.

교자상 위에 덮인 흰 보는 살근히 벗겨졌다. 하얀 보를 깐 긴
교자상 위에는 번들번들 윤기가 흐르고, 부드러운 김이 무럭무럭
오르는 온갖 음식이 화초문 놓은 그릇에 담겨서 가지런히 놓였다.

"자— 먹읍시다."

"무어 변변치 못해서."

주인 아씨 말은 퍽 다정하고 부드러웠다. 이 아씨의 주인은 첩이다. 주인의 큰마누라는 시골서 농사를 짓고 있다. 이 아씨를 모셔온 것은 금년까지 삼 년이다. 이 아씨는 지금 여자 음악 학교의 피아노 교사로 이름 있는 신경순 여사이다. 사람들의 말을 들으면 주인은 이 신경순 여자 전에는 어떤 기생과 살림하였다.

여러 사람들은 수저를 들었다. 주인 내외는 좌우 경계선― 아랫목은 여자, 웃목은 남자로 갈라 앉은 그 경계선에 마주 앉았다.

"자― 술부텀 먹고."

풍부한 얼굴에 대모테 안경을 쓴 주인은 상 한편에 놓인 주전자를 잡으려고 손을 내밀었다.

"제가 따르지요."

주인과 상을 가운데 놓고 주전자 가까이 마주 앉았던 양복 입은, 머리 긴 청년은 주인이 잡으려는 주전자를 잡았다. 이 청년은 소설 삽화와 초상화 잘 그리기로 평판이 자자한 박시언이다.

"우리는 밥 먹읍시다."

주인 아씨는 공기에 밥을 담아서 여자들께 권하였다.

입 다시는 소리, 수저 소리에 고요하던 방 안 공기는 부드럽게 흔들렸다. 사내들 편에는 술잔이 벌써 두어 순배나 돌았다. 주인은 누가 따라주는 술잔을 건 듯이 들고 만족한 듯이 빙그레 웃으면서,

"그편에서도 반주나 한 잔씩."

하고 주인 아씨를 건너다보았다.

"아이그 망측해라!"

눈을 할끔하면서 주인을 건너다볼 때 아씨의 언뜻 나타난 흰 이빨과 씹던 밥을 밀어 넣어서 좀 봉긋한 왼 볼에는 애교가 담뿍 흘렀다.

"왜 한잔 먹어보구려! 술도 예술이라우 하하."

"하하하."

일동은 따라 웃었다.

"참말 술도 예술인걸요!"

저편에서 술 마시기에 분주하던 이 편집부장은 툭툭이 말하였다.

"그래서 부장은 술잔을 세, 넷이나 앞에 늘어놓셨소! 하하하."

"허허허."

"하하하."

일동은 편집부장 앞에 죽 벌여놓은 술잔을 보면서 웃었다. 그것은 축배로 앞뒤에서 보낸 것이다.

"이 군은 선술집을 벌였소? 어서 잔 내야 남두 먹지!"

"하하 허허."

또 일동은 웃었다.

여자들은 서로 입을 막고 킥킥 웃으면서 이편을 보고는 수군거렸다.

아래위에 배반이 낭자한 때였다. 창밖에서 들리는 이상스런 소리에 모두 귀를 기울였다. 이 찰나, 엷은 놀람의 침묵이 방 안에 흘렀다.

"흐응 밥 한술만 줍쇼!"

우우— 땅 위에 삼라만상을 한꺼번에 쓸어가는 듯한 바람 소리 속에 울려서 때아닌 봄빛이 무르녹은 방으로 들어오는 그 소리는 퍽 처량하였다.

그 소리에 모두 그 무엇인 것을 깨달았다는 듯이 여전히 떠들고 술 마신다.

"아범, 그 문 잠그게! 거지 들오네."

단단한 주인 아씨의 소리에 모든 시선은 한 번씩 아씨의 낯을 스쳤다.

"육신이 멀쩡한 놈들도 저 짓을 하던데!"

누군지 혼잣말처럼 뇌었다.

"먹을 것 없으면, 그래두 목숨은 아깝고 하니 흥."

주인 아씨 위에 앉아서 밥만 움숙움숙 먹던 콧날이 우뚝하고 하관이 기름한 청년은 탄식같이 말하였다. 그 청년의 눈앞에는 보이는 환상이 있었다.

"없으면 벌지!"

또 누군지 반박 비스듬히 말하였다.

"벌어요? 어디 가서? 흥."

그 청년은 머리를 번쩍 들어 건너다보더니 젓가락으로 산적을 집는다. 이 사람은 워낙 말이 적고 업무에 퍽 충실하다. 그러나 자기 고집을 세우게 되면 칼, 불이라도 뛰어들 듯이 세우는 것이다. 본래 서백리아서 나서 그곳서 잔뼈가 굵은 사람이다. 지금 동방신문 기자로 연전에 공산당 혐의로 징역 삼 년을 하였다.

"어— 젊은 사람들이란 허는 수 없어! 그까짓 거지를 가지고 무슨 문제야. 자— 술 부어요."

주인은 잔을 내밀었다. 주전자 잡은 팔이 상 위로 내밀더니 술을 따랐다.

"왜 김 군은 술 안 먹누? 자 먹어요."

안경을 콧등에 걸고 눈을 꺼불꺼불하고 상머리에 앉았던 얼굴이 거뭇한 사람은 자기가 마신 빈 잔을 김 사회부장에게 던졌다.

"난 권치 마라. 밥 먹을 테야!"

"왜 오늘은 술허고 불상면인가?"

"그럼 김 군은 금향이가 있어야만 먹지."

머리에 기름이 반질반질한 이쁘장한 은행 사원이란 사람은 싱긋 웃었다.

"어― 그래 그래 허허허."

"에이 몸 괴로워! 이건 어째들 이러슈. 흥."

사회부장은 잔을 마셨다.

"김 선생님! 금향이가 누구예요? 호―."

얼굴이 핼끔한 여자가 이편을 보면서 상글 웃었다.

"아니에요. 그건 거짓말예요……."

"이거 왜 이래?"

"하하하."

"김 선생도 그런 데 가시우?"

웃음소리 속에서 단단한 주인 아씨의 소리가 울렸다.

"가는 게 아니라, 출입은 좀 하나 봐요. 허허허."

주인 곁에 앉았던 나이가 한 사십 되어 보이는 육영 학교 교장은 느릿한 소리로 말했다.

"에이 미친년들!"

"금향이라구, 최석현이든가 한 사람의 첩재리가 아니우?"

육영 학교 교장은 누구에게라고 지적 없이 말하였다. 모두 대답이 없었다. 그네들의 시선은 일시에 주인 내외에게 언뜻 주었다. 교장도 비로소 정신 차린 듯이 어색히 술잔을 들었다.

"저는 밥 좀 주셔요."

이제는 밥 찾는 분이 서넛 되었다.

"자— 어서 잡수셔요!"

주인은 이 편집부장을 보면서 독촉이 꽤 심하다.

"이건 어찌라구 사람을 못살게 구오!

이 편집부장은 잔을 앞에 넷이나 놓고 또 두 손에 하나씩 들고 울듯이 부르짖었다.

"여보 마누라! 이것 좀 대신 먹어주구려!"

편집부장은 저편 주인 아씨 곁에 앉은 살이 유들유들한 부인을 건너다보면서 외쳤다. 그 소리에 또 웃음이 터졌다. 그 부인은

"아 그럽시요. 하하하."

쾌활히 웃기는 하면서도 술잔은 받지 않았다.

"어— 우리 마누라가 술을 잘 먹어요. 아주 ショイ인걸! 허허허."

휜 알콜 힘에 모든 신경이 가라앉은 소리다.

"하하 저 양반이 내가 술 먹는 걸 언제 보았나?"

"왜 저거번에 식도원서……."

"응! 하하하."

그 부인은 조금도 부인하려 하지 않는 수작이다.

"언제 그래서는 술 먹은 걸세. 호호호."

주인 아씨는 공기에 밥을 담으면서 물었다.

"왜 경희도 갔었지?"

그 부인은 상 저편에 앉아서 생글생글 웃으면서 약밥을 먹고 있는 얼굴 해쓱한 젊은 여자를 건너다보면서,

"그 한 번 부인 기자까지……. 저…… 이거 깜짝 잊었네……."

하고 머리를 깨웃한다.

"혁신일보 일주년 기념 때지요. 흐흐."

주인 아씨가 담아주는 밥공기를 받던 동방신문 사회부장은 얼른 기억을 끄집어내었다.

"그래그래 옳아, 혁신일보 일주년 기념 때로군!"

그의 부인은 무슨 기쁘고 큰 자랑거리나 말하는 듯이 밥공기를 든 채 만족하게 말을 이었다.

"그때 우리가 포도주 한 잔 하고 위스키를 먹잖았나? 하하하."

"그래서는 술 잡순 것이 영애 씨뿐이 아닙니다그려."

전깃불 아래 윤기 나는 고수머리를 삭삭 만지고 있던 그 은행원은 편집부장의 마누라를 건너다보더니 다시 경희란 여자를 슬쩍 보고 싱긋 웃었다.

"그까짓 한 잔 술도 술인가요? 호호호."

경희란 여자는 입을 막고 몸을 뒤로 제치면서 다정스럽게 웃었다.

"일본에서 한때 '청답파 여류 작가'들이 오색술인가 먹고 돌아다녔다고 신문에 굉장하더니."

이때까지 말없이 먹고 웃기만 하던 한양여자고등학교 사감은 툭 쏘듯이 말하였다. 그 툭툭하고 멋없는 어성에 일동의 시선은 뚱하고 숨숨 얽은 그 여자에게로 잠깐 몰렸다.

"망했어. 엑! 세상은 말세야! 그러니 욕먹을 수밖에……."

주인은 술이 취했다.

"그럼 우리두 욕먹어라고 술을 권하우?"

주인 아씨는 주인의 말에 신기가 불편한 듯이 실죽했다.

"하하하, 허허허, 호호호."

남녀의 웃음은 또 터졌다. 그 웃음에 주인 아씨의 실죽과 주인의 분개가 풀렸다. 사실 주인의 멋없는 분개와 주인 아씨의 실죽을 풀기 위해서 억지로 웃는 이도 없지 않았다.

"모야!

천정이 울리도록 부르짖는 소리와 같이 비단 방석 위에 떨어지는 윷가락은 모두 자빠졌다.

"중이로구나! 아 중이로구나."

"호호호."

"내가 이번에는 모를 치네."

안경을 코에 걸은 자는 팔을 걷고 윷가락을 빼아서 잡더니 머리를 기웃하여 말밭을 본다.

"무얼 보나. 어서 치세."

콧날이 우뚝하고 하관이 기름한 청년은 말하였다.

"가만있게. 이렇게 되면…… 가만 저 집은 석 동이고 우리는 두 동일세?"

안경 쓴 자는 머리를 기웃거렸다.

"그래 이제 모만 치면 저놈을 잡네! 어서 쳐!"

"자 내가 모를 친다. 모야!"

"하하하."

한 가락은 천정에 퉁 맞아서 먼저 떨어진 세 가락 사이에 떨어졌다. 큰 소리와 모든 웃음 속에 떨어진 윷은 세 가락이 엎어지고 한 가락이 자빠졌다.

"아 좋아라. 그래그래 토야 토야."

저편에서 생글생글 웃던 낯이 해쓱한 여자는 똑똑 뛸 듯이 기뻐하였다.

"액 토를 치면서 웬 소리가 그리 큰가 하하."

하관 긴 청년은 말을 이리저리 쓰고 있다.

"누가 칠 차렌가? 어서 쳐요."

누군지 조급하게 재촉하였다.

"저야요!"

숨숨 얽은 여학교 사감은 흩어진 윷가락을 집었다.

"가만 계세요! 아직 말을 쓰거든."

코안경 건 자는 한 손으로는 말을 잡고 한 손으로는 윷 치려는 것을 막았다.

"이 사람 그래서는 안 돼! 한 동이라도 먼첨 빼는 게 수지!"

하관 긴 청년은 한복판 구멍에 놓였던 말을 빼고 토에 달았다.

"액 밤 다 가네! 어서 그만 쓰게나! 자— 치셔요."

술이 얼근한 이 편집부장은 얽은 사감을 건너다보았다.

"모를 못 치시면 토를 치셔요."

누군지 말했다. 사감은 아무 소리 없이 윷을 던졌다.

"으이— 모야! 토야!"

"개가 되소서 하하."

곁에서 소리가 굉장하였다. 결국 걸이 되었다.

"응 걸도 괜찮아."

"자 우리는 걸에 다세. 그러면 다 가네!"

열시가 넘어서 식당으로부터 안방으로 건너온 모든 남녀는 열한시가 치는 줄도 모르고 윷놀이에 열중하였다. 그네들 눈앞에는 손과 손을 거쳐서 올라 떨어지는 윷가락과 붓으로 동그라미를 그려놓은 윷밭과 말이 보일 뿐이다. 땅은 얼어 땅땅 갈라지고 바람은 지동 치듯 불건마는 그네들께는 상관없다. 그 어둠 속을 스쳐 가는 바람 속에는 벗고 굶주린 무리들이 처참한 삶의 싸움을 싸우건만 그네들에게는 상관없다.

이 순간 그네들은 흐릿한 향락에 빠졌을 뿐이다.

불시에 마루방 전화 종이 따르륵따르륵 울렸다.

주인 아씨는 급히 일어서서 마루로 나갔다.

"네! 네! 그렇습니다. 네! 계십니다. 네! 네! 잠깐만 기대리십시오."

하더니 주인 아씨는 미닫이를 스르륵 열고 배를 만지면서 윷판을 들여다보는 주인을 향하여,

"김기선 씨가 지금 막차로 오셨는데 지금 뵈옵고 여쭐 말씀이 있대요!"

하고 주인의 의견을 청하였다.

"기선 군이 왜 벌써 왔누?"

김 사회부장은 의아히 주인 아씨를 보았다.

"설날이 되니까 시골서 싱숭그리던 게지."

저편에서 구부정하고 윷판만 들여다보던 은행원이 맞장구를 쳤다.

"아무리 설날이라두 특파 간 사람인데!"

사회부장은 역시 의아타는 수작이다. 술기운에 불그레한 주인은 한참 있더니

"나오라구 하수."

주인 아씨는 미닫이를 슥 닫더니,

"여보세요. 지금 어디 계서요? 네! 나오시랍니다. 네! 네! 지금 오셔요!"

주인 아씨는 방에 들어왔다.

"여보! 벌써 열한시가 지났구려! 가야 할 텐데."

영애란 여자는 남편인 이 편집부장을 건너다보았다.

"왜 무슨 바쁜 일이 있어요?"

주인은 빙그레 웃으면서 건너다보았다.

"아뇨. 전차가 끊길 테니……."

"글쎄 전차가 끊기기 전에 가야지."

얼굴 해쓱한 여자도 걱정스럽게 뇌였다.

"원 퍽 몸 괴롭게 구네. 아 전화가 있겠다, '미까도 자동차'가 있겠다, 무에 걱정될 것 없겠네!"

주인 아씨는 선선하게 벙글벙글 하면서 앉았다.

"흥! 오늘은 호사를 막 하는구나!"

"바루 자동차 잡수시고 호호."

"자 어서 쳐야지?"

"으이!"

"옳다. 중이다. 만세 만세!"

낯 해쓱한 여자는 좋아라고 손뼉을 친다.

"자 그러면 우리가 이겼지. 우리 '유다이 구미'는 나았고 이번은 내가 치지!"

얽은 사감이 '유다이 구미'로 나앉고 머리가 긴 화가가 들어앉았다.

"우리 편은 모두 명문거족들이야! 내가 이번에는 들앉아야지 원 두 구미나 쫓기다니 허허."

진 편의 대표로 주인이 나앉았다.

"쉬ー."

화가 옳은 토가 졌다.

"이거 웬일이야. 허허허."

"중ー."

주인의 뿌린 윷가락은 방석에는 떨어지지 않고 이리저리 가서 여러 사람의 무릎에도 떨어졌다. 결국 그것도 토다.

"그래도 남의 것을 잡으니 좋구려!"

"모야!"

이때 창문 밖에서,

"지금 전화하시던 손님 오셨습니다."

하는 소리가 들렸다. 모두 잠깐 침묵을 지켰다.

"들오시래라."

주인은 흩어진 윷가락을 화가의 앞으로 밀어놓으면서 머리도 들잖고 말하였다.

문소리가 삐걱 달칵 들렸다. 뒤따라 바람 소리가 맹렬하였다. 큰 파도 소리같이 우ー 하고 빗소리같이 쏴ー 하고 창을 스쳐 멀리멀리 스러져가는 그 바람 소리는 잠깐 사이 침묵을 지키는 온 사람의 마음을 먼 하늘 끝 어둑한 구름 속으로 끌어가는 듯하였다.

　마루방 미닫이가 슥 열렸다. 일동의 시선은 그리로 쏠렸다. 거기는 키 큰 장정이 나타났다.

　장정은 미닫이를 고요히 닫았다. 그는 덤석한 수목 두루막 앞섶으로 바른 손을 넣더니 그 바른손을 힘있게 쭉 뻗쳐 들었다. 그 찰나! 언득하는 빛이 일동의 눈을 쏘았다. 일동은 전기나 받는 듯이 몸을 으쓱하더니 박아놓은 장승같이 가만히 있다. 그 장정의 바른손에 잡힌 것은 자 남짓한 칼이었다. 서릿발 같은 칼날은 쨰듯한 전깃불 아래서 번쩍번쩍 빛났다.

　"나는 강도다. 지금 김기선의 이름으로 전화한 사람이 나다. 어느 놈이든지 삐꺽 덤비기만 해라."

　두툼한 입술을 스쳐 여러 사람의 머리 위에 떨어지는 그 소리는 나직하나마 천 근 쇳덩어리같이 무겁고 힘있게 울렸다.

　쏴— 바람이 지나는 소리가 들렸다. 느긋하던 방 안의 공기는 각일각 긴장하여 졌다. 놀람과 두려움에 점점 푸르고 희어가는 일동의 낯빛은 긴장한 침묵 속에 죽음같이 보였다. 그네들은 모두 머리를 숙였다. 둘러앉은 이, 바로 앉은 이, 삐뚤게 앉은 이, 윷놀이할 때 앉았던 그대로 불규칙하게 꼼짝 못 하고 앉았다. 말, 말밭, 흐트러진 윷가락까지 침묵의 세례를 받는 듯하였다.

　"나는 돈이 욕심나 들온 사람이다. 너에게 있는 대로 다 끄집어내야지 그렇잖으면 이 칼을 머리 위에 내릴 테다."
하고 칼을 한번 번쩍 휘둘렀다. 그 세모 눈으로 쏘는 날카로운 시선을 여러 사람의 머리 위에 던졌다.

일동은 피와 영혼이 빠져버린 화석같이 가만히 있다. 몇억만 년 옛적으로부터 몇억만 년 미래를 향하여 초초 분분 먹어들어가는 시계 소리는 그저 재각재각 깊어가는 밤을 재촉하고 있다.

"웬일이냐? 응? 못 내놀 테야?"

장정은 한 걸음 앞으로 다가서면서 칼끝을 일동의 머리 위로 겨누었다. 일동은 몸을 부루루 떨었다. 전깃불을 받은 몇 사람의 섬유 동백이 팔랑팔랑 뛰는 것이 보였다.

콧날이 우뚝하고 하관이 기름한 동방신문 기자는 두루막 옆구리에 손을 넣더니 두 모가 떨어진 지갑을 끄집어내 놓았다. 따라서 모두 부시럭 부시럭 지갑을 집어내 놓았다. 낯이 새파랗게 질린 여자들은 팔목시계까지 떼어놓았다.

"말끔 이리로 모아 오너라!"

장정은 첫머리에 앉은 코안경 쓴 자의 궁둥이를 발끝으로 지긋이 다쳤다. 그자는 부르르 떨면서 머리를 들려다가 그냥 푹 수그리고 사람과 사람 사이를 게걸음 쳐 가서 지갑을 거두었다.

"이리 넣어라."

장정은 허리춤에서 조그마한 견대를 뽑아놓았다. 코안경 쓴 자는 게걸음 치는 바람에 어디서 안경이 벗어졌다. 그의 눈은 소물소물 오그라졌다. 그는 명령을 좇아 견대를 집더니 눈앞에 들이대고 겨우 견대 아구리를 찾아서 시계와 지갑을 집어넣었다.

"한남 윤이 들어봐라! 너는 겨우 네 포케트의 지갑만 뽑아놓고 말 테냐!"

그 소리는 천정을 쯔르렁 울렸다.

주인 한남 윤은 무릎을 꿇고 허리를 굽히더니 부들부들 떨리는 혼 나간 소리로,

"정초가 되다 보니 집에는 한푼도 없습니다. 일후에 오시면……."

말끝을 맺지 못하였다. 바로 이때 우우— 철석 하고 북창을 치는 소리가 났다. 장정은 그편으로 귀를 기웃하였다. 그것은 바람 소리였다.

"흥! 일후에! 별놈 다 보겠네! 고사를 지내봐라 일후 오나! 정초가 되어서 섣달 그믐날 남의 등심을 죽죽 긁어서 모아들인 돈은 어따 두었니?"

그는 주인을 담박 꾹 찌를 듯이 노려보았다.

"네— 은— 은행에 다 두었습니다."

"이놈아 은행 건 은행 거거니와 네 집에 것을 내란 말이다. 저 금고는 그래 못 열 테냐?"

장정은 아랫목 벽장 앞에 놓인 커다란 금고를 쓱 보더니 다시 주인을 노려본다.

"이놈이 칼맛을 보아야 뜨끔한 줄 알겠군! 이리 나오너라!"

장정은 허리를 굽혔다 폈다. 그의 왼손에는 멱살을 잡힌 주인이 끌려나왔다. 끌려나가는 주인의 바짓가랑이 속에서는 쁘드득 소리가 났다. 퀴지근한 똥 냄새가 방 안에 퍼졌다. 그러나 모두 그것을 몰랐다.

번쩍거리는 칼끝은 주인의 목에 닿았다. 모두 몸을 떨었다. 여자들은 낯을 가리고 무릎에 머리를 박았다. 흑흑 목메인 울음소리가 극히 미미히 들렸다.

"살려주시오! 열어드리지요!"

주인은 모깃소리만치 지르더니,

"여보 저것 좀 열어드려요."

하였다.

주인 아씨는 눈물에 젖은 눈을 번쩍거리면서 일어섰다. 아씨가 앉았던 자리는 흠씩 젖었다. 장정과 주인의 모양과 아씨의 태도를 슬금슬금 곁눈질해보던 하관이 기름한 신문 기자는 아씨의 자리가 젖은 것을 보고 빙긋 웃었다. 그 웃음 본 이는 아무도 없었다.

금고는 아씨의 손에 열렸다. 속에 박힌 오동나무 서랍들은 밝은 천지를 보고 화! 한숨을 쉬는 듯하였다.

"그 속에 돈은 깡그리 이리 갖다 넣어!"

주인의 멱살을 잡은 장정은 옆에 놓인 견대를 눈으로 가리키고 주인 아씨를 보았다. 주인 아씨는 동전봉, 백동전, 은전봉, 커다란 지폐 뭉치 할 것 없이 한 서랍을 담아다가 견대에 넣었다. 떨리는 손으로 넣다가도 빗 넣어서 방바닥에도 흩어졌다. 어떤 돈봉은 터져서 전깃불 아래서 때룩때룩 주인 아씨를 쳐다보았다.

방바닥에 흐트러진 돈까지 한 견대 잔뜩 넣어놓고 물러앉는 주인 아씨를 보더니 장정은 주인의 멱살을 놓고 견대를 집어 들었다.

"자— 이제는 큰 숨을 쉬어라. 나는 간다. 그러나 나는 날 때부터 이 짓을 배운 것은 아니다. 너무도 굶었으니 말이다. 내게는 밥도 없다. 그런 줄이나 아는 것 같지 않다. 이 취한 놈들아!"

말을 마친 그의 그림자는 방에서 사라졌다. 그 나가는 장정의 뒤를 멀거니 보던 동방신문 기자는 한숨을 쉬면서 고개를 끄덕거렸다.

새벽녘 바람 소리는 더욱 맹렬하고 처참하였다. 우우 쏴ー 쑤 북창을 치고 지붕을 넘어서 뜰을 지나 멀리 가는 그 소리! 온 세계를ー 음울과 비통에 싸인 온 세계를 금방 부수는 듯하였다.

두려운 침묵 속에 앉았던 방 안의 모든 사람들은 몸을 또 한 번 부르르 떨었다. 그네는 그저 아까 앉았던 대로 숨도 크게 쉬지 않고 있다. 그네들은 그네들도 알 수 없는 무거운 저기압에 눌렸다.

— 〈신민〉, 1926. 1.

백금白琴

1

늘 허허춘풍으로 웃고 지내는 내 가슴에도 슬픔이 있다. 나는 흐르고 흐르는 눈물에 잠긴 슬픔보다도 허허 하는 웃음 속에 스민 설움이 더 크지나 않을까 생각한다.

사람의 형모와 표정이 그 사람의 내면생활을 어느 정도까지 표현한다 하면 나를 보는 사람들 가운데서 생각하는 이는 생각할 것이다. 나는 지금 꽃으로 치더라도 훨훨 피어나갈 청춘인데 벌써 이마에 주름이 잡혔다. 그나 그뿐인가? 두 뺨은 김빠진 고무볼같이 쑥 오글고 눈 가장자리가 푹 파였으니 남다르게 악착한 운명을 지고 험한 길을 밟은 것은 더 말하지 않아도 알 것이다.

나는 이렇게 악착한 운명의 지배로 이 가슴에 겹겹이 쌓인 설움의 한 부분을 여기에 쏟으려고 한다.

고요히 앉았으나 누웠으면 가슴을 지그시 누르면서 눈앞에 나타나는 그림자가 있다. 겉은 늙었다 할 만치 되었더라도, 속은 아직 어린애인 내가 이런 말 하기는 거북스럽다는 것보다도 얄궂고 주제넘지만 진정 그 그림자가 내 눈앞에 선히 떠오를 때면 오장이 끊기는 듯하다.

진종일 물인지 불인지 모르고 첨벙첨벙 싸다니다가도 이렇게 전등을 끄고 누웠으면 이 생각 저 생각 떠오르는 가운데 그 그림자도 떠오른다. 눈앞에 흐르는 꺼뭇한—구름도 아니요, 안개도 아닌—기운 속으로 지새는 안갯속에 뵈는 먼 산같이 나타나는 것은 반짝하는 눈, 좀 넓적한 콧마루 아래 장미술같이 터진 입, 고무볼같이 봉긋한 두 뺨, 몽톡한 키—그것은 내가 집 떠날 때 본 백금白琴이다. 백금이는,

"아부지!"

방긋 웃으면서 두 손을 내민다.

나는 더 참을 수 없다. 그저 가만히 보고만 있을 수 없다. 나는 나로도 알 수 없는 힘에 지배되어 팔을 벌리고 눈을 뜨면서 벌떡 일어난다. 결국 굳센 내 두 팔에 잔뜩 안긴 것은 나를 덮었던 이불이다. 내 눈앞에는 으스름한 창문이 보일 뿐이다. 나는 한숨을 휘 쉬었다. 지금 그것이 허깨비인 줄 모르는 것이 아니로되, 그래도 무엇이 보일 듯하고, 무엇이 들릴 듯이 마음에 켕긴다.

"백금아! 백금아! 백금아…….."

나는 나로도 알 수 없이 구석을 노려보면서 나직이 불렀다. 보이기는 무엇이 보이며, 들리기는 무엇이 들려? 으슥한 구석에 걸

린 의복이 점점 환하게 보이고 창을 스치는 쌀쌀한 바람 소리만 그윽할 뿐이다.

"흥! 내가 미쳤나?"

내 몸은 힘없이 자리에 다시 쓰러졌다. 머리는 떵하고 가슴은 쩌릿하다. 슬그니 덮은 두 눈딱지까지 천 근 쇳덩어리같이 눈알을 누른다. 또 온갖 사념이 머리를 뒤흔들고 번열이 나서 잠을 못 이루게 한다.

백금이 간 지가 벌써 몇 달이냐? 그가 갔다는 이 선생의 손으로 쓰신 어머니의 엽서를 받던 때는 청량리 버드나무 잎이 바야흐로 우거지던 때더니 벌써 그것이 이울고, 삼각산에 흰 눈이 내렸다. 성진城津 동해안 공동묘지에 묻힌 그의 어린 뼈와 고기는 벌써 진토로 돌아갔을 것이다. 그의 영혼이 있다고 하면 마천령으로 내리쏠리는 쓸쓸한 바람 속에 누워서 이 밤 저 달 아래 빛나는 바닷소리에 얼마나 목멘 울음을 울까?

2

백금이는 내가 스물한 살 때, 즉 신유년 7월 22일에 서간도에서 낳은 딸이다.

"손자가 나면 백웅白雄이라고 하겠더니 손녀니까 백금이라 하지! 백두산 아래에 와서 얻은 거문고라고 허허."

이렇게 아버지께서 그 이름을 지으셨다. 백금이는 거친 만주 산골에서 낳기는 하였으나 어머니(아내)나 아버지(나)보다도, 할

아버지(아버지)와 할머니(어머니)의 사랑 속에서 곱게 곱게 컸다.

그러나 악착한 운명은 우리에게 평화로운 날을 늘 주지 않았다. 백금이 두 살 되던 해 가을이었다. 어머니, 아내, 백금, 나— 이 네 식구는 아버지와 갈리게 되었다. 소슬한 가을바람에 낙엽이 흩날리는 삼인방三人坊 고개에서 아버지와 작별할 때 점점 멀어지는 할아버지를 부르면서 섧게 섧게 우는 백금의 울음에 우리는 모두 한숨을 짓고 눈물을 뿌렸다. 아버지는 우리가 산모퉁이를 돌아갈 때까지 그 고개 마루턱에 지팡이를 짚고 섰었다.

태산준령을 넘어서 북간도 얼따오꺼우[二道溝]에 나온 우리는 이듬해 즉 백금이가 세 살 나던 해 봄에 두만강을 건너서 회령으로 나왔다. 이때부터 백금이는 어정어정 이웃집으로도 걸어나가고 쉬운 말도 하고 어른들이 가리키는 것을 집어오기도 하였다. 온 집안의 정성과 사랑은 더욱더욱 그에게 몰렸다. 어머니께서는 맛나는 것만 얻으셔도 백금이 백금이, 이쁜 것만 보셔도 백금이 백금이 하여 쥐면 꺼질까 불면 날듯이 귀여워하셨다. 심지어 그때 우리 노동판 회계인 T의 내외분까지 백금 백금 하여 자기 자식같이 받들었다. 내가 노동판에서 늦게 들어가서 기침을 컹 짓고 문을 열면 어미 무릎에서 젖 먹던 백금이는 통통 뛰어나오면서,

"해해 아부지! 아부지! 해해."

하고 내 품에 안겼다. 그때에 나는 들고 들어간 과자나 과일 봉을 주면 그는 옴콱한 작은 손으로 부둥켜안고는,

"한머니, 해해."

방긋방긋 웃으면서 어머니께 갖다 드렸다.

"에그, 좋아서 하하."

어머니는 과자 봉지 백금이 할 것 없이 얼싸안으시고는 백금의 낮에 뺨을 비비셨다.

"호호."

"허허."

아내와 나도 웃었다.

"이제는 낮이면 아버지 있는 데로 가자고 성화하여 못 견디겠다."

어머니께서는 볼이 미어지도록 밥을 퍼먹는 나를 보시고는 방긋이 웃는 백금이를 보신다. 그러면 나는 밥을 씹는 채 백금이를 보며 정답게 물었다.

"백금아 아버지 보고 싶다? 응?"

그러면 어머니께서는 백금이 앉은 무릎을 들썩하시면서,

"백금아 가르쳐라. 어— 고은아 잘 가르치는 거! 아버지 어느 눈으로 보구 싶디?"

하시면 백금이는 방긋 웃고 할머니를 치어다보면서 백어白魚[1] 같은 손가락으로 바른편 눈을 가리켰다.

"또 할머니는?"

이번에는 어머니 곁에 앉았던 아내가 묻는다. 그러면 백금이는 머리를 갸웃하며 할머니를 보면서 왼편 눈을 가리켰다. 나는 먹던 밥을 잊은 듯이 그것만 빙긋이 보다가 또 물었다.

"백금아! 또 엄마는?"

이번에는 좀 머뭇머뭇하다가 코를 가리켰다. 웃음이 터졌다.

---

1 뱅어.

"하하!"

"호호!"

"허허!"

이렇게 세 식구는 백금이의 연기에 취하여 밖에 흐르는 눈보라는 꿈에도 생각지 않았다. 그때도 아침저녁 벌어먹었건만 우리집에는 늘 웃음이었다. 날이 갈수록 백금이에게 대한 나의 사랑은 더욱 깊었다. 나는 한번 어떤 친구와 이렇게 말하고 웃은 일이 있었다.

"여편네는 남의 것이 이쁘고, 자식은 제 것이 이쁘다는 말이 일리는 있어! 허허허."

"엑, 미친 녀석 미친 수작 다 하네, 하하하."

그러나 진실히 말하면 '저것은 내 자식이다. 내 혈육이다' 하는 생각도 다소간 있겠지만 그보다도 순진한 어린 맛에 내 마음은 더 끌렸던 것이다.

나날이 토실토실하게 자라는 누에 모양으로 연년이 내 눈앞에서 셈이 들고, 커가고, 말을 번지는 양은 사랑하지 않을래야 사랑하지 않을 수 없었다. 더구나 그가 걸음발을 자유롭게 떼면서부터는 내 손을 꼭 잡고 따라다녔다.

어떤 때는 일판에까지 쫓아 나온 때가 있었다. 작년 여름이었다. R 형이 나를 찾아서 회령 가셨다가 우리가 목간하러 가는데 백금이가 수건과 비눗갑을 들고 앞서서 족돌족돌 목간 집을 찾아가는 것을 보더니,

"하하 세월이 빠르구나! 야, 네 자식이 벌써 저렇게 되다니 기가 막혀서, 하하하."

크게 웃었다.

3

그러나 나는 무어라 형용할 수 없는 느낌으로 간간이 암담한
오리무중에서 검은 숨을 쉬었다. 흐르는 세월과 같이 시시각각으
로 변하는 운명은 또 한 번 뒤집혔다. 이것은 한 단체적 운명인
데, 계해년 흉년으로 말미암아 회령역을 경유하여 일본으로 수출
되는 간도의 대두大豆가 끊어졌다. 그 때문에 겨울 한 철에 대두
목을 보던 회령 나따세 노동자들은 출출히 마르게 되었다. 그 속
에 든, 내 앞에도 그 슬픈 운명은 닥쳤다. 그렇지 않아도 늘,
  '네가 과연 이 생활에 만족할 테냐?'
하고 나 스스로 내 생활과 내 태도를 분개하던 판이다. 불평은 한
껏 커졌다. 그런 우중에 회사 측에서는 밤낮 노동 임금을 내려서
하루―아침 여섯시부터 밤 열시―번다는 것은 몇십 전, 기껏 되
야 일 원이 되니 그것으로는 도저히 먹을 수가 없었다. 무어라고
회사 측에 대하여 불편을 말하면 쫓겨나기가 예사이다. 그저 목
구멍이 포도청이 되어서 지긋지긋 견디지만 나날이 높아가는 것
은 불평이었다. 홧김에 주기 싫어하는 외상술을 먹고는 서로 싸
움과 욕으로 화풀이들을 하게 되었다.
  나는 이때에 이르러서 더욱더욱 느끼는 바가 있었다. 참담한
생활을 생각하는 때마다 알 수 없는 굵은 줄이 내 몸, 내 식구의
몸, 나와 같이 일하는 이의 몸을 휘휘 친친 얽은 듯한 그림자가

머릿속에 떠오를 듯 떠오를 듯하다가는 갈앉고 갈앉고 하던 것
이 이때에 와서는 뚜렷이 마르크스의 《자본론》보담도 더 밝게 떠
올랐다.

첫여름 뜨거운 어떤 날이었다. 나는 R 형과 함께 남문 밖 시냇
가로 나가면서 이런 말을 끄집어냈다.

"R 형! 나는 이런 생활에 만족해야 옳을까?"

R 형은 나를 보면서 은근스럽게 말하였다.

"그래, 그렇잖으면 어쩌겠나?"

"형까지 그렇게 생각하시우?"

"그러면 어떻게 생각하라나?"

나는 갑갑하였다. 눈앞에 반짝반짝 흐르는 시내에 텀부덩 뛰
어들고 싶었다.

'R 형도 그렇구나? 일본까지 가서 사회학을 연구했다는 이까
지 저러니?'

나는 이렇게 속으로 R 형을 원망하였다.

잠시 두 사람은 잠잠하였다. 눈이 부시는 볕 아래 자글자글 빛
나는 시냇물은 찰찰 소리를 친다. 저편에 수차水車가 번쩍번쩍 돌
아간다. 그 우편으로 빨래하는 부인들이 죽 늘어앉았다. 정거장
에서는 푸푸 기차의 김 뽑는 소리가 들리고 영림창에서는 쿵덕
쿵덕 기계 돌아가는 소리가 울려온다. 간간이 불어오는 바람은
숨이 턱턱 막히게 뜨뜻하다.

중도역 쪽에서 뿡― 하는 기적 소리가 나더니 어느새 낮차가
푸푸 우루루 하고 회령역으로 쏜살같이 들이 달렸다.

"그래, 어찌할 작정인가?"

R 형이 침묵을 깨뜨렸다. 나는 비위가 꼬였다.

"그만둡시다. 그까짓 말은 해서 뭘 하오?"

"흥! 왜 뿔었니? 응 말해라! 무슨 말이든지 말해라! 내가 네 고통을 모를 줄 아니?"

하고 고삐를 늦추는 바람에 나는 좀 풀렸다.

"나는 암만해도 집에 있을 수는 없소!"

"왜?"

"글쎄 보는 형편에 한평생 이러구서야 무슨 사는 보람이 있어요?"

"가면 뭘 하겠나?"

"등짐이라도 져서 더 배워야 하겠소!"

"식구들은?"

"내가 아우?"

"내 알다니? 그게 무슨 소린가?"

R 형은 말과는 딴판으로 빙그레 웃는다. 나는 그것이 미웠다. 그러나 한 찰나였다.

"붙잡고 있으면 소용이 있소? 아무리 붙잡어도 이 상태로는 기아를 면할 수 없어요! 더구나 딸년 하나 있는 것이 오래지 않아서 학교에 넣게 되겠으니 이렇게 쪼들리고 빨리구서야 학비가 다 뭐예요? 어디 가서 애나 보아주고 구박의 쌀을 먹겠으니……"

이때 내 눈앞에 찢어진 치마저고리를 걸치고 어떤 집 부엌에서 오드드 떠는 백금이의 모양이 언뜻 지내었다. 나는 다시 말을 이었다.

"그럴 바하고는 지금 나서는 것이 차라리 낫잖겠소."

나는 입술을 물었다.

"글쎄 나는 네 일을 생각하고 있다. 네가 이러구 있어 되겠니? 하지만 정작 목전에 보니 어머니가 딱하구나! 더구나 백금이까지 있으니 말이다."

4

그 뒤 보름이 넘어서 R 형과 나는 회령을 떠났다.

새벽차로 떠나는데 백금이는 그때까지 잠이 깨지 않았다. 나는 그가 방긋방긋 웃고, 깡충깡충 뛰면서 아부지 아부지 부르는 것이 보고 싶었으나 자는 것을 깨우면 밥 짓는 데 귀찮게 굴겠고 또 나를 따라 정거장으로 나간다고 트집을 부리겠기에 그냥 버려두고 그 뺨에 은근히 내 뺨을 비비었다. 그 식은식은한 숨결이 내 입술을 스칠 때 나는 애틋한 정과 아울러 보드라운 느낌을 받았다.

R 형은 내 하는 양을 보고 빙그레 웃으면서 일본말로 끄집어냈다.

"네 이제 그런 것 저런 것 다 생각나서 첨에는 못 견디리라."

"이제 백금이는 오빠 오실 때까지 아버지만 찾겠지? 호호!"

이때는 웅기 있던 내 누이동생이 집에 와 있었다.

차 시간이 가까웠다. 나는 한 일주일 후에 돌아온다고 거짓소리를 하고 떠났다. 발이 묵직한 것이 집이 다시금 돌려다 보였다.

나는 고향을 나와서 이삼 주간 묵은 뒤 H 군께 노비를 얻어가지고 여정에 올랐다. R 형은 뒤에 떠나기로 하고 혈혈단신이 장안 큰길에 나타나게 된 때는 작년 팔월 그믐날이었다. 적수공권赤手空拳이 마침 좋은 친구들 도움으로 간동 어떤 학생 여관에서 유숙하게 되었다.

서울에 들어서던 날부터 내 눈에 비친 서울은 내가 동경하던 서울이 아니었다. 나는 진고개도 보고, 신마찌²도 보았으며, 종로도 보고, 광희문 밖도 보았으며, 새문 밖도 보고, 구리개³도 보았다. "나리 돈 한푼 줍쇼!" 하고 뒤를 쫓아오는 부대투성이도 서울에 와서 보았고, 거적을 쓰고 차디찬 길 위에서 잠자는 무리도 서울서 보았다. 날이 갈수록 간판과 전등으로 화려하게 꾸민 서울의 내막이 어둡고 틉틉하게⁴ 보였다. 나는 이 모든 것을 볼 때마다 내 두 팔에 힘 약한 것을 한탄하였고 나의 담이 좀 더 커지기를 원했다. 콸콸 흐르는 뜨거운 피로 썩어진 도시를 밀어버리고 싶었다.

거물거물하는 사이에 한 달 두 달 갔다.

나는 몹시 추운 어떤 날 밤에 R 형의 편지를 받았다. 그 편지 가운데는 이러한 구절이 있었다.

―아우야! 마천령에는 눈이 허옇게 쌓였다. 이제부터는 서울도 삼각산 바람이 쏠쏠 귀밑을 에일 때다. 무엇을 먹으며 무엇을 입니? (중략) 아우야! 백금이 어미는 갔다. 네 아내는 갔다! 어디를 갔는지 갔구나. (중략) 아우야! 씩씩하게 나아가거라. 너는 맑

2 しんまち. 유곽을 뜻하는 일본어.
3 을지로.
4 틉틉하다. 액체가 맑지 아니하고 농도가 진하다.

스주의의 생의 긍정자가 되어라. (하략)

나는 편지를 읽고 나서 멍하니 어떤 감상을 붙잡을 수 없었다. 슬픈지? 괴로운지? 뜻하지 않은 곳에서 사나운 짐승을 만난 사람같이 한참 편지를 쥔 채 묵묵하였다. 하다가 시간이 흘러서 온몸을 싸고 엉킨 그 무슨 기운이 차츰 풀릴 때에 천사만념이 머리와 가슴에 끓기 시작하였다. 나는 얼음장 같은 방 안에 무릎을 안고 드러누워서 밤새껏 눈을 못 붙였다. 이튿날 아침을 먹고 그 안날 일기에 이렇게 썼다.

아내는 갔구나! 그는 어머니와 백금이를 두고 갔구나! 그는 어디로 갔나! 춥고 배고파서 갔나? 그는 나와 오륙 년이나 고락을 같이한 사람이다. 나는 그의 마음을 안다.

아내여! 나는 당신을 조금도 원망치 않는다. 나는 나의 붉은 정성을 다하여 당신의 행복을 빌고 바란다. 당신은 나를 용서하라.

어머니의 한숨! 백금의 엄마! 소리를 뒤두고 가는 아내의 가슴이 어떠하였을까? 그는 나를 얼마나 원망하였으랴? 나는 그것이 들리는 듯하다.

어머니 용서하소서! 이 자식이 성공하는 날까지 어머니 꼭 살아계시소서! 백금아! 울지 마라 잉! 아버지 돌아가는 날 이쁜 모자와 맛나는 과자를 많이많이 사다줄께, 할머니 모시고 울지 마라 잉!

여기까지 쓰다가 나는 그만 일기책에 머리를 박고 울었다. 문을 꼭 걸고 가슴을 치고 데굴데굴 구르면서 소리 없는 뜨거운 눈물을 기껏 뽑았다. 이렇게 소리 없는 울음을 기껏 울다가 오정이 넘어서 밖에 나서니 천지가 누런 것이 진흙 물을 흘린 듯하다. 나는 미친놈처럼 이 골목 저 골목 방향도 없이 허둥지둥 쏘다니다가 해 진 뒤 하숙으로 돌아와서 어머니와 R 형에게 이러한 뜻의 편지를 썼다.

　─이제부터는 절대 내게 집 소식을 알리지 마세요. 나도 내가 죽든지 살든지 성공하기 전에는 편지를 드리지 않겠습니다.

　그 뒤로 내 생활은 그저 번민과 고통의 생활이었다. 아무 신통한 것이 없다. 그새에 내 일기를 펴보면 이런 것이 있다.

　　갑자甲子 시월 삼십일. 청晴. 소한小寒.

　　나는 중이 됐다.

　　장삼을 입고, 가사를 매고, 목탁을 드니 훌륭한 중일세!

　　세상은 나더러 세상이 귀찮아서 산문에 들었거니 믿는다. 하하하. 내가 참말 중인가? 하하하.

　　갑자 십일월 십오일. 소설小雪. 난暖.

　　오늘은 갑자 십일월 십오일이다. 육십 년 전 이날 축시丑時에 우리 어머니는 이 세상에 나오셨다.

　　아아 어머니!

　　우리 어머니는 백금이를 업고 지금 어디 계시나? 어머니 또한 내 있는 곳을 모르실 것이다. 이 무슨 인연이던가?

　　새벽 목탁, 저녁 종에 장삼 입고, 가사 매고, 합장하고, 부처님

앞에 꿇었을 때마다 어머님과 백금이 생각이 가슴에 간절해서!

나는 내 평생에 잊지 못할 이 날을 기념하기 위하여 소설〈살려는 사람들〉을 쓰려고 붓을 잡았다.

뮤즈여! 당신도 이 소설을 그렇게 읽어지이다. 아아 어머니는 백금이를 업고 어디서 배를 주리시나?

갑자 십이월 삼일. 청晴. 난暖.

꿈에 백금이를 보았다. 어머니 무릎에 앉았다가 방긋 웃고 내 품에 와서 안기는 백금이를 보았다.

꿈을 깨어서 나는 법당 뜰에 내려가 허성허성하였다. 가슴이 뻐긋하다. 눈에 덮인 소나무 사이에 흘러내리는 달빛은 퍽 아름답다.

갑자 십이월 십팔일. 대설大雪. 풍風.

나는 참 무능력한 위인이다. 뼛대가 없는 무골충이다. 이게 뭐냐? 이런 생활을 하려고 집을 떠났나? 새빨가벗고 저 눈보라 속에서도 시원치 못할 놈이 뜨뜻한 데가 다 뭐냐?

오오 무서운 눈보라!

을축乙丑 이월 삼일. 청晴. 소한小寒.

나는 ××잡지사에 들어갔다. 부처님을 배척하고 나왔으나 역시 종이 되었다.

나는 뜨뜻한 자리에 들고, 김이 나는 음식을 대할 때마다 어머니와 백금이 생각난다.

오늘 아침 동대문을 지나다가 어린애 업은 늙은 할머니가 우두 두 떨고 섰는 것을 보았다. 나는 가슴이 저렸다. 내 눈에는 그것 이 남같이 보이지 않았다.

을축 이월 이십일. 한寒. 설雪.

아침에 포슬포슬 내리던 눈은 갰으나 하늘은 그저 찌뿌퉁하다.

오후에 야주개[5] 골목에서 B를 만났다. 나는 늘 그를 생각지 않으 려고 애쓰나 생각게 되고, 그에게 끌리지 않으려고 하나 끌린다. 그의 다정한 웃음과 부드러운 목소리는 생각할 적마다 내 가슴에 불을 지른다.

단념! 단념할란다. 나는 절대 B를 생각지 않으련다. 죄 없는 인 간들을 처참한 구렁에 빠쳐놓고 나 혼자 사랑의 품에 안겨? 거기 잘못 빠지면 나는 헤엄을 못 칠 것이다. 그렇게 되면 나의 이상은 다 헛갑[6]이다.

내게는 어머니가 있고 딸년이 있다. 나를 사랑하시는 어머니! 내가 사랑하는 딸!

을축 이월 이십팔일. 한寒. 설雪.

밤 열시가 넘어서 나는 P 군과 같이 준장準張[7]을 거두어가지고 인쇄소 문을 나섰다. 윤전기 소리가 은은한 공장 유리창으로 흘 러나오는 불빛 속에 펄펄 날리는 눈발은 부드러운 설움을 내 가

---

5 종로구 당주동 중간에 있는 고개.
6 헛일.
7 교정지.

슴에 흘린다. 우리는 종로 네거리에서 동대문 가는 전차를 기다
렸다. 집집의 전등은 꿈속 같다. 눈이 깔린 길 위에 가고 오는 사
람들의 모자와 어깨에는 눈이 허옇다. 모두들 무엇하려고 저렇게
어물거리누? 나는 무엇하려 서울 왔누? 준準은 무엇하는 것인구?
여기는 무엇하려고 서 있누? 어디를 가려고? 가면! 내게 아내가
있나? 가정이 있나! 나를, 추워한다고 누가 밥을 데우며, 찌개를
데우랴!

"가면 뭘 하누?"

나는 나도 모르게 입 밖에 내었다. 곁에 섰던 P 군은 나를 돌아
보면서,

"왜요, 집으로 안 가세요?"

"응, 왜 안 가긴?"

"그런데 왜 그러세요?"

"응, 아니야 허허."

"하하."

P 군도 나와 같이 웃었다. 그러니 그는 무슨 의미로 웃는가? 두
청춘의 이 웃음은 피차 영원히 풀지 못할 수수께끼일 것이다.

오오! 이 인생인가?

을축 삼월 일일. 청晴. 난暖.

공중으로 솟는 내 영혼은 땅에 잡힌 내 육체를 끌어올리려고
하고, 땅에 자빠진 내 육체는 공중으로 올으는 내 영혼을 끄집어
내리려고 한다. 그러나 두 사이는 점점 벌어질 뿐이다. 거기에 차
는 것은 고통, 번민, 우울, 비애, 침체, 분노뿐이다.

나는 주먹을 부르쥐고 이를 악문다.

그 모든 것을 쳐부수자!

그 모든 것을 이기자!

5

금년 늦은 봄 몹시 덥던 어떤 날이었다.

오월호에 실을 원고 얻으러 돌아다니다가 석양에 재동으로 R형을 찾아갔다.

"요사이 집 소식을 듣나?"

R형의 소리는 아무 풀기 없이 들렸다. 어디가 편치 않은지 그 낯에는 어두운 빛이 흘렀다.

"집 소식이라니요? 벌써 편지 끊은 지 언젠데?"

나는 남의 소리같이 말하면서 담배를 피웠다.

"백금이는 잘 있는지? 흥!"

그 소리에 나는 떠오르는 생각이 있었다.

"글쎄 이런 소리를 들으려고 그랬는지? 꿈에 백금이를 보았지? 허허."

"그래 어쩌던가?"

"아, 꿈에 백금이가 시집을 간다고 하는데, 어느새 컸는지 커단 색시겠지! 흐흐. 그런데 꿈에는 그게 백금이 같지 않기도 하고 백금이 같기도 해요! 하하하."

나는 얼프름한 간밤 꿈을 눈앞에 보는 듯이 눈을 실룩거렸다.

"하하하, 그래 사위는 못 봤나?"

R 형도 웃었다. 나는 또 벙긋하고 탄식하는 듯한 음조로,

"글쎄, 그게 천만 유감이요. 꿈만 아니라면 사위 하나는 꼭 생기는데…… 흐흐흐. 어엉!"

경쾌한 기분으로 웃었다. 벽에 비스듬히 기대앉았던 R 형은 빙그레 하면서,

"네게 할 말이 있으니 지금 바로 사社로 가거라."

한다. 나는 그 말의 뜻을 알 수 없었다.

"할 말이 있으면 이렇게 대해서 해야지 사에 가면 어떻게 말해요?"

"글쎄 꼭 할 말이다. 어서 가거라. 전화로 말할게!"

"이건 또 무슨 소무잔지 내 모르겠소? 하하하."

웃기는 하였으나 내 마음은 검웃한 구름에 싸이는 듯하였다. R 형은 실없는 말이 없는 사람이다. 나는 내가 무슨 허물된 일이나 없었는가 하고 생각도 해보았다.

"무슨 일이우?"

나는 호기와 의심이 잔뜩 고인 눈으로 R 형을 보았다. R 형은 무엇을 생각하는지 나를 멀거니 보다가,

"네게 돈 좀 있니?"

나의 묻는 말과는 딴전을 친다.

"돈? 여기 한 이십삼 전 되는지?"

나는 지갑을 꺼낼 양으로 호주머니에 손을 넣었다. 그리고,

"글쎄 전화로 한다는 것은 무슨 말이오?"

채를 쳤다.

"그건 천천히 말하겠지만 술이 삼십 전어치면 얼마나 되나?"

또 딴전을 부린다.

"다찌노미[8]면 여섯 잔은 되지요!"

"흐흥 너는 해정[9]도 못 하겠구나!"

"그런데 별안간 술 말은 왜 하우?"

"취토록 먹자면 얼마나 될까?"

R 형은 두 손으로 머리 뒤에 깍지를 끼면서 혼잣말처럼 뇌였다. 나는 서슴지 않고,

"그야 짐작이 있소!"

맞장구를 쳤으나 무슨 수수께끼인지 알 수 없었다. R 형은 술이라면 금주회원 이상의 반대자다. 내가 술 먹는 것은 더 몹시 금하던 사람인데 나더러 술 살 돈이 있느냐고 묻는 것은 참 뜻밖이다. 무슨 수작인가? 전화로 할 말이 있다더니 그 말은 끊어버리고 술 말을 끄집어내니 아까 전화의 의심은 좀 풀리는 것 같기도 하나, 내가 술을 먹는다고 비꼬지나 않나? 하는 의심도 없지 않았다. 그러나 평시보단 같았고 화색이 스러진 그 낯빛을 보면 무슨 불평이 있는 듯이도 생각되었다.

"돈은 없지만 술이야 없겠소. 갑시다. H 군한테 가서 등을 칩시다. 그 주인집에 술이 있으니!"

실상 말하자면 나는 목도 말랐고 또 R 형의 술 먹는 것이 보고도 싶었다.

두 사람은 집을 나섰다. 어느새 거리에는 전등이 켜졌다. 광화

---

8 たちのみ. 선 채로 술이나 음료수를 마심.
9 '해장'의 원말.

문통을 지나다가 나는 또 물었다.

"전화로 한다던 말은 무어요?"

"잔소리 픽 한다. 차츰 말 안 하리?"

핀잔주는 바람에 나는 그만 기가 죽었다.

H 군은 있었다. 우리의 목적은 아무 거침없이 이루어졌다.

나는 낮이 벌게서 씨근씨근하면서도 술잔을 주는 대로 받아 마셨다. 내 신경은 무엇이 무엇인지를 분간할 수 없이 흐리멍덩하게 마취되었다.

"이제 정말 취했구나!"

R 형은 나를 보고 빙긋하더니,

"자 전화로 하자던 말은 이것이다."

하면서 엽서 한 장을 끄집어 내준다.

─백금이는 사월 열나흗날 병으로 죽었다. 너는 잘 아는 터이니 동정을 보아서, 백금 아버지에게 이 말을 전해도 좋고 전하지 않더라도 괜찮다. 하여튼 백금 아버지의 감정을 상하게 말어라.

나는 술기운이 몽롱한 눈으로 읽었다. R 형은 전등을 쳐다보는 나를 한참 보더니,

"내가 떠날 때 어머니가 성진 나오셨는데 그때는 그년(백금이)이 무탈하더니 죽었구나! 에헴! 내가 회령 갔을 때 목간 집을 찾아가던 것이 어제 같은데!"

하고 가벼운 한숨을 쉰다. 그의 눈은 움직이지 않는 것이 옛 기억을 쫓는 듯하였다. 술에 마취된 나는 얼떨떨한 것이 그저 가슴만 몽깃할 뿐이었다. 나는 흥! 빙긋 웃으면서 그 엽서를 쪽쪽 찢어 버리고 그 자리에 쓰러졌다.

왁자지껄하는 소리에 눈을 뜨니 창에는 햇빛이 벌겋고 밖에서는 사람의 들레는 소리가 요란하다. 나는 오장을 뺀 듯이 속이 쓰리고 머리가 떵한 것이 지금 저녁 편인지 아침인지 분간치 못하다가 정신이 차차 맑아서 내가 누운 곳이 H 군 방이라는 것을 깨달으니 어제저녁 기억이 점점 분명하게 떠올랐다. 모든 것이 한바탕 꿈속 같다.

"백금이가 죽어?"

나는 나도 알 수 없이 혼자 뇌면서 눈을 감았다. 미닫이 열리는 소리가 드윽 나더니,

"이 사람 어서 일어나게나!"

H 군이 소리를 치면서 내가 덮은 담요를 벗긴다. 나는 벌떡 일어났다. 그는 어느새 낯을 씻고 수건질을 하면서,

"자네 웬 술을 그리 먹나? 그 큰일 났네! 허허."

H 군은 한바탕 웃었다.

"흥! 술 먹는 자는 행복이니라! 고통을 모르니 행복이니라! 허허."

"미친 녀석! 저 한길가에 나서서 외쳐라!"

"응! 내가 예수였더면 무리들아 미치라! 아니어든 술을 마셔라…… . 아멘! 했을 테다. 하하하…… ."

나는 H 군과 같이 크게 웃었으나, 가슴에는 연덩어리가 박힌 듯이 꺼림하였다.

6

날이 가고 달이 갈수록 내 가슴에 박힌 검은 못은 더 커지고 더 굳어진다. 하기 방학에 고향 갔다 온 생질녀가 전하는 말을 듣고는 더욱 질렸다.

"백금이는 죽을 때에 약을 안 먹으려고 떼를 쓰다가, 백금아 이 약을 먹고 아버지 있는 데로 가자! 하니까 벌떡 일어나서 꿀꺽꿀꺽 마시더래요! 그리고 그전에도 할머니가 새 옷만 입으시면 할머니! 아버지 있는 데 가니? 응 할머니! 아버지 어디 갔니? 하고서는 울더래요."

말을 마치지 못하여 생질녀는 눈물을 씻었다.

나는 온몸이 꽁꽁 얼고 오장에 얼음덩이가 묵직이 차는 듯하더니 가슴에서 현기가 팽팽 돌면서 간장이 쪽쪽 찢기는 듯했다.

나는 이를 빡 갈았다. 가슴을 힘껏 쳤다. 소리를 어앙어앙 지르고 뛰어다니면서 닥치는 대로 짓모았으면 가슴이 풀릴 것 같았다. 눈물이 나고 소리가 난다는 것도 어느 정도지, 이렇게 되고 보니 속으로 은근히 피만 터진다. 나는 한참 만에 한숨을 휴― 쉬었다. 화― 오장을 우려나오는 그 숨은 숨이 아니라 피비린내 엉킨 검은 연기였다.

작년 내가 떠날 때에 그는 네 살이었으니 지금은 다섯 살이다. 그 어린 가슴에 아버지 생각하는 정이 얼마나 애틋하고 아쉬웠으면 그처럼 하였으랴? 그가 제 가슴을 헤칠 만한 말을 할 줄 알았다면 그 말은 말이 아니라 피였을 것이다.

"에구 아저씨 왜 낯빛이 저래요? 제가 공연한 말씀을 여쭈어서……."

생질녀는 눈이 동그래졌다.

"아니다."

나는 이렇게 뇌었으나 그 때문에 괴롬이 조금도 덜리지는 않았다.

집 떠난 지 이태에 한 일이 무어냐? 나는 이렇게 생각하는 때면 큰 죄를 짊어진 사람같이 양심의 가책을 몹시 받는다. 온 식구가 내 몸에 칼을 박는다 하여도 대답할 말이 없다.

지금까지 이웃집 어린애 소리만 나도 가슴이 떨리고 오장이 찢기는 듯하다. 이 현상은 내 기억이 스러지기 전에는, 이 눈구녕에 흙 들기 전에는 늘 있을 것이다. 그리고 간간이 백금의 수척한 꼴, 아내의 흘긴 눈, 가슴을 치는 어머니의 모양이 내 눈앞을 언뜻언뜻 지나간다.

나는 그때마다 주먹을 부르쥐고 몸을 부르르 떨면서 세상을 노려본다.

오오 백금아!

너는 내 맘속에 늘 있어라!

너는 영원히 나의 딸이요, 나의 힘이다.

— 〈신민〉, 1926. 2.

의사 醫師

1

인력거에서 내린 김 의사는 어둑한 문간을 지나서 마당에 들
어섰다. 고양이 이마빡만도 못한 마당은 밤사이 궂은 비에 수렁
창이 되었다.

"이리로 들어오세요."

인도하는 청년은 마루 축대 옆에 서서 허리를 굽실하였다. 김
의사는 좀이 들고 때가 배여서 검데데한 마루를 지나 안방에 들
어섰다. 어둑충충한 방에 흐르는 께저분한 냄새는 향기로운 약
냄새에 전 김 의사의 코를 시게 하였다. 땟국이 꾀죄죄 흐르는 이
불에 싸여서 아랫목에 누운 병인의 낯은 북창으로 흐르는 훤한
빛에 파랗게 보인다.

"에이 방이 너무 추해서."

청년은 병인의 곁에 지저분히 놓인 사발이며 의복을 이리저리 치워놓으면서 어서 앉으라는 듯이 의사를 쳐다보았다. 김 의사는 꺼머눅눅한 장판 위에 송그리고 앉아서 병인의 가슴에 청진기를 대고 맥박도 듣고, 가슴도 두드려보고, 배도 만져보았다.

진찰은 끝났다. 그러나 김 의사는 두 손으로 무릎을 짚고 머리를 수그린 채 아무 말이 없다.

어둑한 방에는 침울한 기운이 한껏 무르녹았다. 간간이 파리의 앵앵거리는 소리와 병인의 가늘고 짧은 기침은 먼 나라에서 울려오는 것 같았다.

"어떻습니까? 위중하지요?"

"아뇨 괜찮아요!"

김 의사는 머리를 숙인 채 좌우로 흔들었다.

"무슨 병이에요?"

의사는 말하기 어려워하는 태도를 물끄러미 보고 있는 청년의 낯에는 초조와 의심의 빛이 흘렀다.

"병인은 술을 많이 먹거나 몸을 방탕하게 가진 일이 없어요?"

의사는 두 팔을 휘여 팔짱을 끼면서 청년을 보았다.

"아뇨! 그런 일은 없습니다!"

청년은 침 듣는 말같이 엄연하게 대답하였다.

"그래서는 영양 부족입니다."

"영양 부족이라뇨?"

"쉽게 말하자면 잘 먹지 못하고 과도한 노력에 지쳐서 피가 마르고 기운이 쇠퇴하는 것이지요!"

그 말에 귀를 기울이고 앉았던 청년은 말이 끝나자마자,

"아버지는 새벽부터 밤중까지 생선짐을 지셔도 늘 굶다시피 지내시니."

말을 맺지 못하고 입술을 악문다. 푸르고 흰 그 낯에는 알 수 없는 비애가 흐르는 것을 의사는 보았다. 한참 만에 청년은 입을 열었다.

"벌써 병드신 지는 석 달이 넘어요! 어머니 돌아가신 후로 곧 병이 드셨는데 그런 것도 억지를 쓰시고……. 으흠! 악을 쓰시고 그놈의 입 때문에 생선 짐을 지시다가 기진맥진하셔서 이렇게 누운 지가 오늘까지 닷새째 됩니다."

김 의사는 천정을 쳐다보는 채 아무 대답도 못 하였다. 그의 가슴은 뭉킷하였다.

"그래 이 병을 고칠 수는 있습니까?"

청년은 의사의 대답을 바란다.

"암 고칠 수 있고말고요!"

"어떻게 하면요?"

김 의사는 말하기 어려운 듯이 퍽 어릿어릿하다가,

"물론 공기가 좋은 데 가서 잘 먹고……."

말이 채 끝나기도 전에 죽은 듯이 누웠던 병인의 "흥!" 하는 괴로운 웃음소리에 김 의사는 무서운 죄나 지은 듯이 입을 꼭 다물었다.

"이렇게 해도 미음 한술 못 대접하는 형센데!"

청년은 이렇게 혼잣말처럼 뇌면서 병인을 본다. 김 의사에게는 이 모든 소리와 태도가 자기를 비웃고 저주하는 듯이 들렸다.

그는 이것을 미리 얼프름하게 짐작하였다. 그는 낮이 확 붉어졌다. 그의 머리에는 어젯밤 일이 벌써부터 떠올랐다.

김 의사가 남대문통에 새로 구제의원을 개업한 뒤로 왕진이라고는 이번이 두 번째다. 첫 번은 어제저녁 편에 김 씨의 작은집으로 갔었다. 푸근한 비단 이불로 몸을 덮은 김 씨의 작은집은 낮에 기름이 번지르르 흘렀다. 그의 곁에는 온갖 과일과 과자가 벌여놓이고 몸집이 뚱뚱한 김 씨며 다른 친구들까지 앉아 있었다. 김 의사는 진찰 후에,

"이 병은 너무 먹고 운동이 부족해서 난 것입니다. 기름진 것을 덜 잡수시고 운동을 적당히 하세요. 그리구 약을 지어 보내드릴게 하루 세 번씩 잡수세요."

말하고 약값과 진찰비를 받았다. 그때에 그는 기뻤다. 자기도 그만한 노력을 들였으니 그만한 보수 받는 것이 당당한 일이라고 기뻤다.

그러나 이제 눈앞에 어제저녁과 정반대되는 현상을 볼 때, 김 의사의 가슴에는 알 수 없는 의혹과 당혹이 떠올라서 괴로웠다. 그는 무엇이 두 어깨를 꽉 누르고 머리를 땅— 울리는 것 같았다. 병인의 힘없이 거불거리는 눈, 청년의 한숨은 자기의 하는 것이 쓸데없는 장난이라는 암시나 주는 듯했다.

"이따 약 가지러 오시우."

김 의사는 한마디 뒤두고 나서서 인력거에 몸을 실었다. 상기된 낮을 스치는 추근추근한 바람은 좀 시원하였다.

하늘은 의연히 찌뿌둥하다.

2

　그 청년의 집에서 나와 인력거에 앉은 김 의사의 인생관은 급전직하로 변하였다. 그가 눈앞에 그리던 그 모든 아름다운 이상은 산산이 부서져버렸다. 육칠 년이나 쌓아온 공로까지 물거품에 돌아가는 듯싶었다.

　―나는 왜 의학을 배웠누? 배부른 사람보고 덜 먹으라! 배고픈 사람보고 많이 먹으라! 하는 것이 내 일인가? 있는 사람은 있어서 병, 없는 사람은 없어서 병! 으응 아니다. 아니다. 나는 그 사람(그 청년의 아버지)을 건지리라! 구세제민救世濟民을 목적하고 구제원을 세운 내가 돈을 생각하고 병을 그저 버려두다니! 내가 고치리라! 그는 이렇게 생각하면서 발을 굴렀다. 발 구르는 바람에 인력거가 휘우뚱하였다.

　"네!"

　인력거꾼은 멈칫하면서 의사를 돌아보았다. 의사는 비로소 정신 든 듯이,

　"아냐 어서 가!"

명령하고는 또 생각에 들었다. 생각이 한 걸음씩 더 들어가는 때에 그는 견딜 수 없었다.

　―오오 아니다! 그를 약 먹여, 밥 주어, 의복 입혀, 그 모든 것이 나는 어디서 나누? 아무리 무슨 병인 것을 알았은들 그에게 약을 안 주면 무슨 소용인구? 그러나 나는 그에게 약을 줄 수 없다. 내가 거저 준다면 나는 어디서 나서 먹으며 약을 사누? 그러면 내가 배운 의술은 결국 있는 사람을 위한 것이로구나! 나는

그러면 수천만의 진정한 병인을 못 건지고 조그마한 있는 이의 종놈이로구나! 나는 결국 있는 사람을 위해서 병원을 세우고 약을 벌여놓았나? —생각이 이에 미치니 김 의사의 사지는 아무 풀기 없이 늘어지는 듯하였다. 온몸이 핀잔받은 때같이 땅속으로 자지러져드는 듯하였다. 의기양양히 빛나던 그의 낯에는 푸르고 거뭇한 빛이 흐른다.

—종로에 어물거리는 사람! 우뚝우뚝한 집! 뿡뿡하는 자동차! 우투투하는 전차! 더구나 대도 활보의 학생떼! 모두 왜 저러누? 무엇 때문일꾸? 그네들 부르짖는 이상, 배우는 것은 결국 무엇을 위하는구? 이렇게 천만사념에 무르녹았을 제 인력거는 어느덧 구제원 문앞에 닿았다.

"에그 선생님! 어디가 편찮으세요?"

슬리퍼를 짤짤 끌고 나온 간호부는 상긋 웃으면서 이마를 이쁘게 찡겼다.

"아니!"

김 의사는 간호부가 방긋이 여는 문으로 진찰실에 들어섰다.

"왜 선생님 낯빛이 좋지 못하세요? 홍—."

어제까지 순결한 소녀로 보이던 이 간호부까지 지금 김 의사의 눈에는 요부같이 보였다. 너도 이 모든 것(약·병원·기계)과 같이 있는 사람의 종이로구나! 나도 그렇고! 그는 이렇게 생각하면서 담배를 피웠다.

"어째 이런가? 무슨 까닭인가? 뉘 죄냐?"

이렇게 당착과 모순으로 일어나는 의혹은 날이 갈수록 김 의사의 머리를 어지럽게 하였다. 이때부터 그는 의식적으로 자기가 밟은 경험과 서적에서 얻은 지식을 종합하여 가장 합리적으로 연구하고 비판하려고 하였다. 그는 어떤 날은 병원에 나오지 않고 진종일 드러누워만 있었다. 한 달이 못 되어서 그의 낯빛은 파리하고 두 눈은 쑥 들어갔다. 이것을 본 사람들은 김 의사가 실연한 게다? 아니 간호부하고 연애를 하는 거다? 하고 평판도 하고 또 근래에 의사 사이에도 흔히 있는 주색에 침범하였다는 소문도 있었다.

3

늦은 가을 어떤 날 밤이었다.

진종일 차도 변변히 먹지 않고 그냥 자리에 누워서 번민을 쌓던 김 의사는 벌컥 일어앉았다. 스위치를 틀지 않아서 방 안은 컴컴하다. 그는 훤한 창문을 바라보고 한참 앉았더니 "흥" 미친놈 모양으로 싱긋 웃고 일어섰다.

외투를 떼어 입고 나선 김 의사는 바로 병원으로 갔다. 병원에는 전등이 그저 환하다.

"선생님 오셨네!"

당직 간호부는 잠갔던 문을 열었다.

"내가 무엇 좀 할 테니 떠들지 말고 환자실에 가 있수! 응 그리고 문들도 단단히 걸고."

간호부는 굽실하고 짤짤 슬리퍼 소리를 내고 갔다. 김 의사는 무엇이든지 연구할 것이 있으면 이렇게 밤에 진찰실에 나와서 책을 뒤지거나 제약실과 기계과에 가서 더그럭거린 일이 두어 번 있다. 이것은 온 병원 안이 다 아는 바다.

간호부의 슬리퍼 소리가 환자실 저편에 스러졌을 때, 김 의사는 이전처럼 진찰실로 들어가지 않고 바로 제약실로 들어갔다. 그는 전등 스위치를 틀었다. 번쩍하자 보기 좋게 진열한 약병들이 반짝반짝 빛났다. 그는 뚜벅뚜벅 저편으로 가더니 알코올 통을 들어서 방 안에 부었다. 다음에 그는 성냥을 그어서 대었다.

퍽! 소리와 같이 속이 붉은 푸른 불길이 넘울넘울 오르더니 점점 그 형세가 커진다. 널장판은 탄다. 약병을 얹은 시렁에 옮은 불은 천장에 옮았다. 훨훨 오르는 불길을 물끄러미 보던 김 의사는,

"허허."

유쾌하게 웃더니 천천히 병원 문을 나서서 지나가는 인력거를 불러 탔다. 밤 열시 봉천행에 몸을 실은 김 의사는 연방 차창으로 서울 거리를 내다보며 빙긋이 웃었다. 그는 알 수 없는 기꺼운 충동에 온몸이 들먹거렸다. 그의 눈앞에는 모스크―가 보이고 장래의 조선이 아름답게 보였다.

"아― 감옥을 벗었다. 자유의 몸!"

그는 또 한 번 팔을 죽 펴보았다. 무엇이든지 할 것 같다.

― 〈문예운동〉, 1926. 2.

해돋이

1

끝없는 바다 낯에 지척을 모르게 흐르던 안개는 다섯 점이 넘어서 걷히기 시작하였다.

뿌연 찬 김이 꽉 찬 방 안같이 몽롱하던 하늘부터 멀겋게 개더니 육지의 푸른 산봉우리가 안개 바다 위에 뜬 듯이 우뚝우뚝 나타났다. 이윽하여 하늘에 누릇한 빛이 비치는 듯 마는 듯할 때에는 바다 낯에 남았던 안개도 어디라 없이 스러져버렸다.

한강환漢江丸은 여섯시가 넘어서 알섬[卵島]을 왼편으로 끼고 유진楡津 끝을 지났다. 여느 때 같으면 벌써 항구에 들어왔을 것이나 오늘 아침은 밤사이 안개에 배질하기가 곤란하였으므로 정한 시간보다 세 시간가량이나 늦었다.

안개가 훨씬 거두어진 만경창파는 한없는 새벽하늘 아래서 검푸른 빛으로 굼실굼실 뛰논다. 누른 돛 흰 돛들은 벌써 여기저기 떴다. 그 커다란 돛에 바람을 잔뜩 싣고 늠실늠실하는 물결을 좇아 둥실둥실 동쪽으로 나아가는 모양은 바야흐로 솟아오르는 적오赤烏나 맞으러 가는 듯이 장쾌하였다. 여러 날 여로에 지친 손님들은 이 새벽 바다를 무심히 보지 않았다.

먼 동편 하늘과 바다가 어우른 곳에 한일자로 거뭇한 구름 장막이 아른아른한 자줏빛으로 물들었다. 그것도 한순간 다시 변하는 줄 모르게 연분홍빛으로 물들었다. 그 분홍 구름이 다시 사르르 걷히고 서너 조각 남은 거무레한 장밋빛으로 타들더니 양양한 벽파 위에 태양이 솟는다. 태연자약하여 늠실늠실 오르는 그 모양은 어지러운 세상의 괴로운 인간에게 깊은 암시를 주는 듯하였다.

아직 엷은 안개가 흐르는 마천령 푸른 봉우리에 불그레한 첫빛이 타오를 때 검푸른 바다 전면에는 금빛이 반득반득하여 눈이 부실 지경이다. 침묵과 혼탁이 오래 흐르던 세계는 장엄한 활동이 시작되는 세계로 한 걸음 한 걸음 가까워졌다.

배는 해평 앞바다를 지났다. 추진기 소리는 한풀 죽었다. 쿵덩쿵덩 하고 온 배를 울리던 소리가 퍽 가늘어져서 밤사이 풍랑에 지친 피곤을 상징하는 듯하였다.

한풀 싱싱하여서는 남들이 수질[1]하는 것을 코웃음 치던 김 소사召史도 이번에는 욕을 단단히 보았다. 어제 석양 청진서 떠날

---

1 뱃멀미.

때부터 사납던 풍랑은 밤이 깊어갈수록 더 심하였다. 오전 세시쯤 하여 명천 무수 끝을 지날 때는 뱃머리를 쿵쿵 치는 노한 물소리가 세차게 오르내리는 추진기 소리 속에 더욱 처량하였다. 닥쳐오는 물결에 배가 우쩍뚝 하고 소리를 내면서 번쩍 들릴 때면 몸을 무엇으로 번쩍 치받아주는 듯하였다가도 배가 앞으로 숙어지면서 쑥 가라앉을 때면 몸을 치받아주던 그 무엇을 쑥 잡아 뽑고 깊고 깊은 함정에 휘휘 둘러 넣는 듯이 정신이 아찔하고 오장이 울컥 뒤집혔다. 메슥메슥한 뼁끼 냄새와 퀴지근한 인염ㅅ※에 후끈한 선실에는 신음하는 소리와 도르는 소리와 어린애 울음소리가 서로 어우러져서 수라장을 이루었다. 사람사람의 낯은 희미한 전등 빛에 창백하였다. 뽀이들은 손님들 출입을 주의시킨다. 괴로움과 두려움의 빛이 무르녹은 이 속에서도 술이 얼근하여 장타령 하는 사람도 있다.

김 소사는 그렇게 도르지는 않았으나 꼼짝할 수 없이 괴로웠다. 그렇게 괴로운 중에도 손녀의 보호에 조금도 태만치 않았다. 손녀 몽주가 괴로워서 킥킥 울 때마다 늙은 김 소사의 가슴은 칼로 빡빡 찢는 듯하였다. 그것은 수질에 괴로워하는 것이 가엾다는 것보다,

"엄마— 저즈…… 엄마 저즈……."

하고 어디 가 있는지도 모르는 어미를 찾는 때면 얼마나 안타까운지 알 수 없었다.

"쉬— 울지 말아라! 몽주야 울지 마라. 울면 에비 온다. 엄마는 죽었다. 자— 내 저즈 먹어라."

하고 시들시들한 자기 젖을 몽주의 입에 물려주었다. 몽주는 그

것을 우물우물 빨다가도 젖이 나지 않으면 또 운다. 젖 못 먹는 그 울음소리는 애틋하였다. 이렇게 애를 쓰다가 먼동이 트기 시작하여서 물결이 자는지 배가 덜 뛰놀게 되니 몽주는 잠이 들었다. 그 바람에 김 소사도 잠이 들었다.

죽어서 진토가 되어도 잊지 못할 원한을 품은 김 소사에게는 잠도 위안을 못 주었다. 잠만 들면 뒤숭숭한 꿈자리가 그를 보깼다. 무슨 꿈인지 깨면 기억도 잘 안 나는 꿈이건만 머리는 귀신의 방망이에 맞은 것처럼 늘 휑하였다. 깨면 끝없는 걱정, 잠들면 흉한 꿈 이러한 것이 늙은 그를 더욱 쪼그라지게 하였다. 그는 늙은 자기를 생각할 때마다 의지 없는 손녀를 생각지 않을 수 없었다.

"뚜─."

맹렬하게 울리는 기적 소리에 김 소사는 산란한 꿈을 깨었다. 그는 푹 꺼진 흐릿한 눈을 뜨는 대로 품에 안은 손녀를 보았다. 낮이 감실감실하게 탄 몽주는 쌕쌕 자고 있다. 그 불그레한 입술을 스쳐 나드는 부드러운 숨결을 들을 때에 김 소사의 가슴에는 귀엽고 아쉬운 감정이 물밀 듯이 일렁일렁하였다. 그는 부지불식간에 손녀를 꼭 안으면서 따뜻한 뺨에 입 맞추었다. 그는 거의 열광적이었다. 그의 눈에는 웃음이 그득하였다. 웃음이 흐르던 눈에는 다시 소리 없는 눈물이 괴었다. 그는 코를 훌쩍 들이마시면서 머리를 들어 선실을 돌아보았다. 똥그란 선창으로 아침볕이 흘러들었다. 붉고 따뜻한 그 빛은 퍽 반가웠다. 어떤 사람은 꼼짝 않고 누워 있고 어떤 사람은 짐을 꾸리고 어떤 사람은 갑판으로 나가느라고 분주 잡답[2]하였다. 김 소사는 손녀에게 베였던 팔을 슬그머니 빼고 대신 보꾸러미를 베어주면서 일어섰다. 일어앉은 그는 휑한 머리를 이윽히 잡았다.

"어—ㅁ마— 어ㅁ마— 히히 애……."

몽주는 몽통한 주먹으로 눈, 코, 입 할 것 없이 비비고 몸을 틀면서 울었다.

"응 어째 우니? 야! 몽주야 할머니 여기 있다. 우지 마라. 일어나서 사탕 먹어라. 위—차."

김 소사는 웃으면서 손녀를 가볍게 번쩍 일으켜 앉혔다.

"으응— 애…… 애……."

몽주는 몸을 틀고 발버둥을 치면서 손가락을 입에 물고 비죽비죽 울었다. 따뜻한 품을 그려서 우는 그 꼴을 볼 때 김 소사의 늙은 눈은 또 젖었다.

"야! 어째 이러니? 쉬— 울지 마라. 울면 저 일본 영감상이 잡아간다."

김 소사는 몽주를 안으면서 저편에 앉아서 이편을 보는 일본 사람을 가리켰다. 몽주는 눈물이 글썽글썽한 눈으로 그 일본 사람을 돌아다보더니 울음을 뚝 그치고 흑흑 느꼈다. 일본 사람은 빙그레 웃으면서 과자를 집어서 주었다.

"영감상 고—맙소."

김 소사는 과자를 받아서는 몽주를 주었다. 몽주는 받으면서 거의거의 울려는 소리로,

"한마니! 쉬 하겠다."

하면서 일어서려고 하였다.

---

2 사람이 많아 북적북적하고 복잡함.

"응 오줌을 누겠니? 어— 내 새끼 기특두 한지고."

김 소사는 몽주를 안아서 저편에 집어 내놓았다.

김 소사는 몽주를 뒤집어 업고 커다란 보퉁이를 끌면서 번쩍 일어섰다. 일어서는 바람에 위층 천반[3]에 정수리를 딱 부딪쳤다. 두 눈에서 불이 번쩍하면서 정신이 아찔하여 그 자리에 거꾸러졌다. 철창을 머릿속에 꽉 결은 듯이 전후가 캄캄하여 거꾸러진 그 찰나! 그에게는 아무런 감각도 없었다. 등에서 괴롭게 버둥거리면서,

"엄마…… 애…….."

부르짖는 손녀의 울음소리도 못 들었다.

2

얼마 동안이나 되었는지 귓가에 어렴풋이 들리는 울음소리와 누가 몸을 흔드는 바람에 김 소사는 정신을 차렸다. 누군지 몸을 잡아 일으켜주었다. 김 소사는 독한 술에 질렸다 깬 듯이 어질어질하면서 보퉁이를 끌고 승강구 층층다리 곁으로 왔다. 홑몸으로도 어질어질한 터인데 손녀를 업고 보퉁이를 끌고 층층다리로 올라가기는 어려웠다. 여러 사람들이 쿵쿵 뛰어 올라가는 것을 볼 때마다 혹 보퉁이를 들어 올려줄까 하여 그네들을 애원하듯

3 '천장'의 함경도 사투리.

이 쳐다보았다. 그러나 모두 알은척하지 않았다. 김 소사는 소리 없는 한숨을 쉬었다. 그 여러 사람더러,

"이것 좀 들어다 주시오!"

하기는 자기의 지위가 너무도 미천하였다.

이전에는 어디를 가면 그의 아들 만수萬洙가 따라다니면서 배에서든지 차에서든지 "어머니 어머니" 하면서 봉양이 지극하였다. 그가 수질을 몹시 하지 않아도 뒷간으로 간다든지 갑판으로 바람 쏘이려 나가면 만수가 업고 다녔다. 바람이 자고 물결이나 고요한 때면 만수는 어머니가 적적해하신다고 이야기도 하고 소설도 읽어드렸다. 그러던 아들 만수는 지금 곁에 없다. 김 소사는 이전 같으면 만수에게 의지하고도 휘우뚱거릴 층층다리를 그때보다 더 늙은 오늘날 아무 의지 없이 애까지 업고 보퉁이를 끼고 올라가려는 고독하고도 처량한 자기 신세를 생각하고 멀리 철창에서 고생하는 아들을 생각할 때 온 세상의 슬픈 운명은 혼자 맡은 듯하며 알지 못할 악이 목구멍까지 바싹 치밀었다.

"에! 내 신세가 이리 될 줄을 어찌 알았을꾸? 망한 놈의 세상두!"

그는 멀거니 서서 입 밖에 흐르도록 중얼거렸다.

김 소사는 간신히 끌고 나온 보퉁이를 갑판 한 귀퉁이에 놓았다.

"한마니 집에 가자! 응."

등에 업힌 몽주는 또 집으로 가자고 조른다. 간도서 떠난 지 벌써 닷새째 난다. 몽주는 차에서와 배에서와 여관에서 늘,

"엄마와 아부지 있는 집으로 가자!"

하고 할머니를 졸랐다. 어린 혼에도 옛집이 그리운지?

"오오 집으로 간다. 가만 있거라 울지 말고."

김 소사는 뱃전을 잡고 섰다. 갑판에는 승객이 주굴주굴하여 연극장 앞 같았다. 몹쓸 풍랑에 지친 그네들은 맑은 아침 기운에 새 즐거움을 찾은 듯하였다. 서로 손을 들어 바다와 육지를 가리키면서 속삭이고 웃는다.

해는 아침때가 되었다.

배는 항구에 닿았다. 닻을 주었다.

"성진도 꽤 좋아! 이게 성진이지?"

"암. 그래도 영북에 들어서 개항장으로 맨 먼저 된 곳인데……."

젊은 사람들이 아침 연기가 떠오르는 성진 시가를 들여다보면서 빙글빙글 웃었다.

'성진!' 그 소리를 들을 때 김 소사의 가슴은 새삼스럽게 뿌지지하였다. 가슴에 만감이 소용돌이를 치는 그는 장승처럼 멍하니 서서 휘―돌아보았다. 육 년이라면 짧고도 긴 세월이다. 그사이 밤이나 낮이나 일각이 삼추같이 그리던 고향을 지금 본다. 그는 참으로 고향이 그리웠다. 가을봄이 바뀔 때마다 이마에 주름이 늘어갈수록 고향이 그리웠다. 물설고 산 선 타국에서 생활난에 몰려 남에게 천대를 받을 때면 고향이 그리웠다. 더욱 천금같이 기르고 태산같이 믿던 아들이 감옥으로 들어가고 하나 있던 며느리조차 서방을 얻어 간 후로 개밥에 도토리처럼 남아서 철없는 몽주를 안고 이집 저집으로 돌아다니면서 밥술이나 얻어먹게 되면서부터는 고향이 더욱 그리웠다. 그는 그처럼 천애만리에서 생각을 달리던 고향으로 지금 왔다. 눈에 비치는 것이 어느 것이나 예 보던 것이 아니랴? '쌍포령'과 '솟방울' 사이에 기와

집, 초가집, 양철집이 잇닿아서 오 리는 됨직하게 늘어진 성진 시가며 그새에 우뚝우뚝 솟은 아침빛이 어우러진 포플러 숲들이며 멀리 보이는 '어살동' 골짜구니, 파—란 마천령, 예나 조금도 틀림이 없다. 이따금 이따금 흰 연기를 토하면서 성진굽 밑으로 달아나는 기차만 이전에 못 보던 것이었다. 공동묘지 앞 바닷가 백사장이며 쌍포의 쌍암이며 남벌의 송림이며 의구한 강산은 의구한 정취를 머금었건마는 변하는 인생에 참여한 김 소사는 예전 김 소사가 아니었다. 고향 떠날 때는 그래도 검던 머리가 지금은 파뿌리가 되었다. 그것은 그렇다 하더라도 고향서는 남부럽잖게 살던 세간을 탕진하고 떠나서 거러지가 되어서 돌아오게 되었다. 그도 그렇다 하더라도 그의 가슴을 몹시 찌르는 것은 아들을 못 데리고 오는 것이었다.

'아! 내가 무엇하려고 고향으로 왔누? 이 꼴로 오면 누가 반갑게 맞아주리라고 왔누?'

배가 부두에 점점 가까워 올수록 그의 가슴은 더욱 묵직하였다. 전후가 망망하였다. 될 수만 있으면 뱃머리를 돌려서 다시 오던 길로…… 아니 어디라 할 것 없이 가고 싶었다. 그렇게 그립던 고향을 목전에 대하니 내리고 싶지 않았다. 그렇다고 영영 내리고 싶지 않은 것은 아니었다. 고향은 그저 사랑스러웠다. 산천을 보는 것도 얼마간 위로가 된다. 그러나 첫째 사랑하던 자식이 저벅저벅 밟던 땅을 혼자 밟기는 너무도 아쉬웠다. 더구나 몸차림까지 이 모양을 하여가지고 면목이 많은 고향 거리를 지나기는 너무도 용기가 부족되었다. 만일 그가 자식을 데리고 금의환향이라면 어서 바삐 내리려고 애썼을 것이다.

'그래도 영 소득이 없는 것은 아니다. 갈 때에 없던 몽주가 있으니……. 또 내 아들이 도적질이나 강간을 하다가 그렇게 안 된 담에야.'

그는 이렇게 억지 위로에 만족하려고 하면서 머리를 돌려서 등에서 쌕쌕 자는 몽주를 보았다. 다부룩한 몽주의 머리에 뜨거운 볕이 내리쏜다. 그는 몽주를 돌려다가 앞으로 안았다. 어린것은 눈을 비주그레 떴다가 감았다. 그 가무레하고 여윈 몽주의 낯을 볼 때 김 소사의 가슴은 또 쓰렸다.

"뚜―."

기적은 울렸다. 바로 정면에 보이는 망양정은 으르렁 반향을 주었다. 뒤미처 우루룩 씩씩 울컥울컥 닻 주는 소리가 요란스러웠다. 아침빛이 몹시 밝게 비치는 부두에는 사람의 내왕이 빈번하다.

조그마한 경용 발동기선이 폴닥폴닥하고 먼저 들어왔다. 정복 순사 셋이 앞서고 하오리⁴ 입고 게다 신은 일본 사람 하나와 두루마기 입은 사람 하나가 뒤따라 올랐다. 배에 올라온 그네들은 승강제昇降梯 어구에 서서 삼판⁵으로 내려가는 손님들 행동거지와 외모를 조금도 놓지 않고 주의하여 본다. 순사를 본 김 소사의 가슴은 또 울렁거렸다. 그는 순사를 보는 때마다 작년 겨울 일을 회상하는 까닭이었다.

출찰구에 차표 사러 들어가듯이 열을 지어서 한 사람씩 층층다리를 내려가는 사이에 흰 양복을 입고 트렁크를 든 청년 하나

---

4 はおり. 일본 옷 위에 입는 짧은 겉옷.
5 사람이나 물건을 가까운 거리로 실어 나르는 작고 갑판이 없는 배.

가 끼었다.

"어데 있어?"

순사와 같이 섰던 두루마기 입은 사람은 지금 내리려는 그 청년에게 물었다.

"간도……."

그 청년은 우뚝 섰다. 안경을 스쳐 보이는 그 청년의 눈은 어글어글하고도 엄숙하였다.

"성명은?"

윗수염을 배배 틀어 흰 두루마기 입은 자는 그 청년을 노려보았다.

"김군현이……."

엄숙한 청년의 눈에는 노한 빛이 보였다. 길게 기른 머리가 귀밑까지 덮은 그 청년을 보니 김 소사는 아들 생각이 났다. 김 소사의 아들 만수도 그 청년처럼 머리를 터부룩이 길렀다. 김 소사의 가슴은 공연히 두근두근하였다. 순사와 형사가 황천 사자같이 무서우면서도 한편으로는 밉살스러웠다. 또 그 청년이 가엾기도 하였다. 그러나 뻣뻣한 양을 하는 것이 민망스럽기도 하였다. 왜 저러누? 그저 네 네 할 일이지! 괜히 뻣뻣한 양을 하다가 붙잡혀서 고생할 게 있나……. 지금 애들은 건방지더라……. 이렇게 생각하면 그 청년이 밉기도 하였다. 그러다가도 아들 생각을 하면 그 청년을 어서 보내주었으면 하는 생각에 애가 탔다. 김 소사는 속으로 '왜 저리도 심한구?' 하고 순사를 원망하며 '저 사람도 부모가 있으면 여북 기다리랴' 하고 청년의 신세도 생각하였다.

"당신은 천천히 내려요."

형사는 저리 가 서라 하는 듯이 저편을 가리키면서 그 청년을 보았다. 그 소리는 그리 높지 않으나 뱃속으로 울려 나오듯이 힘 있었다. 청년은 아무 대답도 없이 군중을 돌아보고 조소 비슷하게 빙그레하면서 가리키는 데로 가 섰다.

김 소사는 두근두근하는 가슴을 진정하면서 보퉁이를 끌고 승강제 어귀에 이르렀다. 그는 무슨 큰 죄나 지은 듯이 애써 순사의 시선을 피하려고 하였다.

"아 만수 어머니 아니오?"

하는 소리에 김 소사는 가슴이 덜컥하고 전신에 소름이 쭉 끼치었다. 김 소사는 무의식중에 쳐다보았다. 그것은 돌쇠였다. 돌쇠는 지금 어떤 청년을 힐난하는 사람이었다. 그는 몇 해 전 만수에게서 일본말을 배우던 사람이었다.

"오! 이게 뉘긴가? 흐흐."

김 소사는 비로소 안심한 듯이 웃었다. 그 웃음은 안심한 웃음이라는 것보다 넋이 없는 웃음이었다. 침침한 어두운 밤에 마굴을 슬그머니 지나던 사람이 무슨 소리에 등에 찬 땀이 끼치도록 놀라고 나서 그것이 자기의 발자취나 바람 소리에 나뭇가지 꺾이는 소리였던 것을 비로소 깨달을 때 두근거리는 가슴을 만지면서 "흐흐흐흐"하는—그러한 웃음이었다. 저편에 섰던 일본 사람은 만수 어머니를 보더니 그 돌쇠더러 무어라고 하였다. 돌쇠는 무어라고 대답하였다. 일본 사람들은 모두 "아—소—까" 하면서 김 소사를 한 번씩 보았다. 김 소사는 더 말하지 않고 내렸다.

선객을 잔뜩 실은 삼판은 아침 물결이 고요한 부두에 닿았다.

3

김 소사가 아들 만수를 따라서 고향을 떠난 것은 경신년 늦은 봄이었다.

삼일운동이 일어나던 해였다. 만수도 그 운동에 한 사람으로 활동한 까닭에 함흥 감옥에서 일 개년 동안이나 지냈다. 감옥 생활은 그에게 큰 고초를 주었다. 일 개년이 지나서 신유년 봄에 출옥이 되어 집으로 돌아온 만수는 눈이 푹 꺼지고 뼈만 남은 얼굴에 수심이 그득한 것이 무서운 아귀 같았다. 그를 본 고향 사람들은 누구나 할 것 없이 놀라지 않을 수 없었다. 그의 어머니와 누이는 말은 못 하고 눈물만 쫙쫙 흘렸다.

만수가 돌아와서 며칠은 출옥 인사 오는 사람이 문밖에 끊이지 않았다. 젊은 패들은 밤이 이슥하도록 만수의 옥중 생활을 재미있게 들었다. 그러나 형사가 매일 문간에 드나들어서 자유로운 입을 못 벌렸다. 누가 무심하게 저촉될 만한 말을 하게 되면 서로 옆구리를 찔러가면서 경계하였다.

처음에는 막연하게 나라, 나라 하였으나 점점 개성이 눈뜨고 또 감옥 생활에서 문명한 법의 내막을 철저히 체험하고 불합리한 사회 역경에 든 사람들의 고통을 뼈가 저리도록 목격함으로부터는 그의 온 피는 의분에 끓었다. 그 의식이 깊어질수록 무형한 그물에 걸린 고통은 나날이 심하였다. 그 고통이 심할수록 그는 자유로운 천지를 동경하였다. 뜨거운 정열을 자유로 펼 수 있을 천지를 동경하는 마음은 감옥에서 나온 후로 더 깊었다. 그는 그때 강개한 선비들과 의기로운 사람들이 동지를 규합하고 단체를 조직하여 천하를 가르보고[6] 시기를 기다리는 무대라고 명성이 뜨르르하던 상해, 시베리아와 북만주를 동경하였다. 남으로 양자 강 연안과 북으로 시베리아 눈보라 속에서 많은 쾌한[7]들과 손을 엇걸어가지고 천하의 풍운을 지정하려 하였다.

"건져라. 뼈가 부서져도 이 백성을 건져라. 그것이 나의 양심의 요구요 동시에 나의 의무다."

그는 이렇게 부르짖으면서 주먹을 쥔 때가 한두 번이 아니었다. 이때 빈곤의 물결은 그에게 점점 굳세게 닥쳐왔다. 이전같이 교사 노릇이나 할까 했으나 전과자라는 패가 붙어서 그것을 허락지 않았다. 그의 어머니도 늙어서 잘 벌지 못하였다. "바쁘면 똥통이라두 메지." 그는 어느 때 한 소리지만 고향 거리에서 똥짐을 지고 나서기는 용기가 좀 부족하였다.

만수는 드디어 북간도로 가려고 하였다. 만수가 간도로 가겠다는 말을 들은 김 소사는 천지가 아득하였다. 김 소사는 일찍 과부가 되고 운경이와 만수 오누이를 곱게 기르다가 운경이 시집 간 후 태산같이 믿던 만수가 만세를 부르고 감옥에 들어가서 일 년이나 있는 사이에 김 소사는 울지 않은 날이 없었다. 그러다가 일 년 만에 낯을 보게 되어 겨우 안심이 될락말락하여서 '홍우적 [紅馬賊]'이 우글우글한다는 되땅[胡地]으로 돌아올 기약도 없이 가겠다는 만수의 소리를 들은 김 소사의 마음이 어찌 순평하랴. 김 소사는 천사만탁千思萬度[8]으로 만류하였으나 만수는 듣지 않았다.

6 가르보다. '흘겨보다'의 방언.
7 시원스럽고 쾌활한 사나이.
8 여러 가지로 생각하고 헤아림.

만수는 어머니의 정경을 잘 이해하였다. 자기 하나를 위하여 남에게 된 소리 안 된 소리 듣고 진일 마른일을 가리지 않고 고생한 어머니를 버리고 천애 타국으로 갈 일을 생각할 때면 그 가슴이 쓰렸다.

"부모의 은혜를 배반하는 자여! 벌을 받으라."

하는 듯한 소리가 귓가에 쟁쟁 울리는 듯하였다.

"성인의 말씀에 충신은 효자의 문에서 구하라!"

고 하였다. 부모에게 불효가 되는 것이 어찌 나라에 충신이 되랴? 아니다! 아니다. 온 인류가 태평해야 부모도 있고 나도 있다. 부모도 있고 나도 있어야 효도도 이루어지는 것이다. 아! 만수여! '나'여! 주저치 말아라. 떠나거라. 어머니께 효자가 되려거든 인류를 위하라……. 이때 그의 일기에는 이러한 구절이 많았다. 그는 이렇게 자기의 뜻을 실행하는데 어머니께 대한 은혜도 갚을 수 있다고 생각하였다. 만수는 어머니의 큰 은혜를 생각하는 일면, 어머니 때문에 자기의 꽃다운 청춘을 그르친 것도 생각지 않을 수 없었다. 김 소사는 만수가 소학교를 마친 후 서울로 보내지 않고 글방에 보내서 통감을 읽혔다. 김 소사는 학교 공부보다 글방 공부가 나은 줄로 믿었다. 그것은 김 소사가 신시대를 반대하는 늙은이들 말을 믿었음이다. 그뿐 아니라 만수를 외로이 서울로 보내기는 아까웠다. 어린것이 객지에서 배를 주리거나 추워서 떨 것을 걱정하는 것보다도 태산같이 믿고 금옥같이 사랑하는 만수와 잠깐 사이라도 이별하기는 죽기보다 더할 것 같았다. 앞일을 모르는 김 소사는 천년이고 만년이고 귀여운 아들을 곁에 두고 보고 잘 먹이고 잘 입히고 글방에 보내고 장가들이면 부모의 직책은 다할 줄만 믿었다. 그러므로 만수는 유학을 못 갔다. 어린 만수의 가슴에는 이것이 적원積怨[9]이 되었다. 신문 잡지를 통하여 나날이 보도되는 새 소식을 듣고 소학에서 같이 공부하던 친구들이 서울 가서 공부하는 것을 보거나 들을 때에 동경의 정열에 울렁거리는 만수의 마음은 남의 발 아래로 점점 떨어지는 듯한 기운 없고 구슬픈 자기 그림자를 그려보고 부끄럽고 슬픔을 느꼈다. 밖에 대한 동경과 번뇌가 큰 그는 안으로 연애에도 번민하였다. 개성이 눈뜨고 신사상에 침염浸染될수록 어려서 장가든 처와 정분이 없어졌다. 공부 못한 것이라든지 사랑 없는 장가든 것이 모두 어머니의 허물(그는 어떤 때면 이렇게 생각하였다)이거니 생각하면 어머니가 밉고 어머니를 영영 버리고 싶었다. 그러나,

'아니다. 그것은 어머니의 그름이 아니다. 재래의 인습과 제도가 우리 어머니를 그렇게 가르쳤다. 그 인습에 너무 젖은 우리 어머니는 나를 사랑하여서 잘되라고 그렇게 하신 것이다.'

그는 이렇게 돌쳐 생각할 때면 어머니께 대한 실쭉한 마음은 불현듯 스르르 풀리고 눈물이 옷깃을 적셨다. 이렇게 눈물에 가슴이 끓을 때면 어머니를 저항하고 싶지 않았다. 그래도 어머니의 명령 아래서 수굿이 일생을 보내고 싶었다. 그러나 그것은 한순간의 생각이었다. 자기의 힘을 생각하고 세상을 바라보는 그로서는 어머니의 은혜에 자기의 전 인격을 희생할 수는 없었다. 은혜는 은혜이다. 은혜로 말미암아 나의 전 인격을 희생할 수는 없

<hr>

9 오랫동안 원망을 쌓음.

다 하는 생각이 서로 싸울 때면 그의 고민은 격심하였다. 그는 어쩌면 좋을지 몰랐다. 그러던 끝에 그는,

"나는 모든 불합리한 인습에 반항하려고 한다. 그러니까 하는 수 없이 어머니 사상에 반항한다. 그러나 어머니를 반항하는 것은 아니다."

그는 이렇게 부르짖었다.

만수는 열여덟 살 되는 해에 이혼을 하였다. 인습의 공기에 취한 주위에서는 조소와 모욕과 비방으로 만수의 모자를 접대하였다. 만수의 어머니는 며느리 보내기가 부끄럽고 원통하였다. 그러나 아들의 말을 아니 들을 수 없었다. 그것은 전후 지낸 일이 그릇되다는 것을 깨달은 것이 아니라 천금 같은 자식이 그때에 심한 심려로 낯빛이 해쓱하여가는 것을 볼 때마다 자기의 고기를 찢더라도 자식의 마음을 거스르지 않으리라 하였다. 김 소사는 이렇게 생각은 하면서도 일일이 실행은 못 하였다. 이혼한 처를 친정으로 보낼 때 만수의 가슴도 쓸쓸하였다. 죄 없는 꽃다운 청춘을 소박 주어 보내거니 생각할 때 그의 불안은 컸다. 그러나 불안은 인류가 인류에 대한 사랑에서 노출하는 불안이었다. 이성에 대한 연애에서 우러나오는 것은 아니었다. 그러므로 그렇게 동정하면서도 다시 끌어다가 품에 안기는 몸서리를 칠 지경 싫었다.

이혼만으로는 만수의 고민을 고칠 수 없었다. 만수는 어찌하든지 고민을 이기고 사람답게 살려고 애썼다. 이때 그의 머리에는 희미하나마 자기의 전 인격을 인류를 위하여 바치려는 정신이 일종의 호기심과 아울러 떠올랐다. 공부에 뒤진 고민과 연애

에 대한 번민은 인류를 건지려는 열심으로 점점 경향을 옮겼다. 그 사상은 마침내 무르녹아 그로 하여금 감옥 생활을 하게 하고 만주로 향하게 하였다. 김 소사는 만수를 따라가려고 하였다.

"나도 갈 테다. 어데든지 갈 테다. 나는 이제 너를 보내고는 못 살겠다. 어데를 가든지 나는 나로 벌어먹을 테니 네 낯만 보여다 오……. 네 낯만 보면 굶어도 살 것 같다."

김 소사의 말에 만수는 묵묵하였다. 아! 어머니는 또 내 일에 방해를 놓으시나 하고 생각할 때 칼이라도 있으면 그 앞에서 어머니를 찌르고 자기까지 죽고 싶었다. 만수의 가슴에는 연기가 팽팽 도는 듯하였다. 그러나 "네 낯만 보면 굶어도 살 것 같다!" 한 어머니의 말을 생각할 때 가슴이 찌르르하였다.

'아아 자식이 오직 그립고 사랑스러우면 그렇게 말씀을 하시랴? 아! 배암의 새끼 같은 나는, 소위 자식은 그런 부모를 버리고 가려고 해…… 아니 칼로…… 응 윽.'

그는 몸을 부르르 떨었다. 이때 '어서 올려라' 하고 무서운 악마들이 자기를 교수대로 끌어올리는 듯하였다. 자기를 위하여 목숨이라도 아끼지 않으려는 그 어머니를 버리고 가면 그 앙화에 될 일도 안 될 듯싶었다.

만수는 드디어 어머니를 모시고 가기를 결심하였다.

4

'선두청' 시계가 아홉 점을 친 지가 오래였다.

북국 오월의 바다 밤은 좀 찼다. 꺼먼 바다를 스쳐오는 비릿한 바람은 의복에 푸근히 스며든다. 비가 오려나? 하늘은 별 하나 보이지 않고 물결은 그리 사납지 않으나 은은한 바닷소리는 기운차게 들린다.

간간이 '망양정' 끝이 번득할 때면 벌건 불빛이 금포金布처럼 일자로 바다를 건너서 '유진' 머리까지 비추인다.

여덟시 반에 입항한다는 '금평환'은 아직 불빛도 보이지 않았다. 부두머리 파란 가스 불 아래 모여든 배 탈 손님들의 낯에는 초조한 빛이 돈다. 선부들도 벌써 나오고 노동자들도 짐실이 배에 모여 앉아서 지껄인다.

만수도 어머니와 같이 이삿짐을 지어가지고 부두로 나왔다. 김 소사의 친구, 만수의 친구 하여 전송객이 이십여 인이나 되었다. 술병, 과자갑, 담배 상자가 여기저기서 들어온 것이 한 짐 잔뜩 되었다. 김 소사를 위하여 나온 편은 거개 늙은이들이었다. 저편 창고 앞에서 담배를 피우면서,

"참 섭섭하오."

"간도가 좋으면 편지하오."

"우리도 명년에는 간도로 가겠소."

"우리 큰집에서 간도로 갔는데 만나거든 안부를 전해주오."

"간도는 곡식이 흔타는데."

하는 서두와 조리 없는 말을 서로 주고받으면서 간간이 쓸쓸한 웃음을 웃는다.

만수의 편은 싱싱하였다. 거개 이십 전후의 청년들이었다. 선물로 가져온 술병을 벌써 터뜨려서 나발을 불고 눈에 술기운이

몽롱하여 천지는 자기의 천지라는 듯이 떠드는 판이 말이 이별하니 섭섭이지 마치 기꺼운 잔치 끝 같았다 만수도 많이 못 하는 솜씨에 한잔 얼근하여 기쁜 듯이 빙글빙글 하였다.

"만수야 잘해라. 어— 나만 오나라. 나만 와 으후……."

제일 잘 떠드는 운철이가 비츨거리면서 기염을 토한다.

"아— 김 군이 취했다. 하하하."

만수는 쾌활하게 웃었다.

"자식이 술이라면 수족을 못 쓰는 '게굴등'이 세 병이나 나발 불었으니 흥 저 꼴 봐라."

만수 곁에 선 눈이 어글어글한 순석이는 비틀거리는 운철이를 조롱하였다.

"이놈아 내가 세 병을 먹고…… 흥…… 세 병 또땃또땃(나발 부는 뜻)하고 그럴 내가 아니야…… 흥…… 그렇지? 만수! 그적 나만 와!"

술이 흐르는 듯한 벌건 눈으로 만수를 본다. 저편 창고머리에 빙글빙글하고 섰던 기춘이는 급하게 오더니 운철의 옆구리를 찌르면서,

"이 사람 정신 차려! 무어 나오나라 말아라 하나? 저기 칼치[巡 卒]가 있네!"

"그까짓 갈빗대 찬 것들이 있으면 어때?"

운철이는 바로 잘난 듯이 그러나 나직하게 중얼거리면서 무서운지 저편으로 비츨비츨 간다.

"그렇게 도망가는 장력에 왜 떠드나? 흐흐흐."

"그래도 무서운 데는 술이 깨나 보이? 정신 모르는 체하더니

잘만 달아난다. 하하하."

몇 사람이 웃는 바람에 모두 한 번씩 웃는다. 이때 순사가 그네들 앞을 지나갔다. 모두 웃음을 뚝 그쳤다. 엄숙한 침묵이 그 찰나에 흘렀다.

"김 군! 편지하게. 자네는 좋은 데로 가네!"

돌아섰던 청년들은 거반 한마디씩 뇌었다. 이 순간 모두들 눈에는 딴 세계를 동경하는 빛이 확실히 흘렀다.

"무얼 좋아!"

만수는 이렇게 대답은 하면서도 속으로는 기뻤다. 세상이 다 동경하면서도 밟지 못한 곳을 자기 먼저 밟는 듯하였다. 저편 부두머리에 매인 삼판 위에 고요히 섰던 얼굴이 뚜렷하고 노숙하게 보이는 황창룡이는 이편을 보면서,

"만수 배가 들오나 보이…… 짐을 단단히 살피게……."

주의시키는 그 얼굴에 애수가 흐르는 것을 만수는 보았다. 황창룡, 김경식, 만수 세 사람은 피차에 지기지우로 허한다. 경석이는 서울 유학 중에 만세를 부르고 감옥에 들어간 것이 지금 소식이 묘연하다.

"위 위―."

돌에 치인 고양이 소리 같은 금평환의 입항 소리는 몽롱한 밤 안갯속에 잠긴 산천을 처량하게 울렸다.

"응 왔구나!"

"자! 짐을 모두 한곳에 모아놓지!"

여러 사람들은 기적 소리 나는 데를 한 번씩 보았다. 꺼먼 바다 위에 떠들어오는 총총한 불이 보였다. 뱃몸은 잘 보이지 않으

나 번쩍거리는 불, 그 속에 어렴풋이 보이는 뭉클뭉클한 연기, 마치 저승과 이승의 길을 이어주는 그 무엇같이 김 소사에게 보였다. 고동 소리를 들을 때 만수의 가슴도 두근두근하였다. 어찌하여 두근덕거리는지는 막연하였다.

만수와 창룡이는 뜨거운 청춘의 피가 뛰는 손과 손을 꽉 잡았다. 그 순간 피차의 혈관을 전하여 감각되는 맥박은 피차의 가슴에 말로써 표할 수 없는 암시를 주었다.

"경석 형은 언제나 출옥이 될는지?"

만수의 낯에는 새삼스럽게 활기가 스러졌다.

"글쎄…… 아무쪼록 조심해라."

창룡의 소리는 그리 쓸쓸치 않았다.

"내 염려는 말아라! 경석 형이 출옥하시거든 그것을 단단히 말해라. 거기 있다고……. 언제나 또 볼는지 기약이 없구나!"

그 소리는 무슨 탄원 같았다.

"금세 언제나 모두 만나겠는지?"

이 두 청춘의 눈앞에는 황연한 미래와 철창에서 신음하는 쪽 빠진 경석의 모양을 그려보았다.

떠나는 이의 잘 있으오! 소리, 보내는 이의 잘 가오! 소리, 부두머리는 잠깐 침울한 기분에 싸였다.

김 소사는 고향을 떠나는 것이 슬픈 중에도 아들을 앞세우고 가는 것이 마음에 얼마나 튼튼하고 기꺼운지 알 수 없었다. 만수도 애오라지[10] 슬픈 가운데도 알지 못할 그 무엇에 대한 만족에 신

10 '오로지'를 강조하여 이르는 말.

경이 들먹거렸다.

5

만수의 모자는 일주일이 넘어서 북간도 왕청 '다캉재'라는 곳
에 이르렀다.

회령서 두만강을 건너서 '오랑캐령'을 넘어 용정에 다다를 때
까지 그네는 다른 나라의 정조를 별로 느끼지 못하였다. 용정 거
리에 들어선 때는 조선 어떤 도회에 들어선 듯하였다. 푸른 벽돌
로 지은 중국집이며 중국 관리의 너저분한 복색이며 짐마차의
많은 것이 다소간 어둑한 호지胡地의 분위기를 보였다. 그러나 십
분의 아홉분이나 조선 사람에게 점령된 용정은 서양 사람이 보
더라도 조선의 도회라는 감상을 볼 것이다. 간도라 하면 마적이
휘달리는 쓸쓸한 곳인 줄만 믿던 김 소사는 용정의 번화한 물색
에 놀랐다. 그러나 용정을 지나서 왕청으로 들어갈 때 황막한 들
과 험악한 산골을 보고는 무서운 생각에 신경이 저릿저릿하였다.
만수는 이미 짐작한 바이나 실지 목격할 때 "아아 황막한 벌이
로구나!" 하고 무심중 부르짖었다. 으슥한 산속에서 중국 사람을
만날 때마다 무서운 생각에 가슴이 두근거렸다. 군데군데서 조선
사람의 동리를 만나면 공연히 기뻤다. 조선 사람들은 어느 골짜
기나 없는 데가 없었다. 십여 호, 삼사 호가 있는 데도 있고, 외따
로 있는 집도 흔하다. 거개 쓰러져가는 초가집에서 중국 사람의
소작인으로 일평생을 지낸다. 간혹 전지를 가진 사람이 있으나

그것은 쌀에 뉘만도 못하였다. 그네들 가운데는 자기의 딸과 중국 사람의 전지와를 바꾸는 이가 있다. 그네들은 일본과 중국과의 이중법률의 지배를 받는다. 아무런 힘없는 그네들은 두 나라 틈에서 참혹한 유린을 받고 있다. 그래도 어디 가서 호소할 곳이 없다.

만수가 이른 왕청 다캉재에는 조선 사람의 집이 일곱 호가 있다. 그리고 고개를 넘어가나 동구를 나서 일 리나 이 리에 십여 호, 오륙 호의 촌락이 있다. 산과 산이 첩첩하여 콧구멍같이 뚫어진 골마다 몇 집씩 밭을 내고 들어 산다. 해 뜨면 땅과 싸우고 날이 들면 쿨쿨 자는 그네는 그렇게 죽도록 벌건마는 겨우 기한을 면할 뿐이다. 역시 알짜는 중국 사람의 손으로 들어가버린다. 그네에게는 교육 기관도 없었다. 그래도 그네들은 내지[朝鮮] 있을 때보다 낫다고 한다. 골과 산에는 수목이 울울하여 몇백 년간이나 사람의 자취가 그쳤던 곳 같다. 낮에도 산짐승이 밭에 내려와서 곡식을 먹는다.

만수는 이십 원 주고 외통집 한 채를 샀다. 다음 중국 사람의 밭을 도조로 얻었다. 농사를 못 지어본 만수로는 도조 맡은 밭은 다룰 수 없었다. 일 년에 삼십 원씩 주기로 작정하고 머슴을 두었다. 김 소사는 비록 늙기는 하였으나 젊은 때 바람이 얼마 남았고 어려서 농삿집에서 자란 까닭에 농사 이면은 잘 알았다. 보리가 한창 푸른 여름이었다. 만수는 집을 떠났다.

이때 만주 시베리아 상해 등지에는 ×××이 벌떼같이 일어나서 그 경계선을 앞뒤에 벌렸다.

내지로서 은밀히 강을 건너와서 ×××에 몸을 던지는 청년들이 많았다. 산골짜기에서 나무를 베던 초부며 밭을 갈던 농군도 호미와 낫을 버리고 ×××에 뛰어드는 이가 많았다. 남의 빚에 졸려서 ×××에 뛰어든 이도 있었다. 자식을 ×××에 보내고 밤낮 가슴을 치면서 세상을 원망하는 늙은이들도 있었다.

×××의 세력은 컸다. 이역의 눈비에 신음하고 살아오던 농민들은 한푼 두푼 모은 돈을 ×××에 바치고 곡식과 의복까지, 형과 아우와 아들까지 바쳤다. 백성의 소리는 컸다. 그 무슨 소리였던 것은 여기 쓸 수 없다.

만수가 ×××에 들어서 시베리아와 서간도 골짜기로 돌아다닐 때 김 소사의 가슴은 몹시 쓰렸다.

"해삼위에는 신당이 몰리고 구당과 일본병이 소황령까지 세력을 가졌다."

"토벌대가 방금 '얼두구' '배채구'에 들어차서 소란하다."

"벌써 큰 전쟁이 일어났다. 여기도 미구에 토벌대가 오리란다."

이러한 소문에 민심은 나날이 흉흉하였다. 어떤 사람은 집을 버리고 깊은 산골로 피난을 갔다. 이런 소리 저런 꼴을 보고 들으며 만수의 소식을 못 듣는 김 소사의 가슴은 항상 두근두근하였다. 그의 눈앞에는 총과 칼에 빡빡 찢겨서 선혈이 임리한 만수의 시체가 어떤 구렁에 가로놓인 듯한 허깨비가 보였다. 김 소사는 밤마다 정화수를 떠놓고 북두칠성에 빌었다. 그는 세상을 원망하였다. 공연히 ×××를 욕도 하였다. 세상이 다 망한다 하더라도 만수 하나만 무사히 돌아온다면 춤을 추리라고도 생각하였다. 그렇게 생각하면서도 ○○를 ○하는 것이 ○○일이라 하는 생각도 막연히 가슴에 떠올랐다. 그는 어떤 때에는 만수가 다니는 곳을 따라다니면서 밥이라도 지어주었으면 하였다. 어떠한 고초를 겪든지 만수의 낯만 보았으면 천추의 한이 없을 것 같았다.

살 같은 광음은 만수가 집 떠난 지 벌써 두 해나 되었다. 그는 집 떠나던 해 여름과 초가을은 ××에서 ○○매수에 진력하다가 그해 겨울에는 다시 간도로 나와서 A란 곳에서 △△병과 크게 싸웠다. 총을 끌고 적군을 향하여 기어나갈 때나 쾅 하는 소리를 처음 들을 때 그의 가슴은 두근두근하고 몸은 부들부들 떨렸다. 그는 그때마다,

"웅! 내가 웨 이리두 ○○한구……. ○○가라. ○○를 위하여 ○으라!"

이렇게 스스로 ○○하면서 자기의 ○○한 생각을 누가 알지나 않나 해서 곁에 ○○들을 슬그머니 보았다. 긴장한 얼굴에 ○○가 ○○한 다른 사람의 낯을 보면 자기가 ○하여 보이는 것이 부끄럽고 동시에 '나도!' 하는 용기가 났다. ○○과 점점 가까워지고 주위는 긴장한 공기에 조일 때 말 없는 군중에 엄숙한 기운이 돌고 눈동자는 지휘하는 ○빛을 따라 예민하고 ○○○○게 움직였다. 이때 만수의 가슴은 천사만념이 폭류같이 얼크러졌다.

'어머니는 나를 얼마나 기다리시나? 자칫하면 어느 때 어디서 이 몸이 죽는 줄도 모르게 죽겠으니…… 내가 죽어라! 어머니는 손을 꼽고 기다리시다가 한 해 두 해…… 세 해…… 이리하여 소식이 없으면 그냥 통곡하시다가 피를 토하고 눈을 못 감으시고 돌아가실 것이다. 아— 어머니! 더구나 타국에서 죽으면 의지 없는 이 고혼이 어데 가서 붙을까? 노심초사하고 집을 뛰어나온 것은 고국에 들어가서 형제를 반갑게 맞으려고 했더니 강도 못 건

너고 죽으면 어쩌누? 아— 어찌하여 이 몸이 이때에 났누? 아—
어머니!'

그는 이렇게 번민하였다. 그러나 그는 그 때문에 ○○하거나
뛰려고 하지 않았다.

"모두 공상이다. 그것은 방 안에 가만히 앉아서 생각할 꿈이요
공상이다. 나는 지금 ○○에 나섰다. 천애타국에서 이름 없이 ○
는다 하여도 역시 ○○다. 인류와 어머니를 위한 ○○이다. 이름
이란 하상 무엇이냐. ○○○○○!"
하고 홀로 ○○을 쥐고 부르짖을 때면 온 ○○의 ○가 ○○올
라서 ○○을 지고 ○○○에라도 뛰어들 듯이 ○○이 났다. 이
러다가 ○○과 어울려서 양방에서 ○는 ○○소리 ○소리가 산
악을 울리고 뿌—연 ○○냄새 속에 빗발같이 내리는 ○○이 눈
속에 마른 나뭇잎을 휘두들겨 떨어뜨릴 때면 모두 정신이 탕양
하고 어릿어릿하여 죽는지 사는지 내 몸이 있는지 없는지도 의
식치 못하고 오직 ○만 쾅쾅 쏜다. 그러다가도 으아 하는 소리
와 같이 뛰게 되면 산인지 물인지 구렁인지 나뭇등걸인지 가리
지 못하고 허둥지둥 달린다. 이렇게 몇십 리나 뛰었는지도 모르
게 쫓겨 다니다가 조용한 데서 흩어졌던 ○○이 보이게 되면 비
로소 서로 살아온 것을 치하하고 보이지 않는 사람은 죽은 줄로
만 알았다. 이렇게 ○마저 ○는 사람도 있거니와 뛰다가 길을 잃
고 눈구렁에 빠져서 얼어 죽고 굶어 죽는 사람도 불소하였다.[11]
그네들 시체는 못 찾았다. 누가 애써서 찾으려고도 하지 않았다.

---

11 불소하다. 적지 아니하다.

A 촌 싸움 후로 ✕✕✕의 세력은 점점 꺾였다. ✕✕✕은 하는 수 없이 뒷기약을 두고 각각 흩어져서 시베리아 등지로도 가고 산골에서 사냥도 하고 어린애들 천자도 가르쳤다.

만수도 하는 수 없이 '나재거우'서 겨울을 났다. 그 이듬해 봄에 집으로 돌아왔다.

집으로 돌아온 만수는 곧 장가들었다. 처음에는 장가를 들지 않으려고 하였으나 어머니의 애원에 장가를 들었다. 만수는 장가드는 것이 불만하였으나 어머니를 홀로 두고 다니는 것보다는 나으려니 생각하였으며 동지들도 그렇게 권하였다. 그는 은근히 한숨을 쉬면서 사랑 없는 아내를 이번에는 의식적으로 맞았다. 자기의 전 인격을 이미 바칠 곳을 정한 그는 연애를 그리 대단히 보려고 하지 않았다. 그러나 청춘인 그 가슴에 연애의 불꽃이 꺼진 것은 아니었다.

김 소사는 만수가 자기의 말에 순종하여 장가드는 것이 기뻤다. 이제는 만수가 낫살도 먹고 고생도 하였으니 장가를 들어서 내외간 정을 알게 되면 어디든지 가지 않으리라는 것이 김 소사의 추측이었다.

장가든 후에는 꼭 집에 있으려니 하고 믿었던 만수가 그해 가을에 또 집을 떠났다. 그때 그의 아내는 배가 점점 불렀다. 김 소사는 절망하였다. 장가들어서 몇 달이 되어도 내외간에 희색이 없고 쓸쓸히 지내는 것을 보고 걱정하던 차에 또 집을 떠나니 예기하던 일 같기도 하고 지나간 일이 생각나서 후회도 하였으며 그러다가 만수가 영영 돌아오지 않으면 어쩌나 하여 가슴이 덜컥 내려앉았다.

만수는 ×××에 가서 있다가 곧 돌아왔다. 때는 만수가 떠난 겨울에 낳은 몽주가 세 살 난 늦은 가을이었다. 만수는 어디든지 갔다가도 어머니를 생각하고 돌아온다.

집에 돌아온 만수는 이웃에 새로 설립한 사립 소학교의 교사로 천거되어서 벌써 교편을 잡은 지 일 삭이나 되었다. 그러나 이때에 만수는 '군삼'이라는 이름으로 변하였다. 이때는 △△가 남북 만주에 세력을 펴서 ×××를 잡는 때문이었다.

6

만수는 오늘 야학교에 가지 않고 이불을 뒤집어쓰고 방에 드러누웠다. 이삼일 전부터 코가 찡찡하더니 어젯밤부터는 신열 두통에 코가 메고 재채기가 뜨끔뜨끔 나서 오늘은 교수를 억지로 하였다.

학교에서 돌아오는데도 등골에 찬물을 끼얹는 듯이 오싹오싹하더니 저녁 후부터는 신열이 더하였다.

아침부터 퍼붓던 눈은 황혼에 개었으나 검은 연기가 엉긴 듯이 무거운 구름은 하늘에 그득 차서 땅에 금방 흐를 것 같다. 산을 덮고 들에 깔린 눈빛에 밤 천지는 수묵을 풀어놓은 듯이 그윽하다. 앞뒤 골에 인적이 고요한데 바람 한 점 없는 푸근한 초저녁 뒷산으로 흘어 내려오는 부엉새 소리는 낮고 느린 가운데 흐르는 가벼운 여운이 솜처럼 부들한 비애를 준다. 이불을 뒤집어쓰고 뜨거운 구들에 등을 붙인 만수는 괴로운 가운데도 알지 못

할 회포가 가슴에 치밀고 마음이 뒤숭숭하였다. 그는 이불을 활짝 밀어놓고 벌떡 일어나 앉았다.

"몹시 아프오?"

곁에서 어린것을 젖 먹이던 그 아내는 만수를 쳐다보았다. 빤ㅡ한 기름불을 멀거니 쳐다보는 만수는 아무 대답도 없었다. 대답을 기다리던 그 아내의 낯빛은 붉었다. 만수의 대답하는 것이 자기를 귀찮게 여기는 듯도 하고 보기 싫으니 가거라 하는 듯이 생각났다. 그렇게 생각나면 만수가 원망스럽고 자기 팔자가 원통스러웠다. 그러나 만수는 그런 것 저런 것 생각하지 않았다. 멀거니 앉은 그는 딴 세계를 눈앞에 그렸다. 그 아내는 자곡지심에 몽주를 안고 돌아누우면서 소리 없는 한숨을 쉬었다.

"몹시 아프나? 무얼 좀 먹어야지. 미음을 쑤랴?"

부엌방에서 담배 피던 김 소사는 방 사이 문을 열었다. 정주로 들어오는 사뜻한 찬바람이 만수의 전신에 사르르 와 닿는다.

"아뇨, 무얼 먹고푸잖어요."

만수는 대답하면서 드러누웠다.

불을 껐다ㅡ 다 잠들었다ㅡ 밤이 깊었다.

멀리서 우우 하던 천뢰 소리가 차츰 가깝게 들린다. 고요하던 천지에 바람이 건너기 시작한다. 우우 천둥같이 소리치는 바람이 뒷산을 넘어 골을 스쳐갈 때면 집은 떠나갈 듯이 으르릉 으르릉 울린다. 어둑한 창대에 쏴ㅡ 쏴ㅡ 뿌리는 눈 소리는 바닷가의 폭풍우 밤을 연상케 한다. 천지는 정적에 든 듯이 소리와 소리가 끊는 듯하다가는 또 우우 하고 바람이 소리치면 세상은 다시 몇 만 년 전 혼돈으로 돌아가는 듯이 지축까지 흔들흔들 움직이는 듯하다. 대지의 눈 속에 게딱지같이 묻힌 오막살이들은 숙연한 풍설 속에 말 없는 공포의 침묵을 지키고 있다.

비몽사몽 간에 들었던 만수는 귓가에 얼핏 지나는 이상한 소리에 소스라쳐 깨었다. 바람은 그저 처량히 소리를 친다. 방 안에 흐르는 검은 공기는 무섭게 침울하다. 눈을 번쩍 뜬 만수는 바람 소리 속에 들리는 괴상한 소리에 가슴이 꿈틀하였다. 그는 머리를 번쩍 들고 창문을 바라보았다. 마루에서 자던 개가 목이 터지도록 짖으며 뛰어나간다. 우— 하는 바람 소리 속에 처량히 울리는 개 소리를 듣는 찰나! 전광같이 언뜻 만수의 뇌를 지나가는 힘센 푸른 빛은 만수의 온몸에 피동하는 공포의 전율과 같이 만수의 몸을 광적으로 벌떡 끄집어 일으켰다. 일어선 만수는 무의식적으로 문고리에 손을 대었다.

컴컴하던 창문에 불빛이 번쩍하면서 "꽝"하는 총소리와 같이 몹시 짖던 개는 "으응" 슬픈 소리를 남기고 잠잠하다. 문고리에 손을 대었던 만수는 저편으로 급히 서너 자국 떼어놓더니 다시 돌쳐서서 문고리에 손을 댄다. 창문을 뚫어지게 보는 그의 두 눈에 흐르는 푸른 빛은 어둠 속에 무섭게 빛났다.

"문 벗겨라."

김 소사가 자는 정주문을 잡아챈다. 모진 바람 소리 속에 들리는 그 소리는 병인에게 내리는 사자使者의 마음魔音같이 주위의 공기를 무겁게 눌렀다. 만수는 그네가 누구인 것을 직각적으로 깨달았다. '왔나?' 속으로 뇌일 때 긴장하였던 그의 사지는 극도로 뛰는 맥박에 힘이 풀렸다.

'인제는 잡히나! 응, 내가 왜 집으로 왔누?'

그는 다시 이를 악물었다. 그는 부지불각간에 옆구리에 손을 넣으려고 하였다. 옆구리에 닿은 손이 거치는 데 없이 쑥 미끄러져 내려갈 때 그는 절망하였다. 마치 노한 물 위에서 지남침을 잃은 사공의 발하는 그러한 절망이었다.

"아! 할 수 없나?"

이 순간 그의 머리에는 몇 해 전 옆구리에 차고 다니던 ○○과 ○○○을 언뜻 그려보았다. 그는 문을 박차고 뛰리라 하였다. 그는 다리에 힘을 단단히 주었다. 발을 번쩍 들었다.

"못 한다."

무엇이 뒤에서 명령하면서 냅다 차려는 다리를 홱 끌어안는 듯하였다. 그는 들었던 다리를 스르르 놓았다. 그가 마주 선 방문 앞에도 사람의 두런거리는 소리가 확실히 들린다. 그는 전신을 부르르 떨었다.

"문을 열어라."

"문이 열리게 해라."

이번에는 일본 사람 조선 사람의 소리가 어울려 들리면서 정주문 방문을 들입다 찬다. 만수는 거의 경련적으로 어두운 구석으로 뛰어들더니 엎드려서 무엇을 찾는다. 어둑한 구석에서 빨랫방망이를 잡고 우뚝 일어서는 그의 두 눈은 번쩍하였다.

'잡혀도 정신을 차리자. 내가 왜 이리 비겁하냐?'

속으로 뇌이면서 ○○을 꼭 ○○었다.

'한 놈은 ○는다. 나의 ○○(○○)는 지킨다. 아― 그러나 어머니 처자…… 내가 공손히 잡히면 그네를 살린다. 선불을 잘못 걸면 우리는 모두 이 자리에서 가엾은 혼이 된다……. 만일 내가 잡히면 저 식구들은 누구를 믿고 사누? 나도 철장 고형에 신음하다가 나중에 괴로운 죽음을 지을 터이니……. 에! 이래도 죽고 저래도 죽는 바에야 ○○○○○○○○○○○○○.'

그는 전신에 강철같이 힘을 주면서 이를 빡 갈았다. 그는 훨훨 붙는 화염 속에서 헤매는 듯한 자기의 그림자를 눈앞에 보았다. 그는 또 이를 빡 갈았다. 자던 몽주는 소리쳐 운다. 김 소사는 방으로 뛰어들어오면서,

"에구 에구 만수야."

한마디 지르고는 문턱에 걸쳐서 어둠 속에 쓰러졌다. 목이 꽉 메어서 간신히 소리를 치고 쓰러지는 어머니를 볼 때 만수의 오장은 또 끊어지는 듯하였다.

'아! 공손히 잡히리라. 어머니와 처자를 살리리라. 그렇지 않으련들 이 방맹이로 무얼 하랴?'

그는 방망이를 힘없이 떨어뜨리고 문을 덜렁 벗겼다. 흥분의 열정에 거의 광적 상태가 되었던 만수는 찰나찰나 옮기는 새에 차츰 자기라는 것을 의식하게 되었다. 그의 가슴은 좀 고요하였다.

'내가 왜 문을 벗겼을까!'

문을 벗기고 두어 걸음 물러선 그는 후회하였다. 그러나 다시 문 걸 용기는 나지 않았다.

"만수 어서 나서거라. 이제야 독 안에 든 쥐지…… 허허……."

밖에서 지르는 소리는 확실히 낯익은 소리다. 만수는 뜻밖이라는 듯이 눈을 굴렸다. 그 소리에는 조롱의 여운이 너무도 흐른다.

문을 벗긴 후에도 한참이나 주저거리더니 웬 자가 방문을 벗겨 잡아 젖힌다. "꽝" 번뜩하는 불빛과 같이 총소리가 방 안을 터

칠 듯이 울린다. 구릿한 화약 냄새가 무거운 밤공기에 빛없이 퍼진다.

"꿈적하면 이렇게 쏠 테다."

헛총으로 간담을 놀랜 자는 이렇게 소리치면서 들어선다. 이 때에 파―란 회중 전등불이 도깨비불같이 방 안을 들이쏜다. 한 자가 기름등잔에 불을 켤 때에는 십여 명이나 방에 죽 들어섰다. 권총을 괴어들고 둘러선 모든 자들 눈에는 검붉은 핏줄이 올올이 섰다. 이 속에 고요히 선 만수의 가슴은 생사지역을 초월한 듯이 아주 냉랭하였다. 여태까지 끓던 열정은 어디로 갔는지⋯⋯ 몽주는 부들부들 떠는 어미 가슴에서 낯빛이 까매 운다. 얼굴이 거무레한 자가 "빠가" 하면서 어린것의 가슴에 권총을 괴어든다. 만수 아내는 몽주를 안은 채 그냥 앞으로 엎드린다. 그것을 보는 만수의 두 눈에서는 불이 번쩍 일어났다.

"이놈아 나를 쏘아라."

만수는 부르르 떨면서 그 앞으로 뛰어가려고 한다. 둘러섰던 자들은 일시에 앞을 막아서면서 만수의 가슴에 권총을 괴어든다.

"흥, 한때 푸르던 세력이 어데를 갔나?"

한 자는 콧등을 쭝긋하면서 만수의 두 팔에 포승을 천천히 지운다. 그 목소리는 아까 밖에서 비웃던 소리다. 만수는 그자를 쳐다보았다.

"악!"

거무레한 그자의 얼굴을 본 순간 만수는 외마디 소리를 질렀다.

"흥."

그자는 모소侮笑가 그득한 눈으로 창백한 만수를 본다.

274

그자는 삼 년 전에 만수와 같이 ×××에 다니던 김필현이다. 욱기[12]가 과인한[13] 필현이는 ×××속에서도 완력 편이었다. 그는 ××단 제일중대 제일소대 부교[14]로 다니다가 소대장과 권리다툼 끝에 뛰어나간 후로 이때까지 소식이 없었다. 그는 만수와 한 군중에도 다녔다.

만수는 이를 빡 갈면서 핏발선 눈으로 필현이를 보았다.

이때 정주에서 들어오다가 거꾸러진 김 소사는 일어나면서,

"나리님 그저 살려주시오! 어구! 어구!"

하고 끽끽 운다. 애원의 빛이 흐르는 김 소사의 낯은 원숭이의 낯 같이 비열하였다. 그것을 본 만수는 쓰라린 중에도 민망하였다.

"어머니, 그놈들에게 무얼 빌어요! 원수에게 무얼 빌어요……."

그 소리는 천근 쇳덩어리를 굴리듯이 무겁고 세찼다.

"이놈아, 어서 걸어. 건방지게."

한 자가 만수의 뺨을 후려붙인다. 차디찬 바람이 스치는 만수의 뺨은 뜨거운 눈물에 젖었다. 이때에 어떤 자가 굴뚝머리에 쌓아 놓은 나뭇가리 뒤로 가더니 성냥을 번듯 긋고 나온다.

뒷산을 넘어 앞산에 부딪치고 골로 내리쏠리는 바람 소리의 우― 하는 것은 구슬픈 통곡을 치는 듯하다. 산에 쌓였던 눈은 골에 불려 내리고 골의 눈은 '버덕'[15]으로 불려 나가서 뿌연 것이 눈코를 뜰 수 없다.

만수를 잡아가는 여러 사람들의 그림자는 동남 골짜기 어둑한

---

12 참지 못하고 앞뒤 헤아림 없이 격한 마음이 불끈 일어나는 성질.
13 과인하다. 능력, 재주, 지식, 덕망 따위가 보통 사람보다 뛰어나다.
14 대한 제국 때에 둔 하사관 계급의 하나.
15 '들'의 방언.

눈안개 속에 스러졌다. 김 소사는,

"만수야! 만수야!"

통곡하면서 허둥지둥 따라가다가 눈 속에 거꾸러졌다. 만수의 아내는 이웃에 달려가서 소리를 질렀다.

전쟁 뒤같이 횅한 만수의 집 굴뚝머리 나뭇가리에서 반짝반짝하던 불은 점점 크게 번졌다. 바람이 우— 할 때면 불길이 푹 주저앉았다가 가는 바람이 지난 뒤면 다시 활활 일어선다. 염염한 불길은 집을 이은 처마 끝에 옮았다. 우렛소리 같은 바람 소리! 바닷소리 같은 불 소리! 뿌연 눈보라! 뻘건 불빛! 뭉뭉한 연기는 하늘을 덮고 눈에 덮인 골은 벌겋게 탈 듯하다. 바람이 자면 울타리, 쥐줏간 원채 각각 훨훨 타다가도 광풍이 쏴— 내리쏠릴 때면 그 불들은 한 곳에 어우러져서 커다란 불똥이 풍세를 따라 우르르 소리친다. 삽시간에 콧구멍만한 집은 쿵 하고 내려앉았다. 쌀 뒤줏간도 깡그리 탔다. 무서워서 벌벌 떨던 이웃 사람들도 그제야 하나둘씩 나왔다.

주인을 잃고 집까지 잃은 생령은 어디로 향하랴?

7

만수는 조선으로 압송되어 청진 지방법원에서 징역 칠 개년 판결 언도를 불복하고 복심법원에 공소하였으나 역시 징역 칠 개년 언도를 받고 서대문 감옥으로 들어갔다.

엄동설한에 자식을 잃고 집까지 잃은 김 소사는 며느리와 손녀를 데리고 어느 집 사랑방을 얻어 설을 지냈다. 이렇게 된 후로 그립던 고향은 더욱 그리웠다. 고향으로 정 가고 싶은 날은 가슴이 짤짤하여 미칠 것 같았다. 그러다가도 아들을 수천 리 밖 옥중에 집어넣고 거러지 꼴로 고향 밟을 일을 생각하면 불길같이 치밀던 망향심은 패배의 한탄에 눌렸다. 더구나 나날이 아버지를 부르는 몽주 모녀를 볼 때면 가긍스런 감정이 오장을 슬슬 녹였다. 그는 마음을 어디다가 의지할 줄을 몰랐다. 의복도 없거니와 양식이 떨어져서 며느리와 시어미는 남의 집 방아를 찧어주며 불도 때어주고 기한을 면하였다. 원래 그리 순순치 않던 며느리는 공연히 생트집 잡는 것과 종알종알하는 것이 나날이 심하였다. 김 소사에게는 이것이 설상가상이었다. 하루는 만수 아내가 부엌에서 불을 때다가 무엇이 골이 났는지,

"이 망한 갓난 년아! 네 아비 따위가 남의 애를 말리더니 너도 또 못 견디게 구누나."

하는 독살스런 소리와 같이 몽주의 울음소리가 들린다. 어린것은 송곳에 뿍 찔린 듯이 목청이 찢어지게 소리를 지른다. 마당에서 눈 속에 묻힌 짚 부스러기를 들추어 모으던 김 소사는 넋 없이 부엌으로 뛰어갔다. 치마도 못 얻어 입고 아랫도리가 뻘건 몽주는 부엌 앞에 주저앉은 대로 얼굴이 까맣게 질려서 주먹을 부르르 떨면서 입을 딱 벌렸다.

"에구 몽주야 어째 우니?"

김 소사는 벌벌 떨면서 몽주를 안았다.

"이 사람아 어린것에게 무슨 죄 있는가?"

김 소사는 며느리의 눈치를 흘끔 보았다.

"애를 말리는 거야 죽어도 좋지…… 무슨……."

하고 며느리는 꽥 소리를 치더니,

"이런 망한 년의 팔자가 어디 있누? 시집을 와서 빌어먹으니 에구 실루 기막혀서……."

하면서 부지깽이가 부러져라 하고 나무를 끌어서 아궁이에 쓸어 넣는다.

"시집을 와서 빌어먹어" 하는 소리에 가슴이 묵직하고 죄송스런 듯도 하며 부끄러운 듯도 하여 며느리의 낯을 다시 쳐다 못 보았다.

이해 이월 그믐 어느 추운 날 새벽이었다.

"엄마야! 엄마야!"

몽주의 어미 부르는 소리에 눈을 뜬 김 소사는 부—연 눈을 비비면서 아랫목을 보았다. 먼동이 텄는지 방 안이 훤한데 몽주는 홀로 누워서 엄마를 부르며 운다. 김 소사는,

"우지 마라, 엄마가 뒷간에 간 게다."

하면서 몽주를 끌어 잡아당겼다. 몽주는 그저 발버둥을 치면서 운다. 눈을 감았던 김 소사는 다시 눈을 떴다. 방 안을 다시 돌아본 김 소사의 마음은 어수선하였다. 그는 또 눈을 비비면서 방 안을 다시 돌아보았다. 선잠에 흐리하던 그의 눈에는 의심의 빛이 농후하게 일렁거린다. 그는 벌떡 일어나서 아랫목을 또 보았다. 며느리가 뒷간으로 갔으면 덮고 자던 포대기가 있을 터인데 포대기가 없다. 김 소사는 치마도 입지 않고 마당에 나섰다. 쌀쌀한 눈바람은 으스스한 그의 몸에 스며든다. 그는 사면을 두루두루 보면서 뒷간으로 갔다. 며느리는 뒷간에 없다. 여러 집은 아직 고

요하다. 추운 줄도 모르고 이 구석 저 구석 돌아다니면서 기웃기웃하던 김 소사는 몽주의 울음소리에 비로소 정신을 차린 듯이 집 안으로 뛰어들어갔다.

……만수의 처는 갔다. 만수 처가 어떤 사내를 따라 아령으로 가더란 소리는 한 달 후에 있었다.

김 소사는 현실을 저주하는 광인 같았다. 몽주가 "엄마! 저즈!" 할 때마다 그의 머리카락은 더 세었다. 그는 며느리의 소위를 조금도 그르다고 생각지 않았다. 몽주의 정상情想을 생각하는 순간에 며느리를 야속히 생각하다가도 자기 곁에서 덜덜 떨고 꼴꼴 주리던 것을 생각하고는 어디를 가든지 뜨듯이 먹고 지내라고 빌었다. 며느리가 "나는 가오" 외치면서 가는 것을 보더라도 김 소사는 억지로 붙잡지는 않았을 것이다.

김 소사는 매일 손녀를 업고 이집 저집으로 돌아다니면서 입에 풀칠을 하였다. 하루 이틀 지나서 달이 넘으니 동리에서도 그를 별로 동정치 않았다.

어지러운 물결 위에 선 김 소사는 그래도 살려고 하였다. 죽으려고 하지 않았다. 세상을 원망하고 자기의 운명을 저주하면서도 살려고 하였다. 그는 죽음을 생각할 때 이를 갈았고 천지신명에게 십 년만 더 살아지이다고 빌었다. 그는 죽음을 두려워서 그러는 것이 아니라 아들의 출옥을 보려 함이며 어린 손녀를 기르려 함이다. 아들의 출옥을 못 보거나 어린 손녀를 두고 죽기는 너무나 미련이 많다. 그러나 그는 금년이 환갑인 자기를 생각할 때 발하는 줄 모르게 탄식을 발하였다.

김 소사는 이집 저집으로 돌아다니면서 노자를 얻어가지고 고향으로 떠났다. 고향에 있는 딸에게 편지하면 노자는 보내었을 것이나 딸도 넉넉지 못하게 사는 줄을 잘 아는 김 소사는 차마 노자를 보내라는 말이 나오지 않았다.

팔월 열이튿날이었다. 김 소사는 몽주를 뒤집어 업고 왕청을 떠나서 고향으로 향하였다. 떠난 지 사흘 만에 용정에 이르러서 차를 타고 도문강안에 내려서 강을 건넜다. 상삼봉에서 하룻밤을 자고 이튿날 아침 차로 어제 석양에 청진 내려서 곧 남향선을 탔다. 배에서 하룻밤을 지내는 새에 그러한 갖은 신고를 하다가 지금 고향 부두에 상륙하였다. 청진서 전보를 하였더니 운경이가 부두까지 나왔다. 출옥되어 고향에 돌아와 있는 김경석이와 생명보험회사에 있는 황창룡이도 부두까지 나왔다.

김 소사의 모녀는 붙잡고 울었다. 김 소사는 목이 메어서 끽끽하거니와 운경이는 어린애처럼 목을 놓아 운다. 눈물에 앞이 흐린 두 모녀의 눈에는 똑같이 육 년 전 오월 김 소사가 고향을 떠나던 날 밤이 떠올랐다. 아— 그때에 그 많던 전송객은 어디로 다 갔는가? 오늘에 김 소사를 맞아주는 것은 그 딸 운경이와 만수의 친구인 경석이와 창룡이와 세 사람뿐이다.

'육 년 전에 그 광경! 육 년 후 오늘에는 그것이 한 꿈이었다. 아— 꿈! 내가— 고향에 와 선 것도 꿈이 아닌가?'

김 소사는 이렇게 생각하였다.

"만수가 있었다면 자네들을 보고 얼마나 반가와하겠나?"

김 소사는 말을 못 마치고 두 청년을 보면서 울었다. 경석이와 창룡이는 고요히 머리를 숙였다. 뜨거운 볕은 그네들 머리 뒤에 빛났다. 바다에서 스쳐오는 바람과 물소리는 서늘하였다.

"몽주야, 내가 업자— 할머니 허리 아파서……."

운경이는 김 소사에게 업힌 몽주를 끄집어 내리려고 하였다.

"응, 그러자 몽주야, 저 엄마께 업혀라. 내가 어지러워서."

김 소사는 몽주를 싸업고 포대기 끈을 풀려고 하였다. 몽주는 몸을 틀고 할머니의 두 어깨를 꼭 잡으면서 낑낑 운다.

"야— 또 울음을 내면 큰일이다. 어서 보퉁이나 들어라."

김 소사는 운경이를 돌아다보았다. 운경이는 그저,

"몽주가 곱지. 울지 마라. 나가 업지."

하면서 몽주의 머리를 쓰다듬었다.

"야, 울지 마라. 그 엄마 안 업는다."

김 소사는 몽주를 얼싸 추켜 업더니 다시,

"어서 걸어라. 낯이 설어서 그런다."

하면서 운경이를 본다.

"에미나(계집애)두 아무 푸접[16]두 없고나!"

운경이는 몽주를 흘끔 가로보면서 보퉁이를 머리에 이었다. 몽주는 운경이가 소리를 빽 지르면서 흘끔 가로보는 것을 보더니 또 비죽비죽 섧게 섧게 운다.

"엑 이년아, 아이를 어째 욕하니? 그 엄마 밉다. 몽주야, 울지 마라."

김 소사는 운경이를 치는 척하면서 손을 돌리다가 몽주의 궁둥이를 툭툭 가볍게 쳤다. 몽주는 흑흑 느끼면서 울음을 그쳤다.

"흐흐흐, 고것두 설은 줄을 다 아는가."

16 남에게 인정이나 붙임성, 포용성 따위를 가지고 대함.

운경이는 몽주를 귀여운 듯이 돌아다보고는 앞서서 걸었다. 두 청년도 뒤미처 걸었다.

아침때가 훨씬 겨운 햇볕은 뜨겁게 그네의 등을 지지었다. 물가에 밀려들었다가 물러가는 잔물결 소리는 고요하였다.

걸치기 고개 쪽에서는 우루루 우루루 하는 기차 소리가 연방 들린다.

본정 좌우에 벌여 있는 일본 상점은 난리 뒤와 같이 쓸쓸하였다. 짐을 산같이 실은 우차가 느럭느럭 부두를 향하고 간다. 자전거가 두서너 채나 한가롭게 지나가고 지나온다. 점점 올라오면서 사람의 왕래가 빈번하였다.

8

성진굽 아래에는 정거장을 짓느라고 일꾼이 우물우물하여 분주하다.

일행은 본정을 지나서 한천교에 다다랐다. 예서부터는 조선 사람 사는 곳이다. 일행은 작대기를 끊듯이 꼿꼿한 큰 거리 가운데로 걸었다. 좌우에 벌여 있는 조선 사람의 가겟방들은 고요하다. 점방 주인들은 이마에 땀이 번지르하여 한가롭게 부채질을 하면서 거리에 지나가고 지나오는 사람을 물끄러미 본다. 육 년 전에 보던 점방이며 사람들이 그저 많이 있다. 김 소사의 눈에는 이 모든 사람이 유복하게 보였다. 크나 작으나 점방이라고 벌여 놓고 얼굴에 기름이 번지르하여 앉은 것이 자기에게 비기면 얼마나 행복스러울까? 자기도 고향에서 그네가 부럽잖게 살았다. 그러나 지금은 그네들보다 몇십 층 떨어져 선 것 같다. 만수와 함께 다니던 듯한 젊은 사람들이 늠름하여 가고 오는 것이 역시 심파心波를 어지럽게 한다. 자취자취 추억의 슬픔이요 소리소리 모욕 같았다.

"어머니, 성진이 퍽 변하였어요."

운경이는 김 소사를 돌아보면서 멋없이 웃는다.

"모르겠다."

하고 대답하는 김 소사는 차마 낯을 들고 걸을 수가 없었다. 낯익은 사람의 낯이 언뜻 보일 때마다 머리를 숙이거나 돌렸다. 의지 없는 거러지 꼴을 그네들 눈에 보이기는 너무도 무엇하였다. 자기는 이 세상에서 아무 권리도 없는 비열하고 고독한 사람같이 생각된다.

'내가 왜 고향으로 왔누? 죽든지 그렇지 않으면 빌어먹더라도 멀찍이서 지내지! 무얼 하려고 이 꼴로 고향을 왔누!'

그는 이렇게 속으로 여러 번 부르짖었다. 그럴 때마다 얼굴이 후끈후끈하고 전신이 길바닥으로 자지러져드는 듯하다.

'흥 별소리를 다 한다. 아무개네는 나보다도 더 못 되어서 돌아와서도 또 이전처럼 살더라.'

이렇게 자문자답으로 망하였다가 흥한 사람을 생각할 때면 자기도 그전 세상이 올 듯이도 생각되며 인생이란 그런 것이거니 하는 한 숙명적인 자기심自棄心 같기도 하고 자위심自慰心 같기도 한 감정에 가슴이 퍽 평평하였다.

"이게 누구요."

"아, 만수 어머니오!"

"참 오래간만이오!"

지나가는 사람이며 점방에 앉았던 사람들이 뛰어나와서는 인사를 한다. 아무리 아니 보려고 외면을 하였으나 김 소사의 얼굴은 오래 인상을 준 그네의 눈을 속이지 못하였다.

"네 그새이 평안하시오?"

만나는 이들은 거의 묻는다. 그네들은 만수의 형편을 몰라서 묻는 것이나 김 소사에게는 그것이 알고도 비웃는 소리 같았다. 또 그네에게 만수의 사정을 알리고도 싶지 않았다.

"만수는 왜 안 보임메?"

김 소사는 이러한 말을 들을 때마다 어찌 대답하면 좋을지 몰라서 주저주저하다가는,

"네, 뒤에 오음메!"

하고는 빨리빨리 걸었다. 북선 사진관 앞에 온 그네들은 왼편 골목으로 기울어져서 십여 보나 가다가 다시 바른편으로 통한 뒷거리로 올라가서 이전 수비대 앞 운경의 집으로 갔다.

"에구, 멀기두 하다."

운경이는 마루에 보퉁이를 놓고 잠갔던 문을 훨훨 열어놓았다.

"월자 아비는 어디로 갔니?"

정주 방으로 들어간 김 소사는 몽주를 내려놓으면서 운경이더러 물었다. 월자 아비는 운경의 남편이었다.

"애 아비는 밤낮 낚시질이라오. 오늘도 새벽 갔소."

운경이는 대답하면서 국수 사러 밖으로 나갔다. 마루에 앉았던 두 청년도 또 온다 하고 갔다.

"한마니, 이게 뭐야? 응 한마니……."

몽주는 어느새 저편에 놓은 재봉침 바퀴를 잡고 서서 벙긋병긋 웃는다.

"에구 아서라. 바늘을 상할라? 이리 오너라, 에비 있다."

김 소사는 걱정하면서 몽주를 오라고 손을 내밀었다.

"응, 에비 있니?"

몽주는 집으려는 패물을 빼앗긴 듯이 서먹하여 섰더니 "에비 에비" 하면서 지척지척 걸어온다. 김 소사는 보통이 속에 손을 넣고 한참 움질움질하더니 벌건 사과를 집어내어서 몽주를 주었다. 몽주는 커다란 붉은 사과를 옴팍옴팍한 두 손으로 움킨 채 야들한 붉은 입술에 꼭 대고 조그만 입을 아기죽하더니 사과를 입술에서 떼었다. 벌건 사과에는 입술 대었던 데가 네모진 조그마한 입자국이 났다. 몽주는 사과를 아기죽아기죽 먹었다.

"할머니 저즈……."

하면서 목을 갸웃뜸하고 김 소사를 쳐다보면서 어려운 것을 애원하듯이 해죽해죽 웃는다.

"에구, 나지 않는 젖을 무슨 먹자구 하니?"

김 소사는 한숨을 쉬면서 무릎에 오르는 몽주에게 쭈글쭈글한 젖을 물렸다.

이날 밤부터 이전에 친히 지내던 이들이 김 소사도 찾아다니면서 만나보았다. 몇몇 늙은 사람 외에는 그를 그리 반갑게 여기지 않았다. 고향은 그를 조롱으로 접대하였다. 만나서는 거개 허허 하였으나 김 소사의 생각하는 바와 같이 그 웃음 속에는 철창에 들어간 만수의 행위와 김 소사의 거지꼴을 조소하는 어두운 빛이 흘렀다. 만수의 친구 몇은 그것을 잘 알았다. 그네들은 진정으로 김 소사를 접대하였다. 창룡이와 경석이는 만수를 생각할 때마다 김 소사가 가긍하고 가긍할수록 더욱 공경하고 싶었다. 운경이는 더 말할 것도 없거니와 사위도 그를 극진히 공경하였다. 그러나 김 소사는 항상 사위의 얼굴이 어렵게 쳐다보였다. 더욱 사돈을 대할 때면 조마조마한 마음을 어디다 비할 수 없었다. 철없는 몽주는 매일 "과자를 다구" "외를 다구" 하고 졸랐다. 운경이는 돈 푼이 생기면 월자는 못 사주어도 몽주는 과자를 사다 준다. 김 소사에게 이것이 또한 걱정이었다.

흐르는 세월은 김 소사를 위하여 조금도 쉬지 않았다. 마천령을 넘어 '어산동' 골을 스쳐 내리는 바람에 성진굽의 푸른 잎이 누런 물들고 바다 하늘에 찼던 안개가 훤하게 개이더니 하룻밤 기러기 소리에 찬 서리가 내렸다. 아침저녁 서늘한 바람과 정오에 밝은 빛은 더위에 흐뭇한 신경을 올올이 씻어주는 듯하더니 가을도 어느새 지나갔다. 펄펄 내리는 눈은 산과 들을 허옇게 덮었다. 사철 없이 굼실굼실하는 바다만이 검푸른 그 자태로 백옥 천지 속에서 으르대고 있다. 갑자년 십일월 십오일이 되었다. 육십 년 전 이날 새벽에 김 소사는 이 세상에 처음 나왔다. 그의 고고성[17]은 의미가 심장하였을 것이다.

운경이는 며칠 전부터 어머니의 '환갑'을 생각하였다. 그날그날을 겨우 살아가는 운경이로는 도리가 없었다. 사위도 말은 없으나 속으로는 애썼다.

---

17 매우 높고 크게 내는 소리.

김 소사는 자기 환갑 걱정을 하지나 않나 하여 딸과 사위의 눈치만 보았다. 그는 환갑 쇠기를 원치 않았다. 구차한 딸에게 입신세 지는 것도 조마조마한데 환갑 걱정까지 시키기는 자기가 너무도 미안스러웠다.

이날 아침에 운경이는 흰밥을 짓고 소고깃국을 끓였다. 이것도 운경의 집에서는 별식이었다.

상을 받은 김 소사는 딸 몰래 한숨을 쉬었다. 참으려야 참을 수 없는 눈물이 눈 속에 솔솔 흐르고 목이 꽉꽉 메어서 밥이 넘어가지 않았다. 가까스로 넘긴 밥도 심사가 울렁울렁하여 목구멍으로 도로 치밀어 올라오는 듯하였다. 김 소사는 따뜻한 구들에 앉고 맛있는 음식을 입에 넣으면 운경의 내외가 애쓰는 것이 미안하여 억지로 먹는 척하면서 몽주 입에도 떠 넣었다. 김 소사의 사색을 살핀 운경이는,

"어머니 많이 잡수, 몽주야, 너는 나와 먹자."

하면서 몽주를 끌어안았다.

"놓아두어라. 내가 이것을 다 먹겠니?"

그는 말 마치기 전에 눈물이 앞을 핑 가리어서 콧물을 쿨쩍 들이마시었다. 운경의 내외는 말없이 서로 얼굴을 쳐다보았다. 운경의 머리에는 자기가 어려서 어머니 생일에 떡 치고 돼지 잡던 기억이 어렴풋이 떠올랐다. 김 소사는 얼마 먹지 않고 술을 놓았다.

"어머니 웨 잡숫잖습니까? 또 만수를 생각하는 겝니다, 하하."

사위는 억지로 웃었다.

"아니 많이 먹었네."

김 소사는 담뱃대에 담배를 담았다.

이날 낮에 창룡의 내외는 떡국을 쑤어 왔다. 김 소사는 슬픈 중에도 기뻤다. 자기 환갑날을 위하여 누가 떡국을 쑤어 오리라고는 생각지 않았다. 김 소사는 창룡의 아내가 갖다놓는 떡국 상을 일어서서 황송스럽게 두 손으로 받았다. 젊은 사람 앞에서 "네! 네!" 하고 공경을 부리는 김 소사의 모양이 창룡이와 경석의 눈에는 비열하고 측은하게 보였다. 아— 만수 군이 있어서 저 모양을 보았으면 피를 토하리……. 경석이는 이렇게 생각하면서 한숨을 쉬었다.

"어머니 그냥 앉아 계십시오. 모다 자식의 친구가 아닙니까!"

창룡의 말.

김 소사는 창룡의 젊은 내외가 서로 웃고 새새거리면서 정답게 지내는 것을 볼 때마다 가슴속이 답답하였다.

'오오 내가 왜 만수를 장가보냈던구? 저렇게 저희끼리 만나서 정답게 살게 못했던구? 싫어하는 장가를 내가 왜 보냈던구? 이 늙은 것이 왜 아들의 말을 듣지 않았나! 그저 늙으면 죽어야 해! 우리 만수도 어디 쟤들만 못한가? 일찍 뉘를 본댔더니 뉘커녕 도로 앙화를 받네! 글쎄 이 늙은 것이 어쩌자고 그런 짓을 했누? 밥이 되든지 죽이 되든지 저 하는 대로 내버려두지!"

김 소사는 이러한 생각에 한참이나 멀거니 앉았었다. 경석이는 원래 능하고도 존존한[18] 정다운 말로 김 소사를 위로하였다.

경석이는 처자도 없고 부모도 없고 집도 없고 직업도 없는 청년이다. 그는 일갓집에서 몸을 그날그날 지내간다. 그의 학식

---

18 존존하다. 피륙의 발 따위가 잘고 곱다.

과 인격은 비범하다. 그가 만세를 부르고 감옥에 들어가고 감옥에서 나온 후로 ××주의자가 되어 여러 방면으로 활동하게 되면서부터 당국의 검은 손이 등 뒤를 떠나지 않고 쫓아다녔다. 그것이 드디어 그로 하여금 직업장에서 구축을 받게 하였다. 그는 굶거나 벗는 것을 염두에 두지 않았다. "감옥에 가면 공부하고 나오면 또 주의 선전한다"는 것이 그의 항다반 하는 소리였다. 그의 기개를 안다는 사람들은 그 말을 믿는다.

김 소사의 앞에 앉은 경석의 신경은 또 비애와 의분에 들먹거렸다. 자기의 처지를 생각하든지 김 소사와 만수의 처지를 생각하면 슬펐다. 그 슬픔은 그 몇몇 사람의 처지에만 대한 슬픔이 아니었다. 그 몇몇 사람을 표본으로 온 세계를 미루어 생각할 때 그는 주림과 벗음에 헐떡이는 수많은 생명 속에 앉은 듯하였다. 피기름이 엉긴 비린내 속으로 처량히 흘러나오는 굶은 이의 노래가 귓가에 들리는 듯하며 벌거벗고 얼음구멍에 헤매며 짜릿짜릿한 신음 소리를 지르는 생령이 눈앞에 보이는 듯하였다. 눈을 번쩍 떴던 경석이는 입술을 꼭 깨물면서 눈을 감았다.

'아! 뛰어나가자! 저 소리를 어찌 앉아서 들으랴? 이 꼴을 어찌 보랴? 아! 가련한 생령아! 나도 너희와 같은 자리에 섰다. 만수도, 어머니도, 몽주도…… 성진도 아니 전 조선이 그렇구나. 아! 이 역경을 부수지 않으면 우리 목에 ○○○○○○○○○ 않으면 우리는 영영 이 속을 못 벗어나리라. 뛰어 나서자!'

이렇게 경석이는 가슴속으로 부르짖었다. 피는 질서 없이 뛰었다. 그는 눈을 뜨고 벌떡 일어나서 밖으로 나왔다. 쌀쌀한 겨울바람은 붉은 그의 여윈 낯을 스쳤다.

'흥 세상은 만수를 조롱한다. 만수 어머니를 업수이 본다. 만수 어머니시여! 웃는 세상더러 기껏 웃어라 하옵소서. 어머니를 웃는 그네들에게 어머니보다 나은 것이 무엇이 있습니까? 아! 불쌍도 하지, 피 묻은 구렁으로 들어가는 그네들은 나오려는 사람을 웃는구나! 오오 만수야! 내 아우야! 너는 선도자다.'

눈을 밟으면서 내려오는 경석이는 이러한 생각에 골똘하여 몇 해 전 자기가 고생하던 감옥을 눈앞에 그려보았다. 그는 천사만 념에 발이 어디까지 온 것을 의식치 못하였다. 그는 머리를 번쩍 들었다. 어시장으로 지나온 그는 한천철교漢川鐵橋 아래까지 이르렀다. 퍼―런 얼음장 아래로 흐르는 물소리는 쿨렁쿨렁하는 것이 몹시 노한 듯하였다. 해는 벌써 서산에 뉘엿뉘엿 넘어간다.

"아아 조선의 해돋이여!"

석양빛을 보는 경석의 눈에서 흐르는 눈물은 온 얼음 세계를 녹일 듯이 뜨거웠다.

―어머니 회갑 갑자년 11월 15일 양주 봉선사에서

― 〈신민〉, 1926. 3.

그믐밤

시대: 20여 년 전

장소: 함북 어떤 농촌

1

삼돌의 정신은 점점 현실과 멀어졌다. 흐릿한 기분에 싸여서 한 걸음 한 걸음 으슥하기도 하고 그저 훤한 것 같기도 한 데로 끌려갔다.

수수깡 울타리가 그의 눈앞을 지나고 꺼뭇한 살창이 꿈속같이 뵈는 것은 자기 집 같기도 하나, 커다란 나무가 군데군데 어른거리고 퍼런 보리밭이 뵈는 것은 이웃 최돌네 집 사랑뜰 같기도 하고, 전번에 갔던 뫼 같기도 하였다. 그러나 그는 그곳이 어딘 것을 알려고도 하지 않았고, 또 그 때문에 기분이 불쾌하지도 않았다. 그는 자기가 앉았는지 섰는지도 의식치 못하였으며 밤인지 낮인지도 몰랐다.

그의 눈은 그저 김 오른 거울같이 모든 것을 멀겋게 비칠 뿐이
었다.

이때 그의 정신을 흔드는 것이 있었다. 그것은 조금 전부터 저
편에서 슬금슬금 기어오는 커단 머리였다. 첨에는 저편에 수수
깡 울타리 같기도 하고 짚더미 같기도 한 어둑한 구석에서 뭉긋
이 내밀더니 점점 가까워질수록 흰 바탕에 누런 점이 어른거리
는 목 배때기며 검푸른 비늘이 번쩍거리는 머리며, 똑 뼈진 똥그
란 눈이며, 끝이 두 가닥 된 바늘 같은 혀를 홀닥홀닥 하는 것이
그리 빠르지도 않게 슬근슬근 배밀이해 오는 꼴은 차마 볼 수 없
었다.

그의 가슴은 두근거렸다. 등에는 그도 모르게 찬 땀이 흘렀다.
그는 뛰려고 하였다. 다리는 누가 꽉 잡는 듯이 펼 수 없고 팔도
움직일 수 없었다. 그 무서운 기다란 짐승은 조금도 거리낌 없이
슬근슬근 기어왔다.

이제 위급이 한 찰나 새이다. 그의 몸과 그의 짐승의 입 사이
는 겨우 한 자나 남았다.

그는 소름이 쪽 끼치었다. 그는 악을 썼다. 사지는 여전히 마
비된 듯하여 꼼짝할 수 없었다. 소리를 질렀다. 입만 짝짝 벌어질
뿐이지 목구멍이 콱 막혀서 숨도 크게 쉴 수 없었다.

그의 숨결은 울렁거리는 가슴과 같이 급하고 잦았다.

온몸의 피를 끓여가면서 쓰는 애도 이제 모두 허사가 되었다.
그의 왼편 발뒤꿈치가 뜨끔하였다.

"으악······."

그는 온몸의 악을 다 내어 소리를 치면서 내뛰었다. 물인지 불

인지 모르고 내뛰었다. 징그럽게도 긴 그 짐승은 발뒤꿈치를 꽉 문 채 질질 끌렸다.

"에구…… 이잉…… 아이구."

그는 소리쳐 울었다. 뛰던 그는 귀를 찌르는 벽력같은 소리에 우뚝 섰다. 머리를 돌렸다 하늘을 쳐다보고 땅을 굽어보고 사면을 돌아보았다.

"저게 미치지 않았는가?"

"히히히."

"야 이놈아! 아프다고 핑계를 대고 자빠졌다가 지랄이 무슨 지랄이야? 으응! 칵 퉤……."

마루 위에서 벽력같이 지르는 주인 김 좌수의 호령 소리가 두 번 날 때, 삼돌이는 정신이 번쩍 들었다. 그의 눈앞에는 고래등 같은 기와집이 엄연하게 보이고 마루 위에 거만스럽게 앉은 김 좌수의 불그레한 낯이 보였다. 소나기 뒤 쨍쨍한 볕은 추근한 땅에 흘러서 눈이 부시고 서늘히 스쳐가는 바람 곁에 논매는 노래가 들렸다. 그는 별세상에 선 듯하였다.

"야 이 머저리(바보) 같은 놈아, 글쎄, 무슨 머저리 행세(바보짓)냐? 무시기 어쩌구 어째? 뱀아페(한테) 물긴 게 아프구 어쩌구, 뛰기만 잘 뛰더구나!"

김 좌수는 물었던 장죽을 한 손에 뽑아들고 노염이 충일해서 호령을 하였다. 뜰에 나다니는 여편네들은 입을 막고 돌아가면서 웃었다. 삼돌이는 죽은 듯이 서 있었다.

"글쎄 이놈아, 입이 붙었니? 어째 대답이 없니? 어째 그랬니?"

김 좌수는 또 소리를 질렀다.

"뱀이 와서 발뒤축을 물어서⋯⋯."

삼돌이는 쥐구멍으로 들어갈 듯이 겨우 대답하였다.

"뱀이? 저놈으 새끼 실루 미쳤구나! 뱀아페 물긴 게 아프다구 허덕깐[1]에 한나절이나 자빠졌었는데 무슨 뱀이 또 거기 있더란 말이냐? 저눔이 필시 꿈을 꾼 게로구나? 하하."

김 좌수는 마지막 말에 자기로도 우스운지 웃음을 못 참았다.

'참말 그래 내가 꿈을 꾸었나.'

이렇게 속으로 생각한 삼돌이도 픽 웃었다. 삼돌의 웃는 것을 본 김 좌수는 다시 노염이 등등해서 호령을 내린다.

"제야 잘한 체 웃음이 무슨 웃음이냐? 어서 또 가봐라. 비 오구 난 뒤끝이니 나왔을 거다⋯⋯."

"아―구 실루, 머저리네!"

병아리 다리를 노끈으로 붙잡아 매어가지고 마루 아래서 놀던 김 좌수 아들 만득이가 삼돌이를 보면서 입을 삐쭉하였다. 삼돌에게는 만득의 소리가 더욱 듣기 괴로웠다. 자기보다도 퍽 차가 있는 어린것에게까지 비웃음을 받는 것이 알 수 없이 불쾌하고 낯이 붉어지면서 온몸이 땅속으로 잦아드는 것 같았다. 만득이는 연주창蓮珠瘡으로 목을 바로 못 가지고 늘 머리를 왼편으로 깨웃하였다. 뻣뻣이 말라서 허수아비에 옷을 입힌 듯한 만득의 해쓱한 낯을 볼 때 삼돌의 가슴에는 가긍스런 생각도 치밀고 미운 생각도 치밀었다. 그것 때문에 밤낮 '배암' 잡아들이라는 호령 받는 것을 생각하면 어서 죽여버리고도 싶었다. 그리고 전번에 왔던

1 헛간.

의사도 미웠다. 그놈이 아니었다면 배암 잡으러 왜 다녀? 이렇게
도 생각하였다.

"산 배암에게 물리면 연주창에 큰 효과가 있다."

하고 의사가 가르친 뒤로부터 삼돌이는 배암 잡으러 다녔다. 그
러다가 이틀 전에 배암에게 다리를 물리고 그것이 너무 아파서
오늘은 드러누웠더니 그런 꿈을 꾸고 또 이 봉변을 당하고 있다.

"낼까지 그러고 있겠니? 빨리 가 잡아라!"

김 좌수의 호령에 멍하니 섰던 삼돌이는 왼편 다리를 절룩절룩
절면서 사랑 머슴방으로 나갔다. 쨍쨍한 볕은 그저 땅에 흘렀다.

2

삼돌이는 배암 잡는 무기를 들고 집을 나섰다. 그것은 낚싯대
끝에 말총 올가미를 붙잡아 맨 것이다. 배암의 목을 올가미질하
려는 것이다. 이것은 삼돌의 지혜로 나온 무기였다. 땀과 먼지가
엉키어서 찌덕찌덕한 적삼 등골로 스며드는 삼복 볕은 유난스럽
게 뜨거웠다. 무릎까지 오는 베 고의에 코가 떨어진 짚신을 끌고
절룩절룩 걸을 때마다 몸에서 오르는 땀 냄새는 시큿하고 구렸다.

집 앞 채마밭을 지나서 눈이 모자라게 벌어진 논가 길에 나섰
다. 지지는 볕 아래 빛나는 흥건한 논물은 자 남짓이 큰 벼포기
그늘을 잠갔다. 그루를 박아 세운 듯한 한결같은 키로 질펀히 이
어 선 벼는 윤기 나는 푸른 비단을 살짝 깔아놓은 것 같았다. 이
따금 스치는 서늘한 바람에 가는 벼 잎이 살금살금 물결치는 것

은 빛나는 봄 하늘 아래서 망망한 큰 바다를 보는 것 같았다. 삼돌이는 멍하니 서서 그것을 보았다. 시각이 옮겨갈수록 현실에 괴로운 그의 의식은 점점 신선하고 빛나는 자연과 어우러져서 그는 자기라는 존재까지 잊었다. 그에게는 빛나는 태양과 푸른 벌판과 서늘한 바람이 있을 뿐이었다. 베 고의적삼에 삿갓을 쓰고 논 기음[2]에 등을 지지던 농군들은 저편 방축 버드나무 그늘 아래서 담배도 피우고 장기도 두고 있다. 삼돌이는 그것을 볼 때 잠잠하던 마음이 다시 물결쳤다. 자기도 밭이나 논에서 기음 맬 때는 길 가는 개까지 부럽더니 오늘은 그것이 도리어 부러웠다. 그는 아픈 다리를 질질 끌면서 방축 아래 좁은 길로 앞산을 향하였다.

"삼돌이, 자네 또 뱀 잡으러 가는가?"

방축 위 서늘한 그늘 속에 누워서 담배 피는 늙은 농군이 소리쳤다. 삼돌이는 대답 없이 그리를 쳐다보며 빙그레 웃었다.

"웃기는, 개꽃 싸라간 눔처럼! 히히."

그 옆에서 고누를 두던 쇠돌이라는 젊은 농군이 웃었다.

"에이구! 끅끅 뱀이를 그렇게두 잡니? 새나 다람쥐를 말총 올개미루 잡지 뱀을 올개미로 잡는 데를 어디서 봤니, 하하하."

"그러문 어떻게 잡니?"

힘없이 말하는 삼돌은 서먹한 웃음을 억지로 웃었다.

"몽치로 때려 붙들어야지 이눔아. 뱀이 죽었다구 올개미에 들겠니?"

"응, 때리문 죽어두……. 산 뱀이라야 쓴단다."

---

2 김. 논밭에 난 잡풀.

누군지 기다리고 있는 듯이 받아쳤다.

"응, 산 뱀은?"

"김 좌수 아들이 옌쥐챙 있는데 손가락 물기문 낫는다네."

이런 말을 듣다가 삼돌이는 다시 걸음을 걸었다. 머리 뒤에서 수군거리고 웃는 것은 모두 자기를 비웃고 멸시하는 듯이 불쾌하였다. 걸음까지 터벅거렸다.

모래땅은 물기운이 벌써 빠져서 삭삭 마르고 굳고 오목한 데는 그저 빗물이 괴어서 반짝거렸다.

구불구불하고 축축한 산길을 휘돌아 오른 삼돌이는 쓰러진 나뭇등걸에 걸터앉았다. 등에는 땀이 흠씬 내배고 전신에서 후끈후끈 오르는 땀 냄새는 김같이 뜨겁고 시틋하였다. 그는 이마의 땀을 씻으면서 가슴을 풀어헤쳤다. 가슴은 마구 뛰었다.

크고 작은 소나무가 빽빽이 들어서서 으슥한 속에 가지 사이로 흘러드는 쩅쩅한 볕은 우거진 풀잎에 아롱아롱 흘렀다. 이따금 우우 하고 소나무 끝을 스치는 바람 소리는 시원히 들리나 숲 속은 고요하였다. 나무와 나무 사이를 스쳐서 어른어른 푸른 벌이 내려다보이고 그 한쪽으로 볕에 눈이 부실 듯한 마을 집마을이 보였다. 이렇게 사면을 돌아보면서 한참 앉았으니 몸이 점점 식고 마음이 가라앉아서 한숨 자고 싶었다. 그러나 주인 영감의 시뻘건 눈깔이 눈앞에 언뜻할 제 그는 정신이 바짝 들고 자기도 모르게 벌떡 일어났다. 그는 다시 터덕터덕 산마루턱 감자밭 가에 이르렀다. 우중충한 숲 속을 벗어나오니 환한 것이 졸지에 딴 세상이나 밟는 것 같았다. 그는 감자밭과 숲 사이에 난 좁은 길로 돌아다니면서 끼웃끼웃하였다. 돌을 모아놓은 각담도 뒤져보고 쓰러진 나뭇등걸 위도 보았다. 소나기 지난 뒤요, 따라서 볕이 쨍쨍하니 배암이 나오리라는 자신도 없지 않았다. 그는 어둔 벼랑 길을 더듬는 소경처럼 조심조심스럽게 걷다가는 서고 서서는 이리 기웃 저리 기웃하였다. 이름도 모를 풀이 우거진 숲을 들여다보고 풀잎이 다리에 스르럭스르럭 스칠 때면 그는 공연히 몸이 오싹오싹하고 옮기던 발이 저절로 멈추어졌다. 어디서 바람 소리 새소리만 들려도 그의 가슴은 두근두근하였다. 이렇게 어청어청하다가 감자밭 맨 끝 커단 나무가 쓰러진 곳에 이르러서 그는 우뚝 서면서 입을 벌렸다. 그는 금방 뒤로 자빠질 듯이 궁둥이를 뒤로 내밀고 서서 어쩔 줄을 몰랐다. 그의 눈은 유리알을 박은 듯이 꼼짝 않고 쓰러진 나무 위만 쏘고 있다.

크고 작은 풀이 우거진 새에 흉악한 짐승같이 쓰러진 나무는 언제 쓰러진 것인지 껍질은 썩어 벗겨지고 살빛이 꺼뭇하게 되었다. 군데군데 쪽쪽 트기도 하고 감탕[3] 물속에 거머리 지나간 자취모양 아롱아롱 좀먹은 자리도 있다. 그리고 어떤 데는 뜨거운 볕에 송진이 끓어서 번지르하고 찐득찐득하게 보였다. 그 나무 한복판에 길이가 발이 넘고 굵기가 어린애 팔뚝만한 것이 고요히 붙어 있다. 퍼런 등골은 햇볕에 윤기가 번득거리고 히슥한 뱃살에 누런 점이 얼룩얼룩하였다. 그리고 둥그스름하고 넓적한 머리에 불끈 뻬진 눈은 때룩때룩하였다. 그 생김생김이 자기를 물던 놈 같기도 하였다. 그놈에게 물려서 이틀 밤이나 신고를 하고 아직도 낫지 않는 것을 생각하면 그놈을 꼭 깨물어 잘근잘근 씹

---

3 갯가나 냇가 따위에 깔려 있는, 몹시 짙어서 질퍽질퍽한 진흙.

어 삼키고 싶으나 때룩때룩한 눈깔이나 얼룩얼룩 징그럽게 늘어진 꼴은 금방 몸에 와서 말리고 서리는 듯해서 점점 뒷걸음만 났다. 그러다가도 주인 영감에게 서리 같은 호령 들을 것을 생각하니 그저 물러갈 수도 없었다.

우우하는 소리와 같이 수수 흔들리는 소리가 들렸다. 배암만 보고 무시무시하게 서 있던 삼돌이는 깜짝 놀라 뒤를 보고 발을 굽어보았다. 그것은 바람 지나는 소리였다. 그는 긴 한숨을 쉬면서 가만가만 나뭇등걸 곁으로 갔다. 손에 잡은 낚싯대가 자랄 만한 곳에 가서 엉거주춤 섰다.

"획— 획."

그는 휘파람을 불었다. 고요한 볕 아래 누웠던 배암은 그 소리를 들었는지 머리를 들어 ㄱ자로 구부리고 눈을 때룩때룩하였다. 그때 그놈을 칵 때렸으면 단박 잡을 듯하나 그래서 죽으면 힘은 힘대로 들이고 아무 소용없는 짓이다. 그러나 그놈을 설다루어서는 뺑소니를 칠 것이다. 삼돌이는 이렇게 생각은 하면서도 어쩔 줄을 몰랐다. 그는 낚싯대를 뻗쳐서 올가미를 배암 머리 편에 댔다. 배암은 머리를 기웃기웃하더니 늘씬한 몸을 늘였다 졸이면서 그 나뭇등걸 밑으로 머리를 수그렸다. 푸른 바탕에 누른 점 흰 점이 볕에 얼른얼른 빛났다. 그것이 징글징글 기어 풀 속으로 내리는 것은 정신이 아찔하도록 무서웠다. 그것이 풀포기 밑으로 스르르 나와서 바짓가랑이 속으로 금방 들 듯이 신경이 찌긋찌긋하였다. 그는 등골에 찬 땀을 흘리면서 소름을 쳤다. 그러면서도 그것을 놓치는 것이 안되어서 자기도 모르게 낚싯대로 등걸에 겨우 남은 꼬리를 쳤다. 꼬리는 꾸불하더니 쏜살같이 풀 속에 숨어버렸다. 그때 그는 바른편 넓적다리가 뜨끔하였다. 그것은 배암의 꼬리를 칠 때 낚싯대 그루가 잘못 넓적다리에 찔린 것이었다. 신경이 예민해서 그는 그것이 배암의 이빨이 박히는 줄 믿었다.

"으악……."

삼돌이는 낚싯대를 버리고 뜨끔한 넓적다리를 붙잡으면서 뛰었다. 감자 포기, 풀포기, 나뭇등걸, 가시밭― 그 모든 것을 헤아릴 수 없이 마구 뛰었다. 발에 걸쳤던 짚세기는 어디로 갔는가? 발끝과 아랫다리는 나무그루와 가시에 찢겨서 새빨간 피가 스치는 풀잎을 물들였다. 그 모든 것을 느끼지 못하고 삼돌은 그저 허둥지둥 뛰었다. 한참 뛰던 삼돌이는 짜근― 소리와 같이 두 눈에서 불이 번쩍 일면서 정신이 아찔하여 그 자리에 쓰러졌다. 아무도 없는 고요한 숲 속 바위 밑에 쓰러진 삼돌의 이마에서는 걸디건 피가 느른히 흘렀다.

바람은 때때로 숲 끝을 우수수 지났다. 서천에 좀 기운 볕은 여전히 가지 사이로 흘러들었다. 멀리 논벌에서 은은히 울려오는 논김 노래가 새소리 벌레 소리와 같이 숲 속으로 흘렀다.

3

삼돌이는 등골이 선뜩선뜩함을 느끼면서 흐릿한 눈을 비비었다. 우중충한 가지와 가지가 머리를 덮은 사이로 흰 하늘이 엿보였다. 그는 일어앉아서 앞뒤를 보았다. 자기 몸은 뜻하지도 않은 풀 속에 있다. 지금이 아침인가? 저녁인가? 또는 꿈인가? 이렇게 생각하다가 그는 피 묻은 자기 손이 언뜻 눈에 띄자 두 눈이 뚱그레졌다.

손을 펴서 들고 뒤쳐보고 젖혀보다가 적삼 앞과 고의에 검붉은 피가 발린 것을 보고 그의 눈은 더 뚱그레졌다. 그는 비로소 앵한 이마가 쩌릿쩌릿함을 느꼈다. 그는 이마에 손을 대었다. 손이 닿을 때 이마가 쓰리고 손에 칙은한 것이 발렸다. 그는 손을 떼어보았다. 언제 흐른 피런가. 엉기어 걸어져서 흐르지는 않고 그 빛은 검붉다. 이마는 점점 쓰리고 아팠다. 그는 쫑그리고 우두커니 앉아서 두 손을 엇결은[4] 채 피 씻을 생각도 하지 않고 무엇을 생각하였다. 그의 눈은 옛 기억을 좇는 듯이 흐릿한 속에 의심이 들어찼다.

피가 웬 필까? 어찌하여 예까지 왔나? 집에서 떠나서 배암 잡다가 뛰던……. 이렇게 아까 일이 오랜 일같이 슬금슬금 떠왔다. 그러나 어찌하여 이마가 터진 기억이 얼른 나지 않았다. 누구에게 맞았나? 아니 맞았으면 모를 리 없다. 배암에게 물렸나? 배암이 이렇게 물 리는 없고……. 이렇게 생각생각 끝에 허둥허둥 뛰다가 이마가 짝근 부딪치던 일까지 생각났다. 그러나 뒷일은 종시 떠오르지 않았다.

"오오, 그래 어디 부딪친 게로구나!"

그는 무슨 수수께끼나 푼 듯이 이렇게 혼자 부르짖었다. 동시에 그는 넓적다리를 급히 만져보았다. 아까 뜨끔하던 기억이 오른 까닭이었다. 그러나 아무렇지도 않은 것을 볼 때 그는 혼자 픽

---

4 엇걸다. 서로 어긋나게 맞추어 걸다.

웃으면서 한숨을 지었다.

삼돌이는 모든 기억이 또렷이 나설수록 이마가 몹시 저렸다. 그는 풀잎을 따서 피를 씻었다. 풀잎이 상처에 닿을 때면 바늘로 따끔 찌르는 듯도 하고 딱지 뗀 헌 데를 만지는 것 같기도 해서 온몸이 송구러들었다. 피를 씻은 뒤 허리끈을 풀어서 이마를 동였다. 그리고 바지춤을 움켜잡고 숲 속을 어슬렁어슬렁 나왔다.

감자밭에 나선 그는 조심스럽게 아까 배암 나왔던 등걸 앞으로 갔다. 풀대가 바람에 어른하여도 배암 같아서 가슴이 뜨끔하였다. 그는 저편 풀 위에 던져져서 풀이 바람에 움직일 때마다 흔들리는 낚싯대를 집어 들고 마을로 내려갔다.

숲 속에 흐르던 볕은 자취를 감추고 눅눅한 그늘이 숲을 덮었다. 바람이 스치는 때마다 잎들은 우줄우줄 춤을 췄다. 어디선지 새 소리가 울렸다. 나무 사이를 스쳐서 멀리 파란 벌판 끝에 저녁볕이 벌겋게 타들었다. 그는 더듬더듬 내려오다가 길옆에 서리서리 늘어진 칡 줄기를 잘라서 허리를 잡아매었다. 우중충한 숲을 벗어나서 산 아래로 내려온 그는 볕에 나섰다. 아까 오던 방축 아랫길로 발을 옮겼다. 방축에 모여 앉았던 일꾼들은 깡그리 논으로 내려가고 머리에 석양을 받은 수양버들만이 실바람에 흐느적거렸다.

앞으로 끝없이 끝없이 잇닿은 푸른 논판에 붉은 저녁볕이 비껴 흐르고 실바람이 스치는 것은 더욱 아름다웠다. 온 세상의 모든 행복은 기름이 흐르듯이 윤기 돌아 먹음직하게 연연히 자란 푸른 포기가 벼 바다에 물결처 넘는 듯하였다. 온몸을 벼포기 속에 숨기고 오직 삿갓 꼭대기와 땀 밴 등만 드러내고 걸음걸음 기어가면서 김매는 농군들은 신선같이 보였다. 그는 그것을 보고 맞추어 부르는 격양가 소리에 귀를 기울이고 멍하니 서 있었다. 자기도 배암잡이만 아니었다면, 아니 그놈의 만득이 연주창만 아니었다면 지금 저 속에서 저네와 같이 노래를 부를 것이다. 이슬에 베잠방이를 적시고 불볕에 등골을 지지면서 김매는 것이 더 말할 수 없는 설움이요 괴로움인 줄 알았더니 이제 와서는 세상에 그처럼 즐거운 일은 없을 것 같다. 지금 신선같이 느껴지는 그네, 저 푸른 벼 바닷속에서 김매고 노래 부르는 그네가 모두 자기와 같은 사람이요, 또 자기 친구요, 또 같은 일꾼으로 네냐 내냐 지내왔는데 지금은 그네가 별로 높아진 듯이 느껴졌다. 그렇게 느껴질수록 그는 두 어깨가 축 늘어지는 것 같고 온몸이 땅에 자지러지는 듯하였다. 스쳐가는 바람, 흔들리는 풀조차 자기를 비웃는 듯이 자취자취 설움이었다.

어려서 부모를 잃고 남의 집구석으로 다니면서 꼴이나 베고 소나 먹이며 김매면서 나이 삼십이 되도록 장가도 못 들고 — 그것도 부족하여 팔자에 없는 배암잡이로 다리 병신 되고 이마까지 터뜨린 것을 생각하니 새삼스럽게 가슴이 미어지고 눈에 눈물이 핑 돌았다. 그는 그 자리에 주저앉아 울었다. 목이 메어 소리는 나오지 않고 눈물만 쫙쫙 흐르고 가슴이 꽉꽉 막혀서 주먹으로 가슴만 꽝꽝 쳤다.

논판에 흐르는 석양은 점점 자리를 옮겨서 멀리멀리 붉어가고 서늘한 실바람은 끊임없이 수양버들 가지를 흔들었다.

한참 애끓게 울던 삼돌이는 주먹으로 눈물을 씻고 일어섰다. 방축 아래 벼 잎에 진주 같은 이슬이 쪼르르 쪼르르 흐르는 논가 좁은 길을 지나 집 가까이 왔다. 타박타박한 그의 걸음은 더 느려졌다. 그의 발은 마음과 같이 무거웠다. 만일 그의 손에 꿈틀거리는 산 배암만 잡혔다면 그는 이마가 저리고 다리 아픈 것까지 잊어버리고 집으로 달아 들어갔을 것이다. 주인 영감의 독살 오른 눈과 고무 볼같이 불어서 불룩불룩하는 두 뺨이 눈앞을 언뜻 지날 때 그는 어깨를 오싹하면서 머리를 힘없이 가슴에 떨어뜨렸다. 그는 발을 돌렸다. 그만 어디라 없이 끝없이 끝없이 가버리고 싶었다. 이꼴 저꼴 다 안 봤으면 살이 찔 것 같았다.

'애키 가자! 그만 달아나자!'

이렇게 생각은 하였으나 가면 어디로 가며, 간들 무슨 수가 있으랴— 하는 생각이 또 머리를 쳤다. 뒤따라 너덜너덜한 누더기를 몸에 걸치고 이집 저집 들어가도 밥 한술 주지 않고 일까지 시켜주지 않아서 주린 배를 움켜쥐고 이슬을 맞으면서 밤을 지내던 옛날의 자기 그림자가 눈앞에 떠오를 때 그는 그것을 보지 않으려는 듯이 머리를 흔들면서 획 돌아서서 집으로 빨리빨리 걸어갔다.

삼돌이는 집에 가까이 왔을 때 집 앞 채마밭에 나선 주인 영감의 그림자를 보고 가슴이 두근두근하며 눈앞이 흐리고 다리가 떨렸다. 마치 침침칠야[5]에 무서운 짐승 있는 굴로 들어가는 듯하였다.

"응, 오늘은 잡았지?"

삼돌이를 본 김 좌수는 '네까짓 놈이 그렇지 무얼 잡겠니' 하

5 아주 가까운 거리도 분간할 수 없을 정도로 아주 어두운 밤.

는 눈초리로 물었다. 삼돌에게는 그 소리가 벽력같았다. 그는 머리를 수그리고 가만히 서 있었다.

"어째서 대답이 없니?"

김 좌수의 소리는 점점 커졌다.

"못 잡았소…….'

무서운 권력 앞에 마주 선 잔약한 생명의 소리같이 삼돌의 가는 소리는 떨렸다.

"응, 무시기 어쩌구 어째? 아까운 쌀을 뱃등이 터지두룩 먹구 그거 하나두 못 잡는단 말이냐? 응, 글쎄!"

주인 영감은 삼돌이를 쥐어나 박을 듯이 벌벌 떨면서 눈이 빨개서 삼돌이를 노려보았다.

"이매는 왜 그 꼴이냐?"

"뱀아페(뱀한테) 딸기와서(쫓겨서) 엎어져서(넘어져서) 그랬음메!"

그는 겨우 울듯 울듯이 대답하였다.

"엑!"

주인 영감은 주먹을 불끈 쥐고 이를 악물더니 가죽신 신은 발로 삼돌의 가슴을 찼다.

"힝."

삼돌이는 기운 없이 자빠졌다.

"이눔아!"

주인 영감은 또 쥐어박을 듯이 주먹을 부르쥐고 앞으로 몸을 쏠리면서,

"이 못생긴 놈아! 응? 뱀 잡기 싫으니 일부로 이매를 터쳐가지

구 와서…… 즌 개소리를 친단 말이냐? 그깟 눔의 핑계 대문 뉘 귀 곧이나 듣니? 웅 이눔아(거꾸러져 소리 없는 삼돌의 등을 꽝 밟으면서), 가가라, 저런 쌍눔으 새끼를 밥을 멕이다니……."

분이 나서 소리를 고래고래 지르면서 펄펄 뛰었다.

"애고! 이게 영감이사…… 이게 워쩐 일이오. 그만두오!"

곁에 섰던 주인마누라가 주인의 팔을 끌어당겼다.

"노덕(마누라)이는 아무 것두 모르구서 가만있소! 저눔아를 죽이든지 내쫓든지 해야지!"

주인은 또 발을 들었다. 주인마누라는 주인의 발을 잽싸게 안으면서,

"영감! 이거 그만두오……."

울듯이 말렸다. 어른 아이 할 것 없이 채마밭머리에 죽 모였다. 삼돌이는 땅에 거꾸러진 채 아무 소리도 없었다. 무심한 저녁연기는 점점 퍼져서 마을을 싸고 먼 산허리까지 가렸다. 괴괴거리고 발머리를 헤매던 닭들도 홰에 오르기 시작하였다.

4

밤부터 내리는 실비는 아침에도 출출 내렸다. 김 좌수는 아침 뒤에 삿갓을 쓰고 비를 맞으면서 배추밭에 오줌똥을 주었다. 거뭇하고 부들부들한 흙에 비가 괴어서 디딜 때마다 발이 쑥쑥 들어갔다. 삿갓에 떨어진 비는 삿갓 네 귀로 낙숫물처럼 흘러내렸다. 후줄근한 고의적삼 소매 끝과 가랑이 끝에도 물이 뚝뚝 흘렀

다. 그는 팔을 불끈 걷어붙이고 바가지로 똥을 풀어논 것을 퍼서
는 한쪽 손으로 배추 포기를 비스듬히 밀면서 밑동에 부었다. 큰
항아리 통같이 비대한 몸이 끙끙 하면서 등깃등깃 수그렸다 일
어났다 하다가는 한숨을 쉬고 턱에 흘러내린 빗물을 씻으면서
빳빳이 서서 이리저리 돌아보았다.

바람 없는 가는 빗발이 푸른 잎잎에 소리를 치는 것은 먼 바람
소리 같기도 하고 은은한 물소리 같기도 하였다. 넓은 들과 먼 산
은 뿌연 빗속에 고요히 잠자는 것 같다.

어디서 개구리 소리가 들렸다. 병아리 데린[6] 암탉은 저편 울타
리 밑에서 꼬록꼬록하면서 목을 늘여 끼웃끼웃한다.

"에키 망한 눔으 새끼, 자빠져서 늙은 게 이 고생이로구나."

김 좌수는 혼자 분개한 소리로 뇌이면서 등깃등깃 오줌을 나
른다. 삼돌이가 이마와 다리가 저려서 며칠 드러누워 있게 된 뒤
로 집터 밭은 김 좌수가 맡아보게 되었다. 그는 비 오는 때를 타
서 거름을 한다고 식전에도 삼돌이를 죽으라고 호령하고 아침
뒤에 배추밭으로 나왔다.

김 좌수는 삼대 좌수이다. 그 까닭에 여기에는 지금도 읍으로
들어가나 시골집으로 나오나 세력이 등등하였다. 누구나 그 앞
에서 기지 않으면 호령이요 볼기였다. 그것은 무조건이다. 그러
나 그의 집은 퍽 소조하다.[7] 그의 마누라, 아들, 며느리, 머슴, 그,
그리고 먼 일가 되는 늙은 여편네가 와서 밥 짓고 빨래나 거들어
주고 얻어먹는다. 그의 아들 만득은 금년 열여섯이 된다. 열두 살

---

6 데리다. 아랫사람이나 동물 따위를 자기 몸 가까이 있게 하다.
7 고요하고 쓸쓸하다.

때에 장가보내서 며느리를 삼았는데 만득이가 어려서부터 목에 돋친 연주창이 장가든 뒤로는 더 심해서 약이란 약과 의원이란 의원은 다 들여보았으나 조금도 효과가 없었다. 작년에 죽은 큰 마누라에게 자식이 없어서 처녀 장가 들어서 맞은 첩에게서 늦게야 얻은 것이 만득이었다. 그러한 자식의 병이니 간호가 여간 크지 않았다. 일전에는 타도 의원을 모셔다가 보였는데 그 의원은 이러한 말을 하였다.

"배암 산 것을 잡아서 병자의 긴 손가락을 물리시오. 그놈이 연주창 있는 사람은 잘 물지 않으니 그리 알아서 단단히 잡쥐어야 합니다. 그래서 효과가 없거든 사람의 모가지 고기를 병자가 모르게 얻어 먹이시오. 그밖에는 약이 없습니다."

이 뒤부터 김 좌수는 여러 군데 산 배암 잡아들이라는 영을 놓고 머슴 삼돌이까지 배암잡이에 내놓았다.

"아 좌수 영감 이 비 오는데 어쩐 일이오니까?"

하고 등 뒤에서 외치는 소리에 김 좌수는 머리를 돌렸다.

"응, 자네 왔는가? 이 비 오는데 어디 갔다 오는가?"

김 좌수는 일어섰다. 그 사람은 김 좌수 동리에서 이십 리나 떨어져 사는 사람인데 최 유사라고 부른다.

"여꺼지 온 길이외다."

바지를 무릎 위까지 걷고 부대를 등에 걸친 최 유사도 삿갓을 썼다. 가늘고 할끔한[8] 다리에 구실구실한 검은 털이 나고 푸른 힘줄이 아른아른한 것은 농토에 어울리지 않는 살빛이었다.

---

8 할끔하다. 몸이 몹시 고단하거나 불편하여서 얼굴이 까칠하고 눈이 쏙 들어가 있다.

"무슨 일로 여꺼지 왔는가?"

그저 한결같이 내리는 비는 두 사람의 삿갓을 치고 연둣빛 윤기 흐르는 배춧잎을 살랑살랑 건드렸다.

"좌쉿님 무슨 뱀이를 쓰신다구 해서……."

최 유사는 황송스럽게 말하면서 김 좌수를 보고 웃었다. 그 웃음은 무슨 큰 자랑거리나 감춘 듯하였다.

"웅! 그래……."

빳빳이 섰던 김 좌수는 무슨 수나 난 듯이 들었던 바가지를 던지고 최 유사 곁에 다가섰다.

"웅, 그래 어찌 됐는가? 전번 휘구 편에 자네게두 부탁을 했지? 그래 구했는가?"

"여기 잡았는데……."

하면서 최 유사는 왼손에 들었던 척 늘어진 베주머니를 내들었다.

"웅, 그건가?"

김 좌수는 물에 빠진 사람처럼 덤비면서 손을 내밀어 받으려다가 비에 젖은 주머니가 꿈틀꿈틀 물결치는 것을 보더니 그만 손을 움츠러들었다. 손 움츠러들인 것이 스스로도 안되었는지,

"하여간 들어가세! 이 비 오는데 큰 고생을 했네!"

하고 앞장을 섰다.

"별말씀을 다 하심메!"

최 유사는 희색이 만면해서 뒤따랐다.

"저 덕이 집 최 유사 뱀이를 잡아왔구마?"

헤벌헤벌 마당에 들어선 김 좌수는 소리를 질렀다. 방문이 열리면서 주인마누라가 나왔다. 온 집안은 끓었다. 닭을 잡네, 찰밥

을 짓네 하여 최 유사 점심 준비에 여편네들은 수수거렸다.

"여보 노댁이(마누라)! 저 건넷집 선동 아비를 오라구 하오…….
그놈 삼돌인지 셋돌인지 앓아 자빠 누웠으니……."

김 좌수는 분주히 들락날락하면서 떠들었다. 김 좌수가 부른
선동 아비가 왔다. 그는 김 좌수의 아우다. 이웃집 늙은이 두어
분도 왔다. 어수선 들썩하던 집 안이 점심상이 방에 들게 된 뒤로
조용하였다. 한참 만에 우루루 흐트러진 머리에 감투를 눌러 쓴
선동 아비가 이웃집으로 가더니 한 자 남짓한 왕대[王竹]를 가져왔
다. 방 안에 모여 앉은 여러 사람은 우우 나왔다. 툇마루에 나선
김 좌수는,

"삼돌아!"

높이 불렀다.

"삼돌아! 저눔이 죽었니?"

더 높이 불렀다.

"네……."

하고 짧고 쪽쩔리운 듯한 대답이 들리더니 이윽하여 사랑으로
어청어청 들어오는 삼돌의 머리는 누구에게 줴뜯긴 것처럼 터부
룩하게 되었다. 검은 낯에 두 뺨은 좀 빠졌고 이마는 꺼먼 수건으
로 동였으며 이맛살은 조금 찌푸렸다.

"네 이눔아, 남은 이 비 오는데 뱀이를 잡아가지고 왔는데 너
는 꾹 들어백혀서 대가리도 안 내민단 말이냐?"

주인 영감의 소리는 나직하나 위엄이 등등하였다. 삼돌이는
아무 대답 없이 마루 아래 수굿이 서 있었다. 여러 사람들은 다
한 번씩 삼돌을 보았으나 그런 인생이 있는가 없는가 하는 태도

였다.

"어서 저기 참대통에 넣라."

김 좌수의 소리가 끝나자 선동 아비는 배암 든 베주머니를 집어서 삼돌에게 주었다. 삼돌이는 서먹서먹해서 주저거리다가 겨우 받았다.

"야 이눔아, 얼른 쒜내라!"

김 좌수는 눈을 부릅뜨고 입을 비죽거렸다.

"쒜내다니, 산 뱀을 어떻게 쥐오?"

선동 아비는 왕대를 손 새에 넣고 쓱쓱 훑으면서 혼잣말처럼 뇌었다.

삼돌이는 베주머니 아가리를 열었다. 그는 조심스럽게 열고 들여다보더니 어깨를 으쓱하면서 머리를 돌렸다.

"그대루는 안 되리라. 꼬리를 맸으니 그 노끈을 쒜내게!"

문턱 앞에 앉았던 최 유사가 앉아서 가르치더니 그만 자기가 들어서 그 끈을 집어냈다. 배가 희고 등이 거뭇한 것이 노끈을 좇아 꿈틀하면서 달려 나왔다. 길이가 자가 되나마나 하고 통은 엄지손가락만한 독사였다. 노끈에 꼬리가 달려서 데룽데룽 드리운 배암은 꾸핏꾸핏 몸을 틀다가도 머리를 빳빳이 하고 허리를 휘어서 사람의 손을 향하고 치올랐다. 겨우겨우 꼬리 끝 가까이 오다가는 그만 힘이 모자라는지 축 늘어져버린다. 그렇게 사오 차나 하더니 그 담에는 죽은 듯이 축 늘어졌다. 마치 짐승의 밸을 늘인 듯하나 이따금 꿈틀꿈틀할 때면 삼돌이는 등골이 근질근질하였다. 선동 아비는 왕대 구멍을 요리조리 뺑소니치는 배암 머리에 대더니 한참 만에 댓속에 배암을 집어넣었다. 댓속에 스르르 든 배암의 머리가 손 잡은 쪽대 구멍으로 거진거진 나오게 된 때에 처음 머리 넣은 구멍 밖에 뻠이나 남은 꼬리를 쓱 휘어다가 대에 꼭 잡아매었다.

이때 방으로 들어간 김 좌수는 엉엉 우는 만득이를 붙잡고 나왔다.

"흥— 으으! 싫소— 으응."

만득이는 문턱에 발을 버티고 뒤로 몸을 젖히면서 고함을 쳤다. 뚱뚱한 김 좌수는 만득의 겨드랑이를 들어 내밀었다.

"이눔으 새끼야, 죽기보담은 안 낟나더냐?"

그러나 만득이는 좀처럼 나오지 않았다. 왕대를 쥐고 섰던 선동 아비까지 대는 삼돌에게 주고 만득이를 끄집어내기에 힘썼다.

"만득아, 아프지 않다. 눈을 질끈 감고 견데라."

선동 아비는 순탄스럽게 말하였다.

"이런 개새끼 같은 눔으 새끼— 야이 쌍눔으 새끼야."

김 좌수는 솥뚜껑 같은 손으로 만득의 머리를 쳤다.

"에구 제마 이잉 에구 내 죽슴메—."

마루로 끌려 나오는 만득이는 집이 떠나가게 통곡한다.

"에구! 그거 무슨 때림매? 철없는 거 얼리지 때릴 게 무에요."

영감 곁에 섰던 주인마누라는 가슴이 아프다는 듯이 영감을 흘끗 보았다. 마루에 모였던 사람들은 모두 모여들어서 만득이를 붙잡았다. 만득이는 그저 섧게 섧게 통곡했다. 삼돌이는 왕대통을 가로 들었다. 여러 사람들은 만득의 바른편 장손가락을 배암의 머리가 있는 대구멍에 넣었다.

"에구— 제마—."

만득이는 몸을 부르르 떨면서 오장이 뒤집히는 듯이 소리를 질렀다. 사람들은 만득의 손가락을 뽑아보았다. 그러나 배암은 물지 않았다. 이번에는 만득의 손가락을 배암의 입에다 꾹 대고 바늘로 배암의 꼬리를 쑥쑥 찔렀다. 엉엉 울던 만득이는 갑자기 몸을 송그리고 울면서 낯이 파래서 큰 소리를 질렀다. 여럿이 뽑는 만득의 손가락에서는 검붉은 피가 뽀지지 돋았다.

"됐다! 우지 마라, 이저는 그만둬라."

김 좌수는 큰 성공이나 한 듯이 희색이 만면해서 만득이를 달래었다.

"응, 이거 먹어라. 우지 마라."

주인마누라는 꺼먼 엿 뭉치를 만득의 가슴에 안겼다.

"으응 흥…… 에구……."

만득이는 모두 귀찮다는 듯이 발버둥을 치면서 그저 울었다.

"어― 이저는 낫겠군―. 그러나 그 뱀을 불에 태우오. 그놈이 살아나문 아무 효험두 없는걸!"

어떤 늙은이가 점잖게 말했다.

5

그럭저럭 하는 새에 중복이 지나고 말복이 지났다. 배암이 문덕이든지 만득이의 병은 좀 차도가 있었다. 목으로 돌아가면서 두투름두투름 돋아서는 물이 번지르르하게 터지던 연주창이 더 돋지 않았다. 번지르르하던 물도 차츰 거두었다. 일심 정력을 다 들여서 구호하는 사람들은 모두 웃음이 흘렀다.

그러던 연주창이 말복이 지나서부터 다시 멍울멍울한 알이 지면서 뿌옇고 찐득한 군물이 돌았다. 그리고 이번은 두 어깨에까지 머틀머틀한 것이 눌러보면 아렸다.

김 좌수 내외는 낯빛이 좋지 못하였다. 금년 스물셋 되는 며느리(만득이의 아내)도 말하지는 않으나 매일 상을 찡그리고 지내었다. 만득이는 글방에도 가지 않았다. 낮이 해쓱한 것이 목을 한쪽으로 끼웃하고 늘 늙은 어미 궁둥이에서 떨어지지 않고 엿과 떡으로 날을 보내었다. 밤이면 아버지 곁에서 자고 젊은 아내는 뒷방을 홀로 지켰다. 만득이는 장가가서 삼 년 동안은 아내와 잤으나 병이 심하면서부터는 그 아버지 김 좌수가 각 자리를 시켰다. 그러나 만득이는 어떤 때면 남 자는 밤에 슬그머니 아내 방에 갔다가는 바지춤을 움켜쥐고 와서 몰래 아버지 곁에 누웠다. 그가 열두 살 나서 장가들 제 지금 스물셋 되는 아내가 열아홉 살이었다. 그것도 김 좌수가 권력으로 뺏어오다시피 삼은 며느리였다. 만득이는 장가든 첫날밤에 오줌을 싸고 울었다.

"과년한 처녀 색시가 못 견디게 군 게지?"

만득이가 울었단 말을 듣고 이웃에 말 좋아하는 사람들은 서로 수군거렸다. 그 말이 색시 귀에 들어갔는지 색시는 한참 동안 밖에 못 나왔다. 그러다가 어느 때에는 뒤 우물가 대추나무에 목까지 맨 일이 있었다.

"어린 게(만득) 무스거 알겠소! 색시는 이것저것 다 알 텐데 아매 잘 ○○○ 못 하니 죽고자 한 게지!"

색시가 목매었다는 소문이 나자 이웃 사람들은 또 수군거렸다.

314

그러다가 작년 봄— 만득이가 열다섯 나서부터 각 자리를 하게 되었다. 각 자리를 한 뒤 일곱 달 만에 색시는 몸을 풀었는데 딸이었다. 그 딸은 난 지 첫 이레가 겨우 지나서 죽어버렸다. 어떤 때 뒷방에서 소리 없이 우는 만득 아내의 꼴이 시어머니와 주인 영감 눈에 띄었다.

'사내가 그리운가? 사내 병이 걱정되는가?'

시어미 시아비는 며느리의 울음에 의심을 품었다. 그러나 나날이 심하여가는 만득의 병에 모든 정신이 쏠려서 그 밖의 것은 돌아볼 여지가 없었다.

오늘도 아침부터 만득의 병을 생각하고 뜰에서 거닐던 김 좌수는 아무 데도 나가지 않고 저녁 뒤에는 방에 드러누웠다. 그는 담배를 피우면서 빤한 기름불을 보았다.

"여보 노댁(마누라)이 거기 있소?"

드러누웠던 김 좌수는 벌떡 일어앉아 재떨이에 대를 엎어 꾹 누르면서 불렀다.

"네에."

방 사잇문이 열리면서 낯이 불그레한, 아직 사십이 될락말락한 주인마누라가 들어왔다.

"만득이는 어디메 있소?"

좌수는 마누라를 힐끗 보았다.

"저 정제(부엌방) 있음메!"

마누라는 입으로 부엌방 쪽을 가리켰다. 머리가 희끗희끗한 영감과 아직 입살이 붉은 마누라가 마주 앉은 사이는 따뜻한 기운이 없이 쓸쓸하였다.

"자아, 병을 어떻게 하문 좋겠소!"

"글쎄 낸들 암메? 쩟(혀를 차면서) 죽어두 어서 죽고 살아두 살구!"

마누라는 너무도 지질하다는 어조였다. 김 좌수는 물었던 대를 뽑고 이마를 찡그렸다.

"또 방정 떤다. 죽다니?"

"에구! 해해 낸들 죽기를 소원하겠소? 너무도 시진[9]하니 나온 소리지비."

마누라 소리는 좀 화순하였다.

"그러지 말고 어떻게든지 곤체야 안 쓰겠소?"

영감의 소리도 의논 좋게 나왔다.

"글쎄, 뱀이게 물게두 그러니! 인저는 사람의 고……."

마누라는 말을 뚝 끊더니 누구를 꺼리는 듯이 좌우를 돌아보았다. 불빛이 흐릿한 방에는 연기가 휘돌아 열어놓은 문으로 흘러나간다.

"쉬, 조심하오! 조심해…… 아이 듣소?"

영감도 주의를 시키더니 마누라 곁에 다가앉으면서,

"사람의 고기나 멕여볼까?"

하고 입속말로 소곤거렸다.

"글쎄 그랬으믄 오즉 좋겠소마는 어디서 얻겠소?"

마누라 역시 나직한 소리였다. 영감은 머리를 숙이고 한참 주저거리더니 마누라 귀에다 입을 대고 수군수군하였다. 눈이 둥그

---

9 기운이 빠져 없어짐.

레지던 마누라는 영감의 말이 끝나자,

"그눔이 들을까?"

하고 어색하게 물었다.

"잘 얼리면 안 듣구 말겠소? 제게두 좋지비."

영감은 자신 있게 말했다.

"좋기야 그렇게만 하면…… 만 하면이 아니라 꼭 해주지 무슨……."

마누라도 뱃심을 튀겼다.

"암, 해주구 말구!"

영감은 다시 담배를 담았다.

그 이튿날 저녁 편이었다. 김 좌수는 텃밭에서 밭을 파고 있는 삼돌이를 불러들였다. 삼돌이는 삽을 땅에 박아놓고 아랫다리를 불신 걷은 채 마루 아래 와 섰다. 어느새 선동 아비도 왔다.

"응, 네 왔니? 저 뒤 구름물(井)에 가서 손발을 씻구 오나라!"

대를 물고 문턱에 비스듬히 기대앉은 김 좌수는 어린 아들이나 대한 듯이 다정스럽게 말하였다. 삼돌이는 무슨 일인지 어리둥절해서 섰다가 시키는 대로 우물에 손발을 씻고 왔다.

"응, 시쳤니? 들어오나라."

주인 영감의 명대로 방으로 들어갔다. 모든 사람은 부드러운 표정을 지었고 주인 영감은 화순하게 말하는 것을 보니 삼돌이는 기꺼우면서도 공연히 가슴이 두근두근하였다. 그는 한 무릎을 깔고 한 무릎을 세우고 공손히 앉았다.

"얼매나 팠소?"

선동 아비는 빙그레 웃으면서 삼돌이를 보았다.

"얼마 못 팠음메―. 낼 아츰꺼지나 파야 다 파겠소."

머리를 감히 못 드는 삼돌이는 조심스럽게 대답하였다.

"낼 아츰꺼지 파구 말구. 그게 그래 뫠두 네 짐(4백 평)이라 그렇게 갈걸."

트릿한 하늘을 처다보던 김 좌수는 동정을 하였다. 삼돌이는 기꺼웠다. 이 집에 들온 뒤로 일이면 일마다 잘했다 소리를 못 들었더니 오늘은 자기 일을 옳다고 한다. 어째 주인 영감의 태도가 그리 쉽게 변하는가 생각하니 안갯속을 들여다보는 듯이 의심스럽고 어리둥절하였다.

"그런데 삼돌이두 이저는 서방(장가)가야 하지, 흥!"

주인 영감은 삼돌이를 흘끗 보면서 싱긋 웃었다. 삼돌이도 빙긋 웃었다. 언젠가 일만 잘하면 장가도 보낸다던 주인의 말도 희미하게 그의 머릿속에 떠올랐다.

"어떠오? 서방갈 생각이 없소?"

옆에 앉았던 선동 아비도 한몫 끼었다.

"모르겠소. 흥!"

삼돌이는 선동 아비의 시선을 피하여 낯을 돌리면서 또 웃었다. 그의 입은 아까부터 벙긋벙긋 웃음이 흐를 듯 흐를 듯하면서도 차마 내놓고 못 웃는 것이 완연히 보였다. 나이 삼십이 되도록 여편네 곁에도 못 앉아보았건마는 장가라고 하니 어째 마음이 들먹들먹 움직였다.

"모르기는 어째 몰라? 그 자식이! 너두 장개를 어서 가서 아들딸 낳고 소나 멕이고 하문 조챙이켔니?"

김 좌수는 빙그레 웃었다. 옆에 앉은 주인마누라와 선동 아비는 하하 웃었다. 그 웃음은 놀리는 것처럼 가볍게 흘렀다.

"어째 대답이 없는가? 서방 안 가겠는가?"

주인마누라는 웃음을 그치고 물었다.

"제 팔재 무슨 장가를 다 가겠음메."

삼돌이는 그저 벙긋거리면서도 모든 것은 단념이라는 듯도 하고 또는 한줄기 희망이나마 붙이는 듯이 말하였다.

"그눔아 별소리를 다 한다. 어디 장개가지 말래는 팔재를 걸머지고 나온 눔이 있다더냐? 내 말만 잘 들으려므나. 그러문야 장개만 가? 쇠[牛]두 있구 밭두 있구 무시긴들 없으리!"

주인 영감은 담배를 피면서 삼돌이를 마주 앉았다.

"어뗘냐, 네 생각에? 너두 생각해봐라. 이저는 고만하면 아들은 둘째로 손자 볼 땐데 하하하. 내 하는 말을 듣겠니? 그러문 장개두 보내구 또 쇠, 밭꺼지 줄께! 흥."

주인 영감은 농 비슷하면서도 정색을 하고 물었다.

"무슨 말씀이오?"

"응, 그래 무슨 말이든지 할께 꼭 듣지?"

주인 영감은 다짐을 두라는 듯이 말했다. 삼돌이는 대답이 없었다.

"응, 너더러 거저 들으라는 말은 아니다. 이봐라, 내 말을 들으문 장개가구 집 한 채, 쇠 한 필이, 밭 닷새 같이를 당장에 주마! 그만하면 네 한 뉘[10]는 염려 없을 게구! 또 너두 늘 이러구 있어서

10 세상이나 때.

야 쓰겠니!"

　처음은 웃음에 장난으로 믿지 않았으나 점점 무르녹아가는 주
인의 타령에 삼돌의 마음은 솔깃하였다. 간간이 그의 머리를 치
던 조그마한 집, 세간살이— 그것이 금방 눈앞에서 실현이나 될
것같이 기쁘기도 하였다. 이런 생각과 같이 낯모를 여자의 낯, 당
금[11]하고 깨끗한 작은 집, 듬직한 황소— 이런 그림자가 눈앞에
어른거려서 그는 스스로도 억제치 못할 웃음을 벙긋하였다.

　"무스게요?"

　"글쎄 꼭 듣지?"

　"네!"

　"오— 그러믄 내 말하마!"

　"그래 이 말은 꼭 들어야 한다. 그리구 아무개 하구두 말을 말
아야 한다."

　주인 영감은 다지고 다지었다. 삼돌이는 그저 간단하게,

　"네!"

하였다. 그의 낯에는 숨기려야 숨길 수 없는 기쁨이 흐르는 속에
두 눈은 의심의 빛이 돌았다.

　"삼돌아! 너두 알지만 내가 늦게야 얻은 저것을 살려야 안 쓰
겠니?"

　"좌쉬님이야 더하실 말씀입니까."

　처음에는 알 수 없는 무거운 기운에 입이 떨어지지 않던 삼돌
이는 말문이 순스럽게 터졌다.

11　중국에서 난 비단으로 매우 홀륭하고 귀함을 뜻함.

"그런데 이거 봐라. 네래야 살리겠으니 네가 이 말은 꼭 들어 주어야 하겠다."

어제까지 삼돌의 앞에서 땅땅 으르던 김 좌수는 의연히 하대의 말은 하나 그 소리와 태도가 애원스럽게 들렸다. 그 소리와 태도를 보고 들을 때 삼돌이는 무어라 할 수 없는 감격한 감정에, 눈에 눈물이 핑 돌았다. 자기 일생을 통하여 이 찰나와 같은 다정스럽고 사랑스런 기분에 싸여본 적이 없었다. 그는 그로도 무어라 표현할 수는 없으나 그저 온몸이 부드러운 솜에 싸인 것도 같고 마음이 갈질갈질하여 큰 시쁜 소식을 들을 것 같기도 하면서 두근거리기도 하였다. 그리고 공연히 눈물이 돌았다.

"내게 무슨 심이 있겠음메마는 거저 제 심만 자란다문사……."

말끝을 맺지 못하는 삼돌의 소리는 떨렸다. 그것이 서두가 없고 조리가 없으나 그 말하는 그의 낯에는 '어떠한 괴롬이든지 만득의 병을 위한다면 받겠습니다' 하는 표정이 불그레 올랐다. 그 태도, 그 소리에 방 안의 공기까지 스르르 알 수 없는 기분에 움직이는 듯 김 좌수 내외, 선동 아비까지 부드럽고 따스한 애수에 잠기는 듯이 한참 말이 없었다.

희미하게 튄 서천 구름 사이로 굵은 햇발이 먼 들에 흘렀다. 훈훈하고 축축한 바람이 풀향을 싣고 방으로 불어 들었다.

"으음! 그런데 이거 봐라, 네가 조금 아픈 대로 견디면 만득의 병두 낫고 또 너두 장가보내고 쇠 한 필이와 밭을 줄 테니……."

한참 만에 입을 연 김 좌수는 말 뒤를 끌었다.

"무슨 일이오?"

삼돌이는 그저 머리를 숙이고 물었다.

"응! 이거 봐라."

김 좌수는 역시 말하기 어려운 듯이 주저주저하다가 다시 에헴 가래를 떼고 삼돌의 앞에 다가앉아 수굿하고 삼돌이를 보면서,

"이거 봐라. 너도 들었는지, 자 병에 뱀이 약이라구 해서 너두 숱한 고생을 했구나! 한데 그눔으 게 어디 낫더냐? 그런데 이번에는…… 이거는 꼭 다르(낫는)단다…… 저…… 사…… 사람으 괴기를 먹이면 낫는다니 어디서 얻겠니…… 참 너루 말해두 이저는…… 벌써."

하더니 손가락을 폈다 꼽았다 하다가,

"삼 년이나 우리 집에 있으니 그저 참 우리 식구나 다름에 없는 처지요 또 우리도 아들 겸 여기던 판이니 말이지마는…… 야…… 아픈 대로 네 목 괴기를 조금만 떼자…… 응."

김 좌수는 말이 끝나자 숨이 찬 듯이 한숨을 휴 쉬었다.

"이 사람, 자네 동생을 살리는 셈 대고 한 번 들어주게 제발…… 응…… 자네게 우리 아이 목숨이 달렸네."

주인마누라가 애원스럽게 뒤를 이었다. 삼돌이는 대답이 없었다. 그는 목 괴기 할 때 가슴이 꿈틀하고 울렁울렁하였다.

"네 어떠오, 뭐 크게 뗄 것도 없고 요만하게(자기 목을 엄지와 검지로 쥐어 잡아당기면서) 거저 골패짝만 하게 떼겠으니……."

선동 아비도 말하였다. 세 사람의 시선은 다 같이 무엇을 바라는 듯이 흐릿하게 삼돌의 수그린 머리에 떨어졌다.

"아파서 어떻게……."

삼돌이는 쥐구멍에나 들어갈 듯이 울듯 울듯 한 마디 응했다.

"하하, 야 이 사람아, 그냥 선뜩할 뿐이지 그게 무슨 그리 아프

단 말인가? 조곰 도려내고 이내(금방) 약을 척 붙이면 그까짓 거 뭐 담박 낫을걸."

김 좌수는 호기롭게 말하였다.

"그래두 아파서."

삼돌이는 금방 잘리는 듯이 상을 찡그리고 목을 어루만졌다.

"이거 봐라, 그러기만 하면 네가 우리 집에 진 돈두 그만 탕감해버리구, 그리구 너를 서방두 보내구 또 밭과 쇠두 준단 말이다. 내 이제 이렇게 늙은 게 네게 거짓말을 하겠니?"

'우리 집에 진 돈'이라는 것은 전달 장마 때 삼돌이가 소를 갯가에 맸는데 그만 소가 물에 빠져 죽었다. 주인 영감은 삼돌이가 잘못 매서 죽었다 하고 그 솟값을 일백오십 냥이라 하여 삼돌이에게서 표를 받았다. 삼돌의 한 해 삯은 오십 냥이었다.

"……."

"어째 대답이 없니? 만일 정 슳흐면 그만둘 일이다마는 쇠값을 내놓고 널이라도 나가거라."

영감은 배를 튀겼다.

"아따 영감두, 삼돌이가 어련히 들을라구!"

마누라는 고삐를 늦추었다. 삼돌이는 그저 대답이 없었다. 그에게는 장가, 소, 밭, 집, 그것보다도 쇠값— 이것을 없애버린다는 것에 마음이 씌었다. 이때까지 자나 깨나 그 돈 일백오십 냥이 가슴에 체증처럼 걸렸더니 깜박 잊은 이 순간에 또 그것이 신경을 흔들었다. 그만 얼른 모가지 고기를 디밀고라도 그것을 벗고 싶었다. 그 돈을 벗어 장가들어 소 한 필이, 밭, 집 한 채…… 뒤따라 이러한 생각과 환영이 그의 눈앞에 어른어른하였다. 그는 기뻤다. 바로 그런 데나 지금 들앉고 있는 듯하였다.

그러나 다시 모가지 고기를 생각하면 마음이 꺼림하여졌다. 대답이 쉽게 나오지 않았다. 그러나 빚, 장가, 밭, 소, 집이란 이상한 큰 힘에 끌리지 않을 수 없었다.

"그러문 어떻게……."

그는 겨우 말 번지는 어린애처럼 머리 숙인 채 말했다.

"흥, 그래… 그저 삼돌이야!"

주인은 능쳤다.

"그러믄 저 방으로 들어가지?"

선동 아비는 일어서서 윗방 문을 열었다.

"노댁이는 여기서 뉘기 들어 못 오게 하오! 어서 저 방으로 들어가자."

김 좌수는 벼룻집 서랍에서 헝겊으로 뚤뚤 감은 것을 집어내들더니 삼돌이를 재촉하였다. 주인 영감의 손에 기름한 것(헝겊에 감은 것)을 볼 때 삼돌이는 정신이 아찔하였다. 그것은 상투밑 치는 칼이었다. 삼돌이도 그것으로 머리 밑을 쳤다. 그의 가슴은 울렁울렁 걷잡을 수 없고 몸이 우르르 떨렸다. 이가 덜덜 쫓겼다.[12] 차마 일어서지지 않았다.

"야, 빨리 가자! 맞을 매는 얼른 맞아야 시원하니라!"

주인 영감은 순탄하게 재촉하였다. 삼돌이는 일어섰다. 머리까지 울렁거리고 다리는 마비된 듯이 뻣뻣하였다. 그는 뿌리칠까, 들어갈까 하면서 끌렸다.

---

12 쫓다. 아래윗니를 딱딱 마주 쫓다.

세 사람은 앉았다. 삼돌이는 뉘였다. 주인 영감은 선동 아비를 보고 눈짓을 하였다. 선동 아비는 삼돌의 머리를 잡았다. 굵고 억센 주인 영감의 엄지와 검지에 삼돌의 목 고기는 잡혀서 죽 늘어 났다. 삼돌이는 온 신경이 송그러들었다. 더구나 주인 영감의 손에 잡힌 서릿발 나는 뼘 남짓한 칼을 볼 때 그는 무의식적으로 소리를 쳤다.

"에구 에구에구!"

그에게는 아무것도 없었다. 빚, 장가, 밭, 집— 다 그의 기억에서 사라졌다. 다만 고기, 피, 칼, 죽음, 이것만이 그의 모든 정신을 지배하였다.

"쉬— 이게 무슨 소리냐? 소리를 내지 마라!"

주인 영감은 목에 댄 칼 잡은 손을 멈추면서 삼돌에게 주의시켰다. 삼돌이는 소리를 그쳤다. 영감의 칼 잡은 손은 목에 가까웠다. 칼이 닿았다. 목이 선뜩하였다.

"에구…… 싫소!"

삼돌이는 장에 갇힌 개처럼 낑낑 울면서 몸을 일으키려고 하였다. 주인 영감은 손을 펴서 삼돌의 목을 누르면서 번쩍 일어나 삼돌의 가슴을 깔았다.

"머리를 꼭 붙들어라!"

주인 영감은 선동 아비에게 주의를 시키면서 또 칼을 목에 댔다.

"에구! 으윽."

목을 눌려서 끽끽하던 삼돌이는 몸을 모로 뒤치면서 머리를 들었다. 주인 영감은 급한 김에 두 손으로 목을 눌렀다. 오르는 힘, 내리는 힘! 두 힘 속에 든 서릿발은 잘못 삼돌의 목에 칵 박혔다. 윽 소리와 같이 삼돌의 목에서 시뻘건 뜨거운 피가 물 뿜는 듯이 솟아올랐다. 주인 영감은 눈이 둥그레서 칼을 뽑아버리고 삼돌의 목을 두 손으로 움켜잡았다. 피는 여전히 흘렀다. 삼돌이가 배를 뿔구고 숨을 들이쉴 때면 흐르던 피가 그르르 끓어들다가도 으응윽— 하고 숨을 내쉬게 되면 걸고 뜨거운 선지피가 김 좌수의 손가락 사이와 손바닥 밑으로 쭈루룩 쫘— 솟았다. 세 사람은 다 피투성이가 되었다. 누릿한 삿자리에 줄줄이 흐르는 피는 구름발같이 피기도 하고 샘같이 흐르기도 하였다.

"야, 장— 가제오나라, 장!"

어쩔 줄 모르고 섰던 선동 아비는 아랫방으로 뛰어갔다. 이슥하여 선동 아비와 주인마누라가 들어왔다. 주인마누라는,

"어마!"

하더니 그냥 푹 주저앉아서 부들부들 떨었다. 선동 아비는 장을 삼돌의 목에 철썩 붙였다.

때는 흐른다. 초초 분분이 숨을 빼앗긴 목숨은 흐르는 때와 같이 시들었다. 장을 붙였을 때는 삼돌의 억센 사지에 기운이 빠지고 두 눈은 무엇을 노리는 듯이 뜨고 못 감을 때였다. 끓어들었다 쏟아 나오던 그 뜨거운 피도 이제는 김 없이 줄줄 흘러 엉키었다. 피투성이 된 김 좌수 형제와 주저앉은 마누라는 그저 멍하니 식어가는 삼돌의 몸에 눈을 던졌다. 방 안은 점점 충충하였다. 우중충한 하늘이 저녁 뒤부터 비를 뿌렸다. 몹시 뿌렸다.

쫘— 우— 바람 소리 빗소리가 어우러져서 먼 바닷소리 같았다. 기왓골로 흘러 주루룩주루룩 내리는 낙숫물 소리는 샘 여울 소리처럼 급하였다. 삼경이 넘어서였다. 김 좌수 집 윗방에서 장

정 둘이 밖으로 나왔다. 베 고의적삼에 수건으로 머리를 동이고
앞서서 마루에 나서는 것은 뚱뚱한 김 좌수다. 뒤따라 역시 단출
하게 차리고 발 벗고 등에 기름하고 큼직한 것을 검은 보에 싸지
고 나서는 것은 선동 아비였다. 두 사람은 방으로 흘러나오는 불
빛까지 거리낀다는 듯이 비쓱 문을 피하여 어둠 속에 섰다.
"에구 어드메루 감메!"
나중에 어청 나온 마누라는 어둠 속을 향하여 수군거렸다.
"쉬, 아무 데루 가든지 어서 문을 닫소!"
역시 입속말로 하면서 뚱뚱한 그림자부터 마루 아래 내려섰다.
"아즈마니, 들어가오, 저 앞갠[川]으로 감메!"
큼직한 것을 짊어진 그림자가 뒤따라 내려가면서 수군거렸다.
두 그림자는 마루 아래서 어른거리더니 침침한 어둠 속 시끄
러운 빗속에 자취와 몸을 감추었다. 쏴— 내리는 비는 그저 이따
금 바람에 우— 불려서 마루에까지 뿌렸다.
두 사람이 빠져나간 뒤 창문만 불빛에 훤한 커다란 검불이 비
바람 속에 잠겨서 가만히 놓인 것은 무슨 큰 비밀을 감춘 듯도
하고 무슨 큰 설움을 말하는 듯도 하였다.

6

삼돌의 그림자가 김 좌수 집에서 사라지던 날부터 김 좌수 집
에 드나드는 것이 있었다. 이것을 보는 사람은 김 좌수뿐이었다.
그 마누라와 선동 아비도 희미하게 느끼나 김 좌수처럼은 느끼

고 보지 못하였다. 그것은 어두운 밤, 고요한 밤, 깊은 밤, 비 오는 밤이면 어둑한 구석에서 슬그니 나타났다. 낮에도 언득언득 김 좌수 눈에 띄었다.

조그마한 일에도 호령을 서릿발같이 내리는 김 좌수의 위엄으로도 그것은 쫓아낼 수 없었다. 쫓아내기는 고사하고 그것이 뭉깃이 보이면 그는 간담이 써늘하여지고 머리끝이 쭈뼛하였다. 날이 점점 지날수록 그것의 출입은 더 잦았다. 어떤 때는 밖으로부터 들어오기도 하고 어떤 때는 윗방으로부터 나타났다. 그것이 드나들게 된 뒤로부터 김 좌수는 날만 저물면 뒷간이나 헛간으로 나가기를 싫어하였다. 윗방으로는 더욱 드나들기를 꺼렸다.

김 좌수의 마누라도 말치는 않으나 낮에도 우중충 흐리고 비나 출출 내리면 헛간이나 윗방으로 드나들기를 꺼리는 눈치였다. 따라서 만득이와 그 며느리까지도 공연히 무시무시한 기분에 싸인 듯싶었다. 아직 초가을이건만 김 좌수 집에는 늦은 가을처럼 쓸쓸한 기운이 스스로 돌았다.

그래서 김 좌수는 농군을 어서 두려고 구하였으나 아직 얻지 못하였다. 그리고 사랑방에 바둑 장기를 갖다 놓고 밤이면 이웃집 젊은이 늙은이들을 청하였다.

"어쩐지 그 집으루 가기 싫네!"

"글쎄 무슨 귀신이 있는 것처럼 늘 무시무시해서."

"나는 삼돌이 달아난 뒤에는 못 가봤소."

이웃에서는 이렇게 수군수군하였다. 그런 소리가 여편네들 입으로 김 좌수에게도 전하였다. 이런 말을 들을 적마다 김 좌수는,

"별눔들 별소리를 다 한다. 어느 눔이 그래, 응 어니 눔이? 귀

신 무슨 귀신 있단 말인구?"

하고 혼자 푸닥거리를 놓았다. 그러나 그 말대꾸 하는 사람은 없었다. 김 좌수의 마누라가 일전에 몸살로 드러누웠을 때 어떤 무당이 와서 점을 치고 원귀가 있다고 한 뒤로는 김 좌수의 마음도 더욱 무거워졌거니와 이웃에서도,

"오오, 그래서 만득이가 앓는 게로군. 그래서야 뱀이 아니라 불로촌들 소용 있겠소?"

하고 수군거렸다. 그럴수록 사람의 자취는 더욱 끊어질 뿐이었다.

이렇게 될수록 김 좌수의 이맛살은 나날이 심하였다. 불그레하던 낯빛은 한 달이 못 되어 푸르고 희며 축 처지다시피 살쪘던 두 뺨은 빠졌다. 늘 무엇을 멍하니 보고 있는 그의 가느스름한 눈에는 겁과 두려운 빛이 흘렀다. 그는 매일 술로 벗을 삼았다. 그것도 처음에는 벗은 되었으나 지금은 소용없었다.

오늘도 술을 그리 기울였건만 점점 정신만 났다. 그 거무스름한 그림자만 눈에 아른하면 그리 취하였던 술도 번쩍 깼다. 퇴침을 베고 누웠던 그는 슬그머니 일어나 앉아서 담배를 대에 담았다. 그는 벽에 걸어놓은 환한 등불에 껌벅껌벅 담배를 붙이더니 문을 탁 열고 가래를 칵 뱉었다.

서늘한 바람은 방으로 수우 흘러들었다. 별이 총총한 하늘은 퍼렇게 높게 개었다. 뜰이며 울타리며 먼 산날이 맑은 밤빛 속에 윤곽이 보였다.

김 좌수의 마음은 점점 무거워졌다. 따라 뒤숭숭한 것이 또 안절부절못하게 되었다. 어둑한 뜰 저편 헛간 침침한 어둠 속으로 목을 쭉 늘이고 뭉깃한 것이 어청어청 나왔다. 그는 눈을 돌렸다.

불빛이 그물그물 비추인 윗방 문이 번쩍 열리면서 시뻘건 피 뭉치가 나왔다. 그는 애써 모든 것을 보지 않으려고 눈을 감았다. 뜨면서 시선을 마루로 옮겼다. 시커먼 그림자가 그의 앞에 섰다. 그는 가슴에서 연덩어리가 쿡 내렸다. 그것은 퇴기둥 그림자였다. 모두 착각이었다.

그는 이를 악물고 주먹을 부르쥐었다. 용기를 가다듬었다. 담배를 픽픽 빨면서 뜰에 내려서서 어둑한 곳마다 자세자세 들여다보았다. 아무것도 없었다. 없으리라 믿기도 하였다. 그러면서도 무에 있는 듯하고 알 수 없는 커다란 손이 뒤로 슬금슬금 와서 모가지를 잡는 듯이 뒤를 돌아보지 않을 수 없었다. 돌렸던 머리를 다시 돌이킬 때가 더 괴롭고 무서웠다. 그는 무엇이 쫓는 듯이 얼른 방으로 들어왔다.

"노댁이, 자잖이캤소?"

그는 부엌방을 향하여 떨리는 소리를 진정해 소리쳤다.

"네, 자지비."

하는 소리가 나서 한참 만에 사잇문이 열리면서 마누라가 씩씩 자는 만득이를 깰깰 안고 들어왔다.

"영감이 야를 안고 여기서 자오. 나는 며느리 혼자 자기 무섭다니 같이 자겠소!"

하고 마누라는 부엌방으로 나가버렸다. 마누라가 나간 뒤에 김 좌수는 손수 자리를 펴고 만득이를 뉘었다. 다음 그는 벽에 걸어놓은 기다란 환도를 끄집어 내려서 머리맡에 놓았다. 이것은 대대로 전해오는 환도였다. 몸이 몹시 아프거나 꿈자리가 뒤숭숭한 때면 이것을 머리맡에나 베개 밑에 넣고 잔다. 그러면 잡귀가 들지 못하여 꿈자리도 뒤숭숭치 않고 몸살 같은 것도 물러간다고 믿는 까닭이었다. 요새 그놈의 이상야릇한 그림자가 꿈에까지 김 좌수를 못 견디게 굴어서 이 환도를 머리맡에 놓게 되었다. 그리고 그의 눈앞에 그 그림자가 보이면 환도로 그것을 치기도 하였다. 그러나 늘 그림자는 맞지 않고 방바닥이나 문턱이 맞았다. 모든 준비가 끝나자 김 좌수는 불을 끄고 만득의 곁에 누웠다.

무거운 어둠이 흐르는 방에 창문만이 밝은 밤빛에 희스름하였다. 사면은 괴괴한데 이따금 바람이 지나는 소린가? 마당에서 부시럭 소리가 들렸다. 김 좌수에게는 그것도 저벅저벅 하는 자취 소리 같았다. 그는 눈을 애써 감으나 자꾸 윗방 문을 향하여 뜨여졌다. 그는 또 눈을 감았다. 자리라 하였다. 눈살이 꼿꼿하고 번열이 났다. 그는 두 발을 이불 밖으로 내밀면서 눈을 떴다. 커다란 흰 그림자가 그의 눈앞에 섰다. 그는 가슴이 뜨끔하였다. 번쩍 일어앉았다. 그림자는 점점 확실히 보였다. 그것은 횃대에 걸친 두루마기였다, 그는 가슴에 손을 대면서 다시 누웠다.

돌아누웠다가는 번듯이 눕고 번듯이 누웠다가는 돌아눕고 눈을 감았다가는 뜨고 떴다가는 감고 이불을 차 밀었다가는 도로 덮고 덮었다가는 활짝 차 밀고 하여 신고하던 끝에 김 좌수는 느른하여 비몽사몽간에 들었다. 고요히 누웠던 그는 귓가에 들리는 소리에 머리를 번쩍 들었다.

방 안은 훤하였다. 윗방 문고리가 찔렁 빠지면서 문이 쩡 열렸다. 침침한 윗방으로부터 아랫방으로 넘어서는 그림자가 보였다. 김 좌수는 자기도 모르게 번쩍 일어앉았다.

그림자는 꺼먼 베 고의적삼을 입었다. 다리는 불신 걸었다. 푸른 힘줄이 툭툭 삐진 다리! 솥뚜껑 같은 손! 터부룩한 머리는 산산이 흐트러졌다. 꺼멓고 쪽 빠진 낮은 피칠 되었다. 목으로는 검붉은 선지피가 콸콸 흘러서 꺼먼 고의적삼을 물들였다. 전신이 피였다. 피사람이었다. 두 눈은 독살이 잔뜩 오르고 이는 꼭 악물었다. 그것은 김 좌수 앞에 다가섰다. 악문 잇샅과 목으로 푸우 뿜는 피는 김 좌수에게 튀어왔다. 모든 것은 너무도 명하게 김 좌수에게 보였다.

"악! 삼돌이놈."

김 좌수는 한 마디 소리를 쳤다. 그는 알 수 없는 굳센 힘에 지배되어 머리맡 환도를 집어 들었다.

"이놈!"

번쩍이는 빛은 벽력같은 소리와 같이 그 피사람을 향하여 내리쳤다. 일어앉은 채 전신의 힘을 다하여 칼을 내리운 김 좌수는 그저 그대로 앉았다.

"영감 — 영감이 소리를 침메?"

저편 방에서 자던 마누라 소리가 울려왔다. 그러나 김 좌수에게는 그것이 들리지 않았다. 사잇문이 열리면서 빤한 기름등이 마누라 손에 들려서 들어왔다.

마누라는 등을 한 손에 들고 선잠 깬 눈을 비비면서 영감을 보았다. 영감은 입술을 깨물고 부릅뜬 눈으로 주먹을 내려다보고 있다. 힘있게 버틴 팔 아래 억세게 부르쥔 주먹에는 환도 자루가 꽉 잡혔다. 환도가 내려친 곳에는 그가 사랑하던 아들 '만득'의 몸이 모가지로부터 가슴으로 어슷하게 두 조각이 났다. 흐르는 피는 요바닥을 흠씬 적셨다. 흐릿한 방 안에는 비린내가 흘렀다.

"에엑!"

얼른하자 편한 불빛에 노렸다가 풀리던 영감의 눈은 다시 둥그레지더니 피를 칵 토하면서 앞으로 쓰러졌다. 그것을 이리저리 들여다보던 마누라도,

"으윽!"

하고 쓰러졌다. 그 바람에 기름등은 방바닥에 떨어져서 꺼졌다. 좀 있다가 별이 총총한 푸른 하늘 아래 어둠 속에 고래등같이 뜬 김 좌수의 집으로 여자의 처량한 곡소리가 흘러나왔다. 초가을 깊은 밤, 고요하고 휑한 집으로 울려나오는 곡소리는 어둠 속에 높이 떠서 온 동리에 흘렀다.

— 〈신민〉, 1926. 5.

담요

　나는 이 글을 쓰려고 종이를 펴놓고 붓을 들 때까지 '담요'란 생각은 털끝만치도 하지 않았다.

　'꽃' 이야기를 써볼까, 요새 이내 살림살이 꼴을 적어볼까. 이렇게 뒤숭숭한 생각을 거두지 못하다가 일전에 누가 보내준 어떤 여자의 일기에서 몇 절 뽑아 적으려고 하였다. 그래 그 일기를 찾아서 뒤적거려보고 책상을 마주 앉아서 펜을 들었다. 'XX과 XX'라는 제목을 붙이어놓고 몇 줄 내려쓰노라니 딴딴한 장판에 복사뼈가 어떻게 배기는지 몸을 움직일 때마다 그놈이 따끔따끔해서 견딜 수 없고 또 겨우 빨아 입은 흰옷이 꺼먼 장판에 뭉개져 걸레가 되는 것이 마음에 켕겼다.

　따스한 봄볕이 비추고 사지는 나른하여 졸음이 오는데 이런 생각 저런 생각 신경이 들먹거리고 게다가 복사뼈까지 따끔거리니 쓰려던 글도 쓰이지 않고 그대로 앉아 있을 수도 없었다. 그러나 기일이 급한 글을 맡아놓고 그저 있을 수도 없는 일이다. 나는 한 계책을 생각하였다. 그것은 별 계책이 아니라 담요를 깔고 앉아서 쓰려고 한 것이다. 담요라야 그리 훌륭한 것도 아니요, 깨끗한 것도 아니지만 그래도 그것이나마 깔고 앉으면 복사뼈도 따끔거리지 않을 것이요, 또 의복도 장판에서 덜 검을 것이라고 생각한 까닭이었다. 이불 위에 접어서 깔고 보니 너무 넓고 엷어서 마음에 들지 않았다. 다시 펴서 길이로 세 번 접고 옆으로 세 번 접었다. 이렇게 죽 펴서 여섯 번 접을 때 내 머리에 언뜻 떠오르는 생각과 같이 내 눈앞을 슬쩍 지나가는 그림자가 있다. 나는 담요 접던 손으로 찌르르한 가슴을 부둥켜안았다. 이렇게 멍하니 앉은 내 마음은 때라는 층계를 밟아 멀리멀리 옛적으로 달아났다. 나는 끝없이 달아나는 이 마음을 그대로 살라버리기는 너무도 아쉬워서 그대로 여기에 쓴다. 이것이 지금 '담요'라는 제목을 붙이게 된 동기다.

삼 년 전, 내가 집 떠나던 해 겨울에 나는 어떤 깊숙한 큰 절에 있었다. 홑 고의적삼을 입고 이 절 큰방 구석에서 우두커니 쭈그리고 지낼 때에 고향에 계신 늙은 어머니가 보내주신 것이 지금 이 글 제목으로 붙인 담요였다. 그 담요가 오늘까지 나를 싸주고 덮어주고 받혀주고 하여 한시도 내 몸을 떠나지 않고 있다. 나는 때때로 이 담요를 만질 때마다 느끼는 것이 있으니 그것이 즉 이 글에 나타나는 감정이다. 집 떠나던 안 해였다.

나는 국경 어떤 정거장에서 일하고 있었다. 그때는 그 일이 괴로웠지만 지금 생각하면 그것이 오히려 사람다운 일이었을지 모른다. 어머니와 아내가 있었고 어린 딸년까지 있어서 허나 성하나 철 찾아 깨끗이 빨아주는 옷을 입었고 새벽부터 밤까지 일자리에서 껄떡거리다가는 내 집에서 지은 밥에 배를 불리고 편안히 쉬던 그때가 바람에 불리는 갈꽃 같은 오늘에 비기면 얼마나 행복일까 하고 생각해보는 때도 많다. 더구나 어린 딸년이 아침저녁 일자리에 따라와서 방긋방긋 웃어주던 기억은 지금도 새롭다.

그러나 그때에는 풍족한 생활은 못 되었다. 그날 먹는 생활이었고 그리되고 보니 하루만 병으로 쉬게 되면 그 하루 양식 값은 빚이 되었다. 따라서 잘 입지도 못하였다. 아내는 어디 나가려면 딸년 싸 업을 포대기조차 변변한 것이 없었다.

그때 우리와 같이 이웃에 셋집을 얻어가지고 있는 K란 사람이 있었다. 그 사람도 나같이 정거장에서 일하고 있었는데 그 부인은 우리 집에 늘 놀러 왔다.

K의 부인이 오면 우리 집은 어린애 싸움과 울음이 진동했다. 그것은 내 딸년과 K의 아들과 싸우고 우는 것이었다. 그 싸움과 울음의 실마리는 K의 아들을 싸 업고 온 '붉은 담요'로부터 풀리게 되었다.

K의 부인이 와서 그 담요를 끄르고 어린 것을 내려놓으면, 내 딸년은 어미 무릎에서 젖을 먹다가 텀벅텀벅 달려가서 그 붉은 담요를 끄집어오면서,

"엄마, 곱다! 곱다!"

하고 방긋방긋 웃었다. 그 웃음은 그 담요가 부럽다, 가지고 싶다, 나도 하나 사다고, 하는 듯하였다. 그러면 K의 아들은,

'이놈아, 남의 것을 왜 가져가니?'

하는 듯이 내게 찡그리고 달려들어서 그 담요를 빼앗았다. 그러나 내 딸년은 순순히 빼앗기지 않고 이를 꼭 악물고 힘써서 잡아당긴다. 이렇게 서로 잡아당기고 밀치다가는 나중에 서로 때리고 싸우게 된다. 처음 어린 것들이 담요를 밀고 당기게 되면 어른들은 서로 마주 보고 웃게 된다. 그러나 어머니, 아내, 나—이 세 사람의 웃음 속에는 알 수 없는 어색한 빛이 흘러서 극히 부자연스런 웃음이었다.

K의 아내만이 상글상글 재미있게 웃었다. 담요를 서로 잡아당길 때에 내 딸년이 끌리게 되면 얼굴이 발개서 어른들을 보면서 비죽비죽 울려고 하는 것은 후원을 청하는 것이다. 이것은 K의 아들도 끌리게 되면 하는 표정이었다. 그러다가 서로 어우러져 싸우게 되면 어른들 낯에 웃음이 스러진다.

"이 계집애 남의 애를 왜 때리느냐?"

K의 아내는 낯빛이 파래서 아들과 담요를 끄집어다가 싸 업는다. 그러면 내 아내도 낯빛이 푸르러서,

"우지 마라, 우지 마라. 이담에 아버지가 담요를 사다 준다."

하고 내 딸년을 끄집어다가 젖을 물린다. 딸년의 울음은 좀처럼 그치지 않았다.

"아니, 응, 흥!"

하고 발버둥을 치면서 K의 아내가 어린것을 싸 업은 담요를 가리키면서 섧게 눈물을 흘린다. 이렇게 되면 나는 차마 그것을 볼 수 없었다. 같은 처지에 있건만 K의 아내나 아들의 낯에는 우월감이 흐르는 것 같고 우리는 그 가운데 접질리는 것 같은 것도 불쾌하지만 어린것이 서너 살 나도록 포대기 하나 변변히 못 지어주는

것을 생각하면 너무도 못생긴 느낌도 없지 않았다. 그리고 그 어린 것이 말은 할 줄도 모르고 그 담요를 손가락질하면서 우는 양은 차마 눈으로 볼 수 없었다.

그 며칠 뒤에 나는 일 삯 전을 받아가지고 집으로 가니 아내가 수건으로 머리를 싼 딸년을 안고 앉아서 쪽쪽 울고 있다. 어머니는 그 옆에서 아무 말 없이 담배만 피우시고……. 나는 웬일이냐고 눈이 둥그래서 물었다.

"××(딸년 이름)가 머리가 터졌다."

어머니는 겨우 목구멍으로 우러나오는 소리로 말씀하셨다.

"네? 머리가 터지다니요?"

"K의 아들애가 담요를 만졌다고 인두로 때려……."

이번엔 아내가 울면서 말했다.

"응! 인두로."

나는 나도 알 수 없는 힘에 문밖으로 나갔다. 어머니가 쫓아 나오시면서,

"애, 철없는 어린것들 싸움인데 그것을 타가지고 어른 싸움이 될라!"

하고 나를 붙잡았다. 나는 그만 오도 가도 못 하고 가만히 서 있었다. 그때 나는 분한지 슬픈지 그 멍멍한 것이 얼빠진 사람 같았다. 모든 감정이 점점 가라앉고 비로소 내 의식에 돌아왔을 제 내 눈물에 흐리고 가슴이 미어지는 것 같았다.

나는 그 길로 거리에 달려가서, 붉은 줄, 누런 줄, 푸른 줄 간 담요를 사 원 오십 전이나 주고 사 왔다. 무슨 힘으로 그렇게 달려가 샀던지 사가지고 돌아설 때 양식 살 돈 없어진 것을 생각하

고 이마를 찡그리는 동시에 "흥" 하고 냉소도 하였다.

내가 지금 깔고 앉아서 이 글을 쓰는 이 담요는 그래서 산 것이었다.

담요를 사 들고 집에 들어서니 어미 무릎에 앉아서,

"엄마, 아파! 여기 아파."

하고 머리를 가리키면서 울던 딸년이 허둥허둥 와서 담요를 끌어안았다.

"엄마, 헤헤, 엄마, 곱다."

하면서 뚝뚝 뛸 듯이 좋아라고 웃는다. 그것을 보고 웃는 우리 셋—어머니, 아내, 나—은 눈물을 씻으면서 서로 쳐다보고 고개를 돌렸다.

아! 그때 찢기던 그 가슴!

지금도 그렇게 찢겼다.

그 뒤에 얼마 안 되어 몹쓸 비바람은 우리 집을 치었다. 우리는 동에서 서로 갈리게 되었다. 어머니는 내 딸년을 데리고 고향으로 가시고, 아내는 평안도로 가고, 나는 양주 어떤 절로 들어갔다. 내가 종적을 감추고 다니다가 절에 들어가서 어머니께 편지하였더니,

'추운 겨울을 어찌 지내느냐. 담요를 덮고 자거라. ××(딸년)가 담요를 밤낮 이쁘다고 남은 만지게도 못 하더니 "아버지께 보낸다"고 하니, "한머리, 이거 아버지 덮니?" 하면서 소리 없이 내어놓는다. 어서 뜻을 이루어서 돌아오기를 바란다.'

하는 편지와 같이 담요를 보내주셨다. 그것이 벌써 삼 년 전 일이

다. 그새에 담요의 주인공인 내 딸년은 땅속에 묻힌 혼이 되고 늙은 어머니는 의지가지없이 뒤쪽 나라 눈 속에서 헤매시고 이 몸이 또한 푸른 생각을 안고 끝없이 흐르니 언제나 어머니 슬하에 뵈일까.

봄 뜻이 깊은 이때에 유래가 깊은 담요를 손수 집어 덮고 앉으니 무량한 감개가 가슴에 복받쳐서 풀 길이 망연하다.

—〈조선문단〉, 1926. 5.

금붕어

　오늘 아침에는 여느 때보다 한 시간쯤이나 늦게 붕어 물을 갈았다. 오늘은 일요일이라 여느 때보다 늦게 일어나 세수한 까닭이었다.

　"아따, 그놈 잘은 뛴다."

　서방님은 책상 앞에 앉으면서 수건으로 손을 닦았다.

　"호호, 참 잘 노요!"

　서방님 곁에 앉은 아씨도 서방님과 같이 어항 속 금붕어를 들여다보았다.

　"저놈은 물만 갈아주면 저 모양이지?"

　서방님은 아씨를 은근히 돌아다보았다.

　"흥, 히."

　아씨도 마주 보고 상글 웃었다. 잠깐 침묵, 붕어는 굼실굼실

어항 속에서 놀았다.

그 붕어는 서방님과 아씨가 결혼하기 바로 이틀 앞서, 즉 지금부터 한 달 전에 어떤 실없는 친구가 서방님께 사 보낸 것이었다.

'여보게! 붕어 세 마리 사 보내네. 맏놈, 가운뎃놈, 작은놈, 이렇게 세 마릴세. 맏놈은 누른 바탕에 검은 점 박힌 놈이고 그다음 두 놈은 새빨간 금붕어일세.'

'여보게! 자네 자식은 셋을 낳되 맏이로는 아들—맏붕어같이 억세인(검붉은) 놈을 낳고 그다음에는 딸들을 낳되 이쁜 년을 낳게 응…… 이게 자네 혼인을 축복하는 표일세.'

이런 글과 같이 붕어 받은 서방님은 결혼 후 그 말을 아씨에게 하고 둘이 웃었다.

처음에는 붕어 물을 서방님이 갈았다. 서방님은 이틀에 한 번 사흘에 한 번 생각나면 물을 갈아주었다. 열흘이 못 되어서 검붉은 맏붕어가 죽었다.

"아이고! 어쩔 거나? 큰 붕어 죽었시야!"

물 위에 둥둥 힘없이 떠 늘어진 붕어를 본 아씨는 눈이 둥그레서 전라도 사투리로 외쳤다.

"응, 어느 놈이 죽었소?"

마루에서 세수하던 서방님은 양치질 물을 쭈르륵 뱉고 머리를 돌렸다. 그때는 벌써 아씨의 옴팍한 작은 손에 죽은 붕어가 놓여져 서방님 눈앞에 나타났다.

"응, 큰일 났구료 응? 우리 맏아들 죽었구료? 허허."

"이잉 또 구성없네! 누가 아들이 호호."

아씨는 낯이 발개서 마루 안에서 숯불 피우는 할멈을 보고 다시 서방님을 힐끗 보더니 그만 상글상글 웃었다. 할멈도 웃었다.

그 뒤부터는 아씨가 붕어에게 물을 갈아주었다. 서방님이 게을리 갈아주어서 붕어가 죽었다고 아씨는 매일 갈아주었다. 오늘도 아씨가 물을 갈았다.

"여보! 저놈은 뭣을 먹고 사는고 잉?"

팔락팔락하는 붕어 입을 보던 아씨는 상글 웃고 서방님 어깨에 손을 얹었다.

"글쎄 뭘 먹는고?"

빙그레 웃는 서방님은 도리어 아씨에게 묻는 어조였다.

"우리 밥을 줘볼까? 잉…… 여보…… 잉."

아씨는 어서 대답하라는 듯이 서방님 어깨를 흔들면서 어리광 비슷하게 말했다.

"밥!"

"잉 밥!"

"당신이 밥 먹으니 그놈도 밥 먹는 줄 아우? 붕어는 양반이 돼서 밥 안 먹는다오!"

서방님은 시치미를 뚝 떼고 천연덕스럽게 말했다.

"이잉 구성없네! 잉……. 어디 어디 당신은 밥 안 잡수? 히힝 잉."

아씨는 웃음 절반 트집 절반으로 서방님 넓적다리를 꼬집었다.

"아야! 익 이크 하하."

"호호호……."

서방님은 아씨 손을 쥐면서 꽁무니를 뺐다. 아씨는 더 다가앉았다.

"여보 여보 여보 여보! 저것 보! 저것 봐요!"

서방님은 갑자기 눈을 크게 떴다. 아씨는 꼬집던 손을 멈췄다. 그러나 놀라는 빛은 없었다. 그런 소리에는 속지 않는다는 수작이었다.

"이잉, 무엇을 보라고 또 구성없네."

"응, 저것 봐, 저거저거 저것 봐요!"

서방님은 책상 위 어항을 입으로 가리키면서 아씨 허리를 안았다.

"그게 뭣이라요?"

"아씨도 머리를 돌렸다.

"참 잘 논다. 무어 기뻐서 저렇게 잘 노누?"

큰일이나 난 듯이 바쁜 소리를 치던 서방님은 신기한 것—붕어 놀이—에 정신을 뽑힌 듯이 감탄하는 소리였다. 두 손으로 서방님의 무릎을 짚고 서방님께 소곳이 안겨서 붕어를 보는 아씨의 눈에서는 소리 없는 웃음이 솔솔 흘렀다. 반 남아 열어놓은 창으로 아침볕이 흘러들었다. 봄 아침 좀 서늘한 바람과 같이 흘러드는 맑은 볕은 다정스럽고 따분스럽게 어항을 비추고 두 남녀의 몸을 비추었다. 만개된 장미 같은 붉은 선에 주름잡은 아가리 아래 동그스름한 어항에는 맑은 물이 느긋이 찼다. 하나는 치 남짓하고 하나는 그만 못한 금붕어 두 마리가 그 속에 잠겼다. 큰놈은 연한 꼬리를 휘저었고 흰 배를 희뜩희뜩 보이면서 빙빙 돈다. 급히 돈다. 작은놈은 가운데서 아주 태연하게 지느러미를 너불너불하면서 오르락내리락한다. 두 놈이 몸을 번지고 흔들 때마다 물속에 스며 흐르는 볕에 금빛이 유난스럽게 번득거렸다. 두 놈

344

이 셋 넷도 돼 보이고 큰 잉어같이 뵈는 때도 있다. 밑에 가라앉았다가 위에 스스로 솟아올라 구슬 같은 물방울을 꼬록꼬록 토하면서 물과 공기를 아울러 마시는 소리는 시계가 치는 듯도 하고 고요한 밤 고요히 떨어지는 낙숫물 소리도 같다. 안고 안긴 두 부부는 고요히 그것을 보고 들었다. 두 부부의 낯에는 같이 소리 없는 웃음이 흘렀다. 이 찰나 그네는 지난 엿새 동안 모든 괴로움을 다 잊었다. 앞으로 헤저어 나갈 길도 생각지 못하였다. 두 몸이라는 것까지 잊었다. 주위에 흐르는 햇빛까지 기쁨의 찬미를 드리는 듯하였다.

— 〈영대〉, 1926. 6.

누가 망하나

1

어느 해 이른 봄 어떤 쌀쌀한 날 저녁 편이었다. 나는 고향서 처음으로 올라온 어린 친구를 찾아서 관훈동 어떤 하숙으로 갔다. 오래간만에 만난 우리는 서울 이야기 고향 소식으로 재밌게 종알거리는데 북창 밖에서 '우아' 하고 들리는 소리가 들렸다. 우리는 하던 이야기를 뚝 그치고 일어서서 북창을 열었다. 북창은 열었으나 키가 작은 우리는 창 안에 놓은 책상에 올라서서 북창으로 두 머리를 내밀었다.

북창 밖은 바로 자동차 한 대가 겨우 빠져나갈 만한 골목이다. 건너편으로 여러 집 담벽과 대문이 이어 있다.

어느새 그 골목에는 사람들이 우 모여 섰다. 바로 우리가 내다보는 북창 건너편 커다란 평대문 앞에 순사가 서고 그 앞에 거지가 서 있다. 거지 뒤에 있는 커다란 평대문은 반쯤 열렸는데 안경 쓴 신사가 문 안에 뻣뻣이 섰고 어멈인지 낯이 새까맣게 그을은 여편네가 그 뒤에서 방긋이 내다본다. 대문 위에는 전화번호와 수도전용 패가 붙었다.

거지는 머리는 갓 깎았는데 아무것도 쓰지 않고 수염이 터부룩하다. 낯빛은 검붉은데 이마에 주름이 가기 시작한 것은 삼십이 넘어 보인다. 몸에는 솜것인지 겹것인지 찢기고 흙투성이 된 것을 걸쳤다. 키가 보통 사람보다 큰 그는 머리를 수굿하고 서서 떨어진 짚세기 신은 발끝으로 땅바닥에 돌멩이를 꾹꾹 밟고 있다.

"이놈아 바루 말해!"

뚫어지게 거지를 보는 순사는 소리를 지르면서 거지 뺨을 쳤다. 거지보다 키가 작은 순사는 거지 뺨을 칠 때 토끼같이 똑 뛰는 것 같다. 그때 여러 사람들은 벙긋 웃었다. 뺨 맞은 거지는 머리를 번쩍 들어서 순사를 보면서,

"아니올시다. 저는 몰라요! 저는 밥 빌어먹는 거지예요! 흥."
하는 그 눈은 가느스름한 것이 큰 키와 어울리지 않으나 퍽 힘있게 보였다.

"글쎄 이놈아 왜 거짓말이야?"
하고 순사는 발길을 들어 거지를 찼다. 거지는 한걸음 뒤로 채여 나가면서,

"흥 내게 무슨 죄가 있소? 자 때리시오!"
하고는 순사 앞으로 다가섰다.

"앗따 이놈 보게……. 이런 놈은 단단히 가르쳐야지…… (거

지의 뺨과 배를 때리고 차면서) 그래 이놈아 거지면 거지지 너보고 누가 도적질까지 하라구 가르치던? 응 이 이 죽일 놈아!"

순사는 이를 꼭 깨물고 콧잔등을 힘있게 찡기면서 때리고 찼다.

"에쿠! 에쿠후!"

배를 차면 배를 만지고 뺨을 치면 뺨을 만지면서 연방 에구 하던 거지는 순사의 매가 끝나자 이를 빡 갈고 대문간을 보면서,

"여보! 당신이 언제 봤소⋯⋯. 내가 내가 도적질하는 것을 당신이 언제 봤느냐 말이오!"

하고 발악하였다. 그 모양은 금박 안경 쓴 신사에게 달려들 것 같았다.

"야 이놈 봐라. 이놈 어따 대고 해거냐? 응 그래 네가 왜 남의 집 마루에는 올라섰어?"

안경 쓴 신사는 거탈[1] 좋게 말하고 순사를 힐끗 보면서 뒤로 주춤 물러섰다.

"글쎄 마루에 올라서면 도적놈이오? 네⋯⋯ 마루에 좀 올라서면 뭘 하오?"

거지는 두 눈에 피가 올올하여 발악을 하면서 신사 곁으로 달겨들었다. 신사는 무서운지 낯빛이 푸르러지면서 뒤로 주춤주춤한다.

"어— 그래 남의 집 함부로 들어오고⋯⋯. 가택 침입한 죄는 없는가?"

하고 꽁무니 빼는 신사의 말이 끝나기도 전에,

---

1 실상이 아닌, 다만 겉으로 드러난 태도.

"이놈이 왜 야료야? 응…… 이놈 가자!"

하고 순사는 거지를 한번 죽으라고 찬 뒤에 팔을 잡아끌었다.

"가기는 어디를 가!"

"이놈아 파출소로 가잔 말이다!"

"나는 갈 데 없어?"

"야 이놈 봐라. 어서 반말이야? 글쎄 이놈아 어디서 반말이냔 말이다."

하면서 순사는 전신의 힘을 다 들여서 거지를 차고 때린다. 처음 에는 움직도 안 하던 거지는 땅에 푹 주저앉았다.

"때려라. 실컷 때려라. 힘자라는 대로 때려라. 응 경관은 죄 없 는 사람두 때리는가? 흥."

하면서 주저앉았던 거지는 벌떡 일어서서 순사에게 몸을 실리더 니 다시 픽 돌아서서 문간에 선 신사를 와락 잡아끌면서,

"이놈아 너와 나와 무슨 불공대천지수가 있니? 응…… 너놈 때문에 내가 이 몹쓸 매를 맞고……. 나두 돈 없으니 거지지 너 놈만 못나서 거진 줄 아니? 이놈 어디 네 피를 먹고야……."

하고 신사를 땅바닥에 둘려 넘기고 가슴 위에 올라앉았다.

"아이구! 사람 죽소……."

신사는 안경이 어딘가 벗겨져 버리고 커다란 두 눈이 툭 불거 나와서 헐떡거렸다. 순사는 전신의 힘을 다하여 달겨들었으나 신 사의 가슴에 앉은 거지는 태연부동이다. 한참 만에 순사는 땅에 떨어진 모자를 집어쓰더니 칼자루 잡을 사이도 없이 들고 뛰었 다. 옆구리에 찬 칼은 그 바람에 놀란 듯이 그의 볼기 다리 할 것 없이 절칵절칵 두드린다.

순사가 뛰어간 뒤였다. 여편네와 사내 한 떼가 모여들어서 거
지를 때리고 밀치고 야단법석을 치나 거지는 의연히,

"이놈 네깐 놈은 죽일 테다……. 그까짓 순사가 무서워서 네
깐 놈을 못 죽일 줄 아니?"

하고 그 힘 있는 가는 눈을 굴린다. 깔려서 두 눈이 툭 불거진 신
사는 낯이 흙빛같이 되어 아무 말도 못 하고 뻣뻣이 늘어졌다. 그
것을 한참 보던 거지는 입술이 무쇠 빛이 된 신사를 한참 내려다
보더니,

"하하하 파리 목숨만도 못하구나. 흐흐흐."

하고 좌우를 돌아보면서 웃는 그 웃음은 웃음이나 독살이 잔뜩
흘렀다. 모여 섰던 군중은 낯빛이 파래서 뒤로 물러섰다.

한참 만에 거지는 일어섰다. 그 바람에 거지를 밀어 떼려던 몇
몇 사람들은 쓰러지기도 하고 뒤로 밀리기도 하였다. 일어선 거
지는 신사의 허리끈을 잡아서 들었다. 느른한 신사는 소리 없이
거지의 손에 들렸다.

"잘 먹고 잘살아라. 몇 날이나 사나 보자!"

하면서 거지는 신사를 사정없이 대문간에 들이치고 태연자약하
게 군중을 헤치고 나갔다. 거지가 금방 나가자 아까 뛰어가던 순
사와 같이 순사 네 명이 달려왔다. 그네들은 헐떡헐떡하면서 이
사람 저 사람에게 거지의 간 곳을 물었다.

"저편으로……."

하고 누가 가리켰다. 순사들은 그리로 뛰어나갔다. 모였던 군중
은 또 그리로 갔다. 우리는 북창을 닫았다.

"서울도 거지 있소?"

고향서 온 어린 친구는 물었다.

"서울에? 서울이 서울이 아니라 거지 천질세!"

나는 대답하였다.

"아, 빈민 구제회와 기근 무슨 회가 있어서……. 그리구 공동 숙박소……."

하고 어린 친구는 생각던 꿈과 다른 것을 놀란다.

"흥!"

나는 웃어버렸다.

2

그 이듬해 초가을이었다.

나는 어떤 친구를 따라 전라남도 법성포로 갔다. 법성포는 바다와 뫼가 좋은 곳이다.

때가 마침 음력으로 칠월 보름이라 달이 퍽 좋았다. 원래 법성포의 동령東嶺 달은 법성 12경 속에 드는 하나로서 아름다운 것이다. 나는 미리 약속하였던 친구들과 함께 달 돋을 때에 갯가로 나아갔다. 스러져가는 연기같이 푸르고 엷은 안개는 산을 가리고 바다를 덮고 마을을 살근히 싸고돈다. 밀물이 소리 없이 들이밀어서 소드랑 섬과 한시랑 앞까지 느긋한 바다에는 하늘빛과 마을의 불빛이 어우러 떨어져서 한 폭 그림 속 같았다.

구수산 머리에 밝고 푸르게 비친 달빛은 점점 자리를 옮겨서 구수산 밑동을 비추고, 바다를 비추고, 우리가 선 갯가를 비추고,

마을의 지붕을 비추었다. 이제는 머리를 숙이면 바닷속에 달이 있고 머리를 들면 하늘에 달이 보인다. 달과 달이 어우러진 속에선 나는 알 수 없는 미감에 마음이 느긋하였다. 간간이 추월루라는 유곽으로 울려 나오는 노랫가락까지 싫지 않게 들렸다. 서로 말없이 갯가에 오르락내리락하던 우리는 갯가에 둥실둥실 매여 있는 빈 배에 올랐다.

어느새 달은 천심에 가까웠다. 높은 하늘은 더 높아 보이고 빛나던 별은 자취를 감추었다. 저편 재덕산 높은 봉우리를 넘어오는 두어 조각 흰 구름은 퍽 서늘한 것이 나그네 마음을 천리 밖으로 끌어가는 듯하였다. 맑은 하늘 밝은 달 아래 드는 밀물은 속살속살 가늘고 이쁜 물결을 보인다. 혹은 앉고 혹은 비스듬 눕고 혹은 뱃머리에 서서 하늘을 보고 바다를 보고 물소리를 듣는 여러 사람의 가슴에는 한결같은 정이 떠오르는 듯이 빙그레하였다. 무슨 위대한 신비의 품에나 안긴 듯이 한참 동안 말 없던 여러 사람 가운데서 노래가 나오고 웃음이 터지고 이야기가 흐르기 시작하였다. 달 좋고 바다 좋고 바람 좋은데 흥에 겨운 여러 사람은 그저 있지 않았다. 술이 벌어졌다. 이름 높은 법성 굴비 안주에 영광 소주로 목을 축인 사람들은 새로운 흥이 더 돋았다.

이때 바람결에 노랫소리가 흘러온다. 나는 마시려고 입술에 대었던 달 잠긴 술잔을 입술에서 떼면서 귀를 기울였다. 여러 사람들은 그저 떠든다.

"가만있게. 노래가 들리네!"

나는 크게 소리쳤다.

"어디?"

하면서 여러 사람들은 하던 이야기를 뚝 그치더니,

"흥! 나는 또……. 그까짓 노래는 들으나 마나……."

하고 K 군이 떠드는 바람에 여러 사람은 또 떠들었다. 그 노래는 그리 명창은 아니나 그때 얼근히 취한 내 귀에는 그럴 듯이 들렸다.

"저게 누구야?"

나는 술을 마시고 나서 물었다.

"그게?…… 요 한 달 전부터 우리 동리에 그런 명물이 하나 생겼다네……. 괜히 돌아댕기면서 노래만 부르구……. 노래두 노래 같지 않은 것을……."

K 군은 대답하면서 굴비를 쭉 찢었다.

"뭘 하는데?"

목포서 올라온 H 군도 나와 같이 궁금한지 물었다.

"앗따 술이나 먹고 이야기나 하세……. 거지야 거지……. 소도둑놈 같은 거지야……."

내 곁에 앉았던 B 군은 그까짓 것은 말할 것도 없다는 듯이 툭 쏘았다. 그 바람에 나와 H 군은 더 묻지도 않고 코웃음을 치면서 술을 마셨다.

"하하 여러 선생님들 여기 나오셨습니다."

하는 소리가 갯가에서 들렸다. 떠들던 우리는 그리로 눈을 주었다. 달빛이 물 같은 속에 머리 벗고 발 벗은 키 큰 사람이 섰다. 여러 사람은 아무 대답도 없이 물끄러미 보는데 K 군은,

"여긴 왜 왔어……. 응…… 가!"

하고 볼 것 없다는 듯이 머리를 돌려 술을 부으면서

"별 미친 녀석이 다 왔네……."

하였다.

"그게 누군가?"

H 군은 나직이 물었다.

"웅 건드리지 마라! 거질세. 아까 노래 부르던 거지!"

하는 B 군의 대답 소리도 나직하였다. 나는 거지라는 소리에 그를 한 번 더 보았다. 그는,

"하하 저두 한몫 끼입시다."

하면서 쿵 뛰어서 우리가 앉은 배로 들어왔다. 땟국이 흐르는 홑 고의적삼을 입은 그 몸은 그리 크도 적도 않으나 키는 후리후리 하다. 거지가 곁에 다가오니 좌중은 흥이 깨진 듯이 잠잠하였다. 의구한 바람과 달빛만이 스치고 비칠 뿐이었다.

"뭐야? 그러지 말고 어서 가!"

K 군은 나오는 성을 억지로 참는 소리였다.

"하하 그러지 맙시오……."

하면서 펄덩 우리와 같이 주저앉아서 달을 쳐다보면서 크게 웃는 그 낯은 거무데데한데 머리는 터부룩하고 수염은 거칠거칠하다. 그 코가 우뚝한 것이며 눈이 가느스름한 것은 어디서 한번 본 사람 같으나 나는 얼른 생각지 못하였다.

"자 한잔 먹고 가세 어서……."

별로 말 없던 B 군은 술잔을 들어서 거지에게 주었다. 그 모양은 귀찮은 것을 어서 쫓아버리자는 수작이다.

"그건……. 뭘……."

K 군은 거지가 받으려는 술잔을 받아서 제가 죽 들어 마시면서,

"그건…… 술이 퍽도 흔타."

하였다. 바로 판이나 차린 듯이 펑텅 들어앉아서 술잔을 받으려고 손을 내밀던 거지는 어이없다는 듯이 K 군을 한참 보다가 픽 웃으면서,

"엇따 그리지 맙시요! 나도 좀 끼여봅시다."

하고 K 군이 놓는 술잔을 집어 들고 한잔 부으라는 듯이 K 군을 본다. 그 태도는 아주 낯익은 사람끼리 농치는 것 같다.

"엑 아니꼽게……."

하고 K 군이 성을 내면서 눈을 두리니 H 군은,

"이 사람 버려두게. 경찰에서도 버려두는 야료쟁인데……."

일본말로 하면서 거지가 잡은 잔에 술을 부었다. 커다란 잔에 달빛을 싣고 점점 차오르는 술을 보던 거지는 B 군의 일본말을 알아나 들은 듯이,

"허허허."

웃다가 술이 차니 죽 들이마셨다. 그때 내 머리에는 언뜻 작년 봄 일이 떠올랐다. 나는 거지를 다시 보았다. 그는 확실히 작년 이른 봄에 관훈동에서 어떤 신사를 때려 엎던 거지였었다. 나는 알 수 없이 가슴이 두근두근하였다. 무슨 변이 닥칠 것 같았다.

거지가 술 마신 뒤에 좌중에도 한 순배가 돌았다. 그러나 거지는 다시 주지 않고 또 한 순배가 돌았다.

"저 저는 그만 주십니까?"

하고 좌중을 돌아보는 그 눈에는 알 수 없는 무서운 힘이 달빛에 번쩍하였다.

"한 잔이면 족하지. 또 무슨 술?"

K 군은 그저 아니꼽다는 눈초리로 거지를 보았다.

"흐흐 어디 봅시다. 흥!"

거지는 비웃는 듯이 한마디 뇌이면서 두 되들이 큰 술병을 들어다가 입에 대인다.

"엑…… 이."

눈을 부릅뜨고 주먹을 쥔 K 군은 소리를 지르면서 거지 뺨을 쳤다. 거지는 태연자약하게 입에 대었던 술병을 떼더니,

"하하 이놈 봐라! 하하하."

하고 K 군을 본다. 나직하나 세차게 나오는 그 쇳덩어리 같은 목소리! 가느스름하나 힘 있는 붉은 눈! 그러면서도 위의 좋게 앉은 모양, 솥뚜껑 같은 손에 술병을 거머쥔 것을 볼 때 범할 수 없는 기상이 보였다. 더구나 작년 이른 봄 일이 머리에 떠오를 때 나는 몸서리를 쳤다. 여러 사람들도 벙벙하여 뒤로 물러앉고 달겨들던 K 군도 그저 눈을 부릅뜨고 거지를 볼 뿐이다.

"하하 여보! 박 서방! 그 사람(K 군)이 취했으니 노여 말고 우리 술이나 먹읍시다! 응…… 이 좋은 때에 좋은 술을 대해서 싸워서야 되겠소……. 하하,"

옛날 소설에 나타나는 호협한 청년을 연상케 하는 B 군은 쾌활히 웃으면서 거지 손에 쥐인 술병을 잡아끌었다.

"하하 노형! 낸들 싸우고 싶을 리가 있소? 여보 친구 술 먹읍시다, 하하."

술병을 순순히 놓으면서 B 군을 보던 거지는 다시 K 군을 보면서 웃었다. K 군도 한풀 죽었다. B 군이 눈짓을 하면서,

"자 K 군 어서 이 박 서방허구 화해하세……. 이이가 좋도록 말씀하는데 자네가 그래서야 쓰겠나!"

하고 눈을 꿈벅하는 바람에 K 군은,

"그래 우리 술이나 먹읍시다!"

하고 앉았다. 이때 좌중이 모두 웃었으나 모두 낯빛은 불쾌하게 보였다. 거지만은 아무 불쾌 없이 승리자의 웃음같이 웃었다. 술은 여러 순배가 돌았다. 병에 술은 다 말랐다. 우리도 취하였거니와 거지도 취하였다. 취한 자리에는 거지도 없고 우리도 없었다. 서로 가릴 것 없이 지껄이고 웃었다.

천심을 넘어선 달은 깊어가는 밤과 같이 더욱 쌀쌀하고 넘실히 빛나던 물은 빠지기 시작하였다. 마을에서는 잠들었는가? 갯가에는 거닐던 사람들이 자취를 감추고 간간이 저 위 추월루에서만 노랫가락이 은은히 들려왔다.

"여보! 박 서방……. 박 서방은 왜 이러구 댕기우 응?……."

K 군은 취안이 몽롱해서 거지를 보고 벙긋 웃었다.

"허허 좀 좋아요! 이게……."

거지는 웃었다. 여러 사람은 B 군과 거지의 이야기에 하던 말을 그치고 그 두 사람의 입을 쳐다보았다.

"야! 우리."

하며 B 군은 여러 사람을 돌아보고 다시 거지를 보면서,

"우리 박 서방의 사정 이야기나 들어봅시다! 응 박 서방 어디 좀 이야기하우……."

하였다.

"사정 이야기요! 제게 무슨 사정 이야기가 있겠소!"

하고 달을 쳐다보는 흐릿한 두 눈에는 아까와는 딴판으로 처량한 빛이 보였다.

"천만에……. 자 말씀하시오……."

이번에는 H군이 말했다. 거지는 짤막한 대에 담배를 붙여 물더니 한숨을 쉬면서,

"나를 세상에서는 도적놈이라고 소 도적놈이라고 하지요! 그러니 세상이 망하든 내가 망하든지! 누가 망하든지 끝이 나겠지요!"

하고 이야기를 끄집어내면서 어이없다는 듯이 씩 웃었다. 그 바람에 모두 웃었다.

3

거지의 이야기는 이러하였다.

그는(거지) 강원도 사람으로 그가 열일곱 살 때에 서울 어떤 중학교에 다녔다. 그가 중학교 삼 년급 때에 아버지가 돌아가셨다. 소작인 노릇으로 겨우겨우 학비를 대는 아버지가 돌아간 뒤로는 다시 학교에 다니지 못하고 고향에 돌아가서 어머니 모시고 아내와 같이 남의 집 삯김 삯나무 삯바느질로 연명하였다. 그러는 새에 그 어머니가 마저 돌아가셨다. 그때 그의 나이 스물넷이었다. 그 뒤에 그 아내는 자궁병으로 신고하게 되었으나 물론 완전한 치료를 못 하였다.

이렇게 말하고 한숨을 쉬면서 달을 쳐다보는 그의 눈에는 그때 광경이 보이는 듯이 애처로운 빛이 흘렀다. 한참 만에 그는 말을 이었다.

"어떤 때는 겨죽도 못 먹은 아내를 뉘여 놓고 삯일을 찾아서 헤매다가 빈손으로 들어와서 운 일도 많습니다. 그럴 때마다 병으로 뼈만 남은 아내가 내 손을 잡으면서 '여보 우리도 잘살 때가 있지 늘 이렇겠소' 하던 말이 지금도 귀에 들리는 듯합니다. 그때에 나는 그때에 나는……."

그는 목이 메인 듯이 기침을 칵 하고 한참 있다가,

"지금 같으면 도적질이라도 해서 그를 멕였지만 그때에는 그래도 청렴을 생각하고……. 그가 굶어서 앓아누웠던 일을 생각하면……. 이 가슴이 찢기는 것이 아니라 칼로다 짓이기는 것 같습니다. 언제나 그게 잊어지겠습니까? 이 눈에 (그는 자기 눈을 가리키면서) 흙 들기 전에야 잊어질 리야 있습니까?"

하면서 우리를 휘 둘러보는 그 눈! 눈물 한 점 없이 마른 그 눈은 눈물이 터벅터벅 흐르는 눈보다 더 처량히 보였다.

"더구나!"

하고 한숨을 쉬면서 그는 달을 보고 바다를 건너다보면서 말을 하였다.

"더구나 그가 죽을 때 약 한 첩 죽 한술 못 먹고 찬 구들 위에서 그가 죽을 때……."

그는 목메인 소리를 가까스로 마치고 한숨을 쉬면서 기침을 하고 나서,

" '여보! 여보!' 부르는 나를 몇 번이나 쳐다보면서 그 힘없는 눈에 웃음을 띄우던 것이……. 내 맘을 괴롭게 하지 않노라고 웃음을 띄우던 일을 생각하면 생각할수록 가슴이 찢겨서 이 가슴이 무여져서……."

하면서 그는 말끝을 맺지 못하고 느껴 운다. 돌아앉아서 이야기 듣던 모든 사람들도 가만히 슬프게 앉아서 그 모양만 보았다. 처음은 흑흑 느껴 울던 그가 나중에는 소리를 쳐서 크게 운다. 숨이 지는 듯이 흑흑 하는 느낌 속에 구슬프게 흐르는 울음소리는 푸른 달 아래 구슬피 떠서 잠든 산천을 구슬피 울리는 듯하였다.

B군은 그의 팔을 잡으면서,

"여보셔요! 참 우리가 몰랐습니다. 우지 마시오!"

하고 권하였다. 그러나 그는,

"아, 가만 계셔요! 울게 버려두시오. 이 가슴이 풀릴 때까지 나는 울어야 시원해요. 나는 몇 번이나 울려고 해도 못 울었더니 오늘 밤에 울음이 나는구려."

하면서 그는 운다. 한참 울던 그는 울음을 그치고 주먹으로 눈물을 씻더니 우리를 보고 비참하게,

"허허허."

웃더니 다시 진실한 표정으로 입을 열었다.

"나도 세상이 날 욕하는 줄 잘 압니다. 참 잘 압지요. 그러나 세상은 이래야 줘요! 인의? 염치? 그거 다 지금 세상에는 소용없는 말이에요! 내가 내 어머니 돌아가실 제 내 아내가 병들어 누웠을 제…… 여러 가지 사정을…… 글쎄 뼈가 부서지게 일을 해줄께 좀 도와달라고까지 여러 군데 사정을 해야, 들어주는 놈이라구 없어요. 혹 들어준대야 진종일 땀 흘린 값으로 좁쌀 한 되가 되나마나……. 나는 아내가 죽은 뒤에 죽자구 했지요! 그는 (아내) 굶어 죽이구 나 혼자 무슨 면목으로 잘 살아요? 글쎄! 또 산대야 한푼 없이 어떻게 살아요? 그래 우리 고을 앞바다 가에까

지 갔다 왔지요? 그러나 바닷가에 가다가 생각하니 그런…… 죽는 것처럼 미련한 일이 없이 생각되겠지요! 글쎄 생목숨을 왜 끊어요? 네 생목숨을? 내가 죽는다고 누가 나를 불쌍히 여기겠습니까? 내가 죽어두 사람들은 그저 배부른 놈 배 만지고 배고픈 놈 쓰러질 거! 그뿐입니까? 내가 죽었더라도 오늘 밤 저 달과 이 바다와 이 바람은 그저 있겠지요! 또 당신네두!…… 내가 살아야지! 내가 살아야 하고 나는 돌아왔지요!"

그의 낯에 흐르던 처량한 빛은 훨씬 개이고 구슬프던 목소리는 힘있게 조리 있게 울렸다.

"나는 그 후부터 이렇게 떠댕깁니다. 나를 도적놈이라구 하지만 나는 이때까지 도적질한 일이 없어요. 나는 달라고 해서 먹고 달래서 안 주면 그 사람 보는데 집어는 먹지만 남 못 보는데 훔치지는 않았습니다. 글쎄 있는 음식을 먹는 것두 죄요? 없어서 배고파서 먹는단 말을 하고 그 사람 보는데 먹는 것이 무슨 도적이며 못할 짓입니까? 나는 그 때문에 도적놈이라고 매도 많이 맞고 ○○도 하였지만 그래도 살아야 하겠으니 먹지 않으면 어째요? 세상이 망하나 내가 망하나? 누가 망하나? 나는 보고야 말겠습니다."

하고 일어서는 그의 낯에는 엄연한 빛이 돌았다. 우리는 서로 보고 묵묵히 앉아 있었다.

달은 서천에 기울고 먼 촌에서는 닭이 첫 홰를 울었다.

그 뒤에는 벌써 사 년이 되도록 그 거지 박 서방을 못 보았다. 그러나 나는 어디서든지 거지를 보면 박 서방 생각이 나서 유심히 보게 되고 동시에 알 수 없는 공포를 느낀다.

— 〈신민〉, 1926. 7.

만두

어떤 겨울날 나는 어떤 벌판길을 걸었다. 어둠침침한 하늘에서 뿌리는 눈발은 세찬 바람에 이리 쏠리고 저리 쏠려서 하늘이 땅인지 땅이 하늘인지 뿌옇게 되어 지척을 분간할 수 없었다. 홑고의적삼을 걸친 내 몸은 오싹오싹 죄어들었다. 손끝과 발끝은 벌써 남의 살이 되어버린 지 오래였다. 등에 붙은 배를 찬바람이 우우 들이치는 때면 창자가 빳빳이 얼어버리고 가슴에 방망이를 받은 듯하였다. 나는 여러 번 돌쳐서고 엎드리고 하여 나한테 뿌리는 눈을 피하여가면서 뻐근뻐근한 다리를 놀리었다. 이렇게 악을 쓰고 한참 걸으면 숨이 차고 등에 찬 땀이 추근추근하며 발목에 맥이 풀려서 그냥 눈 위에 주저앉았다. 주저앉아서는 앞뒤로 쏘아드는 바람을 막으려고 나로도 알 수 없이 두 무릎을 껴안고 머리를 가슴에 박았다. 얼어드는 살 속을 돌고 있는 피는 그저 뜨거운지 그러안은 무릎에 전하는 심장의 약동은 너무나 신기하게 느껴졌다. 나는 또 일어나서 걸었다. 무엇보다도 ××가 어찌 서린지 뚝 떨어지는 듯하였다. 얼마나 걸었는지? 내 앞에는 청인의 쾌관(음식점)이 보였다. 그것도 눈보라에 힘이 빠진 내 눈에는 집더미같이 희미하게 보였다.

눈 뿌리고 바람 부는 거칠은 들에서 외로이 헤매다가 천행으로 사람의 집을 만났으니 얼마나 반가우리마는 이때 나의 신경은 반가운지 슬픈지―그러한 감각을 느끼지 못하였다. 그저 아무 생각 없이 그 쾌관 문고리를 잡았다. 밝은 데서 갑자기 들어서니 방 안이 캄캄하여 어디가 어딘지 분간할 수 없었다. 다만 사람의 지껄이는 소리가 들리고 아궁이에서 펄펄 타는 불만 꿈같이 보일 뿐이다. 나는 어둡고 훈훈한 속에 한참 서 있었다.

새어가는 새벽같이 사면이 점점 밝아지면서 모든 것이 그 형태를 드러냈다.

붉은 불이 펄펄 붙는 아궁이 위에 뚜껑을 덮어놓은 가마에서는 김이 푸푸 오르고 그리로 잇닿은 구들에는 꺼먼 맷물 괸 의복을 입은 조선 사람 셋이 앉아 있다. 그 뒷벽에는 삼각수三角鬚를 거슬리고 눈을 치뜬 장수들이 청룡도며 팔모창을 들고 싸우는 그림을 붙였는데 찢어지고 그을려서 그을음에 석탄 아궁이 같은 집 안의 기분과 잘 어울렸다. 구들에 앉았던 청인은 부엌에서 내려서서 저편 방으로 들어가는 문 어귀로 갔다. 거기에는 커다란 화로가 놓였다. 청인은 검고 푸르고 누릿한 구리 주전자에 물을 부어서 화로에 놓고 시렁에서 고려자기 빛 같은 접시를 집어 들고 내 곁으로 왔다.

손톱이 기름하고 때가 덕지덕지한 청인의 손을 따라서 가마에 덮인 뚜껑은 열렸다. 가마 속에 서리서리 서렸던 흰 김은 물씬 올랐다. 봉긋하고 푹신푹신한 흰 만두가 나타났다. 그것을 본 내 잇살에는 군침이 스르르 돌았다. 나는 입 안에 그득 찬 침을 꿀꺽 삼켰다. 배에서 꾸루룩쭐 맞장구를 쳤다.

청인은 김 나는 만두를 접시에 수북이 쌓아놓더니 뚜껑을 가마에 다시 덮었다. 나는 내 앞에서 그 떡덩어리가 그림자를 감출 때 어떻게나 서운한지, 그리고 기운이 더욱 빠진 듯이 점점 등이 휘고 가슴과 배가 한데 붙어서 땅속에 자지러드는 듯하였다.

……김이 물씬물씬 오르는 구수한 만두가 내 입에 들어온다. 구수하고 푹신푹신한 만두! 나는 입을 닫았다. 목을 찔룩하면서 꿀꺽 삼켰다…… 꿀쭈루룩 소리에 나는 눈을 뜨면서 머리를 벌렁 들었다. 아! 내가 꿈을 꾸었나? 허깨비를 보았다? 그저 아궁이 앞에 지쳐 앉은 현실의 내 그림자를 볼 때 나는 무어라 말할 수 없었다.

내 곁에 섰던 청인은 저편 구들에 가서 앉자마자 내 바른손은 나로도 억제할 수 없는 힘에 지배되어 가마 뚜껑에 닿았고 시선은 여러 사람에게로 옮아갔다. 이때 뜨끔한 자극에 나는 머리를 숙이면서 팔을 움츠러뜨렸다. 가마 뚜껑 밑으로 흘러나오는 뜨거운 김에 내 손목은 벌겋게 되었다. 나는 은근히 손목을 만졌다. 그러나 일순간이 못 되어서 내 손과 내 시선은 다시 청인과 가마로 갔다. 자발적으로 갔다는 것보다도 꾸루룩하는 배의 성화에 가지 않고는 못 견디었다.

또. 글렀다. 구들에 자빠졌던 청인은 벌떡 일어앉아서 가래침을 뱉었다. 나는 그놈이 내 뱃속을 들여다보고 하는 수작 같아서 차마 머리를 들지 못하고 부지깽이로 불을 뒤지는 척하였다. 내 눈앞에는 핏발이 올올한 청인의 눈깔이 번뜩하였다. 나는 몸을 부르르 떨었다.

청인은 부엌에 척 내려서더니 번쩍하는 도끼를 들고 내 곁으로 왔다.

나는 가슴이 쿵 하고 정신이 아찔하였다. 이때였다. 나는 나도 모르게 이를 빡 갈면서 정신을 가다듬어 청인을 보았다. 청인은 장작개비를 쪼개어서 화로에 놓았다. 이때 청인이 내 곁으로 좀 더 가까이 왔더면 그는 장작을 쪼갤 목적으로 왔더라도 그것을 모르는 나는 반드시 청인의 코를 물고 자빠졌을 것이다.

"혀갸!"

저편 방에서 청인을 불렀다.

청인은 그리로 갔다. 내 두 손은 민첩하게 가마솥 뚜껑을 열고 만두 한 개를 집어냈다. 그때 내 손이 어찌도 민첩하던지 지금 생각하면 생각할수록 기적 같았다. 만두를 잡은 나는 기운이 났다. 커다란 널문을 박차다시피 열고 밖으로 뛰어나갔다. 문을 막 나설 때였다.

"악!"

하는 소리와 같이 그 번쩍하는 도끼가 내 등골에 내려졌다. 나는 몸서리를 빠르르 치면서 머리를 홱 돌렸다. 그것은 문이 닫히는 소리였다. 모든 것은 나의 착각이었다. 나는 악을 쓰고 한참 뛰다가 비로소 큰 숨을 쉬면서 그 청인의 쾌관을 돌아다보았다. 이때 내 손에 쥐었던 만두는 벌써 절반이나 내 입에 들어갔다.

'오오, 살았다!'

내 신경은 지긋지긋한 두려움에 떨면서도 알 수 없는 새 힘과 기꺼움에 가슴이 뛰고 기운이 들었다.

나는 씩씩하게, 눈아! 오너라! 바람아! 불어라, 아무 상관 없다는 듯이 그 넓은 벌판을 뛰어 건넜다.

이 이야기는 여러 해 전에 내가 북간도에서 겪은 일이다.

그때 그 힘, 힘 빠진 나의 사지에 민첩한 동작을 주던 그 힘, 지금 생각해도 기적같이 느껴지는 만두를 집어내던 그 힘!

내게 만일 그 힘이 없었더라면 이 심장이 오늘까지 뛰리라고, 이 눈깔이 그저 빛나는 태양을 보았으리라고 어느 누가 보증을 하랴? 오오! 그 힘!

— 〈시대일보〉, 1926. 7. 12.

팔 개월

1

내게는 심한 병이 있다. 그것은 위병인데 벌써 그럭저럭 십여
년이 된다. 철모를 제는 그것을 그리 대수롭게 여기지 않았고 또
앓아누우면 과자며 과일 사다 주는 재미에 앓고도 싶은 적이 있
었으나 한번 고단한 신세가 되고, 또 모든 것을 내 손으로 하지
않으면 안 되게 된 이때에 와서는 병이란 과연 무서운 것이라는
느낌이 더욱 커진다.

한번 병에 붙잡히면 만사가 그만이다. 음식을 먹을 수 없고 일
을 할 수 없고 위가 찢어지게 아픈 때면 너무도 괴롭다.

'병의 쓰림을 모르면 건강의 행복도 모른다'고 어떤 벗이 나하
고 한 이야기가 생각난다. 그것도 일리는 있는 말이다. 그러나 나

는 병 없기만 소원이다. 더구나 내 처지로서 병이 없어야 할 일이다. 할 일은 많은데 병은 나고, 병은 났대도 고칠 수는 없으니 말이다.

나는 늘 위산을 먹는다. 이것도 먹기 시작한 지가 삼 년째다. 그전에는 그것도 못 먹었다. 친구들은 내가 위산을 먹는 것은 버릇 된다고 나무란다. 의사에게 보이고 상당한 약을 쓰라고 권한다. 그러나 나는 들은 체 만 체하고 위산을 여전히 먹는다. 권하던 친구들은 혀를 차면서 인제 버릇됐다고 나무란다. 나는 구태여 거기 변명을 하지 않는다.

내 병에 태전위산이나 호시위산이 꼭 상당한 약이 아닌 것은 나는 잘 안다. 의사에게 진찰을 받고 약을 쓰면 내 위장에 잘 맞을 것을 나는 안다. 그러나 나는 할 수 없이 먹는 것이다. 병은 심하고, 괴롭기는 하고, 그래도 살고는 싶고, 어쩔 수 없이 먹는다. 병원에 가자면 적어도 이삼 원은 가져야 이삼일 먹을 약을 가져올 것이고 위산은 이삼십 전이면 삼사일 분을 살 수 있으니 그것을 먹는다.

"위산 세 번이나 네 번 먹을 것으로 병원에 가보는 것이 더 나을 터이다."
하고 어떤 친구는 말한다. 내게도 그만한 예산이 없는 것은 아니다. 하나 그것도 한두 번이지 오래 계속할 수 없는 일이다. 또 이삼십 전은 쉽게 생겨도 이삼 원은 어렵다. 또 이삼 원이 생기면 집이 생각나고 쌀과 나무가 먼저 생각난다. 우리같이 궁한 데 떨어지고 생활에 얽매이고 보면 그럭저럭하여 완전한 치료법을 못하고 만다. 어떤 때는 핏대가 서고 이가 뿍뿍 갈리도록 괴로우면서도 그저 위산으로 다졌지 병원으로 못 갔다.

어려서 가세가 밥이나 굶지 않고 또 어머니가 계셔서 모든 것을 살피실 제는 머리만 뜨뜻해도 의사를 부르고 약을 짓고 죽 쑨다, 미음을 달인다, 과자를 사 온다 하였다. 더구나 내가 어머니의 아들이요 일찍 아버지를 여의어서 금지옥엽같이 길리었다. 그렇게 호강스럽던 팔자가 하루아침 서릿바람에 궁줄로 틀게 되어 어머니와까지 천 리나 멀리 갈리게 된 뒤로는 넓으나 넓은 천지에 한 몸도 용납하기 어렵게 되었다.

그런데 병까지 심하다. 어려운 사람에게는 병이나 없어야 할 터인데 병은 돈과 다툰다. 돈주머니가 무거우면 병주머니가 가벼워지고 병주머니가 무거우면 돈주머니가 가벼운 때다. 병은 가난과 삼생연분을 맺었는지 떨어지기를 싫어한다. 이리하여 나중은 툭툭 하는 이 심장의 고동―그것도 영양부족으로 미비한 것―을 끊어서 북망산의 한 줌 흙을 만든다.

그러던 세상에는 돈주머니 큰 이만 남느냐 하면 그렇지도 않다. 그이들도 때로는 병에 거꾸러진다.

2

잡담은 그만두자. 하던 이야기나 어서 하자.

그래 위산을 먹는데 그것도 처음에는 듣는 듯하더니 요새에 와서는 귀가 떠졌다. 가슴이 빽적지근하고 배가 빽빽하며 명뼈 끝이(위부) 찢어지게 아픈 때에 태전위산을 두 숟가락이나 세 숟가락만 먹으면 배에서 우루루 꿀, 쫄쫄 하면서 고통이 없어지던 것인데 요새는 세 숟가락은커녕 열 스무 숟가락을 먹어야 그 모양이다. 참말 인이 박혔나? 버릇이 됐나? 그렇다면 여간 큰일이 아니다.

"왜 당신이 요새는 진지 안 잡수? 응…… 몹시 아푸?"

한 끼에 세 공기 네 공기 먹던 내가 한 공기도 못 먹고 배를 만지는 때마다 아내는 걱정을 한다. 밥 못 먹지 고통이 심하지 살아갈 걱정이 있지……. 요새 내 꼴은 피골이 상접이 되고 얼굴이 푸르고 핼끔한 것이 한심하게 되었다. 밤에도 곤히 자던 아내가 두세 번 일어나서 내 배를 만지고 등을 누른다. 그뿐만 아니라 사지가 저리고 없던 기침이 나며 정신까지 아뜩아뜩하여졌다. 실없는 친구들은 날더러 아내와 너무 좋아해서 여윈다고 하나 나는 그런 소리 들을 때마다 코웃음을 친다.

"여보, 왜 당신이 내 말은 안 듣소? 병원에 가보시우……. 글쎄 병원에 가봐요……."

내가 몹시 괴로워서 궁글 때마다 철없는 아내는 갑갑한 듯이 말한다. 나는 그럴 때마다 별 대답을 하지 않다가도 정 못 견디게 조르면,

"여보 글쎄 낼 아침거리가 없어서 쩔쩔 하면서 병원에 어찌 가오!"

하고 코웃음을 친다.

"굶어도 병 없어야 안 하겠소!"

하고 아내는 눈물이 글썽글썽해진다. 병에 괴로운 나는 그것이 또한 괴롭다. 하루는 아침에 일찍 아내가 어디 갔다 들어와서

밤새껏 병으로 신고하다가 흐뭇이 누운 나를 보면서,

"여보 오늘은 꼭 병원에 가보시우, 응."

하고 돈 오 원을 내놓는다.

"이 돈 어서 났소?"

나는 눈이 둥글해서 물었다.

"글쎄 가지고 가보세요! 뉘게서 돌렸어요."

하는 아내는 그 돈 나온 곳을 묻지 말아 달라는 빛이 흘렀다. 나는 문득 깨달았다.

"당신 그 반지는 어떡했소?"

나는 아내의 왼손을 보면서 물었다.

"……."

대답 없는 아내는 머리를 숙였다. 그 반지는 작년 가을 우리가 결혼할 때 부산 있는 어떤 친구가 기념으로 지워준 결혼반지다. 아내는 그것을 퍽 사랑하여서 일후서 늙어 죽어도 끼고 간다고까지 말한 것이다. 그는 자기가 출입할 때 신는 구두와, 입는 의복과, 드는 파라솔까지 전당포에 넣어놓고 문밖으로 못 나가면서도 그 반지만은 만지고 만지면서 그저 끼고 있었다. 그러던 반지까지 잡혀서 내 병을 고치려고 하는 아내를 생각할 때 나는 너무도 감격하여 말이 나오지 않았다. 그러나 노릿한 살에 하얀 반지 자리가 뺑 돌려난 아내의 왼손 무명지를 볼 때 내 가슴은 찢겼다. 오장은 끊겼다. 눈물이란 정도가 있는 것이다. 이렇게 되면 입술만 타는 것이다.

"여보, 당신은 왜 시키잖는 짓을 하오? 응 누가 반지를 잡히랍디까? 어서 가서 찾아와요! 어서……."

감사를 드려야 마땅할 나는 도리어 아내를 나무랐다. 실낱같은 내 목숨을 걱정하는 그에게 노염을 보이고 강박을 했다. 소리 없이 앉았던 아내는 눈물방울을 치마에 똑 떨어치면서 일어나 나갔다. 내 가슴은 찢겼다. 나는 후회했다. 나는 벌떡 일어나서 마루로 나갔다.

이때 아내가 내 앞에 있었다면 나는 그를 얼싸안고 울었으리라. 아! 내가 왜 그를 나무랐나?

그러나 그때는 벌써 아내가 문밖으로 나가고 없었다. 나는 마루에 쓰러져 혼자 울었다. 소리 없이 가슴을 치면서 울었다.

3

일주일 뒤였다.

우리는 운수가 텄다. 기다리고 기다리던 어떤 잡지사에서 원고료 삼십 원이 나왔다. 삼십 원! 목 굵고 배부른 분들이 들었으면 하루 동안 소풍하는 자동차비도 못 될 것이라고 코웃음 할 것이다. 그러나 내게 있어서는 일 개월간 생활 보장이 되는 것이다. 고르지 못한 세상을 다시금 느끼게 된다. 아내는 돈을 보자마자,

"여보! 이번에는 당신이 꼭 병원으로 가시우."

하고 여러 날 신음으로 쑥 들어간 내 눈을 보면서 웃었다. 싸전과 반찬 가게에서도 인제는 외상을 주지 않아서 이틀이나 좁쌀죽을 먹었고 그것도 없어서 아침을 굶었던 판이라 병원보다 급한 것은 쌀과 나무이다. 그러나 싸전과 반찬 가게에 빚을 갚고 쌀과 나

무를 좀 사더라도 담뱃값이 오히려 부족한데 어떻게 병원에 갈수 있으랴?

"기왕 빚을 다 못 갚는 판인데 얼마쯤 갚을 셈 대고 꼭 병원에 가보세요……. 응…… 여보, 제일 몸이 튼튼해야지……."
하고 아내가 하도 권하는 바람에 나는 총독부 병원으로 갔다. 안국동서 총독부 병원까지 가려면 꽤 멀건마는 왕환 전차비를 생각하고 나는 술냇골로 걸어갔다. 십 전이면 두부 한 모, 솔가지 한 묶음 값이다. 한 끼는 넉넉하다. 나는 이렇게 생각하고 걸어가다가 너무도 어이없는 생활을 웃어버렸다. 총독부 병원 문 앞에 이르렀을 제 내 발은 무거워졌다. 바른손은 호주머니에 들어 있는 오 원 지폐를 만적만적했다. 오 원이면 두 입이 열흘은 살 수 있다. 약을 먹어서는 일주일도 못 먹을 것이다. 일주일에 효가 난다면 모르지만 그렇지 않으면 이것도 저것도 못 되는 것이다. 그 대신 일 원짜리 위산을 사면 보름은 먹을 것이고 남는 사 원은 나무…… 쌀…….

이렇게 생각하고 나는 그만 우뚝 섰다. 도로 돌아 나왔다. 나오다가 또 들어갔다. 또 나왔다. 이렇게 몇 차례를 하다가 무료과로 들어갔다. 길가에 있는 나무와 돌까지도 나를 비웃는 것 같아서 얼른 뛰어들어갔다. 안에는 그보다 더한 것이 있었다. 내가 아는 의학생들이 저편에서 왔다 갔다 한다. 그네들 눈에 띄면 나의 자존이 꺾일 듯이 나는 불쾌하였다. 또 돈으로 인정을 사는 이 사회 속에서 무료로 병 보아준다는 것. 어쩐지 미덥지 않게 생각난다. 나는 그만 나왔다.

나올 때에는 들어갈 때보다 더 바삐 뛰었다. 병원 문밖에 나서서 솔냇골에 들어서는 때까지도 조롱과 모욕을 담은 눈깔이 뒤를 따르는 것 같아서 머리를 못 돌렸다.

"뭐래요? 약 가져오셨소?"

집에 이르니 아내는 반갑게 묻는다.

"네……."

나는 흐리머리 대답하였다. 아내는 곁에 와서 내 호주머니를 만지면서,

"응 어디…… 약 봅시다……. 뭐라고 해요?"

나는 대답이 구구하였다. 더구나 약까지 검사를 하려는 판에야 어떻게 자백을 하지 않으랴?

"허허."

나는 크게 웃었다. 어째 그렇게 웃었는지 나로서도 모른다. 무슨 일이 틀어지고 되지 않을 때면 나는 그렇게 웃는다. 웃자고 해서 웃는 것이 아니라 그런 웃음이 한숨과 같이 저절로 나온다.

약을 집어낸다고 내 호주머니에 넣었던 아내의 손에는 오 원 지폐가 집혀 나왔다. 그것을 물끄러미 들여다보던 아내의 낯빛은 변하였다. 그는 지폐를 방바닥에 던지면서 쓰러졌다. 낯을 가리고 쓰러진 그의 등은 고요히 자주 오르내렸다.

그는 우는가! 내 목숨 중한 줄 내 어찌 모를까? 아내의 걱정이 없어도 걱정되거든 하물며 아내의 걱정이 있음에랴? 좀 웬만하면 나 편하고 그가 기쁜 일을 왜 못 하랴? 나도 눈에 눈물이 돌았다. 세상이 원망스러웠다. 모두 부숴버리고 싶었다.

"아직도 시간이 있으니 가보시오. 글쎄! 나는 아프다면 당신 두루막을 삽히시도 병원에 보내면서 당신 몸은 왜 생각지 않으

시오……."

울던 아내는 문 앞에 시름없이 던져지었던 지폐를 집어준다.
이번에는 가까운 ××병원으로 갔다.

낮이 가까워오는 여름 볕은 뜨거웁다. 고루거각高樓巨閣[1]이 늘어
선 장안에는 여전히 사람의 떼가 오락가락한다. 무슨 일들이 있
는가? 무엇이 그리 바쁜가? 내 눈에는 그 모든 것이 산[生] 것같이
보이지 않았다.

4

병원이란 참말 한번 가볼 곳이다. 사람의 목숨을 판단하는 곳
이니까. 만일 누구든지 자기의 목숨의 줄이 얼마나 길고 짧은 것
을 궁금히 여기거든 점이나 사주를 보지 말고 병원에 가는 것이
상책일 것이다.

"병 난 지 오래세요?"

"네 한 이십 년 가깝습니다."

"왜 고치잖고 그냥 버려두셨어요? 대단히 중한데요!"

"무슨 병인지요? 고칠 가망은 있습니까?"

"뭐 위뿐 아닙니다. 폐도 좋잖고 신장도 나쁜데 공기가 깨끗하
고 고요한 데서 자양분 있는 것을 잡수시면서 한 일 년 치료하면
효를 볼 것 같습니다마는 그냥 이 모양으로 버려두면 팔 개월 넘

---

1 높고 큰 집.

기기 어려울 것 같습니다."

이것이 병원에서 의사와 문답한 말이다. 나는 너무도 어이없어서 픽 웃었다. 고쳐보아서 못 고치는 것은 허는 수 없지만 고쳐질 병을 버려두게 되는 때 그 맘이 슬픈 것이 아니라, 어떤 데 대한 악으로 변한다. 촌촌히 먹어 들어서 실낱같이 남은 나의 목숨의 줄이 보이는 것도 같고 또 일변으로는 으레 그러하려니 미리 기다리던 소리를 들은 듯이 우습기도 하였다. 나는 약병을 들고 병원 문을 나서면서 의사의 말을 다시 생각하였다. 내가 만일 건강하였다면 그는 '밥을 잡수시면 살 수 있으나 굶으면 죽을 것이오' 하였을는지도 모르겠다. 공기가 좋은 곳에서 자양분을 먹으면서 적당한 운동을 하고 치료를 하면 회복하리라는 것은 의사가 아닌 나도 모르는 것이 아니다. 두부 한 모와 솔가지 한 묶음을 생각하고 전차를 못 타는 형세에 요양지를 찾아 멀리는 고사하고 파고다 공원에 가서 앉았재도 첫째 배가 고파서 못 할 것이다. 그는(의사) 으레 할 일이요, 으레 할 소리로 알고 사람의 목숨의 신축伸縮이 제 손에 있는 듯이 거침없게 말하지만 내게는 사형선고로 들렸다. 그러나 더 도리가 없는 나는 웃음밖에 나오지 않았다.

종각 모퉁이로 나오니 헌 갓에 대를 문 늙은이가 당화주역唐畫周易을 앞에 펴놓고 꼬박꼬박 존다. 저 짓 말고 침통이나 들고 어디 가서 목숨의 신축이 한 손안에 자재自在한 의사 노릇이나 하지……. 나는 이렇게 생각하고 혼자 픽 웃었다. 그리로서 종로 네거리 전차 선로를 건너는데 전차가 땅땅 종을 울리면서 바로 곁으로 달려온다. 나는 눈이 둥글해서 뛰어나가다가,

"팔 개월 전에 죽을 녀석이 무에 그리 무서운고?"

혼자 중얼거리고 또 픽 하고 하늘을 보면서 웃었다. 그러나 마음속에는 어두운 무엇이 흘렀다. 의사의 사형선고가 우습고, 믿어지지 않고, 또 우리 처지에는 가당한 말이 아니라 하고 또 사람의 목숨이 그렇게 쉽게…… . 픽픽 웃기는 하면서도 내 맘속에는 빼려 뺄 수 없고 속이려 속일 수 없는 슬픔과 원망과 걱정과 어떤 희망이 흘렀다. 종로, 집, 사람, 하늘, 땅— 이 모든 것을 팔 개월밖에 못 볼까? 일 개년 치료비가 없어서 죽나? 생각할 때 내 주먹은 쥐어졌다. 내게도 눈이 있고 코가 있고 입이 있고 팔다리가 있다. 나도 영감을 가진 사람이다. 그런데 어째 나는 남과 같이 피지 못하고 마르는가? 같은 사람이언마는 같은 사람에게 쪼들리고 쪼들려서 피가 마르고, 고기가 마르고, 뼈가 말라서 화석 같은 내 그림자가 눈앞에 보일 때 부르쥔 내 주먹은 더 단단히 쥐어졌다. 사람이 자기 운명의 길고 짧은 것과 좋고 언짢은 것을 모르니 말이지 안다면 확실히 안다면 그 속에서 무슨 변이 일어날는지 누가 보증을 하랴?

이렇게 혼자 분개하면서 집으로 가다가 나는 미친놈처럼 허허 웃었다. 모든 것이 우스웠다. 세상이 우스웠다. 그것은 어린애 장난 같았다. 내가 쓰는 시도 의사가 가진 청진기도 모두 장난감 같다. 그것은 미구에 아침 빛이 오르면 스러질 지새는 안개같이 생각나서 나는 또 웃었다.

대문 안에 들어설 때 나는,

'이 마당도 팔 개월밖에 못 밟는가?'

생각하고 커닿게 웃으면서 마루에 가서 앉았다.

"왜 웃소? 응 또 무슨 일 났소? 응."

아내가 약병을 받으면서 묻는다. 그때 내 머리에는,

'그래두 살겠다구 약을 가지고 와.'

하는 생각이 떠올라서 또 웃었다.

"하 하 하!"

— 〈동광〉, 1926, 9.

저류低流

집 앞 강으로 불어오는 서늘한 바람은 이따금 뜰 가 수수밭을 우수수 스쳐 간다. 마당 가운데서 구름발같이 무럭무럭 오르는 모깃불 연기는 우수수 바람이 지날 때마다 이리저리 흩어져서 초열흘 푸른 달빛과 조화되는 것 같다.

벌써 여러 늙은이들은 모깃불 가에 민상투 바람으로 모여앉아 담배를 피우면서 끝없는 이야기를 시작하였다. 주인 김 서방은 모깃불 곁에 신틀을 놓고 신을 삼는다. 김 서방의 아들 윤길이는 모깃불에 감자를 굽는다.

어른이나 어린이나 가물과 장마를 걱정하고 이른 새벽 풀 끝 이슬에 베잠방이를 적시면서 밭에 나갔다가 어두워서 돌아와 조밥과 된장찌개에 배를 불리고 황혼 달 모깃불 가에 앉아서 이야기하는 것이 그네에게는 한 쾌락이다.

"날이 낼두 비 안 오겠는데."

수염이 터부룩하고 이마가 훨령 벗어진 늙은이가 하늘을 치어다보면서 걱정하였다.

"글쎄, 지냑편에는 금시 비 올 것 같더니 또 벳기는데……."

서너 살 되었을 어린애를 안고 앉아서 김 서방의 신 삼는 것을 보던 등이 굽은 늙은이는 맞장구를 치면서 하늘을 보았다.

퍼렇게 갠 하늘에는 조각달이 걸리었고 군데군데 별이 가물거렸다.

"보리 마당질할 생각하면 비 안 오는 것두 좋지마는 조이와 콩 다 말라 죽으니……. 참 한심해서."

하는 이마 벗어진 늙은이의 소리는 타들어 가는 곡식이 안타까운지 풀기 없었다.

"오늘 쇠치네(작은 물고기) 잡으러 가니까 저 웃소에 물이 싸말라서 괴기들이 통 죽었습데……."

거멓게 탄 감자를 집어내 놓고 손과 입에 거멍이 칠을 하면서 발라먹는 윤길이는 어른들 말에 한몫 끼었다.

"하여간 이게 싱구럽지(상서롭지) 못한 일이야……. 김 도감 두 아지마는 (어린애 안은 늙은이를 보면서) 웃소 물이 좀 많은 물이오?……."

머리 벗어진 영감은 큰 변이 났다는 듯이 가래를 턱 뱉고 담배를 뻑뻑 빤다.

"하여튼 큰일 났군! 우리 아버지 때에두 그 물이 마르더니 흉년이 들어서 모두 자식을 다 잡아먹었다더니……."

하면서 무릎에서 꼬물거리는 어린애를 다시 치켜 안는다.

"그 물 때문에……."

신 삼던 김 서방은 첫머리를 내다가 뚝 그쳤다. 그는 신날을 틀에 걸고 힘을 끙끙 쓰면서 죄었다. 여러 늙은이들은 그것을 보면서 김 서방이 말하기를 초조히 기다렸다.

"그 물 때문에 나래는(뒤에는) 원 세상이 다 죽더라두 시장 저 박 관청 너 논은 다 말랐는데두……. 흥!"

그는 너무도 어이없다는 듯이 저편에 말없이 앉아서 하늘만 보는 키 작은 늙은이를 보았다.

"아, 실루 올에 논을 푸렸다너 어찌 됐소?"

말 좋아하는 이마 벗어진 최 도감은 박 관청을 보았다. 기막힌 듯이 먹먹히 앉았다가,

"올에 이밥(쌀밥)만 먹다 나문 볼일 다 보겠소!"

"하하하."

박 관청이 빈정거리는 바람에 모두 웃는다.

"관청은 저래 쓸구는(빈정대는) 바람에 걱정이야……. 흐흐……."

김 서방은 혼잣말처럼 외면서 신바닥을 신틀 귀에 놓고 방망이로 땅땅 두드렸다.

잠깐 침묵…….

강물 소리가 철철 들린다. 어디서 두견새 소리가 은은히 흘러왔다. 이슬이 내려서 축축한 밭에 달빛이 푸른 안개처럼 흘렀다.

우수수…… 소리가 나더니 바람이 몰아와서 무럭무럭 오르는 연기를 동쪽으로 몰아갔다.

"액 에헤 에헴."

바람에 날리는 연기가 코에 들어간 박 관청은 기침을 콕콕 하면서 서편 쪽으로 옮겨 앉았다. 입때껏 그저 말없이 앉았다가 기침을 콕콕 하면서 훌쩍 뛰어가 앉는 것은 원숭이 같았다.

　　동리 어린애들은 박 관청을 잔내비(원숭이) 영감이라고 부른다.

　　"일은 거저 일이 아니야……. 이래서 달달 볶아 죽이자는 게지?"

　　김 서방은 침묵을 깨쳤다.

　　"세상이 이렇구서야 바루 되겠소? 두만강에 먹이 돋구 당목이 똥숫개(뒷지) 되문 세상이 망한다더니."

　　그 이마 벗어진 늙은이는 눈을 끔벅하면서 큰일이나 난 듯이 말하였다.

　　"망해두 어서 망하구 흥해도 어서 흥해야지, 이거 이러구서야 어디 견디겠소……. 글쎄, 술두 맘대루 못 해먹구 담배두 맘대루 못 져먹는 세상에 살아서는 뭘 하겠소……. 참 우리야 쉬 죽겠으니 또 모르겠소마는 이것들이 불쌍해서……."

　　김 도감이란 영감이 악 절반 한탄 절반으로 뇌면서 무릎에 앉은 손자를 내려다본다. 꼼지락거리던 어린 것은 푸른 달빛을 받고 고요히 잠들었다.

　　"허 유사너처리 저 간도루 멀찍하니 ○○가는 게 해롭지 않지……(한참 끊었다가) 어서 빨리 ○○이 뒤집히구 ××이 나야 하지……."

　　김 서방은 신틀과 삼던 신을 밀어놓고 담뱃대를 털면서 모깃불 앞에 다가앉았다.

　　"괜히 시방 젊은 아이들은 철은 모르고 덤비지만 세상이 바루 돼두 때 있는 게지 어디 그렇게 됨메?"

박 관청은 혀를 툭 채었다.

"아, 더 이를 말이오. 시방 우리 놈아두 공부를 함메 하구 성화를 대구 서울 가서 댕기더니 젠년[前年]에 만센지 떡센지 부르고 시방 징역을 하지만 어디 그렇게 되겠소! 다 운이 있는 건데……. 아 홍길동이며 소대성이 같은 장쉬[將帥]두 때를 기다렸는데……."

이마 벗어진 영감은 제 뜻은 이러한데 세상이 모른다는 듯이 푸닥거리를 놓았다.

이때 김 서방은 집 안으로 머리를 돌리고,

"야 체예[處女]……. 거기 보리 감지[甘酒]를 좀 내오너라."

한다. 여러 늙은이들은 그 소리에 말을 잠깐 끊었다가 못 들은 체하고 그대로 이야기를 하였다.

"시방두 충청도 계룡산에는 피난 가는 사람이 많다는데……. 정도령이가 언제 나오나?"

김 도감은 한 손으로 어린애를 안고 한 손으로 모깃불에 담뱃불을 붙인다.

그네들은 그네의 힘으로 저항치 못하는 자연의 위력을 생각하는 때마다 알 수 없는 공포를 느끼고, 그 공포를 느낄 때마다 분요[1]하고 괴로운 세상을 한탄한다.

그 한탄 끝에는 무슨 힘―자기네를 안아줄 무슨 힘을 무의식적으로 바란다. 이것이 그네의 신앙이다. 이 신앙이 은연중 그네에게 용기를 준다.

1 서로 어지럽게 뒤얽힘.

"갑산서두 날개 돋은 장쉬 났다는데?"

이마 벗어진 영감은 신기한 것이나 말하는 듯이 눈을 크게 떴다.

이때 저편에서 득득 하더니 쿵쿵 하는 소리가 들렸다. 여러 사람은 그리로 눈을 주었다. 처마 그늘로 달빛이 반이나 밑둥에만 비친 외양간으로 나오는 소리다. 그것은 말이 여물을 달라고 구르는 소리다.

"야 윤길아, 네 가서 쇠[牛]를 깔을 쥐라."

김 서방은 감자를 구워 먹다가 맨땅에 팔을 베고 누운 윤길이를 보았다.

윤길이는 웃방 앞 뒷줏간 옆에 세워놓았던 꼴단을 집어 들고 어둑한 외양간으로 들어갔다.

윤길이가 들거나 부엌문(북도는 외양이 부엌과 서로 이어 있다. 소여물을 주려면 부엌으로 들어가야 된다)으로 머리 터부룩한 큰 처녀가 조그마한 감주 항아리를 들고 맨발로 나왔다. 김 서방은 항아리 속에 띄워놓은 바가지로 감주를 떠 여러 늙은이에게 권하였다. 늙은이들은 꿀꺽꿀꺽 마시고 수염을 씻으면서,

"엑 시원하구나."

한다. 맨 나중 김 서방이 감주 바가지를 입에 대는데 어디서,

"에구."

하는 소리가 났다. 모두 그리로 눈을 주었다. 외양간에 들어갔던 윤길이는 달아나오면서,

"에구 아배(아버지)! 쇠 눈깔에 퍼런 불이 있소!"

하고 무서운지 뒤를 슬금슬금 돌아본다.

"액 시레손이(마보) 같은 뉴아야, 나도 또 큰일이나 있다구!

짐승의 눈이 밤에 보문 그렇지 어째, 하하."

이마 벗어진 늙은이는 책망을 하다가 웃었다. 부른 배를 만지면서 달을 쳐다보던 박 관청도 빙그레하였다.

"글쎄, 장쉬 나문 어찌겠소?"

중간이 끊어졌던 말은 김 서방의 입으로 다시 이어졌다.

"어째?……."

"아 그 ○○놈들이 장쉬 나는 곳마다 쇠말뚝을 박아서 못 나오게 하는데……. 저 설봉산에서두 땅속에서 장쉬 나거라구 밤마다 쿵쿵 소리 나더라오. 그런 거 ○○놈들이 말뚝을 박았다 빼니 피 묻었더라는데……."

말하는 김 서방은 모기가 등에 붙었는지 잔등을 툭툭 친다.

"흥, 그런 게 무슨 일이 되겠소."

김 서방의 말이 끝나자 모든 늙은이들은 탄식하면서 달을 치어다보았다.

난데없는 흰 구름 조각이 서천에 기운 달을 가리었다. 환하던 강산은 어슥하여졌다. 빛나던 밭들은 수목을 풀어 친 것 같다.

흐린 달을 치어다보는 여러 늙은이의 눈에는 근심이 그득한 것이 장차 올 세상을 보는 것도 같고, 하늘에서 무엇이 내려와 안아주기를 기다리는 것 같기도 하였다.

"시방두 어디 제갈량 같은 성인이 있기는 있으련마는 소식이 없어……."

원숭이 같은 김 도감은 담배를 빨다가 말했다. 그 목소리는 어디든지 무엇이 있으리라고 믿는 어조였다.

"있다 뿐이오. 제갈량이며 장비며 이순신 같은 이가 다 있지만, 그렇게 쉽사리 나서겠소?"

이마 벗어진 영감은 대를 옆에 놓고 무릎을 안았다.

"있구 말구……. 우리두 목도한 일인데……."

하고 김 서방은 벌겋게 타드는 모깃불을 편히 들여다보다가 다시 말을 이어서,

"우리 선돌 있을 때에 우리 이웃에 무산 간도서 나온 한 사십 되는 영감 노친(노파)이 있었는데, 그 영감의 성이 김가가 돼서 늘 김 영감 하는데, 자식이 없었단 말이오! 그래 늘 절에두 댕기구 뒤웬(뒤우란)에 칠성단을 묻고 밤이믄 정화수를 떠놓고 삼 년인지 사 년인지 자식을 빌었소, 에구……."

하고 김 서방은 애쓰던 것이 눈앞에 뵈는 듯이 이마를 찡기며 툭 혀를 차고 다시,

"그때 그 영감 노친이 자식 때문에 애도 쓰더니……. 그 덕인지 저 덕인지 노친이 잉태가 있겠지요! 그런데 폐릅은(이상한) 것은 열넉 달이 돼두 아이를 안 낳겠지……."

"그게 실후 장원 게지."

이마 벗어진 영감은 알아맞혔다는 듯이 소리쳤다. 김 서방은 잠깐 끊었던 말을 다시 이어,

"글쎄, 들어보오. 그런데 며츨 어간이나 영감 노친이 꾹 배겨 있다가 나오는데 보니까 노친은 뚱뚱하던 배가 쑥 꺼졌겠지!"

하고 김 서방은 불 꺼진 담배에 다시 불을 붙여서 뻑뻑 빨았다.

"아아니, 아이를 낳는 소리두 없이 배가 그렇게 꺼졌단 말이오?"

박 관청은 이상하다는 듯이 물었다.

"아 낳는 소리 있을 쎄믄 폐릅(이상)다구 하겠소……."

김 서방은 말을 이어서,

"그래 우리가 모두 암만 물어봐야 그저 웃기만 하구 대답을
해야지! 그래 여편네들은 그 노친을 벗기고까지 보니 젖이 다 뿔
꾸 뱃가죽이 다 텄더랍메!"

하고 눈을 번득하였다.

"그래서는 아이는 아니로구만!"

어린애 안았던 김 도감이 말하는 바람에 김 서방은 말을 끊었
다가 다시 이었다.

"그런데 그 노친은 동생이 있는데 그 앙깐(여편네)의 말을 들
으니……."

"그 앙깐은 어떻게 알더란 말이오?"

이마 벗어진 영감은 신기한 듯이 물었다.

"낸재(에이구)! 영감두 가만있소……. 어디 들어보게……."

김 서방의 말이 토막토막 끊이는 것이 안타까운지 박 관청은
이마 벗어진 영감을 핀잔주었다. 그 바람에 모두 조용하였다.

김 서방은 담배를 빡빡 빨다가,

"그 동생 되는 앙깐은 그날 밤에 거기서(그 영감 노친의 집)
자다가 봤단 말이지……. 밤중이 되니깐 노친 자던 방에 푸른 안
개가 자욱이 돌고 지붕에 흰 무지개가 서더라오. 그러더니 한쪽
볼(뺨)에 별이 돋고 한쪽 볼에 달 돋은 선녀 둘이 소리 없이 방에
들어와서 서는데, 상[喪]내가 코를 소르르 지르더라오."

김 서방은 바로 향내가 코에나 들어가는 듯이 어깨를 으쓱하
고 코를 쫑긋하였다.

"그게 참 장쉬 나는 게로군!"

이마 벗어진 영감은 핀잔받은 것을 그새 잊었는지 또 감탄하였다. 김 서방의 말이 이에 미치니 모두 취한 듯이 김 서방만 치어다본다. 땅에 자빠졌던 윤길이까지 일어앉아서 정신없이 듣고 있었다. 모든 사람의 눈은 무엇을 보는 듯하였다. 김 서방은 담배를 빨면서 무엇을 생각하는 듯하더니 비밀한 말이나 하는 듯이 어성을 나직나직이 하여,

"그러더니만 선녀가 하나는 노친의 왼팔 아래 자댕(겨드랑이)에 손을 대니까 왼자댕이가 툭 터지면서 애기가 스르르 나오더라지!(이때 모든 사람은 빙그레 재밌게 웃었다) 애기가 금방 나자 노친의 자댕이는 그만 터졌던 둥 말았던 둥 하게 아물고 애기는 이내(곧) 향탕에 목욕을 시키더라오. 애기는 말이 애기지 키가 얄아므 살 먹은 아이만치 크고 눈은 찍 째진 것이 왕방울 같고 귀는 이렇게 크고(손을 펴서 자기 귀에 대고 눈을 크게 떠서 그 흉내를 내면서) 팔다리 손 할 것 없이 참 철골로 생겼는데, 말을 다 하더라는데……."

참말 신기한 일이라는 듯이 눈을 끔벅하는 김 서방의 목소리는 더욱 힘 있었다. 그는 담뱃대를 땅에 놓고 기침을 하더니 말을 이었다.

"내려왔던 선녀는……."

하는데 곁에 앉았던 윤길이가 뛰어나가면서,

"개똥(반딧불)! 저 개똥불!"

한다. 모두 그쪽을 보았다. 김 서방도 말을 끊고 그리를 보았다. 뒷줏간 뒤 콩밭 위를 파란 반딧불이 가물가물 지나간다.

개똥! 개똥!

저 개똥불!

우리 애기

초롱(등롱) 삼자!

개똥! 개똥!

윤길이는 부르면서 콩밭으로 뛰어간다. 그것을 보던 김 서방
은 어성을 높여서,

"그래……."

하는 바람에 늙은이들은 모두 머리를 돌렸다.

"그 내려왔던 두 선녀는 애기에게 비단옷을 입히구 이내 무지
개를 타고 하늘로 올라가더라오. 그리구 새벽이 되니까 애기가
벌떡 일어나서, '아버지 어머니, 저는 떠납니다' 하더라오."

"어디루 갈까."

여러 늙은이는 약속이나 한 듯이 물었다. 그네들은 함께 김 서
방의 이야기를 기뻐하였다 걱정하였다 하였다. 김 서방은 그 대
답은 하지 않고 제 말만 하였다.

"그리구 부모에게 절 하더라오. 그러니 그 어머니가 울면서,
'에구 내 만득자야, 네 어디로 가니, 나두 가자' 하고 일어나려니
까 그 애기는 말하기를, '나는 이제 선생을 따라 ○○산으로 갑
니다. 이제 오래지 않아 세상에 ○○가 나서 백성이 ○○에 들
겠으니, 저는 ○○산에 가서 공부를 해가지고 그때에 나와서 ○
○을 평정케 하겠습니다. 그러나 몇 달 동안은 집으로 젖 먹으러
새벽마다 오겠으니 어머니 우시지 마시오' 하고 두 팔을 쭉 펴니

커단 날개가 쭉 벌어지더라오."

여기까지 말한 김 서방은 숨이 차는지 휘 쉬었다. 여러 늙은이들은 김 서방의 한숨까지 재미있다는 듯이 모두 얼굴에 웃음을 띠고 소리 없이 김 서방의 입을 쳐다보았다.

밤은 깊었다. 마당에는 이슬이 추근히 내렸다. 밤이 깊을수록 달은 밝고 물소리는 컸다. 강으로 오르는 바람은 뜰 앞 밭을 스치어서 어둑한 집을 지나 뒷산으로 우수수 올리닫는다. 모깃불 놓은 겨는 다 타서 검은 재가 남고 실 같은 연기가 솔솔 오른다.

"우리 클아배(할아버지) 때에두,"

하고 이마 벗어진 영감이 말을 끄집어내려고 하니까 김 서방은 말하려고 쫑긋거리던 입을 닫치고 박 관청은 혀를 찍 갈기면서,

"가만 있소. 날래(어서) 김 서방이 이야기를 끝내오."

툭 쏘았다. 그러나 이마 벗어진 영감은,

"가만 가만 있소. 내가 먼저 얼른 할께……."

하고 말을 내려고 하였다.

"에구 영감두 주새두 없는 게(주책없다는 뜻)! 그래 얼른 짖소! 흐흐."

"에 짖다니? 양반을 모르고, 하하하."

하고 이마 벗어진 영감이 웃는 바람에,

"하하하."

모두 웃었다. 웃음이 끝나자 이마 벗어진 영감은 입을 열었다.

"우리 클아배 때두 날개 있는 장쉬가 나서 그 아버지가 윤디(인두)루다 지져놔서 그만 죽었다오! 그래 어서 하오. 내 말은 이뿐이오."

하고 김 서방을 보았다.

"에구 영감두 싱겁다. 그, 소금을 가지고 댕기오."

하고 박 관청은 이마 벗어진 늙은이를 보고 다시 김 서방을 보면서,

"그래 그 뒤에두 오더라오?"

하고 물었다.

"그래……."

김 서방은 말을 시작하였다.

"그래 날개를 펴고 마당에 나서더니 온데간데없더라오! 그리구 그 이튿날부터 새벽마다 닭 울 때면 젖 먹으러 오더라오."

"얼마나 젖 먹으러 오래 댕기더랍데?"

김 도감은 물었다. 김 서방은 머리를 좌우로 흔들면서,

"아니……. 그런데 그런 장쉬가 났다는 말을 하지 말라구 골백번이나 당비한 것두 듣지 않구서리 그 장쉬를 나흘째 본 앙깐이 이야기를 해놔서 그 고을 원님이 그 말을 들었겠지……."

"저런 망할 년……."

말질한 여편네가 곁에 있으면 담박 때려죽일 듯이 박 관청은 이를 악물었다.

"그래 휴."

김 서방은 한숨을 태산같이 쉬고 나서,

"원님은 나라에 역적이 생긴다구 장쉬를 잡아 쥑이라구 했단 말이오. 그래 사령에게 윤디를 주면서, 장쉬 젖 먹을 때에 그 날개를 지지라구 했단 말이야……."

예까지 말한 김 서방은 입을 다물었다. 그 낯에는 처연한 빛이 들

392

었다.

"그래서 인재라는 인재는 다 죽이고……. 이늠의 나라이 안 망하구 어찌겠음메 글쎄!"

박 관청은 화나는지 가래침을 뱉었다. 말없이 하회를 기다리는 김 도감과 이마 벗어진 영감의 낯에는 긴장한 빛이 푸른 달빛에 어른거렸다.

"빨리빨리 하오!"

박 관청도 궁금한지 김 서방을 재촉하였다.

"그래 그 사령이 윤디를 벌겋게 달궈가지고 그 집 부숫개(부엌 아궁이) 앞에서 기다리는데 새벽이 돼서 마당에서 쾅쾅 하고 발 구르는 소리가 나더니, '어머니!' 하고 부르는 소리가 난단 말이야! 그래 그 어머니는 '오오, 우리 장군님이 왔소!' 하고 문을 열어보니까 그 장쉬는 마당에 섰는데, 큰 칼을 짚고 투구 갑옷을 입었더라오. '빨리 들어와서 젖을 먹어라' 하니까 장쉬는 '어머니, 저는 이제는 집으로 못 오겠습니다. 우리 집에는 저를 잡으려고 사령 놈이 윤디를 가지고 있어서 나는 집으로 못 오겠습니다' 하더라오. 그 소리에 사령 놈은 똥물을 싸구 자빠졌더라오."

"사령 온 줄을 어떻게 알까?"

"흥, 그게 장쉬라지!"

박 관청과 이마 벗어진 영감은 한마디씩 뇌었다.

"그리구서 대문 밖으로 나가다가 들어와서, '어머니, 저는 이제 ○○산에 들어가 있다가 십 년 후에 나오겠으니 그때에 와서 어머니 아버지를 뵙겠습니다' 하고는 그만 온데간데없더라오. 그런데 그 원넘이란 작자는 가만히 있었으면 일없겠는 걸 그 이튿날 그 장쉬 아버지와 어머니를 붙들어다가 때리구 옥에 가두었 단 말이오. 그랬더니 그날 밤에 관가 마당에서 큰 소리가 나면서 원님은 피를 물고 죽고 옥문은 깨지고 그 장쉬 어미 아비는 간 곳이 없었는데, 그 뒤에는 지금까지 소식이 없단 말이오.”

이야기를 끝낸 김 서방은 담뱃대에 담배를 담았다. 달을 치어 다보고 빙그레하던 김 도감은,

“그늠 그 원님늠 잘 되었군! 그치 벌(앙화)을 받은 게지! 그 영감 노친은 아들(장수)이 데려간 게지?”

한다.

“그런 장쉬들이 다 어디 가서 있을까? 그런 사람 낳은 사람은 전생에 좋은 일은 많이 한 게야.”

박 관청은 말했다.

“여부 있소! 다 덕을 닦아 그런 아들을 낳는 게지……. 그리구 그런 장쉬더러 백두산이나 계룡산 같은 데야 있겠지만 때가 안 되구사 나오겠소?”

김 서방은 모든 것을 자기 혼자나 아는 듯이 말했다.

“나오기는 어느 때든지 나올걸? 에구 어서 나와서…….”

이마 벗어진 영감은 말끝을 뚝 끊어버린다.

“나오구 말구! 하지마는 다 때가 있는 건데……. 시방 시속 사 람들은 괜히 위야 하고 우리네 ××이나 가져가믄 소용이 있어 야지……. 다 때가 돼서 장쉬가 나야지!”

김 도감은 무릎에서 자는 어린것을 내려다보고 달을 치어다보 면서 시속을 한탄하고 새 ○○을 기다린다는 듯이 말하였다.

“이제 보오마는 때는 꼭 있을 게요!”

미래를 보는 듯이 힘있게 말하고 달을 쳐다보는 김 서방의 눈은 빛났다. 다른 늙은이들도 신비로운 꿈에 싸인 듯이 멀거니 앉아서 달을 쳐다보았다. 그 눈은 달빛 받은 그 늙은 눈은 다 같이 달 속에서와 하늘 위에서 무엇을 찾고 그윽이 믿는 듯이 빛나고 위엄 있게 보였다.

푸르고 높고 넓은 하늘은 의연히 대지를 덮었다. 그 서쪽에 걸린 달도 의연히 신비롭게 비치었다. 뒷산과 앞뜰에 살근히 흐르는 안개는 철철철 소리치는 강 위로 몰렸다. 높은 하늘 푸른 달 아래 엉긴 안갯속에는 무슨 큰 거령巨靈이 그윽이 숨은 듯이 보였다.

뜰 앞 밭을 우수수 스쳐오는 바람결에 산새 소리가 두어 마디 들렸다.

늙은이들은 여전히 돌아갈 것을 잊고 말없이 앉아서 강 안개와 푸른 달을 본다. 그 모양은 달과 하늘에 말 없는 기도를 드리는 것같이 침묵한 속에 그윽한 위엄이 흘렀다.

― 〈신민〉, 1926. 10.

동대문

— 헛물켜던 이야기

1

헛물켜던 이야기나 하여볼까 한다. 내가 동대문 밖 어떤 문예
잡지사에 있을 때였다. 늦은 봄 어느 날 용산에 갔다가 저녁때에
사로 돌아갔다. 사는 그때 그 잡지를 주관하던 D 군의 집인데 건
넌방은 사무실로 쓰고 나도 거기서 먹고 자고 하였다.

따스한 봄볕에 포근히 취한 나는 마루에 힘없이 걸터앉아서
구두끈을 끄르는데 부엌에서 무얼 하던 D 군의 부인이 나오면서,

"선생님, 낮에 전화가 왔어요."

한다.

"어서 왔어요?"

나는 마루로 올라가면서 D 군의 부인을 보았다.

"채영숙이라 아세요?"

"채영숙이?"

나는 도로 물었다. 이때 그것은 계집의 이름 같다 하고 나는 생각하였다.

"네, 채영숙이라는 이가 전화를 걸었어요!"

D군 부인은 그저 나를 의심스럽게 본다. 나는 암만 생각해도 기억이 나지 않았다.

"모르겠는데!"

하고 나는 이맛살을 찌푸리다가 암만해도 믿어지지 않아서,

"또 무슨 거짓 말씀을 하하!"

하고 웃어버렸다.

"아니요. 참말이에요! 가만 어디…….."

하더니 D군의 부인은 마루에 올라서서 건넌방을 들여다보면서,

"글쎄 저것 보셔요. 너무나 채영숙이 옳은데……. 하하."

기가 막힌다는 듯이 웃었다. 나도 그이를 보았다. 마루에서 바라보이는 벽에 걸린 전화 위에 칠판을 달았는데 거기 '채영숙'이라고 썼다. 나는 머리를 숙이고 앉아서 내 기억에 있는 여자란 여자는 다 끄집어내었다.

친구들의 부인까지— 그래야 채가도 없거니와 영숙이라는 이름도 없었다. 나는 꼭 거짓말 같았다.

"또 들리오지 않나! 하하."

나는 혼잣말처럼 뇌이면서 D군의 부인을 보았다.

"못 미더우면 하는 수 없지요. 허허."

D군의 부인도 웃으면서 안방으로 들어간다. 나는 건넌방으로

들어가서 모아놓은 원고를 정리했다. 그러나 마음이 싱숭거렸다. 참을 수 없었다.

"그래 전화를 뭐라구 해요!"

나는 앉은 채 소리를 크게 질렀다.

"하하, 저 선생님의 등 다셨군! 마음이 조이지요? 하하."

D 군의 부인은 딴전을 친다. 나는 그 소리가 그리 싫지 않았다.

"아니 이건 알지도 못하는 사람을 보시고……. 허허 그래 뭐라고 해요?"

나는 정색으로 묻기는 어째 마음이 간지러워서 아주 그렇지 않다는 어조로 물었다.

"그래 꼭 아시고 싶어요, 흥……."

"글쎄 그러지 마시고 말씀하세요."

"아믄요……. 선생님이 원하시는데……. K 선생님 계시냐고 묻더니 없다고 하니 언제나 오시느냐 하고는 끊어요."

K 선생님이라는 것은 물론 나다.

"그래 여자예요?"

나는 그게 여자냐고 물을 때 안된 생각이 떠올랐다. 마치 여자라 하면 수족을 못 쓰는 사내의 약점이 드러나는 것 같았다.

"그럼 여자가 아니고 사내겠어요? 또 모르는 척하시지!"

"참 몰라요!"

"모르면 그만두세요."

나는 더 묻지 못했다. 미주알이 고주알이 알고 싶었고 또 여자라는 데 호기심이 바싹 났지만 연애라면 겉으로 픽픽 코웃음 치고 비웃던 나로서는 더 입을 열 수 없었다.

2

저녁 뒤에 나는 D 군과 같이 마루에 나와 앉아서 흐릿흐릿해
가는 황혼빛을 보고 있었다.

"저 K 선생님은 오늘 못 주무실걸. 호호……."

D 군 부인은 고요한 침묵을 깨쳤다. 나는 그것을 직각적으로
깨닫고도,

"왜요?"

하고 모르는 체하였다.

"채영숙 씨가 생각나서요……."

"채영숙 씨라니?"

곁에 앉았던 D 군은 빙그레하면서 부인을 본다.

"몰라요. 저 선생님더러 물어보세요……. 호호."

D 군의 부인은 웃었다.

"누구요?"

D 군은 나를 돌아보았다.

"글쎄 누군지 내 아오? 부인께 하문하시우 하하."

나도 웃었다.

"이게 어쩐 수작인지 굉장하구려 흐흐."

D 군은 빙긋 웃더니 부인을 돌아보면서,

"무슨 일이요?"

하였다.

"호호 이 양반은 왜 이리 애를 쓰시우 호호……. 그런 게 아니
라 저 선생님께 애인의 전화가 왔단 말이오. 호호호……."

"흐흐 좋겠구려!"

D 군도 웃으면서 나를 돌아본다.

"글쎄 알고야 좋아도 좋지……."

"하하하!"

세 사람은 나와 함께 웃었다. 나는 그것이 거짓말이거니 믿으면서도 공연히 좋았다. 그리 싫지 않았다.

그럭저럭 밤은 깊었다. 열시를 땅땅 울렸다. 달 없는 하늘 아래 모든 것들은 어둠에 싸여서 고요히 잠들었다. 이따금 집 앞을 지나는 전차 소리가 요란히 들리고 어둠을 스쳐서 먼 산 날이 하늘 아래 레이스 끝처럼 보였다.

"따르르! 따르륵!"

이때 건넌방에서 전화가 요란히 울렸다. D 군 부인은,

"에쿠 K 선생을 부르는 게로군! 어디 내가 받아봐야."

하면서 뛰어간다. 나는 그것이 물론 다른 전화거니 생각하면서도 또 채영숙이는 거짓말이다 믿으면서도 행여나 하는 희망도 없지 않는 동시에 그런 전화가 왔으면 하는 마음도 없지 않았다.

"네! 네. 그렇습니다. 네, 계세요……."

이때 옆에 앉았던 D 군은 전등을 켰다. 어둑하던 마루는 갑자기 환하여졌다.

"네…… 잠깐 기다리세요……. 아…… 저 당신은 누구시예요……. 네, 채영숙 씨…… 네 잠깐 기다리세요."

나는 그 소리를 들을 때에 공연히 가슴이 두근두근하면서 나도 모르게 빙긋 웃었다. 건넌방 전등을 켜놓고 빙글빙글 웃으면서 나오는 D 군 부인은,

"선생님 보세요……. 제가 거짓말이지요. 하하, 어서 받으세요……."

하면서 놀리는 듯이 벙긋 웃었다.

"나는 모르겠는데……."

어쩐지 그저 일어서기가 싱겁게 생각난 나는 군소리를 하면서 마지못하는 태도로 전화 앞에 가서 수화기를 귀에 대었다.

"네, 여보세요."

나는 부르면서 뒤를 돌아보았다. D 군 내외는 나를 보면서 벙긋 웃었다.

"여보세요……. 누구세요……. K 선생님이세요?"

아니나다를까 수화기 청을 울리고 내 귀로 들어오는 소리는 비단을 찢는 듯이 쟁쟁하고도 부드러운 여자의 목소리! 내 가슴은 울렁거렸다. 여자를 별로 접하여보지 못하고 또 만날 기회가 있더라도 공연히 수줍고 가슴이 떨려서 낯도 바로 못 쳐드는 나는 전화로 울려오는 소리에까지 온몸이 피가 찌르르 하였다. 그러면서도 그것이 부드럽고 놓기가 어려웠다.

"네, 제가 K예요!"

나는 대답하였다.

"네, 헤헤헤 제—가."

D 군이 내 대답을 흉내 내고 웃더니,

"떨기는 왜 춘향 본 이 도령처럼 하하하!"

웃으면서 나를 본다. 내 소리는 과연 떨렸는가? 나는 그쪽에는 눈도 안 주는 체하면서 아주 점잖게 말을 하였다.

"저는요, 채영숙이에요……."

저쪽 소리는 한층 안존하게 들렸다.

"채영숙이?"

"네⋯⋯. 왜 모르세요?"

"글쎄 얼른 기억이 안 나는데요."

나는 기억이 나지 않았다. 기억이 나지 않을수록 내 마음은 초
조하였다.

"저— 지금 틈이 있어요?"

여자의 소리는 퍽 침착하게 다정하게 울렸다.

"왜요?"

나는 어디까지든지 자존을 잃지 않으리라는 어조였다. 이러는
나의 소리와 태도가 D 군이나 그 부인께는 퍽 부자연하게 보였
을 것이다. 나는 몰라도⋯⋯.

"글쎄 왜 저를 모르세요!"

여자는 퍽 답답해하는 어조였다.

"글쎄 누구신지?"

나는 말끝을 흐리마리해버렸다. 이제는 울렁거리던 가슴이 좀
가라앉았다.

"보시면 아시겠어요! 지금 새이 계시면 동대문까지 나와주시
겠지요? 네! 꼭 뵈여야 할 텐데요!"

한 마디 두 마디 이어가는 그의 소리는 나와 퍽 친분 있는 소
리였다.

"글쎄⋯⋯. 여까지 오실 수 없어요?"

나는 빨리 뛰어가고도 싶었으나 그래도 배짱을 튕겼다.

"거기까지는 갈 수 없고⋯⋯. 좀 비밀히 뵙고 여쭐 말씀이 있

는데 지금 좀 나오세요……. 여기는 동대문이니 바로 전차에서 내리는 데서 만납시다."

"글쎄요……."

"그러지 마시고 꼭 오세요. 네 기다리겠습니다."

"네 가지요."

하고 나는 전화를 끊었다. 그러나 나는 얼른 가고 싶지 않았다. 끌리지 않는 바는 아니지만 의심도 났던 까닭이었다.

"선생님! 뭐래요?"

D 군 부인은 호기심이 바싹 나서 묻는다.

"글쎄 동대문에서 지금 만나자고 하는데."

나는 트릿한 수작으로 대답하였다.

"그러면 어서 가보세요."

웃던 D 군의 부인은 정색으로 권한다.

"아니, 글쎄 가본다는 것도 무턱대고 가겠어요? 알지 못하고……."

나는 가고도 싶었으나 그저 속이는 것도 같고 또 D 군 내외가 무슨 짓을 해놓고 놀리는 것도 같았다. 후에 알고 보니 D 군 내외는 히야까시[1]일 따름이었고 나를 권한 것은 참말이었는데 그 당시의 나에게는 모두 의심스러웠고 나의 약점이나 드러나는 듯하였다.

"그래서는 어떤 아씨가 가다고이(짝사랑)를 하는 게지. 야 좋아라! 호호."

---

1 ひやかし. 희롱, 놀림.

하고 D 군은 웃는다.

"가다고인? 발간 놈에게 누가……. 하하하."

나는 그럴 듯이도 생각하였으나 역시 배짱을 튕기면서 마루에 앉았다. 그러나 눈앞에 동대문이 떠오르고 어스름한 속에 낯모를 계집의 방긋하는 낯이 떠올라서 마음이 들먹거렸다.

"왜 그러고 앉았어요? 가보세요!"

D 군 부인은 독촉이 성화같다.

"무얼 그런 데까지 가요."

나는 짜증 비슷하게 말했다.

"아주 또 마음은 좋아가지고도……. 우리가 있으니……. 흐흐."

D 군은 웃었다. 나는 가고 싶었다. 가고 싶은 마음이 점점 났다. 그러나 금방 안 간다고 하고 간다 하기는 뭐하였다. 어서 가보라는 재촉이 더욱더 해줬으면 하고 나는 바랐었다.

"그래도 가봐."

"안 가보세요?"

D 군 내외는 재미있는지 그저 웃었다.

"가볼까?"

나는 일어서서 두루막과 모자를 쓰고 구두를 신었다. D 군의 내외가 나의 뱃속이나 들여다보는 듯해서 퍽 불쾌하기도 하고 채영숙이가 이리로 찾아왔으면 영광스러울 것 같기도 하였다.

3

대문을 나서니 함정에서나 빠져나온 듯이 내 마음은 활로였
다. 나는 아무도 안 보는 것이 퍽 마음에 들었다. 허둥허둥 달아
나와서 동대문 가는 전차를 탔다.

전차에 앉은 내 머리에는 별별 생각이 다 떠올랐다. 누군가?
채영숙! 채영숙! 채영숙이가 누군가? 어쩌서 조용히 만나려고 하
는가? 나를 은근히 사모하고 사랑하는가? 그러나 내게 무엇을
볼 것이 있나? 내가 인물이 잘났나 돈이 있나? 나는 이렇게 생각
하면서 전차 거울 위에다 나를 슬쩍 비춰보았다. 면도를 하지 않
아서 수염이 더부룩한 게 마음에 꺼림하였다. 나는 나도 모르게
턱을 만지다가 누가 보지나 않나 하고 돌아보았다. 차 속에 앉은
사람은 모두 나를 주의하고 뱃속을 들여다보는 듯해서 부끄러웠
다. 그러나 또 내 머릿속에는 여러 가지 생각이 떠돌았다.

무엇을 보았나? 오오 내가 글줄이나 쓰니 거기에 반했나? 그
럴 리가 없다. 아마 다른 일로 보자는 게지……. 이렇게 생각은
하나 연애란 생각은 걷잡을 수 없이 치밀어오르고 또 그렇기를
은근히 바랐다.

'선생님, 나는 선생님을 사랑.'
하면서 그가 내 손을 쥔다면 나는 무어라 할까?

이렇게 생각하는 내 눈앞에는 동대문이 보였다. 오락가락하는
전차가 보였다. 파출소가 보였다. 전등이 보였다. 전차에서 내리
고 오르는 사람이 보였다. 그 사람들 가운데 싸여 있는 어떤 여자
의 그림자―흰 저고리 검정 치마에 크도 작도 않은 키! 쑥 부푼

이마! 큼직한 눈! 전등불 아래 교소^{2}를 머금어서 불그레한 두 뺨! 흰 이빨 쌔근거리는 숨! 나는 불식간에 그의 손을 잡았다.

"아아 사랑하는 그대여!"

내 소리는 입 밖에 나왔다. 나는 깜짝 놀라서 눈을 뜨면서 차 안을 돌아보았다. 눈앞에 보이는 그림자는 다 스러지고 붉은 불 빛과 너덧이나 되는 사람 내— 건너편에 앉은 사람은 혼자 빙그 레 웃는다. 그 웃음은 나의 태도를 알아차린 듯하다. 나는 얼굴에 모닥불을 끼얹는 듯하였다. 그러면서도 속으로는 기쁘고 그 모든 사람들보다 행복스럽게 생각났다.

전차에서 내린 나는 어쩔 줄을 몰랐다. 그가 어디 와서 기다리 는가! 아직 오지 않았나? 하고 컴컴한 문간도 들여다보고 파출소 그늘도 엿보고 저쪽 동대문 부인병원 아래로도 가보았다. 그리 고 다시 전차 정류장에도 가보았다. 하여튼 여자라는 여자는 다 빼지 않고 보았다. 그 가운데에서도 이쁜 이면 더 유심히 보았다. 그것이 채영숙이나 아닌가 하는 의심이 나는 까닭이었다. 암만 찾아도 알 수 없었다. 어디 숨었나? 수줍고 부끄러운 생각에 못 나서는가? 거절을 당할까 보아서 주저거리나? 거절? 내야 거절 을 한들 몹시 할 거 없는데……. 와서 기다리다가 갔나? 가만있 자 내가 전화 받고…… 주저거리고…… 또 전차를 한참이나 기 다렸고…… 그래서는 그새에 기다리다가 간 게로구나! 아니 그 렇게 갔으려고……. 집에 또 전화가 가지 않았는지? 어디 전화를 하여볼까? 이렇게 생각한 나는 자동 전화실로 향하였다. 파출소

2 귀염성이 있는 웃음. 아양을 떠는 웃음.

옆에서 발을 떼려는데 저쪽 광화문으로 오는 차가 전차 회사 문 앞에 서더니 그리로써 흰 저고리에 검정 치마 입은 여자가 내린다. 나는 그만 옮기던 발길을 멈추었다.

전차에서 내린 여자는 급히 동대문 쪽으로 오면서 사면을 살핀다. 누구를 찾는가? 나는 그의 일동일정을 빼지 않고 주의하였다. 그 여자는 동대문 앞에 와 서더니 사방을 휘휘 둘러보다가 나를 유심히 보고는 어둑한 동대문통을 들여다보면서 주저거린다. 그러더니 동대문통으로 들어갈까 말까 하다가 다시 나를 본다. 그 태도가 나를 그리로 오라는 것 같았다. 나는 가슴이 울렁거렸다. 나는 그이를 향하고 두어 걸음이나 발을 떼어놓았다. 그 여자는 한참 주저거리고 나더니 문간 안으로 쑥 들어갔다. 내가 그리로 향하는 것을 보고 안심하고 누가 볼까 꺼리는 듯이 들어가는 태도이다. 나도 사면을 돌아보았다. 저쪽에 서 있는 순사가 수상히 보는 듯해서 얼른 그 여자를 따라가지 못하고 주저거리다가 그 순사가 달려오는 전차를 볼 때 슬쩍 동대문 문각에 들어섰다. 컴컴한 문간으로 쏠려 드는 바람은 찼다. 나는 울렁거리는 가슴을 진정하면서 슬금슬금 걸음을 옮겨서 문간을 다 지나 저쪽에 나서다가 딱 섰다.

컴컴한 문 그림자 속에 쪼그리고 앉았는 여자는 나를 보더니 깜짝 놀라서 일어서면서 치마를 내리면서 뛰어나간다. 그는 오줌을 누다가 놀라서 뛴다. 그는 채영숙이가 아니요. 오줌이 바빠서 들어왔던가 생각할 때 나는 그만 웃지 않을 수 없었다. 허리가 부러지게 뱃살을 잡고 웃는 나는 그만 단념하고 도로 나와서 집으로 나가려고 진치를 기다렸다. 나는 서운하였다. 닭 쫓는 개가 지

동대문 407

붕 쳐다보던 격으로 무엇을 잃은 듯도 하고 아까 전차에서 혼자 그리던 공상이 생각나서 불쾌하기도 하며 D 군 내외를 볼 일이 부끄럽기도 하였다. 그러나 마음 한구석에는 그저 무엇을 바라지 아니치 못하였다.

4

일주일 뒤에 나는 영도사로 놀러 갔다. 그것은 영도사에서 전춘회錢春會라는 놀음이 벌어진 까닭이었다. 거기는 D 군도 갔고 B 군 E 군 T 군도 갔으며 기생도 셋이나 있었다. 그중에서도 금선이라는 기생은 나와 친면이 있는 사이였다.

술이 한 순배 돌아서 이야기가 벌어진 판이었다. 장난 좋아하는 B 군은 나를 보면서,

"자네 접때 동대문 속에는 왜 들어갔다 나왔다 했나?"

하고 묻는다.

"언제?"

나는 채영숙이를 쫓아갔던 일이 번개같이 머리를 치는 동시에 의심이 왈칵 났다.

"언제라니? 에…… 한 육칠일 되겠네!"

"어떻게 보았나?"

"응 그날 밤이 그게 퍽 늦어서 나는 어떤 친구의 부인이 부인 병원에 입원하게 되어 인력거를 타고 광화문 쪽으로 오다 봤지! 왜 거긴 있었나?"

"채영숙이를 따라갔지!"

D 군은 맞장구를 치면서 웃었다. 옆에 앉았던 금선이는 나오는 웃음을 못 참는다는 듯이 수건으로 입을 막는다. 나는 부끄러웠다.

"실없는 소리!"

나는 제발 그 말을 말아 달라는 듯이 D 군을 보았다.

"그래 만나봤나?"

B 군은 그리 웃지도 않았다. 그 바람에 금선이는 데굴데굴 굴듯이 웃는다. 저쪽에 앉은 T 군도 죽자고 웃는다.

"자 채영숙이 내 보여줌세……. 금선이 자네 이리 나앉게……. 하하,"

B 군도 못 참는 듯이 웃었다. 방 안은 웃음판이 되었다.

"오오 자네들이 K 군을 헛물키웠네……. 하하."

하고 D 군은 금선이와 E 군이며 T 군을 본다. 그제야 해혹解惑이 풀린 나는 그만 얼굴에 모닥불을 끼얹는 듯하고 한편으로는 인격의 유린을 받는 듯도 하며, 한편으로는 나의 못난이가 눈앞에 뵈는 듯이 불쾌하였다.

지금도 동대문을 볼 때면 그것이 생각나서 나는 혼자 웃고 이마를 찡그린다. 사내의 얼없는 생각이 떠오르고 나 자신도 그러한 생각의 소유자인 사내인 것을 속일 수 없는 까닭이다.

— 〈문예시대〉, 1926. 11.

이역원혼異域寃魂

1

원수의 밤은 또 닥쳐왔다. 땅거미 들기 시작하면서 별들은 눈을 떴다.

남편이 있을 때에도 그놈의 유가가 밭머리나 개울가에서 조용히 만나면 수상스런 태도를 보였다. 그러나 태산 같은 남편이 곁에 있으니 무섭고 걱정은 되면서도 마음 한편이 든든하였지만 지금은 든든한 마음은 다 사라지고 걱정과 근심과 두려움이 온 마음을 차지하였다.

그는 남편이 세상을 떠난 뒤로 밤마다 혼자 자지 못하였다. 크고 외따른 집에서 쥐만 바싹해도 머리끝이 쭈뼛하는데 지주 되는 중국 사람 유가의 행동이 수상스러워서 체증이 내리지 않았

410

다. 그 때문에 밤마다 개울 건너 있는 봉길의 할아버지가 방에서 잤다. 봉길의 할아버지는 그와 한 고향에서 들어왔고 또 그의 죽은 남편 형선의 아버지와 막역한 친구였다. 그처럼 친한 영감이 방에서 자건마는 그의 가슴은 남편이 곁에 누웠을 때처럼 누굴하지 않았다. 자라 보고 놀란 가슴이 솥뚜껑을 보고 놀란다는 셈으로 봉길의 할아버지까지 의심이 버썩 들어가서 가만가만히 기어가서 문틈으로 고요히 자는 영감의 동정을 살피고는 한숨을 화— 쉰 적이 한두 번이 아니었다.

그런대로 매일 일찍이나 왔으면 좋으련만 처음보다는 떠졌다. 처음에는 해만 떨어지면 늙은 영감(봉길의 할아버지)이 기단 대를 물고 민상투 바람으로 방에 와서 드러눕더니 이제는 늦어서 오는 때가 많았다. 때가 농가의 바쁜 가을이니 그렇기도 하겠지만 기다리는 그에게는 야속스럽게 생각되었다.

"에구 어째서 지금도 안 오는가?"

그는 남편의 영좌에 올릴 상식을 들고 방으로 들어가면서 혼자 뇌었다. 아직은 그리 늦지 않았건만 저녁편 일이 머릿속에 번개처럼 언뜻 하자 다른 때보다 더욱 우악스럽게 조르는 험상스런 유가의 낯이 눈앞에 언뜻 떠올라서 섧고 원통한 가운데도 무시무시한 생각이 치미는 까닭이었다.

상식상을 들고 컴컴한 방에 들어선 그는 영좌 앞에 상을 놓고 창문을 열었다. 밖에도 황혼빛이 내려서 으스름하나 하늘이 맑아서 방 안은 아까보다 훤하여졌다. 벌써 달이 오르려는가? 개울 건너 높은 산봉우리 끝에 달빛이 흐르기 시작하였다. 반딧불이 이스름한 마당에 잎자를 그으면서 지나갔다. 여울 소리, 벌레 소리, 마당가 조밭을 스쳐오는 바람 소리가 처량히 들렸다.

그는 상에서 밥그릇, 국그릇, 반찬 접시, 수저를 영좌에 올려놓았다. 우시시한 조밥에 숟가락을 박아논 그는 영좌 앞에 시름없이 주저앉아서 두 손으로 낯을 가렸다. 그의 두 어깨는 고요히 물결을 치더니 목메인 느낌이 입속으로 흘러나왔다. 그는 우는가?

점점 솟는 달빛은 건너편 봉우리를 절반이나 물들였건마는 집 뒤에 산이 있어서 이편은 아직도 그늘이다. 방 안은 한층 으슥하였다. 그을음에 까맣게 된 거미줄이 넌들넌들한 천정과 먼지와 빈대 피가 얼룩얼룩하던 벽은 수묵을 끼얹은 듯이 으슥한 빛에 조화가 되었다. 비둘기 집같이 벽에 달아놓은 영좌와 그 아래 주저앉은 그의 희슥한 그림자만은 윤곽이 희미하다.

벌레 소리, 바람 소리, 여울 소리는 의연히 요란하였다.

고요히 천천히 물결치던 그의 어깨는 점점 몹시 오르내리고 흑흑 하던 느낌은 목메인 울음으로 변하였다. 그는 모든 것을 잊었다. 상식을 물릴 생각, 봉길 할아버지를 기다리던 생각, 지금이 밤인지 낮인지 몰랐다. 그저 설움이 복받쳤다. 자기의 몸과 마음은 끝없는 끝없는 푸른 설움 속에 싸여서 아득한 속으로 들어가는 듯하였다. 그는 영좌 앞에서 우는 때마다 이러하였다. 가슴 열릴 때가 없었고 눈물 마른 때가 없었다. 서러우나 괴로우나 그는 남편의 영좌 앞에 다리를 뻗고 앉아서 울었다. 그밖에 위로거리가 없었다.

그는 가물에 곡식을 일구고 홍수에 밭을 이룬 뒤로 겨죽과 토스래(삼으로 짠 것) 옷으로 겨우 목숨을 이어가다가 너무도 기한을 못 이겨서 그 남편 형선이와 같이 재작년 봄에 이 간도로 왔다. 간도에 와서도 이날 이때까지 중국 사람의 소작인으로 별별 구박을 다 받으면서 겨우 목숨을 이어왔다. 다른 구박보담도 지주 되는 중국 사람 유가는 홀아비인데 그 녀석이 늘 고요한 데서 만나면 두 눈이 스르르 흐리고 누런 이빨을 드러내어서 벙긋 웃으면서 수상히 달라붙는 꼴은 볼 수 없었다. 그러나 그는 유가에게 불쾌한 소리 한마디 못 하고 억지로 좋은 낯을 보이면서 슬슬 피하였다. 그럴 수밖에 없는 일이다. 그 유가에게서 밭을 얻어 부치고 양식을 꾸어 먹는 판이니 쫓겨나는 때면 굶을 것이다. 넓으나 넓은 천지에 두 청춘을 용납시키기 그처럼 어려웠다. 그가 그렇게 유가를 슬슬 피하게 된 뒤로 유가의 태도는 한껏 횡포하였다. 김을 잘못 맨다는 둥 빚을 어서 갚으라는 둥 하여 일없는 생트집을 잡았다. 그 트집은 그에게만 미칠 뿐 아니라 남편 형선이에게까지 앙화가 미치었다. 그는 그때부터 은근히 가슴이 찢겼다. 자기 때문에 애꿎은 남편까지 그놈에게 쪼들리는 것을 생각하면 자기 한 몸이 없어져 버리고도 싶었다. 그런 눈치를 남편이 알면 더욱 심사가 상할까 보아서 입 밖에 내지도 않았거니와 얼굴빛도 변해 보인 적이 없었다. 그놈에게 남편이 몹시 쪼들릴 때면 슬그머니 몸을 허하여 남편의 몸이나 편케 할까 하는 생각도 없지 않았으나 굳세인 그의 정조 철학은 그것을 허락지 않았다. 더구나 남편의 눈을 속이는 것은 자기의 고기가 찢겨도 할 수 없었다. 모진 목숨이 끊기는 어렵고 남편에게 말하기도 안됐고, 유가를 대항하면 할수록 무도한 압박은 나날이 심하고…… 그는 민민한 정회를 풀 길이 없었다. 그러던 중에 태산같이 믿던 남편이 병으로 세상을 떠났다.

남편이 죽은 뒤로는 유가의 태도가 한껏 자유로워서 낮에도 동무 없이 밭으로 못 나갔다. 어서 바삐 떠나든지 그렇지 않으면 물 건너 촌에 가서 집을 얻어가지고 살아볼까 하고 애를 썼으나 유가는 허락지 않았다. 가을에 추수를 하여 꾸어 먹은 양식을 갚고 자기 땅에서 떠나라는 것이 유가의 조건이었다. 유가의 집은 그의 집에서 삼 마장쯤 떨어져서 저 아래 산모퉁이에 있었다.

　그런 생각 저런 생각을 하면 의지가지없는 자기 신세가 개밥에 도토리 같기도 하고 많은 앞길이 캄캄하였다. 실낱같은 목숨이 어디서 어떻게 될는지 몰랐다. 고국이 그리웠다. 굶으나 먹으나 낯익은 고향에서 살고 싶었으나 그조차 뜻대로 되지 않았다. 아무것도 모르는 그는 고국이 어디 붙었는지 길이 어떻게 났는지 드러내놓아도 못 찾아갈 것이다. 백두산 앞에는 자기를 낳아서 길러준 조선이 있거니 생각할 뿐이다. 그것도,

　"저게 백두산이오. 저 앞은 죄선[朝鮮]이오."

하고 죽은 남편이 집 뒤 산밭에서 김맬 때 가르쳐준 기억이 남아 있는 까닭이었다. 그러나 고국으로 간다 한들 무슨 재미있으랴? 천애만리에 남편을 묻고 차마 발길이 돌아질까? 그는 오늘 저녁에 뒷산 밭에서 김을 매다가 남편의 말을 생각하고 백두산 머리에 넘는 구름을 보면서 섧게 울었다. 그런데 유가가 뒤에 와서 허리를 안았다. 그는 등골에 배암이 오르는 듯이 몸서리를 치면서 몸을 뿌리쳤다. 유가는 좀처럼 놓지 않았다. 그때 마침 저편에서 인적이 있어서 유가는 슬쩍 가버렸다. 아까까지도 그놈의 그림자가 그의 눈앞에 어른거렸다.

　이제 영좌 앞에 앉으니 그 모든 설움이 한꺼번에 치밀었다. 그

는 목을 놓아 울었다. 영좌 앞에서 몸부림을 하면서 울었다. 연기가 팽팽 돌고 무딘 칼로 찍찍 찢는 듯하던 가슴과 목구멍이 시원히 풀리는 듯하며 뜨거운 눈물이 빠지는 족족 뜨거운 마음을 눅이는 것 같았다. 그리고 어둑한 영좌에서 부드러운 사내의 손이 나와서 슬그머니 안아주는 것 같다. 모든 것은 한 공상. 남편은 적적한 숲 속 흙에 묻히었거니 하는 생각이 가슴을 뜨끔거리게 하여 그저그저 울었다.

동산 위에 솟는 보름달은 건너편 마을에 흐르고 이편 마당까지 범하였다. 추근히 내리는 이슬에 후줄근한 풀과 곡식대들은 물 같은 달빛 아래 싸늘히 빛났다.

철철철 순스럽게 나오는 울음 같기도 하고 꺽꿀렁 꽐꽐 목메인 곡소리 같은 여울 소리와 애끈한 단소와 호적을 어울타는 듯한 벌레 소리는 의연히 우지짖는다.

달빛이 지붕에 흐르고 마당에 비추임을 따라서 방 안은 다시 훤하여졌다.

2

몸부림을 치면서 통곡하던 그는 등 뒤에서 나는 소리에 깜짝 놀라 머리를 돌렸다. 허연 그림자가 문을 우뚝히 막아섰다. 그는 가슴이 꿍 내려앉았다. 그것이 그의 눈에는 광대뼈만 불쑥한 유가로 보였음이었다. 그는 어쩔 줄 몰랐다.

"윗건(웬) 울음을 그리두 우는가?"

봉길의 할아버지는 문을 대하여 마당에 선 대로 하늘을 보았다. 그것이 봉길의 할아버지라는 생각이 들자 그의 긴장되었던 신경은 후루루 풀렸으나 가슴은 여전히 두근거리고 사지는 절맥된 것처럼 기운이 쭉 빠졌다.

"에구 클아매(할아버지)오. 흥."

그는 넋 없는 웃음을 웃었다. 사람은 몹시 놀란 끝에 의미 없는 듯도 하고 또는 자기의 약한 것을 비웃는 듯도 하게 혼 빠진 웃음을 잘 웃는다.

"허허 그리두 심례를 해서 되겠네!"

봉길의 할아버지는 위로를 하면서 지붕에 흐르는 달을 쳐다본다. 주름이 잡힌 늙은 낯에 흐르는 달빛은 너무도 싸늘히 보였다.

"에구 클아배(할아버지)! 휴…… 나는 어찌 살겠소?"

영좌에서 밥그릇을 상에 내려놓던 그는 찬 서리 아래의 외로운 갈대 같은 자기 신세를 한탄하였다.

"어찌 살아? 그래그래 사는 게지? 어서 설어 말게. 그래두 산 사람은 살아야 하지……."

영감은 허리가 아픈가? 마루에 올라서면서 허리를 툭툭 친다.

"에구 하누님도 무정두 한게! 내나 잡아가지 남의 삼대독자를 흑……."

그는 말끝을 흐리머리하면서 코를 들이마셨다. 또 설움이 북받쳤다. 그의 남편 형선이는 삼대독자이었다. 그는 남편이 병들어 누웠을 때 늘 기도를 올렸다.

"그저 산신님과 하누님은 굽어살피사 자식두 없는 우리 주인을 ― 삼대독자신 우리 남편을 저를 대신 잡아가시더라도 우리 주인은 돕아(도와)주시사 대쉬[代數]를 끊게 말아주십사……."

하고 그는 새벽마다 진지를 지어가지고 뒷산에 가서 빌었다. 그
러나 결국 자기는— 죽기를 원하던 자기는 살고 바라고 바라던
남편의 목숨은 끊쳤다. 남편을 구하려고 자기 목숨을 바쳐가면서
원한 것은 그의 진정이었다.

"어쩌겠는가? 할 쉬 없지비……. 자네두 봤지만 내가 살겠네?
……내가 어떤 아들을 이 몹쓸 땅에 목구녕이 보듸청으로 그래
두 살자구 이 몹쓸 따[地]에 왔다가 그 흥으적(마적)늠의 칼에 죽
었으니……. 그러구두 이래 살아 있으니……."

집 안에 들어앉아서 담배를 빨던 영감은 한숨을 휘 쉬면서 밖
을 내다본다. 그의 눈에는 그때의 참혹한 광경이 떠오르는지 으
스름 속에 으슥히 보이는 이맛살을 찌푸리면서 모든 것이 보이
지 마라 하는 듯이 눈을 감았다 떴다. 참말이지 재작년에 봉길의
아버지(영감의 아들)가 아편 농사를 짓다가 마적에게 칼 맞아 죽
은 뒤로 그 영감의 머리는 더 세었다.

"에구 클아배 나는 그저 죽었으믄 싶으오! ……이런 팔재를
타고 어쩨 났던지 살고 싶은 맘은 조곰도 없소……."

그는 설거지를 다 하고 문 앞에 앉아서 힘없이 말하면서 아랫
배를 슬그머니 만졌다. 뱃속은 비지 않았다. 그것이 그의 목숨을
이어왔다. 남편이 병중에 있을 때 기운 없이 슬쩍 지내간 것이 드
디어 그의 뱃속에 새 생명을 박았다. 그가 이날 이때까지 목숨을
질질 끌고 온 것은 그 때문이었다. 죽은 남편의 한 점 혈육을 고
이고이 길러서 남편의 대수를 끊지 말자는 것이 그의 일단 정성
이었다. 그리고 유가에게 쪼들리면서도 멀리 도망질 못 하는 것

은 남편의 무덤 때문이었다. 죽으면 여기서 죽어서 남편의 옆에 묻혀야지 남편의 무덤을 외로이 버려두고는 갈 수 없었다.

"그게 그리 쉬운가? 죽는 게 쉽잖은걸!"

영감의 소리는 달관한 철인의 훈계같이 울렸다.

한참은 고요하였다.

마당 앞 밭을 우수수 스쳐오는 바람은 집 안에 수 불어 들었다.

"클아배 이저는 자기오!"

고요히 앉았던 그는 방에 앉은 영감을 보면서 열어놓은 문들을 닫아걸었다.

"응 자지……. 으흠…… 웅…….."

영감도 문을 닫고 드러누웠다.

"클아배 문으 단단히 거오."

그는 방 사이에 있는 문을 닫고 입은 채로 구들에 드러누우면서 단속하였다.

"허허 우리네 집에 무슨 도둑놈이 오겠네!"

속도 모르는 영감은 허허 웃어버렸다.

사방은 고요하였다. 달은 어느새 하늘 복판에 올랐는지? 물같이 맑은 빛이 창문 아래 가를 범하기 시작하였다. 방 안은 밝아가는 새벽같이 환하였다. 앞뒤에서 또루룩 찔찔 쌕쌕 하는 이름 모를 벌레 소리와 앞 개울의 여울 소리는 한껏 높이 들린다.

그는 진종일 괴로운 일과 시진한 울음 끝에 기운이 풀려서 드러누우면 잠이 올 것같이 사지가 노곤하였는데 정작 눕고 보니 오라는 잠은 오지 않고 이 생각 저 생각에 두 눈은 말똥말똥하여졌다. 그는 눈을 감았다. 남편의 앓던 모양이 떠오르고 임종할 때 모양이 보였다.

"여보!"

베개를 의지하고 괴롭게 누웠던 남편은 목에 끓어오르는 담을 겨우 억제하면서 그를 부르더니 다시 흑흑 우는 그의 손을 잡으면서,

"여보 어째 우오? 우지 마오……. 응…….'

하고 억지로 괴롭게 웃어 보였다. 숨이 거진 끊기면서도 남편은 그에게,

"내가 죽거든 부디 본국으로 돌아가오! 내가 조곰도 원망을 안 할 것이니 다른 남편을 얻어서 부디부디 아들딸 낳고 잘 사오……. 네? 응흐…… 응…… 나는 실루 당신께 못 할 짓을 너무도 했소! 이 호지 땅에 데리구 와서까지 고생을 시키구…….휴…… 이담에 다시 환생하거든 만나서나…….'

하고 꺾 숨이 끊쳤다. 이 모든 것이 눈앞에 떠오를 때 그는 팔을 내밀어서 남편을 꽉 안으면서 눈을 떴다. 그러나 두 팔에 안긴 것은 자기의 가슴이요, 눈에 보이는 것은 창문이었다. 과연 남편은 죽었는가? 마치 멀리 다니러 간 것도 같았다. 그러나 임종의 광경이 또 떠오르고 차디찬 흙 속에 묻던 기억은 남편이 살았다는 것을 긍정치 않았다. 그는 돌아누우면서 모든 것을 안 보고 생각지 않으려고 눈을 꼭 감았다. 이제는 베개가 배기고 온몸에 번열이 탁 나면서 눈까풀이 천근처럼 무거워서 견딜 수 없었다. 그는 또 눈을 번쩍 떴다.

어느새 창문에는 달이 절반 넘어 비치었다. 레이스 끝 같은 처마 그림자에 구렁이처럼 달린 것은 새끼가 드리운 것인가? 바람

소리 나는 때마다 흔들거렸다. 바람이 스르르 스치어서 조와 기장밭에서 곡식 이삭이 흔들린다. 그 이삭과 이삭이 머리를 치는 소리에는 아쉰 생각이 더 떠올랐다. 곡식은 익는다. 자연은 언제나 자연이다. 사람은 죽거나 설워하거나 자연은 조금도 주저치 않고 제 걸음을 걷는다. 남편과 같이 갈고 뿌린 씨가 어느새 자라서 익었다. 오오 남편은 어디로 갔는가? 저 익은 곡식은 나 혼자 먹는가? 생각하니 가슴이 뿌지지하면서 눈물이 핑그르 돌았다. 그는 방울방울 흘러내려 베개를 뜨겁게 적시는 눈물을 씻으려고도 하지 않고 창문을 물끄러미 보았다. 눈물 어린 눈에 비친 달창[月窓]은 우수 달 아래 호숫물같이 창망하여 가도 없고 끝도 없는 신비의 세계 같았다. 자기의 몸과 정신도 거기 싸여서 춥지도 덥지도 밝지도 어둡지도 않은 어떤 세계로 끝없이 끝없이 싸여 드는 것 같았다. 거기는 아무것도 없었다. 슬픔도 기쁨도 괴로움도― 모든 감각은 스러졌다. 꿈속 같았다. 두 눈에서 샘같이 쏟아지던 눈물이 그쳤다. 두 눈은 점점 말랐다. 그러나 그의 시각은 모든 것을 깨닫지 못하였다. 아까는 눈물에 어리어서도 희미하게나마 보이던 창문의 달빛이 지금은 보이지 않았다. 다만 무엇이― 방망이만한 검은 것이 꿈틀꿈틀하게 보일 뿐이었다. 그의 두 눈은 그 그림자를 점점 노렸다. 노리던 두 눈동자가 코를 중심으로 모아들어서 모들떠진 때에는 그 그림자가 수없이 많아지고 커지더니 그놈이 죽 퍼졌다가는 모아들고 모아들었다가는 퍼졌다. 그것이 꿈틀거리면서 위로 아래로 앞으로 뒤로 양옆으로 퍼질 때면 징글징글하고 무시무시한 구렁이 같고 그것이 확 모여든 때면 험상한 얼굴이 돼 보였다. 이렇게 되자 한참 자기의 존재까지 잊었던 그의 의식은 점점 무엇을 의식케 되었다. 그의 눈은 한껏 커지고 입술은 경련적으로 씰룩하면서 낮빛이 푸르렀다.

불쑥한 광대뼈, 벌건 눈, 누—런 이빨……. 생각이 이에 미치자 그는,

"으응."

부르르 떨면서 벌떡 일어섰다. 벌떡 일어선 그는 두 눈에 불이 번쩍하자 갑자기 천지가 아뜩하여 그 자리에 쓰러졌다.

"으흠…… 응…….."

그가 쓰러지는 소리를 잠결에 들었는지 방에서 자던 봉길의 할아버지는 골던 코를 뚝 그치고 기침을 하더니 다시 코를 드문 드문 골았다.

한참 만에 정신을 차린 그는 쓰러진 채 사면을 돌아보았다. 창문에는 여전히 달빛이 흐르고 방 안은 여전히 훤하였다. 모든 것은 착각이었다. 그의 눈에 엇보인 것은 창문에 비친 처마 끝 새끼 그림자였다. 그는 그런 줄 몰랐다. 그는 그저 무서운 꿈을 깬 것 같았다. 새삼스럽게 무서운 생각이 들었다. 방 안의 모든 그림자는 흉악한 눈 같고 입같이 느껴졌다.

그는 다시 잠을 들려고 눈을 감았다.

3

애쓰고 애써서 겨우 잠이 들락말락하였던 그는 무슨 소리에 수스라쳐 깼다. 아무것도 보이지 않거니와 아무 소리도 들리지

않았다. 그는 공연히 울렁거리는 가슴을 억지로 진정하면서 누운 채 조심스럽게 또 한 번 방 안을 돌아보았다.

창에는 달빛이 아까보담 더 밝게 넘치었다. 이제는 처마 그림자도 스러졌다. 뚫어진 창구멍으로 굵게 흘러드는 달빛이 그가 누운 웃목 자리 앞에까지 떨어진 것을 보아서는 밤도 새벽이 가까웠다. 집 안은 환하여 바늘귀라도 꿸 것 같다. 그밖에는 아무것도 보이지 않았다. 소리래야 여전한 벌레 소리와 여울 소리뿐이었다. 자주 불던 바람 소리도 지금은 들리지 않았다.

그는 그만 눈을 감았다가 그래도 하는 생각과 무시무시한 마음에 본능적으로 또 눈을 떠서 방 안을 돌아보았다. 무서운 증세가 점점 고조되어서 숨도 크게 쉬고 싶지 않았다. 방에서 자는 봉길의 할아버지의 코 고는 소리는 지금은 들리지 않았다. 초저녁에는 귀찮았던 코 고는 소리가 지금 와서는 그리웠다. 그 소리나마 났으면 그래도 사람의 소리인지라 의지가 될 것 같은데 그것조차 없으니 곁이 몹시 허성허성하고 또 그 영감이 죽지나 않았나 하는 얼토당토않은 마음까지 치밀었다. 그런 생각이 치미니 눈앞에 이마가 넓적하고 눈이 쑥 들어간 봉길 할아버지의 죽음이 보이는 것 같아서 더욱 무서웠다. 그의 신경은 극도로 긴장되었다. 어둑한 이 구석 저 구석에서 무서운 손과 눈이 움직이고 노리는 것도 같고 죽은 사람의 이야기, 도적놈의 이야기, 귀신 이야기, 도깨비 이야기 하여 기억 속에 남았던 모든 흉하고 무서운 이야기는 다 줄달음으로 떠올라서 참을 수 없었다. 알지 못할 큰 변이 닥치는 때에 사람의 영감은 미리 무서워지는 것이다.

"클아……."

하고 그는 윗방에서 자는 클아배(할아버지)를 부르다가 그만 뚝 끊쳤다. 곤히 자는 늙은이를 깨우기 미안한 까닭이었다. 이런 때 남편이 곁에 있었으면 얼마나 든든하며 또 천번 만번을 깨운들 무어라 하리? 남편이 살았을 때에는 뒷간까지 데려다주던 일이 또렷하게 떠올랐다. 과부의 설움은 또 치밀었다.

"……."

무슨 이상한 소리에 그는 다시 귀를 기울였다. 암만해도 어디무에 있는 것 같다. 부시럭 하는 소리는 자취 소리 같기도 하고 바람 소리 같기도 한데 알 수 없다. 그러면 그것이 들린둥만둥하고 사라져버렸는가? 그는 귀를 기울인 채 달빛이 너무도 시려서 찢어질 듯한 창문을 주의하여 보았다. 툭툭 하고 귀밑 동맥 치는 소리가 들리도록 고요하였다. 이윽해서였다―.

"부시럭."

하는 자취 소리와 같이 창에 꺼먼―사람의 머리―그림자가 얼른 붙었다 떨어졌다.

"옳다……."

가슴이 꿍 구르면서 사지의 피가 쭈루룩 끓어서 떡 엉키어 붙는 듯한 그의 머리에는 그것이 무엇이라는 느낌이 직각적으로 번쩍하였다.

"클아배! 봉길너 클아배!(봉길네 할아버지)!"

부르는 그의 소리는 부르르 떨렸다. 힘이 없었다. 혼 나간 소리였다.

"에구 클아배!"

그는 땅에 ㅅ며들 듯이 쪼그리고 앉은 채 부들부들 떨었다.

"응으…… 응…… 으흠…… 어째 그리네?"

선잠 깬 영감의 소리는 느릿하였다.

"무시기 밖에 왔는 게오!"

"오기는 무시기 와? 어서 자세. 내 있는데 무시기 와? 으흠."

역시 영감은 느릿느릿 대답하고 나서 건 가래를 뱃심 좋게 떼었다.

"아니오. 정말 무시기 왔소……."

그의 소리는 울듯 울듯 하였다.

"무시기 왔다구……. 엑…… 어서 자세."

영감은 귀찮은 듯이 웅얼거렸다. 그 소리에 그는 더 무어라 하지 못했다. 혼자 조바심을 하였다. 공중에 얼른 한 솔개를 본 병아리인들 이에서 더하며 사자 앞에 놓인 강아지인들 이에서 더하랴? 사람이 방에서 잔데야 그도 쓸데없구나!

한참이나 혼자 애를 쓰는데 창문이 어둑해지면서 이번에는 사람의 전신 그림자가 턱 가리었다. 그는 문고리를 번쩍 잡아당긴다.

"흥 에구……클아배! 에구 저거."

울음 절반으로 고함을 치는 그의 눈― 그림자가 어른거리는 창문을 보는 그의 눈은 벌써 반이나 뒤집히었다.

"무시기 어쨌다구 그러는가?"

하고 영감은 귀찮은 듯이 방 사이에 있는 문을 열었다. 이때 문밖에서 어리대던 그림자는 문을 잡아채고 집 안에 들어섰다. 그 바람에 문 걸쇠가 쩔렁 빠져서 내려졌다.

그것은 유가― 지주 중국인이었다. 그의 직각은 맞았다.

"이게 웬 놈……."

하고 일어서던 영감의 머리는 번쩍하는 유가의 도끼에 두 조각이 났다.

"끅…… 으윽……."

슬픈 소리를 지르면서 문턱에 쓰러지는 영감의 머리에서는 뜨거운 피가 콸콸 흘렀다. 그것을 본 그는 자기도 알 수 없는 힘에 지배되어 마당으로 뛰어나갔다. 그러나 마루 아래 내려서기 전에 유가의 굳세인 손에 잡혔다. 유가는 부르르 떨면서 그의 허리를 끌어안았다.

"이놈아 이 오랑캐야!"

그는 두려운 마음이 변하여 악이 되었다. 목구멍까지 악이 바싹 치밀어서 유가를 씹어먹고 싶었다. 그러나 유가는 그의 허리를 안아서 방으로 들이끌었다.

"이놈아 죽여라! 오랑캐야!"

그는 들어가지 않으려고 땅에 펄썩 주저앉아서 흙마루를 발로 버티면서 악을 썼다. 유가는 그가 땅에 쓰러져서 몸부림하는 것을 보더니 벙긋하면서 그의 위에 몸을 실었다. 그에게 몸을 싣고 신고하던 유가는,

"아야…… 아……."

하고 뼈가 저리도록 고함을 치면서 뛰어나갔다.

"응…… 이놈 오랑캐야…… 코 떨어진 게 그리 아푸냐? 아직도 멀었다! 너늠의 원수를 갚자면!"

그는 물어 뗀 유가의 코를 질근질근 씹었다. 코를 떼인 유가는 두 손으로 코를 움켜쥐고 고민하더니 휙 돌아서서 집 안으로 들어졌다. 다시 나오는 그의 손에는 영감의 머리를 쪼개던 도끼가

들렸다. 유가의 손을 따라 내려지는 도끼는 그의 허리를 백였다.

"응윽…… 죽여라! 죽여라…… 오랑캐야! 내 죽는 것은 원통 찮다마는 우리 남편의 혈육이 없어지는 게 원통쿠나! 에구 우리 주인(남편)을! 응윽 끅……."

두 동강 난 그는 마지막 부르짖고 숨이 끊겼다. 유가의 그림자 는 사라졌다. 찬 땅에 흐르는 뜨거운 피는 싸늘한 달빛 속에 흰 김을 뿜으면서 엉키어버렸다.

사면은 고요하였다. 아직도 새벽이 못 되었다. 서천에 기우는 달은 목메인 여울 소리 우지짖는 벌레 소리와 같이 외롭고 의지 없는 원통한 혼들을 조상하는 듯하였다. 그처럼 모든 소리와 빛 은 처량하였다.

— 〈동광〉, 1926. 11.

1901년   1월 21일 함경북도 성진군 임명면에서 가난한 농부의 외아들로 출생.
           아명은 저곡苧谷 본명은 학송鶴松.

1918년   간도로 건너가 유랑 생활 시작. 간도로 가기 전 첫 번째 부인과 이혼
           하고 두 번째 부인은 곧 사망.

1921년   세 번째 부인과의 사이에서 첫딸 백금 출생.

1923년   간도에서 귀국하여 국경지방인 회령에서 잡역부로 일함. 이때부터 필
           명 서해曙海 사용.

1924년   작가로 성공하기 위해 이광수를 찾아감. 그의 소개로 경기도 양주 봉
           선사에 약 3개월간 머무르며 서구문학을 공부함. 처녀작 〈토혈〉과
           〈고국〉으로 문단 데뷔.

1925년   조선문단사 입사. 딸 백금이 병으로 죽음. 김기진의 권유로 카프
           (KAPF)에 가입.

1926년   창작집 《혈흔》 발간. 4월 8일 조분려와 결혼. 현대평론 문예란 담당
           기자로 자리를 옮김.

1927년   조선문예가협회에서 이익상, 김광배 등과 함께 간사직을 맡음. 조선
           문단사에 다시 입사.

1928년   중외일보 기자로 활동.

1929년   둘째 딸 출생. 카프 탈퇴. 매일신보 기자가 됨.

1930년   매일신보 학예부장이 됨. 둘째 딸 사망. 차남 택澤 출생.

1931년   창작집《홍염》간행.
1932년   7월 9일 위문협착증으로 사망. 한국 최초의 문인장으로 미아리 공동
           묘지에 안장.

29

탈출기

최서해 단편전집 1

초판 1쇄 인쇄 2015년 7월 20일
초판 1쇄 발행 2015년 7월 27일

지은이 최서해
펴낸이 이범상
펴낸곳 (주)비전비엔피 · 애플북스

기획 편집 이경원 박월 윤자영 강찬양
디자인 최희민 김혜림 이미숙
마케팅 한상철 이재필 김희정
전자책 김성화 김소연
관리 박석형 이다정

주소 121-894 서울특별시 마포구 잔다리로7길 12 (서교동)
전화 02) 338-2411 | **팩스** 02) 338-2413
홈페이지 www.visionbp.co.kr
이메일 visioncorea@naver.com
원고투고 editor@visionbp.co.kr

등록번호 제313-2007-000012호

ISBN 979-11-86639-03-0 04810

· 값은 뒤표지에 있습니다.
· 잘못된 책은 구입하신 서점에서 바꿔드립니다.

「이 도서의 국립중앙도서관 출판시도서목록(CIP)은 서지정보유통지원시스템 홈페이지(http://seoji.nl.go.kr)와 국가자료종합목록시스템(http://www.nl.go.kr/kolisnet)에서 이용하실 수 있습니다.(CIP제어번호: CIP2015016618)」